Jamey Bradbury

Wild

Roman

Aus dem Amerikanischen
von Lydia Dimitrow

Lenos Verlag

Die Übersetzerin
Lydia Dimitrow, geboren 1989 in Berlin. Studium der Allgemeinen und Vergleichenden Literaturwissenschaft in Berlin und Lausanne. Autorin von Theatertexten und Prosastücken (u. a. Stipendiatin in der Autorenwerkstatt Prosa des Literarischen Colloquiums Berlin) und Übersetzerin aus dem Englischen und dem Französischen (u. a. Joseph Incardona, Isabelle Flükiger, Bruno Pellegrino, Valérie Poirier). Für ihre Übertragung des Romans *Der Zoo in Rom* von Pascal Janovjak wurde ihr 2022 der Terra Nova Preis Übersetzung der Schweizerischen Schillerstiftung verliehen. lydia-dimitrow.de.

Titel der amerikanischen Originalausgabe:
The Wild Inside

Erste Auflage 2022

Satz und Gestaltung: Lenos Verlag, Basel
Umschlagillustration: Mathieu Persan
Printed in Germany
ISBN 978 3 03925 024 0

www.lenos.ch

Für meine Eltern, Kit und Jim Bradbury

1

Ich konnte immer schon ganz gut sagen, was einem Hund im Kopf rumgeht. Dad meint, das liegt daran, wie ich auf die Welt gekommen bin, in der offenen Tür von unserem Zwingerschuppen, mit zweiundzwanzig Hundeaugenpaaren auf mich gerichtet, und das Erste, was ich jemals gehört habe, das Bellen und Heulen unserer Hunde.

Damals gab es noch keine Krankenstation im Ort, also musste die Hilfsschwester einmal im Monat zu uns rauskommen. Als die erste Hälfte der Schwangerschaft rum war, sagte sie meiner Mutter, dass sie im Bett bleiben und sich nicht überanstrengen soll. Und Mom hat diesen Rat genau bis zu der Nacht befolgt, in der ich geboren wurde. An einem 1. März, der so kalt war, dass ihr die Haarspitzen einfroren. Sie ging nach draussen, zwischen den Hundehütten durch zum Schuppen, kam bis zur Tür, dann packte sie der Schmerz. Sie ging in die Hocke, hielt sich den Bauch und brüllte nach meinem Dad. Und ich flutschte einfach aus ihr heraus. Ich war schneller in dieser Welt, als sie gucken konnte, ohne dass sie gross nachgeholfen hätte. Sie sagte, das war das Einzige an mir, was jemals einfach gewesen wäre.

Was hast du da draussen gewollt?, habe ich sie einmal gefragt.

Sie hatte mit den Schultern gezuckt. Gemeint: Ich schätze, ich habe die Hunde vermisst.

Als Baby war ich gross und schwer und hatte immer Hunger. Mom hat mir erzählt, dass manche Frauen ihre Kinder nicht dazu kriegen, die Brust zu nehmen, und ich kenne das von manchen Welpen, sie hören nicht auf ihre Instinkte und weigern sich zu trinken, und dann muss man der Mutter die Milch abzapfen und den Welpen von Hand füttern. Ich war nicht so. Ich bin geradewegs auf Angriff gegangen und habe nicht mehr losgelassen. Ein Baby wie mich hatte Mom noch nie gesehen, ich war *unersättlich,* sagte sie. Sie stillte mich, bis sie dachte, dass nichts mehr in ihr wäre, und dann stillte sie mich weiter.

In unserem Familienalbum gibt es Bilder von uns, wir vier, wie wir zusammen im Hof arbeiten oder kurz vor einem Rennen um den Schlitten posieren. Ich und Scott mit Moms dunklem Haar und Dads braunen Augen. In der Schule habe ich gelernt, dass Blut ein Gedächtnis hat. Es trägt Informationen in sich, die einen zu dem machen, der man ist. Deshalb haben mein Bruder und ich so viel gemeinsam, wir tragen in uns, was das Blut unserer Eltern in seiner Erinnerung hatte. Wenn man teilt, was im Blut ist, ist man einem anderen Menschen so nah, wie es überhaupt nur geht.

Wahrscheinlich habe ich mich deswegen so schwergetan, als Scott und ich anfingen, zur Schule zu gehen. Weil ich mit den anderen Kindern nichts geteilt habe. Vorher war unser Zuhause die Schule gewesen. Mom war unsere Lehrerin, sie gab uns Aufgaben, eine Seite untereinandergeschriebener Zahlen, und die mussten wir dann zusammenzählen oder voneinander abziehen. Als ich klein war, bekam ich einen Stern, wenn ich alles richtig hatte. Zehn Sterne hiessen, dass ich nach draussen durfte. Also beeilte ich mich, die zehn zusammenzukriegen, und dann tummelte ich mich den Grossteil des Tages im Hof bei den Hunden, oder ich rannte durch die Wälder oder raufte mich mit Scott, wir spielten Fangen, meistens zum Spass, aber manchmal wurde es auch ruppig, und dann rief Mom uns zur Ordnung.

Nirgendwo war es so schön wie bei uns. Mein Grossvater hatte alles hier gebaut, bevor mein Dad auf die Welt kam. Er hatte ein Stück Alaska gefunden, das ihm gefiel, mitten im Wald einen Kreis von zehn Acre gelichtet und auf der einen Hälfte unser Haus gebaut, auf der anderen den Schuppen für unseren Zwinger, ein langes Gebäude mit einer Werkstatt an einem Ende und jeder Menge Platz für Ausrüstung und die Schlitten. Zwischen dem Haus und dem Zwingerschuppen standen unsere vierzig Hundehütten. Ansonsten rundherum Bäume und hinten im Hof der Einstieg zu einem angelegten Trail, der drei Meilen mitten durch den Wald führte, bis zum Ptarmigan Lake, dann noch mal etwa dreissig Meilen weiter, über den Fluss, und ab da kamen dann nur noch mehr Bäume, dann Berge, dann Tundra.

Ich verbrachte jede Minute, die ich konnte, im Wald. Wenn man mich so ansah, hätte man vielleicht meinen können: Du bist doch grad mal siebzehn und auch noch ein Mädchen, du kannst dich doch nicht so ganz allein da draussen rumtreiben, dich könnte ein Bär zerfleischen oder ein Elch über den Haufen rennen. Aber Fakt ist, wenn man mich und sonst jemand noch irgendwo in der Wildnis aussetzen würde, dann würde sich zeigen, wer von uns beiden eine Woche später putzmunter und ohne einen Kratzer wieder herausspaziert käme. Seit ich stehen kann, fahre ich hinten auf dem Schlitten mit, mit zehn bin ich schon allein mit einem kleinen Gespann auf den Trail gegangen, auch über Nacht, manchmal sogar über mehrere Tage, nur ich und meine Hunde. Sobald ich konnte, bin ich beim Junior Iditarod gestartet, und mit sechzehn bin ich meine ersten Profirennen gefahren. Ich hatte längst genug Meilen zusammen, um mich fürs Iditarod zu qualifizieren, sobald ich achtzehn war, könnte ich mich anmelden. Als ich beim Frauenrennen des Gin Gin 200 unter den besten fünf gelandet bin, habe ich es sogar geschafft, meine Startgebühr zurückzugewinnen. Auch wenn mich das Geld ehrlich gesagt nicht besonders interessierte. Ich wollte nur draussen sein, auf meinem Schlitten stehen, am liebsten jede freie Minute.

Deswegen war ich auch alles andere als begeistert, als mir Dad an einem Freitagnachmittag seine Schlüssel zuwarf und sagte: Bist du so gut und holst deinen Bruder von der Schule ab, Trace?

Ich fing die Schlüssel mit einer Hand aus der Luft und pfefferte sie zurück in seine Richtung. Sie landeten im Gras neben der Schneefräse, an der er gerade rumschraubte.

Kannst du ihn nicht abholen?

Klar, sagte er. Dann bleibst du hier und reparierst das Teil für Eleanor Andrews. Du solltest dich allerdings ranhalten, sie wollte ihren Neffen in einer Stunde schicken, um die Fräse abzuholen.

Würde ich machen, wenn ich könnte, murmelte ich und tastete im Gras nach den Schlüsseln.

Hier, sagte er und fingerte ein Stück Papier aus seiner Hosentasche. Häng das noch für mich im Laden auf, wenn du schon dabei bist.

Es war eine Annonce, für das Schwarze Brett, das im einzigen Laden des Orts neben der Eingangstür hing. Die Leute pinnten ihre Zettel an die Korktafel, auf denen dann so was stand wie: ZU VERKAUFEN – QUADREIFEN oder GRATIS FEUERHOLZ, ZUM SELBERHACKEN.

Dads Zettel war in seiner leicht angeschrägten Handschrift geschrieben, die Buchstaben waren zurückgelehnt, als würden sie sich gegen einen starken Wind stemmen. *Zimmer zu vermieten. Kleines Zimmer hinterm Haus, privat, sauber. Holzofen. Kein Wasser, kein Strom. Küche und Bad dürfen jederzeit im Haupthaus mitbenutzt werden. Bei Meile 112. Keine Landstreicher.* Dann Dads Name und ganz unten unsere Telefonnummer.

Welches Zimmer denn?, fragte ich. Unser Haus hatte eine gute Grösse, Scott und ich hatten beide unser eigenes Zimmer. Ich würde ganz bestimmt nicht bei ihm einziehen, damit irgendein Fremder gegen Geld da schlafen konnte, wo eigentlich ich hingehörte.

Die Kate war nicht schon immer ein Geräteschuppen, erklärte Dad. Als dein Grossvater sie gebaut hat, sollte das eine richtige Hütte werden.

Neben dem Haus, dem Zwingerschuppen und den vierzig Hundehütten dazwischen gab es noch zwei weitere Bauten auf unserem Grundstück. Einmal den Holzschuppen, in dem wir unser Feuerholz lagerten, aber der war eigentlich mehr ein Dach mit drei Wänden. Und dann noch ein richtiges Bretterhäuschen, mit einem ordentlichen Dach und einem Holzofen, und in eine Wand war sogar ein kleines Fenster eingelassen. Wir benutzten die Kate als eine Art Rumpelkammer, alles, was wir nicht ständig brauchten, packten wir da rein, die Mähmaschine mit der kaputten Klinge, Sägeböcke, Angelruten, ölverschmierte Teile für unseren zweiten Truck, der schon seit längerem auf Blöcken stand.

Die muss nur ausgeräumt werden, sagte Dad.

Und dann soll irgendein Fremder da drin wohnen?, fragte ich.

Wir brauchen das Geld.

Aber wenn ich jetzt hier bin und dir helfen kann –, fing ich an, doch er würgte mich ab.

Weil du ja bis jetzt so eine grosse Hilfe warst, seit du geflogen bist?

Das war nicht fair. Ich hatte getan, was ich konnte, um den Ärger mit der Schule wiedergutzumachen. Die ganze Woche über hatte ich immer erst den Frühstückstisch abgeräumt, wenn Dad Scott in den Ort fuhr und ich allein zu Hause blieb, und dann hatte ich mich an meine Hausaufgaben gesetzt, denn wie sich herausstellte, erwarten sie auch von einem, dass man weiter seinen Stoff abarbeitet, wenn sie einen suspendiert haben. Und ja, vielleicht hatte ich nicht mal die Hälfte des Pensums geschafft, das sie mir mit nach Hause gegeben hatten, aber ich musste ja auch raus zum Jagen. Wo sonst sollte Dad seine Felle herbekommen, die er dann verkaufen oder tauschen konnte? So ein schöner Marderpelz, gegerbt und gespannt, konnte locker fünfzig Dollar einbringen, und das war nicht nichts.

Sich im Wald rumzutreiben zählt nicht als Helfen, sagte Dad, als könnte er meine Gedanken lesen. Könntest du jetzt machen, was ich dir sage, ohne mir zig Gründe vorzubeten, warum das eine Zumutung ist?

Ich rutschte hinter das Steuer des Trucks und wartete darauf, dass der Motor ansprang. Während ich die Auffahrt hinuntertuckerte, bellten hinter mir die Hunde, ziemlich empört darüber, dass es nicht für sie losging.

Bevor ich auf den Highway rollte, guckte ich zur einen Seite, dann zur anderen, hin und her, zwei- oder dreimal. Es war ja nicht so, dass ich Dad Ärger machen wollte, ich wollte ihm wirklich helfen, richtig helfen. Nur nicht so. Fürs Autofahren hatte ich noch nie was übriggehabt, auch schon nicht vor der ganzen Sache. Und ich war nicht gern im Ort, erst recht nicht in der Schule. Wenn Dad meine Hilfe wollte, verstand ich nicht, warum ich nicht zu Hause bleiben und richtige Arbeit erledigen konnte, wie die Hunde anständig zu trainieren, ihre Hütten saubergumachen, mit unserem Nachwuchs rauszugehen, um mir ein Bild zu machen, welche sich gut anstellten und welche vielleicht das Zeug zum Leithund hätten.

Aber an dem Tag, als ich wegen der Prügelei aus der Schule geschmissen wurde, hatte Dad gesagt: *Keine Hunde mehr.* Ich durfte sie nicht trainieren, nicht mit ihnen spielen, sie nicht mal füttern, was am Ende nur mehr Arbeit für Dad bedeutete. Er war ziemlich wütend wegen dem, was ich dem Mädchen aus meiner Klasse getan hatte, und ich schätze, mir die Hunde zu verbieten war die schlimmste Strafe, die ihm einfiel, ausser vielleicht mir zu erklären, dass ich nicht mehr jagen darf.

Ich arbeitete hart dafür, eine gute Musherin zu werden, das Jagen dagegen lag mir immer im Blut. Ich mochte es, auf die Jagd zu gehen, und las gern was darüber, wir hatten zu Hause jede Menge Bücher zu dem Thema. Am liebsten mochte ich: *Ein Messer und ein bisschen Verstand: Mit dem Nötigsten überleben* von Joe Wilcox und *Kann man das essen? Geniessbare Wildpflanzen* von Nancy und Bill Philomen, *Fang- und Fallenjagd* von Alec Cook und, mein absoluter Favorit, *Über alle Grenzen* von Peter Kleinhaus, das kein Ratgeber, sondern ein ganz normales Buch ist, aber ich habe trotzdem alles Mögliche übers Überleben daraus gelernt. Peter Kleinhaus ist ein Kerl, der aus den *Lower 48* nach Alaska gekommen war und versucht hat, einen ganzen Winter in der Wildnis zu überleben, indem er nur ass, was er selbst erlegt oder irgendwo aufgelesen hatte, und nur da Zuflucht suchte, wo er sich selber irgendwas gebaut hatte. Am Ende verlor er ein Ohrläppchen und zwei Zehen an die Kälte, aber davon abgesehen hat er die Sache gut überstanden.

Ich mochte das Buch von Kleinhaus deswegen am liebsten, weil er an manchen Stellen aufhört, einem Dinge zu erklären, und stattdessen einfach schreibt, was er in dem Moment gedacht hat, und das ist ja das Verrückte. Es gibt Bücher da draussen, da fragt man sich, wenn man sie liest, wie irgendein Fremder so genau wissen kann, was einem selbst im Kopf herumgeht. Es gibt da diese eine Stelle, da ist Kleinhaus seit ungefähr drei Monaten unterwegs, und seit fast vier Tagen tobt ein Schneesturm. Kleinhaus sitzt auf einem Felsvorsprung an einem Berg fest, ohne Brennholz für ein Feuer. Und dann wacht er mitten in der vierten Nacht auf und sieht, dass es endlich aufgehört hat zu schneien. Der Himmel ist klar, und die Sterne sehen aus, als hätte jemand Metallspäne über einem schwarzen Tuch ausgeschüttet, und das Tuch ist endlos aufgespannt, nirgendwo sieht man die Ränder, nur Weite, und du fühlst dich, als könnte der Himmel dich verschlucken, und fast möchtest du verschluckt werden, einfach damit du Teil von etwas so Grossem sein kannst. Und obwohl er friert und sein Feuer aus ist, sitzt Kleinhaus einfach da und starrt in den Himmel. Er schreibt:

Unter dieser Unermesslichkeit vergesse ich mich selbst. Meine Menschlichkeit entgleitet mir, und ich bin nicht mehr unverkennbar ich, sondern nur ein ganz gewöhnliches Tier unter einem uralten, gleichgültigen Himmel. Als ich das zum ersten Mal gelesen habe, musste ich das Buch zuklappen und nach draussen gehen. So sehr hat sich mir der Kopf gedreht.

Auch vom Autofahren drehte sich mir der Kopf, nur war das ganz anders. Bäume zogen vorbei, und der Himmel breitete sich über mir aus, sein Grau versprach Schnee, der sich noch nicht einstellen wollte. Ich schlich schon nur, aber die Spikereifen des Trucks kratzten grauenvoll über den Asphalt, und als die erste Kurve kam, ging ich noch mehr vom Gas und versuchte, nicht zum Strassenrand rüberzusehen.

Mom starb, einen Monat bevor ich sechzehn wurde. Es war ein Autounfall. Sie sass nicht am Steuer, sondern lief die Strasse entlang. So viel Platz auf unserem Grundstück, um einen Spaziergang zu machen, aber sie sucht sich den Rand des Highways aus.

Die Strasse, die bei uns zu Hause vorbeiführt, verläuft grösstenteils schnurgerade, man kann sie gut einsehen. Aber da ist diese eine Stelle, wo die Strasse eine enge Kurve macht und es ein Stück abwärts geht, und wenn man da zu schnell reinkommt, dann sieht man den Seitenstreifen vielleicht erst, wenn es zu spät ist. Der Typ, der den Truck fuhr, meinte, er hat nur einen Augenblick weggeguckt. Ich habe sie gar nicht gesehen, so hat er es unserem Village Safety Officer gesagt, er hat nur gehört, wie sein Truck irgendwas erwischt hat, hat erst noch gedacht, es wäre ein grosser Hund oder vielleicht ein Elchkalb gewesen.

Der Aufprall hat meine Mutter gegen einen Baum geschleudert. Ich denke, daran ist sie gestorben. Wenn dir ein Eichhörnchen in die Falle geht und es noch nicht tot ist, wenn du es findest, du aber noch nicht die Kraft hast, ihm das Genick mit den Händen zu brechen, dann kannst du es mit Wucht gegen einen Baum schlagen und die Sache so erledigen. Was ich mich nur frage, ist, was ihr durch den Kopf ging, als sie so durch die Luft gesegelt ist. Ob es so war, wie immer alle sagen, dass die Zeit plötzlich langsamer läuft und es einem so vorkommt, als hätte man Stunden, um über sein Leben nachzudenken oder den Schneeflocken dabei zuzusehen, wie sie wie herabfallende Sterne auf den Boden gleiten, während die Nacht um dich herum immer heller wird, weil alles so sauber und weiss ist? Sollte sie irgendetwas gedacht haben, dann hoffe ich, dass es das war.

Was ich mich auch frage, ist, was sie da wollte, mitten in der Nacht, am Strassenrand. Das ist nicht gerade ein schöner Ort für einen Spaziergang. Wenn ein Auto vorbeirauscht, spritzen Schnee und Schmutz und Steine hoch, und der Sog des Fahrtwinds rüttelt einen durch. Ich wüsste nicht, was daran verlockend sein soll. Aber da war sie, am Rand der Strasse, allein im Dunkeln, bis sie im Licht von zwei Frontscheinwerfern aufleuchtete.

Als ich vor der Schule hielt, war Scott nirgends zu sehen, ich wartete und beobachtete, wie die anderen Schüler aus dem Gebäude strömten, wie die, die weiter weg wohnten, in den Bus verfrachtet wurden, mit dem auch Scott und ich früher hergekommen waren, bis ich es fertiggebracht hatte, dass man uns auch da rauswarf. Unser Rektor meinte, ich hatte schon von Anfang an nur für Ärger gesorgt.

Schliesslich stieg ich aus dem Truck und beeilte mich, an den älteren Schülern vorbeizukommen, sie standen in Grüppchen zusammen, blödelten herum und lachten, bevor sie sich auf ihre Quads schwangen, um nach Hause zu fahren. Und da stand Beth Worley, mit Nasenschiene und einem Pflaster über der Stelle, die sie Anfang der Woche genäht hatten. Ich war überrascht, dass sie schon wieder in der Schule war; so wie sie geschrien hatte, als man sie zur Krankenstation getragen hatte, hätte man denken können, sie macht es nicht mehr lange. Sie funkelte mich böse an, als ich jetzt an ihr vorbeiging, und ihre Freunde verstummten, bevor sie anfingen zu tuscheln, als sie dachten, ich wäre weit genug weg. Aber ich hatte immer schon ein besseres Gehör als die meisten.

Scott kniete vor seinem Klassenzimmer, seine Bücher lagen überall verteilt auf dem Boden. Aber erst als ich bei ihm war und ihm half, sie zurück in seinen Rucksack zu stopfen, sah ich, was für ein fetter blauer Fleck neben seinem Mundwinkel blühte.

Wer war das?, fragte ich.

Er schüttelte den Kopf. Ist doch egal. Komm, wir gehen.

Dir ist klar, dass ich hier für die Prügeleien zuständig bin, oder?, sagte ich, als wir raus ins Freie gingen.

Du machst mich fertig, Tracy Sue Petrikoff, sagte er und klang dabei genauso wie Dad damals im September, als er einen Anruf aus der Schule bekam, weil ich einem Typen mein Knie in die Leiste gerammt hatte, nachdem der mir im Sportunterricht einen Ball an den Kopf gepfeffert hatte.

Ich streckte den Arm aus und boxte Scott leicht gegen die Schulter, nicht so, dass es weh tat, nur zum Spass.

Halt die Schnauze, sagte ich.

Er boxte zurück.

Halt sie doch selber.

Pass lieber auf, Scotty!, rief irgendein Typ über den Hof. Die haut dir noch eine runter!

Gelächter von irgendwelchen Leuten, die nicht mal in meinem Jahrgang waren. Dinge sprechen sich schnell rum, wenn zu viele Menschen aufeinanderhocken und alle sich das Maul zerreissen.

Fick dich ins Knie, brüllte Scott zurück.

Hey, sagte ich. Ist der Typ nicht dein Freund?

Scott zuckte mit den Schultern. Ja, aber irgendwie ist er auch ein Blödmann. Und du bist meine Schwester.

Ich wuschelte ihm durch die Haare und wusste ganz genau, dass er das hasste. Er schlug meine Hand weg.

Wie Dad es mir aufgetragen hatte, hielten wir am Laden, ich liess Scott rausspringen und den Zettel aufhängen. Dann nahmen wir Kurs auf zu Hause, und mir wurde immer wohler, je weiter wir uns von der Tankstelle und dem Diner entfernten, wo die Leute sich praktisch Schulter an Schulter um den Tresen drängten wie die Sardinen in der Büchse. Im Truck roch es nach Öl und nassem Fell, und ich musste an all die Male denken, die wir vier uns vorne auf die Sitze gequetscht hatten und zusammen in den Ort gefahren waren, um unsere Vorräte aufzufüllen, manchmal hatten wir dann noch einen Zwischenstopp im Diner eingelegt, bevor wir uns wieder auf den Rückweg machten. Dann kamen Männer an unseren Tisch, um Dad die Hand zu schütteln oder ihm einen auszugeben. Den Namen Bill Petrikoff Junior kannte man in ganz Alaska. Inzwischen wirkte das alles wie aus einem anderen Leben, wie etwas, was ich in einem Buch gelesen haben musste. Die Dinge änderten sich schnell, als Mom starb.

Es war wie dieses Spiel, das ich und Scott immer gespielt hatten: Vorher/Nachher. Mom gab uns zwei Bilder, und auf den ersten Blick sahen sie exakt gleich aus, aber wenn man genauer hinsah, konnte man winzig kleine Unterschiede erkennen. Ein Kerl trug auf dem einen Bild einen Cowboyhut, auf dem anderen hatte er ein Basecap auf dem Kopf. Ein roter Schuh wurde zu einem blauen. Ein fliegender Vogel am Himmel war plötzlich verschwunden. Es war unsere Aufgabe, die Unterschiede zu finden.

Für uns gab es im Vorher-Bild nur Hunde. Einen ganzen Hof voller Hunde, und Dad, wie er einen Schlitten repariert, Mom, wie sie sich übers Feuer beugt und in einem Topf gefrorenen Fisch und Rindertalg zusammen kocht, um das Ganze später übers Trockenfutter zu geben. Wie sie die Futterrationen für unterwegs vorbereitet, die Schuhe für die Pfoten näht. Ausserdem genug Geld, um Helfer zu bezahlen, die bei den Vorbereitungen auf die Rennen mitanpacken konnten, erst bei all den kleineren und dann bei dem ganz grossen. Wenn schliesslich das Iditarod kam und Dads Gespann auf der Startpiste stand, kümmerte sich Mom um einen der grossen Wheeldogs, das sind die Hunde, die direkt vor dem Schlitten angeschirrt sind. Wenn das Startsignal ertönte und die Helfer die Hunde losliessen, drehte Mom sich um und gab Dad noch einen schnellen Kuss, bevor er an ihr vorbeizog. Dann beeilte sie sich, zu mir und Scott hinter die Absperrung zu kommen, und Dad drehte sich um und winkte uns zu, winkte, bis er auf dem Gipfel des ersten Hügels angekommen war, und verschwand.

Nach dem Rennen nahmen wir Dad dann auf der kleinen Landebahn in Empfang, wo das Flugzeug, das er in Nome gechartert hatte, ihn und die Hunde wieder bei uns absetzte. Wir bepackten den Truck und machten uns auf den Heimweg, Mom an einem Ende der Sitzbank, Dad an dem anderen, ich und Scott in der Mitte, ein Sandwich, bei dem unsere Eltern das Brot waren. Draussen die Kälte, aber immer warm im Truck. Schneeflocken im Licht der Scheinwerfer.

Das war Vorher. Nachher war Dad, wie er die Hände in die Hüften stemmte, während ich den Truck in unserer Auffahrt abstellte; er sah aus, als hätte ihn ein kleines Kind gezeichnet, mit nur ein paar dünnen Linien. Sämtliche Polster waren von seinen Knochen verschwunden, seine Augen gross und dunkel, als würden sie in seinem Kopf versinken. Mit finsterer Miene wartete er darauf, dass wir aus dem Truck stiegen.

Na, mein Sohn, sagte er und schenkte Scott ein Lächeln, das sich nicht in seinen Augen spiegelte. Geh schon mal rein, und mach deine Hausaufgaben, in Ordnung?

Aye, aye.

Und du, sagte Dad, und ich erstarrte, in meinem Magen bildete sich ein Knoten, als ich den Ton in seiner Stimme hörte. Du hast Hausarrest. Und damit meine ich nicht nur keine Hunde. Ich meine damit: Du wirst den Hof nicht mehr verlassen, nicht jagen, nicht mit den Hunden rausgehen. Und zwar für eine ganze Weile nicht.

Ein fester Knoten in meinem Magen.

Was?

Die Schule hat angerufen, als du weg warst. Du hast dir einen Verweis eingehandelt. Ich habe dir gesagt –

Auf keinen Fall.

Wie bitte?

Auf keinen Fall, wiederholte ich. Einen Scheiss werde ich. Ich habe die ganze Zeit trainiert, bis du mir gesagt hast, ich darf nicht mehr. Ich bin diejenige, die sich am meisten um die Hunde kümmert. Das ist das letzte Jahr, dass ich fürs Junior zugelassen bin. Das erste Jahr, dass ich beim Iditarod starten kann!

Er schüttelte den Kopf. Du wirst dieses Jahr keine Rennen fahren, Trace. Selbst wenn das mit der Schule nicht wäre, wir können uns die Startgebühren nicht leisten.

Die Sonne überzog unseren Hof mit den Schatten der Bäume, lange Streifen von Dunkelheit, die in das braune Gras einsickerten. Unsere Hunde fragten sich langsam, was wir da trieben. Sie sassen auf ihren Hinterläufen und legten die Köpfe schief. Manche schnupperten an ihren Näpfen. Ich stellte mir Dad vor, wie er seine sanften Hände auf ihr Fell legt, ihre Pfoten inspiziert, ihre Beine nach einer langen Tour massiert. Ich hätte nicht mehr sagen können, wann er das letzte Mal auf einem Schlitten gestanden hatte.

Bei diesem Gedanken biss ich die Zähne aufeinander und ballte die Fäuste, am liebsten hätte ich auf irgendwas eingeschlagen. Es war dasselbe Gefühl wie, als ich Beth die Nase gebrochen hatte, eine aufflackernde Wut wie ein Feuer, das den Wald erfasst, keinen Baum und keinen Grashalm stehenlässt.

Je wütender ich wurde, desto stiller wurde Dad. Er seufzte, als würde jede Luft aus ihm entweichen.

Deine Mom konnte das besser, sagte er.

Konnte was besser?

Das hier. Tun, was richtig für dich ist. Wissen, was du brauchst. Es war einfacher, als du noch klein warst. Du wolltest bloss die ganze Zeit draussen sein, mir auf Schritt und Tritt überallhin folgen.

Ich wollte ihm sagen, dass das nicht stimmte. Mom konnte eine Menge Sachen ziemlich gut, und es gab eine Zeit, wo wir Stunden um Stunden einfach nur damit verbrachten zu reden. Aber da war so viel, was sie mir nicht gesagt hat. Manchmal war sie kurz davor gewesen, wie wenn man am Ufer eines Bachs steht und noch nicht sicher ist, ob man ihn durchqueren soll. Aber anstatt ihren Fuss ins Wasser zu setzen, hat sie sich jedes Mal wieder umgedreht und, was auch immer sie mir sagen wollte, ist auf der anderen Seite geblieben.

Stattdessen sagte ich nichts. Es kam nicht oft vor, dass Dad über Mom sprach, und noch seltener war, dass wir darüber redeten, wie sie gewesen war oder was sie jetzt machen würde. Ich war fast sicher, dass sie jeden Augenblick aus dem Haus kommen, ihren Kopf aus der Tür strecken und fragen würde: Tauscht ihr zwei da draussen Geheimnisse aus? Ich erwischte mich dabei, wie ich wirklich darauf wartete. Jetzt kommt es mir idiotisch vor, wie enttäuscht ich war, als ich sie nirgends entdecken konnte. Als würden wir sie heraufbeschwören, indem wir nur über sie redeten.

Das alles will ich immer noch, sagte ich zu Dad. Draussen sein. Rennen fahren.

Du bist nicht die Einzige, die Dinge tun muss, die sie nicht will.

Er war so ruhig, es kam mir gemein vor, ihn anzubrüllen. Aber ich konnte nicht anders.

Du könntest doch machen, was du willst! Anstatt deine Zeit damit zu verplempern, das Zeug von anderen zu reparieren, Scheisstische und -regale zu zimmern, um sie dann zu verscherbeln –

Und was glaubst du, wie ich dafür sorge, dass wir etwas zu essen auf dem Tisch haben, Tracy? Wie denkst du, dass ich alles am Laufen halten soll?

Du bist doch Musher! Meine Stimme traf ihn fast wie eine Faust. Es tat mir weh, zu sehen, wie ich ihm weh tat, aber ich konnte nicht aufhören. Und so richtig wollte ich auch gar nicht. Jedenfalls solltest du das sein! Das ist dein echter Job! Ich bin die Einzige, die letztes Jahr überhaupt ein Rennen gefahren ist –

Sein Gesicht wurde hart. Ich verstummte.

Er räusperte sich. Seine Stimme klang ganz ruhig.

Ich habe gesagt, was ich zu sagen habe, Tracy. Ich wäre dir dankbar, wenn du jetzt reingehen würdest. Du kannst dich heute ums Abendessen kümmern.

Es wäre weniger schlimm gewesen, wenn er zurückgeschrien hätte. Ein frostiger Windhauch wehte durch den Hof. Dad ging in einem grossen Bogen um mich herum Richtung Hundehütten. Die Hunde sprangen auf ihre Füsse und fingen an zu bellen, als sie ihn sahen, denn sie wussten, es war Zeit für ihre abendliche Fütterung.

Ich sah ihm nach, bis er im Schuppen verschwunden

war, dann rammte ich meine Faust gegen den Truck. Danach waren meine Knöchel aufgeschrammt und taten weh, aber ich schlug noch einmal zu. Dann rannte ich los, stürmte an unserem Haus vorbei, überquerte den kreisrunden Hof. Stürzte mich in den Wald. Der kühle, feste Boden unter meinen Füssen. Dad würde ausser sich sein, wenn ich nach Hause kam. Aber irgendetwas musste ich tun.

Es hat etwas Befriedigendes, so schnell zu rennen. Wenn du rennst, bewegst du dich auf einen Ort zu, aber auch von einem Ort weg. Ein Gefühl legt sich um dich wie eine Decke. Es hüllt dich ein und lässt deine Gedanken verstummen, dann musst du nicht mehr den Stimmen in deinem Kopf zuhören, sondern kannst auf das Rascheln der Büsche, das schnatternde Eichhörnchen in den Baumwipfeln lauschen. So lange wie möglich renne ich so schnell, wie ich kann. Meine Gedanken wandern ab, ich bin nur noch Atem, Knochen, Muskel. Es ist ein friedliches Gefühl von Konzentration, Kraft und Energie, alles auf einmal.

So schüttele ich Wut und Sorgen ab, wie ein Hund sich das Wasser aus dem Pelz schüttelt. So schaffe ich in mir Platz, um mich neu zu füllen.

Nach einer Weile verliess ich unseren Trail und schlug mich tiefer in den Wald. In den Blättern wisperte der Wind. Der Herbst ist kurz in Alaska, *wie nur an einem einzigen Tag die Blätter sich färben und welken und von den Bäumen fallen,* schreibt Peter Kleinhaus. Aber es ist eine gute Zeit fürs Fallenstellen und für die Jagd. Manchmal findet man einen Baum, wo ein Elch mit seinem Geweih den Stamm freigelegt hat, und wenn man mit der Hand darüberfährt, ist das Holz weich wie eine Wange.

Ich fühlte, wie weich die Stelle war, und fragte meine Mutter: Und was ist mit einem Elch?

Selbst seit sie gestorben war, fand ich sie manchmal im Wald. Sie war kaum wirklich da, wie ein Spinnennetz, durch das ich meine Hand strecken konnte. Ich konnte die Erinnerung an ihre Stimme heraufbeschwören, dünn wie ein Hauch Eis auf einer Pfütze.

Ein Elch ist zu gross, sagte sie. Was willst du mit dem?

Ich zuckte die Schultern, aber die Vorstellung, etwas so Grosses wie einen ausgewachsenen Elch zu erlegen, liess meinen Magen kribbeln.

Du solltest nie mehr nehmen, als du brauchst.

Als sie noch da war, hatte sie mir eine Stelle gezeigt, wo Wühlmäuse kleine Pfade durch das Gras gebahnt hatten, hier und da sah man ihre Kötel, alles war mit ihren Spuren übersät, man erkennt sie an den beiden Zehen in der Mitte, die nach vorne zeigen, und dem kleineren Zeh jeweils zu beiden Seiten. Es gab eine Zeit, da sind wir zusammen durch den Wald gestreift, Hand in Hand, bis sie mich irgendwann losliess und mir *Wolfswurz* oder *Straussenfarn* oder *Moltebeere* zurief, und ich rannte los und suchte den Trail nach dem ab, wonach sie gefragt hatte, und dann erklärte sie mir, was davon man essen kann und was einen krank macht oder sogar umbringt.

Aber was sie mir nie hatte erzählen müssen, ist, wie am Morgen die Eichhörnchen ausschwärmen, um nach Futter zu suchen, und dass ihr Gewusel wie ein Signal ist, sobald sie anfangen sich zu tummeln, gehen auch die anderen Tiere im Wald auf Streifzug. Abends kehrt ein Eichhörnchen dann zurück zu seinem Baum, und wenn du weisst, welcher sein Zuhause ist, kannst du wie eine Art Trichter bauen, dafür nimmst du einfach einen hohlen Holzstamm oder ein paar einzelne Äste und legst sie dem Eichhörnchen in seinen üblichen Weg, dann knüpfst du eine Schlinge und hängst sie am Ende des Trichters etwa eine Handbreit über dem Boden auf. Danach versteckst du dich im Gebüsch und versuchst, möglichst flach zu atmen. Du wartest ab, bis du siehst, wie etwas vor dem Trichter durch die Blätter am Boden raschelt. Das Eichhörnchen wird stutzen, sich auf seine Hinterläufe setzen und mit seinen schwarzen Augen Ausschau halten, und da musst du ganz still sein. Dann huscht es in den Trichter, und wenn es am anderen Ende wieder rauskommt, geht es direkt in die Falle.

Sein Körper ist noch warm. Genauso willst du es.

Es gibt zwei Wege, wenn du wirklich wissen willst, was in einem anderen Wesen vorgeht, und keiner davon beinhaltet Reden, denn das lenkt in Wirklichkeit nur ab. Der eine Weg, einen anderen kennenzulernen, ist, Seite an Seite mit ihm zu leben und zu arbeiten. Jeder geht still für sich seinen Aufgaben nach, und mit der Zeit lernst du, wie der andere sich bewegt, sein Körper sich regt und rührt, wie es aussieht, wenn sein Gesicht von einem Gedanken durchzuckt wird und dir so mehr verrät, als Worte es je könnten. So war es vorher mit mir und Dad gewesen. Wir konnten uns einen Schlitten nehmen, die Zugleinen im Schnee auslegen und die Hunde für unser Gespann aussuchen, ohne dabei auch nur ein Wort zu wechseln.

Der andere Weg ist eine Art von Beobachten, Zuhören, die sich tief in deinem Kopf abspielt. Dabei kommt man einem anderen Tier so nah, wie es überhaupt nur geht. Du schaffst in deinem eigenen Ich Platz für etwas anderes, dann nimmst du alles in dir auf und fängst an zu verstehen.

Für das Eichhörnchen nahm ich mein Messer. Es gibt eine Stelle am Hals, wenn du in die einschneidest, dann fliesst das Blut ab, bis der Körper in deinen Händen ganz schlaff wird.

Danach war ich wieder ich selbst. Und in mir immer noch diese brennende Wut, die ich versucht hatte im Wald loszuwerden. Ich dachte an Dad, wie er zum Schuppen gegangen war, an seinen schmalen Rücken, die zusammengefallenen Schultern unter seinem Mantel. Wie enttäuscht er geklungen hatte. Mich überkam eine Müdigkeit, die noch grösser war als meine Wut. Mom hatte mich immer wieder gewarnt, dass ich nie die Kontrolle über mich verlieren durfte, aber an Tagen wie diesem kostete mich das viel zu viel Kraft. Meine Muskeln summten unter der Haut, meine Beine wollten mich zurück auf den Trail tragen, tiefer in den Wald hinein, wo es noch so viel mehr kleines Getier gab, das ich hätte jagen können.

Ich drehe mich um, ich strauchle, als plötzlich etwas in mich hineinrast, eine Schulter rammt mich am Kopf, Sterne explodieren vor meinen Augen. Ich blinzle sie weg. Stosse den Kerl zur Seite, zu dem die Schulter gehört, ein Bär von einem Mann, breite Brust, gräuliche, ein paar Tage alte Stoppeln, gross wie ein Baum, der gesamte Wald verschwindet hinter ihm. Er stürzt sich mit seinem ganzen Gewicht auf mich. Ich packe ihn, versuche ihn wegzudrücken. Greife nach dem Messer in meiner Tasche. Seine Finger krallen sich in meine Haare, zerren an ihnen, eine kratzige Stimme: *Warte* – Und dann mein Messer in meiner Hand.

Ich flüchte zur Seite weg, für einen kurzen Augenblick fliege ich. Wieder Sterne, diesmal gefolgt von einer schwarzen Mauer, die mich von dem Mann und dem Wald trennt, von dem Schrei, der durch die Bäume gellt.

Als ich wieder zu mir kam, brummte mir der Schädel, meine Schläfe schmerzte an der Stelle, wo ich auf eine knotige Wurzel geprallt war, die aus dem Boden geragt hatte. Es war inzwischen dunkel, Mondlicht sickerte durch die Äste auf den Boden. Aber ich habe immer schon nachts besser gesehen als im schroffen Tageslicht, ich erkannte genau, wo die Schritte des Fremden das Gras niedergetrampelt hatten, wie sie vom Trail zu dieser Lichtung führten. Ich sah auch die abgebrochene Igelkraftwurz, wo der Kerl sich seinen Weg von der Lichtung, wer weiss wohin, gebahnt haben musste.

Mein Herz raste wie ein aufgeschrecktes Eichhörnchen, meine Nackenhaare waren aufgestellt, ich hielt den Atem an, lauschte, ich war sicher, dass der Fremde ganz nah war, den tiefschwarzen Abend wie einen Mantel trug. In diesem Teil des Waldes hatte ich zwar keine Fallen aufgestellt, aber ich fühlte mich, als wäre ich in eine meiner eigenen Schlingen getappt, ich konnte mich nicht mehr rühren, sondern nur noch darauf warten, dass der Unbekannte sich zeigte. Nach einer ganzen Weile, in der ich bei jedem pfeifenden Vogel und jedem knackenden Ast zusammengezuckt war, stand ich schliesslich auf. Die Bäume tanzten im Kreis um mich herum, ich streckte die Hand nach einem von ihnen aus, und der Schwindelanfall ging vorbei, sie blieben stehen. Ich entdeckte mein Messer auf dem Boden, darauf Flecke von getrocknetem Blut. Es musste mir heruntergefallen sein, als der Kerl mich umgestossen hatte. Hatte ich es nicht abgewischt, bevor ich es wieder eingesteckt hatte? Nachdem ich das Eichhörnchen hatte ausbluten lassen? Es sah mir nicht ähnlich, mein Messer nicht sauberzumachen, ich wollte ja nicht, dass die Klinge stumpf wird. Es sei denn, ich hatte es noch ein zweites Mal benutzt. Ich klappte das Messer zusammen und steckte es in meine Tasche. Für den Moment konnte ich nichts machen, ausser nach Hause zu gehen.

Im Schuppen brannte Licht, als ich nach Hause kam, also lief ich zwischen den aufgereihten Hundehütten entlang und streckte meine Hand aus, damit Peanut und Hazel sie ablecken konnten. Ich blieb stehen, um Flash den Bauch zu kraulen. Die anderen – vierzehn Schlittenhunde hatten wir noch – sprangen an mir hoch und wedelten mit dem Schwanz, während ich an ihnen vorbeiging.

Dad stand in der Werkstatt im hinteren Teil des Zwingerschuppens an seiner Tischsäge und war dabei, ein Regal für eine Frau aus dem Ort zu bauen, die ihn dafür auch bezahlen wollte. Er war sicher wütend. Die Gefahr war gross, dass er noch wütender wurde, wenn ich anfing, auf den Regalbrettern mit unserer Ausrüstung herumzukramen, ohne ihn auch nur eines Blickes zu würdigen. Aber in Wahrheit waren sein Ärger und unser Streit inzwischen meine geringste Sorge. Alles an mir war angespannt, ich war todsicher, jeden Augenblick würde eine Gestalt aus dem Nichts auf mich losstürzen. Die ganze Zeit dachte ich, ich hätte ihn hören müssen, als er sich an mich herangeschlichen hatte, aber das Eichhörnchen, das ich gefangen hatte, hatte mich von innen gewärmt und meine Gedanken erfüllt, und der Teil von mir, der wachsam hätte sein müssen, war mit unserem Streit von vorhin beschäftigt gewesen.

Auf den Regalbrettern herrschte ein Gewirr aus Leinen und Geschirren, Schlafsäcken und Zelten, Kanistern mit Heizöl, Ersatzheringen, einem alten Sack Trockenfutter für die Hofkatze, die wir früher hatten. Ich fand, was ich suchte: einen Wetzstein. Ich tröpfelte ein bisschen Öl darauf, setzte mich auf einen Hocker neben der Tür und holte mein Messer raus, wischte die Klinge an meinem Hosenbein ab und zog sie über den Stein. Das schabende Geräusch fühlte ich mehr, als ich es hören konnte.

Als die Säge verstummte, fragte Dad mich: Hast du mich vorhin nicht gehört, oder legst du es jetzt endgültig darauf an?

Meine Hände hielten inne. Meine Knöchel waren rau und aufgeschrammt von meinen Hieben gegen den Truck.

Ich musste nach meinen Fallen sehen, antwortete ich.

Ich hatte hier und da in unserem Wald welche aufgestellt, die meisten nah genug an unserem Grundstück, dass ich sie zu Fuss erreichen konnte. Manches von dem, was ich fing, war zu klein, um es nach Hause mitzubringen, aber anderes konnte man essen, und der Rest hatte Fell, das Dad verkaufen oder eintauschen konnte.

War was dabei?, fragte er über seine Schulter hinweg.

Diesmal nicht, sagte ich, denn ein Eichhörnchenfell zu gerben macht mehr Arbeit, als es einbringt, und ich hatte das Eichhörnchen sowieso fallen lassen, als der Fremde sich auf mich gestürzt hatte.

Ich drehte das Messer, um es auf der anderen Seite zu bearbeiten. Die Säge fing wieder an zu surren, Dad schob ein neues Brett durchs Blatt. Als er mit dem Zuschneiden fertig war, stellte er die Maschine aus. Wischte die Hände an seinem Hemd ab, Späne rieselten auf den Boden. Er seufzte und blieb in der Schuppentür stehen. Die Lampe mit Bewegungsmelder, die Dad bei den Hundehütten angebracht hatte, warf einen Kreis aus Licht, der den Rest des Hofs noch dunkler erscheinen liess. Die Hunde waren für heute versorgt, die meisten eingerollt, Nase an Schwanz, manche paddelten mit ihren Pfoten im Schlaf, träumten vom Laufen.

Es war über ein Jahr her, dass Dad von den Rennen ausgeschlossen worden war. Bevor Mom starb, hätte ich mein Leben darauf verwettet, dass so was niemals passieren könnte. Aber die Nacht, in der sie von diesem Truck erwischt wurde, hatte eine Lawine losgetreten. Ich habe mal gelesen, dass, wenn man in eine Lawine gerät, man nichts anderes machen kann, als gegen den Schnee zu schwimmen und irgendwie zu versuchen, nicht unterzugehen. Wir waren nur nicht so gut im Schwimmen. Waren immer noch dabei, uns wieder an die Oberfläche zu kämpfen.

Mach nicht zu lange, sagte Dad, ohne sich umzudrehen. Ist Zeit, ins Bett zu gehen.

Er durchquerte die Lache aus Licht unter der Lampe im Hof, dann verschwand er in der Dunkelheit. Liess mich allein zurück im Schuppen, umgeben von unserer Ausrüstung, dem halben Dutzend Schlitten im hinteren Teil des Raums, die nur darauf warteten, dass sich jemand auf ihre Kufen stellte. In einem Hof voller leerer Hundehütten. Mit einer Handvoll Hunde, die nicht nur laufen wollten, sondern laufen mussten.

Und auch ich musste. Alles in mir sehnte sich danach, auf einen Schlitten zu kommen. Ich fühlte, wie es mich auf den Trail zog, wie jeder Acre Land hinter dem Haus danach verlangte, dass ich seine altvertrauten Hügel und Senken durchstreifte. An jedem anderen Abend hätte ich mich noch für ein paar Minuten davongestohlen, gerade lange genug, um diesen Drang in mir zu stillen.

Aber neben dem Verlangen blieben mein stotterndes Herz und das Kribbeln auf meiner Haut. Zwei Augen, ein gebückter Schatten, der in der Deckung der Nacht weiter lauerte. Der Gedanke an den Fremden liess mir den Atem stocken, und das war kein angenehmes Gefühl. Mir wurde klar, dass ich keine Ruhe mehr hätte, bis ich ganz sicher sein konnte, dass von dem Kerl keine Bedrohung mehr ausging.

2

Ich war dir ziemlich ähnlich, als ich in deinem Alter war, sagte Mom.

Sie sass auf meiner Bettkante und versuchte, mir die Haare aus dem Gesicht zu streichen. Ich wich ihrer Hand aus, ich war immer noch wütend.

Sie seufzte.

Ich war vielleicht sogar noch jünger als du, als ich anfing durch den Wald zu stromern, fuhr sie fort. Meine grossen Brüder zu jagen, Tieren nachzustellen. Ich habe das Fallenlegen nie so gelernt wie du. Aber ich war stundenlang draussen und kam völlig verdreckt wieder nach Hause. Ich war ein richtiger Wildfang.

Ich betrachtete sie durch das Dickicht meiner struppigen Haare. Sie war sauber und gerötet von der heissen Dusche, eingewickelt in ihren flauschigen weissen Bademantel. Auf ihrer Nase klemmte die Brille, die sie immer aufsetzte, wenn sie irgendwas Fipseliges wie Nähen erledigte. Ihre Fingernägel waren kurz geschnitten, ihre Haare nass, aber gekämmt.

Warst du nicht, sagte ich.

Sie lächelte.

Ob du es glaubst oder nicht.

Wieso gehst du dann nie in unseren Wald?, fragte ich.

Menschen ändern sich, antwortete sie. Deine Grossmutter und dein Grossvater haben uns mitten in der Wildnis aufgezogen. Du weisst doch, wo McCarthy liegt? Ganz in der Nähe bin ich aufgewachsen. Wir hatten endlose Wälder, die wir durchstreifen konnten. Wochenlang konntest du unterwegs sein, ohne auch nur einer Menschenseele zu begegnen. Du konntest dich von deinen Brüdern wegstehlen, deine eigenen Kreise ziehen, dich verirren. Das ist vielen Leuten passiert – dass sie sich verirrt haben, meine ich. Oder in Schwierigkeiten geraten sind, sich verletzt haben. Nicht jeder ist der Wildnis so gewachsen wie du, Tracy.

Hast du dich verirrt?, fragte ich.

Nein, nie. Ich wusste immer, wo ich war, selbst wenn ich weit von zu Hause weg war. Aber es gab da diesen Jungen, der – der hat sich verirrt. Sie haben tagelang versucht, ihn zu finden. Sogar ich habe nach ihm gesucht.

Und, hast du ihn gefunden?

Du kannst nie wissen, wen du im Wald triffst, sagte sie anstelle einer Antwort.

Sie strich mir über die Wange.

Bist du beim Jagen schon mal jemandem begegnet?

Uns gehörte nicht der ganze Wald, wenn man weit genug vordrang, kam man irgendwann im Nationalpark an. Das wusste ich aus meinen Erdkundestunden bei Mom. Vor allem im Sommer liefen Wanderer mit gigantischen Rucksäcken und kanisterweise Bärenspray einem über den Weg. Normalerweise hörte ich sie schon von weitem kommen und versteckte mich auf einem Baum, bis sie weitergezogen waren.

Genau das erzählte ich auch ihr.

Gut so, sagte sie. Aber solltest du jemals jemandem begegnen, wenn du auf der Jagd bist – geh nach Hause. Dreh dich einfach um, und lauf nach Hause.

Abgesehen von den Wanderern tauchten jedes Jahr ein, zwei Fremde bei uns im Hof auf, Herumtreiber, die entweder der Wald ausgespuckt hatte oder die per Anhalter nach Fairbanks oder Anchorage wollten. Sie fragten bei uns nach Arbeit, und manchmal sagte Dad: Vor dem Haus könnte mal wieder Schnee geschippt werden oder Ich hätte nichts dagegen, wenn das Laub vorm Schuppen zusammengeharkt wäre. Danach packte Mom ihnen etwas zu essen ein für unterwegs, und Dad drückte ihnen ein bisschen Geld in die Hand. Einmal fragte ich, warum es ihnen nichts ausmacht, etwas abzugeben, auch wenn das Geld bei uns selber gerade knapp war oder wir schon drei Abende hintereinander die Reste vom Eintopf gegessen hatten. Dad hatte gesagt: Weil sich das so gehört. Und Mom hinzugefügt: Weil, manchmal, wenn du jemandem sagst, dass du nichts für ihn hast, dann sieht er sich dein Haus und dein Land an, und dann kommt er später wieder und holt sich, was du ihm nicht gegeben hast.

Ich war nicht mehr ganz so wütend, ich wollte mehr von Mom darüber hören, wie es war, so wild aufzuwachsen. Ich setzte mich im Bett auf, in meinem Magen rumorte es, und fragte: Und was ist aus dem Jungen geworden? Hat ihn jemand gefunden?

Tracy, hast du gehört, was ich gesagt habe?

Ich laufe nach Hause, wenn ich einen Fremden sehe.

Genau.

Weil man Fremden nicht vertrauen kann?

Ganz genau, antwortete Mom. Bleib nicht stehen, um sie anzusprechen oder zu gucken, ob sie Hilfe brauchen. Auch wenn sie verletzt sind. Du holst mich oder deinen Dad, und wir kümmern uns darum. Verstanden?

Ich nickte.

Ich laufe weg, wenn ich einen Fremden sehe, wiederholte ich. Weil, sie könnten gefährlich sein.

Braves Mädchen, sagte sie.

Am Morgen, nachdem ich dem Fremden im Wald begegnet war, wachte ich mit ihrer Stimme im Kopf auf. Ich zog mich an und wusch mir das Gesicht, während die Fetzen dieser Erinnerung weiter an mir hingen. Meine Schläfe tat an der Stelle weh, wo ich auf die Wurzel geprallt war, die mich am Vortag ausgeknockt hatte, jetzt prangte dort ein blaugeäderter violetter Bluterguss, der zwar von meinen Haaren bedeckt wurde, aber ich zog trotzdem zur Sicherheit eine Mütze auf.

In der Küche lagen unsere beiden Hunde im Ruhestand, Homer und Canyon, neben dem Holzofen. Ausserdem holten wir jeden Tag einen unserer noch aktiven Hunde ins Haus, heute war Old Susitna an der Reihe. Sie war beide Male, die Dad das Iditarod gewonnen hatte, seine Leithündin gewesen, aber auch sie würde sicher bald in Rente gehen. Sie stand auf, um mich zu begrüssen, und schnupperte an meiner Hand, um zu sehen, ob ich ein Leckerli hatte. Ich kraulte alle drei Hunde einmal ausgiebig.

Dad stand an der Spüle und nippte an seinem Kaffee. Er hatte mich das Frühstück verschlafen lassen und Scott schon zur Schule gefahren. Die Eier mit der Fleischwurst, die er am Morgen gebraten hatte, standen noch kalt auf dem Herd. Ich klappte die Scheiben in der Mitte zusammen und hatte sie in zwei Bissen verputzt.

Dad leerte seine Tasse.

Gut geschlafen?

Ich zuckte mit den Schultern.

Besser wär's, sagte er. Du wirst ordentlich Energie brauchen, um deine Aufgaben für heute abzuarbeiten.

Ich überflog den Zettel, den er mir auf den Tisch gelegt hatte, und sah, dass er einiges gefunden hatte, um mich auf Trab zu halten und dafür zu sorgen, dass ich den Grossteil des Tages nicht nur auf Abstand zu den Hunden, sondern vor allem auch im Haus blieb. Saugen, Staubwischen, den Küchenboden schrubben, der einzige Punkt auf der Liste, für den ich nach draussen durfte, war Nummer eins: *Kate ausräumen.*

Die Aufgaben an sich machten mir nichts aus. Ich wusste, es war ein Tauschgeschäft, was man bekommt, muss man sich erarbeiten. Das fand ich fair. Was nicht fair war, war die Art der Aufgaben. Dads Liste war eine weitere Strafe, nur dass er sie mir diesmal hintenrum unterjubelte. Ich würde nie alles vor dem Abendessen abgearbeitet haben, und dann würde er sagen, dass ich noch meine Hausaufgaben machen muss, und wenn ich damit fertig wäre, würde er sagen, dass ich nicht rausdarf, solange ich Hausarrest habe. Er dachte, mir den Wald zu verbieten wäre dasselbe, wie Scott seine Comichefte oder seine alte Kamera wegzunehmen, aber das war es nicht. Mein Magen krampfte sich zusammen, ich atmete tief ein und versuchte, die Panik zu unterdrücken, die in mir aufstieg.

Du fängst lieber gleich an, sagte Dad.

Ich folgte ihm nach draussen, um als Erstes die Sache mit der Kate zu erledigen. Der Himmel hing tief, voller dichtgeballter Wolken, weiss und schwer. Alles war still. Tage wie dieser riechen normalerweise flach und sauber.

Ein Knistern liegt in der Luft, es kribbelt auf der Haut, und man weiss, bald wird alles von Schnee bedeckt sein. Dazwischen kann man noch ein paar dumpfe Noten von Herbst wahrnehmen, nasse Blätter und fauliges Holz, Dinge, die verrotten und wieder zu Staub zerfallen. Es ist ein Geruch, der zum Draussen, zum Jahreszeitenwechsel gehört. Ein Geruch, der rein gar nichts mit Menschen zu tun hat.

Doch dieser Tag roch faul.

Ich sah ihn, bevor Dad ihn sah. Sogar bevor die Hunde ihn witterten. An der Stelle, wo der Trail in unseren Hof mündet, kam der Fremde zwischen den Bäumen hervorgestolpert.

Dann fingen die Hunde an zu bellen, und Dad sah hoch, sah den Mann taumeln und zusammenbrechen. Dad liess die Axt fallen, die er in der Hand hatte. Ich sah ihm hinterher, wie er zu diesem Berg von Mann rannte. Ich stand da wie erstarrt. Mir schoss die Erinnerung durch den Kopf, mit der ich heute Morgen aufgewacht war. Mom, wie sie mich fragt: Bist du beim Jagen schon mal jemandem begegnet?

Anstatt an den Tag zuvor musste ich daran denken, wie ich einmal ein Elchkalb gefunden hatte. Jemand hatte seine Schlingfalle zu hoch aufgehängt, sie hatte das Kalb erwischt anstelle des kleineren Getiers, für das sie gedacht war. Ich selber benutze keine Schlingen, ausser ich kann abwarten und sie im Blick behalten, aber eine Zeitlang hatte ein Kerl so nah an unserem Land seine Fallen aufgestellt, dass man ihn schon fast einen Wilddieb nennen konnte. Wahrscheinlich hatte das Kalb den Draht an seiner Kehle gespürt, war in Panik geraten und hatte angefangen daran zu zerren, wodurch der Draht sich nur immer enger zuschnürte, bis dem jungen Elch die Luft wegblieb. So fand ich ihn.

Tracy!

Dads Stimme rüttelte mich wach.

Tracy, hol mir ein Handtuch!

Der Fremde reglos am Boden.

Mach schon!

Ich riss mich endlich los und rannte ins Haus. Dann sprintete ich über den Hof, der mit jedem meiner Schritte immer grösser wurde, meine Beine wollten einfach nicht schnell genug, und dann war ich plötzlich da, auf Knien neben dem Fremden. Der Boden unter ihm rot verfärbt. Seine Wunde ein Einstich, ein klaffendes Loch in seiner Bauchhöhle, Blut strömte heraus.

Hilf mir, ihn aufzurichten, sagte Dad und presste das Handtuch auf die Wunde. Wir müssen ihn zur Krankenstation bringen.

Ich beugte mich über den Fremden. Sein Gesicht war vom Auge bis zur Wange von Narben überzogen, wie Krallenspuren, rosa und wulstig. Ich versuchte mich an das Gesicht zu erinnern, das sich am Tag zuvor im Wald auf mich gestürzt hatte, suchte in meinem Gedächtnis nach Narben, danach, wie gross die Hände gewesen waren, die mich gepackt hatten. Hatten sie dieselbe Grösse wie die Hände von dem Mann hier, wie die, an denen jetzt sein eigenes Blut klebte? Aber sosehr ich meine Erinnerung durchforstete, ich sah nur verschwommenes Grün, Braun, dann Sterne. Dann nichts mehr.

Ich legte den Arm um ihn und wollte ihm hochhelfen, als sich plötzlich seine zuckenden Lider öffneten. Seine

Augen fixierten mich, wurden grösser. Er versuchte zu sprechen, brachte aber nur ein Röcheln hervor.

Es ist alles in Ordnung, sagte Dad. Bleiben Sie ganz ruhig. Wir holen Ihnen Hilfe.

Der Mann krallte sich an Dads Hemd fest. Ich schwankte unter seinem Gewicht. Er war grösser als Dad und kräftig. Wie einen gefällten Baum zerrten wir ihn über den Hof und in den Truck.

Ich ruf dich an, wenn ich da bin, sagte Dad.

Dad –

Mach die Tür zu.

Mit Vollgas wendete er den Truck, die Reifen spuckten Schotter. Hinter ihm flog der Staub auf.

Nach so viel Tumult Stille wie in einem luftleeren Raum. Der Staub legte sich. Ich keuchte, als wäre ich gerade eine Meile so schnell gerannt, wie ich konnte. Der Himmel war so weiss, dass es einem in den Augen weh tat. Drüben bei den Hundehütten drehte Marcey sich um sich selbst, dann legte sie sich vor ihre Hütte. Flash winselte.

Ich versuchte nachzudenken und versuchte, nicht nachzudenken.

Als ich das Kalb fand, fragte ich mich, wie lange es sich schon so aufgehängt hatte. Nicht lange genug, um kalt oder steif zu werden, alles war von Schnee bedeckt, nur sein Körper nicht. Ich hielt den Atem an und blieb stehen. Wartete, ob seine Flanke sich hob oder senkte. Ein Elchkalb ist nicht gerade klein, und seine Schalen sind scharf, ich wollte ihm nicht zu nahe kommen, falls es noch lebte, denn wenn es sich erschrecken würde, hätte es mich verletzen können.

Ich wartete ab, bis ich ganz sicher war. Dann nahm ich mein Messer.

Aber als ich den Schnitt gesetzt hatte, das Blut herausströmte und ich einen Schritt zurücktrat, hörte ich, wie das Kalb blökte. So leise, dass ich es mir vielleicht nur eingebildet hatte. Das Kalb verdrehte die Augen und sah mich an.

Und dann war es tot, es war inzwischen dunkel geworden, und so viel Zeit war vergangen, dass ich nicht wusste, wo sie geblieben war, ich war nur immer noch im Wald und rannte. Ich hatte nie wieder einen Gedanken an das Kalb verschwendet, bis ich mit staubbedeckter Haut in unserer Auffahrt stand und an mein blutverschmiertes Messer dachte, daran, wie ich es später an meinem Hosenbein abgewischt hatte, und an den Mann, der in unseren Hof gestolpert war und aus einer Wunde blutete, die nicht tief genug war, um ihn umzubringen.

Als Scott noch in Moms Bauch war, sagte sie manchmal zu mir: Leg deine Hand hierher, und dann konnte ich ihn treten spüren. Ich stellte ihn mir wie einen glatten Fischotter vor, der mit der Strömung ihres Blutes schwamm. Dad sagte mir einmal, dass sie eigentlich kein zweites Baby hätte kriegen sollen, nachdem es mit mir so schwierig gewesen war. Die Hilfsschwester hatte sie gewarnt, dass es ihr schlechtgehen würde und sie bis zur Geburt im Bett bleiben müsste, aber Mom ging es prächtig. Tatsächlich kann ich mich an keine andere Zeit erinnern, in der ihre Haut warm und sonnengebräunt ausgesehen hätte, den ganzen Sommer war sie gesund und rund und so glücklich, wie ich sie noch nie vorher gesehen hatte.

Sie baute Gemüse an und jätete ihre Hochbeete, bis Scott kam. Er wurde im Gesundheitszentrum geboren wie normale Babys und war ein dürres, langbeiniges Etwas. Er roch komisch und sah aus wie ein haarloses Opossum. Als er klein war, sah ich Mom zu, wie sie seine Fingernägel kurz biss und sie einen nach dem anderen ausspuckte.

Komm da weg, Trace, sagte sie.

Sie mochte es nicht, wenn ich an seinem Bettchen stand.

Setz dich, sagte sie. Sie hob Scott hoch und legte ihn mir in den Arm. Du musst seinen Kopf halten.

Er war schwerer, als er aussah. Ich lag ihr ständig in den Ohren, dass ich ihn auch mal nehmen wollte. Jetzt war ich ihm so nah, dass ich die blauen Adern an seinen Schläfen sehen konnte, direkt unter der Haut. Er steckte sich die Faust in den Mund und lutschte daran.

Gut so, sagte Mom. Du musst vorsichtig mit ihm sein. Verstanden?

Es war nicht mit Absicht, sagte ich.

Du hast ihm in den Finger gebissen, bis er geblutet hat.

Er hatte geschrien, als es passiert ist.

Sei vorsichtig mit dem Baby war nicht die einzige Regel, die Mom für mich aufstellte, als ich klein war. Regel Nummer eins, wenn ich nach draussen ging, lautete: Verlier nie das Haus aus den Augen. Als Scott auf die Welt kam, durfte ich im Hof spielen und sogar in den Wald gehen, nur nie so weit, dass ich kein Stück mehr vom Haus oder vom Schuppen oder von den Hundehütten sehen konnte. Wenn ich dich rufe, und du kommst nicht, sagte Mom, dann weiss ich, dass du zu weit weg von zu Hause bist.

Ich war fast fünf, zwar noch zu klein zum Jagen oder zum Fallenstellen, aber ich konnte den ganzen Tag laufen und wurde niemals müde. Von früh bis spät wollte ich draussen sein, selbst als der Winter kam und die Tage kürzer wurden, ich hatte keine Angst vor der Dunkelheit, und die Kälte machte mir nie viel aus. Wenn man weit genug weg war, waren die Fenster von unserem Haus nur ein paar leuchtende Vierecke, und wenn ich hinter einen Baum schlüpfte, verschwand das grelle viereckige Licht, der Wald wurde dunkel, und ich konnte besser sehen. Was erst nur Umrisse und Schatten waren, wurde ein Stein oder ein Wurzelgeflecht oder der Rumpf eines Baums.

Bevor ich lernte, Bücher zu lesen, lernte ich, den Wald zu lesen. Ich hockte mich neben einen Baumstamm und lernte, warum Eichhörnchen zum Boden runterklettern, obwohl sie sich von Ast zu Ast schwingen könnten. Ich lernte, dass ein Streifenhörnchen den Eingang zu seinem Tunnel unter einem Stein oder einem umgefallenen Baum gräbt, damit seine Fressfeinde von keinem Erdhügel angelockt werden.

Zuerst reichte es mir, nur dazusitzen und zuzusehen, das war wie Fernsehen. Nur dass das Eichhörnchenprogramm und das Streifenhörnchenprogramm viel besser waren als alles, was es im Fernsehen gab. Du beobachtest die Tiere lange genug, lernst ihre Gewohnheiten kennen, und dann, eines Tages, wenn du sechs oder sieben bist und einen grossen Stein gefunden hast, dann suchst du dir einen Baum neben dem Höhleneingang und rührst dich nicht mehr, nicht mal wenn deine Mom nach dir ruft. Du sitzt da, atmest kaum, und irgendwann ebben alle Geräusche ab, du hörst nur noch die Krallen in der

Erde wühlen, und dann streckt es seinen Kopf aus dem Bau, aber du rührst dich immer noch nicht, du wartest, bis es direkt vor dir über den Boden huscht, und dann lässt du den schweren Stein herunterrauschen.

Bei diesem ersten Mal habe ich noch nicht gleich getroffen, ich schlug dem Streifenhörnchen nicht den Schädel ein, wie es mein Plan gewesen war, sondern zertrümmerte ihm das Bein, und als ich das Hörnchen hochhob, um die Sache zu Ende zu bringen, zappelte es und biss mich. Ich heulte auf und liess es fallen, dann trat ich zu. Da kam das Blut, es sickerte ihm aus dem Maul und der Nase.

Danach reichte es mir nicht mehr, nur durchs Zugucken zu lernen.

Regel Nummer zwei war: Sei rechtzeitig zum Abendessen wieder zu Hause. Ich hörte Moms Stimme, sie musste schon eine ganze Weile nach mir gerufen haben. Als ich in den Hof gerannt kam, sah ich durchs Küchenfenster, dass das Essen auf dem Tisch stand.

Tut mir leid, sagte ich.

Wie siehst du denn aus?

Ich zeigte ihr meine Hände.

Ist das Blut?

Ich hielt mir die Hand an den Mund, das Blut auf meiner Haut war getrocknet, aber ich konnte es immer noch schmecken.

Tracy!

Sie zog meine Hand weg.

Geh rein, und wasch dich.

Ich machte, was sie mir sagte. An dem Abend stellte sie Regel Nummer drei auf, die lautete: Komm nie mit schmutzigen Händen nach Hause.

Dads Liste wartete, aber der Wald zerrte an mir, bis ich endlich nachgab und losrannte. Ich liess es nur nicht zu der Art von Rennen werden, die meinen Gedanken die Möglichkeit gab, sich zu verstecken. Stattdessen lief ich zwischen den Bäumen, und jeder Schritt weckte eine Erinnerung an den Tag zuvor. Ich sprintete über den Trail und dachte an den Baum mit der freigelegten, weichen Stelle, über die ich mit der Hand gefahren war. Ich sprang über einen umgefallenen Baumstamm. Das Eichhörnchen in seinem Trichter. Ich liess den Trail hinter mir, schlug mich in die Büsche, durchquerte mit spritzenden Schritten den flachen Bach. Ich drehe mich um, der Fremde packt mich. Dann greife ich nach meinem Messer –

Aber danach stiess ich nur auf die Mauer, die mich unter sich begraben hatte, als mein Kopf gegen die Wurzel prallte. Das Nächste, woran ich mich erinnern konnte, war, wie ich mit einem warmen Gefühl im Bauch vom Trail komme. Dann bin ich in unserem Zwingerschuppen und wische das Blut von der Klinge meines Messers.

Ich kam auf die kleine Lichtung, wo ich das Eichhörnchen erlegt hatte. Selbst wenn man nicht gut im Spurenlesen wäre, das platte Gras, wo zwei Menschen gestanden hatten, wäre jedem aufgefallen. Die Abdrücke, die meine nackten Füsse hinterlassen hatten, waren leicht zu erkennen, sie waren klein, die einzelnen Zehen gut sichtbar. Die Tapfen am Rand der Lichtung mussten zu dem Fremden gehören, seine Füsse waren grösser als meine und hatten Stiefel mit recht frischem Profil getragen. Rote Grashalme, wo er gestanden hatte, wo er weggesackt sein musste. Blutspritzer, die zurück zum Trail führten, wie die von einem angeschossenen Elch, dem man durch die

Bäume folgen muss, bis er zusammenbricht. Ich kann Schusswaffen nichts abgewinnen, sie sind laut, und im Schiessen liegt keine echte Kunst, aber mit Dad bin ich ein paarmal auf der Jagd gewesen, und eine ganz anständige Schützin bin ich auch.

Ich konnte sehen, wie der Kerl sich von mir weggeschleppt haben musste, da, wo er sich seinen Weg zurück zum Trail gebahnt hatte, waren jetzt abgebrochene Zweige, eine zertrampelte Igelkraftwurz. Ein Stück blauer Faden, von einem dornigen Strauch aus seinem Hemd gerissen. Er war stehen geblieben, hatte sich an einem Baum abgestützt, man konnte den bräunlichen Umriss seines Handabdrucks sehen, lange getrocknetes Blut auf dem Stamm einer Papier-Birke. Ich berührte die Kontur der Hand auf der Rinde, aber meine Finger blieben sauber.

Es fing an zu schneien, die zarten ersten Flocken dieser Saison. Sie fielen schnell und dick, und bald war das Grün und Braun der Bäume unter dem Weiss begraben. Ich zitterte. Nicht vor Kälte, sondern weil die Gedanken in meinem Kopf sich immer enger zusammenzogen, je mehr Möglichkeiten wegfielen, je näher ich dem kam, worauf jede einzelne Spur hindeutete.

Ich war schon früher anderen im Wald begegnet, Wanderern und Jägern, Menschen auf der Durchreise. Aber egal wer meinen Weg gekreuzt hatte, die anderen waren immer lauter gewesen als ich. Ich hatte ihre Stimmen gehört, ein Rascheln im Gebüsch, knackende Zweige unter ihren Schritten, und dann war ich einen Baum hochgehirscht oder hatte mich ins hohe Gras gelegt und gewartet, bis sie wieder weg waren. Dabei dachte ich immer daran, was Mom zu mir gesagt hatte: Wenn ich auf jemanden treffe, der sich verirrt oder verletzt hat, dann laufe ich nach Hause. Aber die Wanderer hatten sich nicht verirrt, die Rumtreiber waren nicht verletzt, und niemand, dem ich je begegnet war, hatte sonderlich gefährlich gewirkt. Ich hätte nicht gewusst, warum ich also ohne Not hätte nach Hause rennen sollen, wenn ich mich genauso gut verstecken konnte, bis ich wieder allein war und weiterjagen konnte.

Winzige Flocken landeten auf mir, schmolzen auf meiner Haut, blieben an meinen Sachen hängen. Ich kehrte der Lichtung den Rücken und schlug mich durchs Gebüsch zurück zum Trail. Der Schnee fiel immer dichter, alles ringsum weiss und sauber. Bis auf einen schreienden Klecks Rot, als ich am Trail ankam – ein Rucksack, halb versteckt hinter einem kahlen Strauch. Versteckt oder von jemandem fallen gelassen, der nicht mehr die Kraft gehabt hatte, ihn zu tragen?

Ich kniete mich hin und machte ihn auf, dann zog ich meine Hand zurück, als hätte mich etwas gebissen. Im Rucksack lose Scheine. Ich griff ein paar heraus, Einer, Zehner, Zwanziger. Vielleicht etwas über dreitausend Dollar, alles zusammen.

Ach, du Scheisse.

Da waren auch noch andere Sachen. Streichhölzer, eine mit einem dünnen Seil verschnürte, zusammengerollte Plane. Eine halbvolle Plastikflasche mit Wasser. Ein dünner, abgewetzter Schlafsack, der nicht mehr viel taugen würde, wenn erst mal die Kälte käme. Socken, ein Paar Handschuhe.

Ganz unten im Rucksack lag ein abgegriffenes Taschenbuch, das mir sehr bekannt vorkam. Ich konnte manche Stellen sogar auswendig, die allerersten Zeilen zum Beispiel: *Wie die meisten meiner schlechten Ideen fing alles an mit einer Sehnsucht. Ich sehnte mich nach einem anderen Leben, einer Möglichkeit, herauszufinden, wer ich sein könnte. Ich sehnte mich nach der Einsamkeit, die es braucht, um die eigene innere Stimme zu hören. Und so kam ich nach Alaska.*

Der Fremde musste das Buch von Kleinhaus genauso lieben wie ich, wenn er es auf sich nahm, das unnötige Gewicht hier im Wald mit sich herumzuschleppen. Eigentlich hätte ich mich jetzt noch schlechter fühlen müssen, jetzt, da ich wusste, dass wir etwas gemeinsam hatten, wir uns vielleicht verstanden hätten, wenn wir uns unter anderen Umständen begegnet wären. Aber etwas in mir wurde hart.

Ich liess das Buch zurück in den Rucksack fallen. Ich wollte ihn wieder unter den Busch stopfen, wo ich ihn herhatte, aber ich zögerte. Sollte der Fremde nicht in Dads Truck oder auf der Krankenstation verbluten, war es nicht ausgeschlossen, dass er zurückkommen würde. Das Buch, das Geld – was einem gehört, lässt man nicht zurück, schon gar nicht, wenn es etwas so Wertvolles ist.

Auf der anderen Seite hatte er wie verrückt geblutet, als er zu uns auf den Hof kam. Und selbst wenn mir ein paar tausend Dollar wie ein Vermögen vorkamen, wusste ich auch, in wie kurzer Zeit Dad schon so eine Summe durchgebracht hatte, und er war nun wirklich keiner, der mit Geld um sich schmiss. Kurz bevor Mom starb, hatte er das Copper Basin 3000 gewonnen und einen ähnlichen Betrag mit nach Hause gebracht, aber als es plötzlich eine Beerdigung zu bezahlen gab und das Geld von den Sponsoren und den Leuten, deren Hunde Mom trainiert hatte, ausblieb, waren die paar tausend Dollar schnell aufgebraucht. War das Geld in dem Rucksack so viel, dass ein erwachsener Mann dafür zurückkommen würde, zumal wenn er hier im Wald fast draufgegangen wäre?

Es stimmte, was Dad über die Startgebühren für meine Rennen gesagt hatte. Ich versuchte mir nur selber einzureden, dass wir die fast tausendzweihundert Dollar allein fürs Iditarod schon irgendwie aufbringen konnten. Aber wenigstens das Junior wollte ich nicht einfach aufgeben. Das Problem war nur, ich selber hatte das Geld nicht.

Bis jetzt.

Ich hängte mir den Rucksack um und rannte los. Ich hatte keine Ahnung, wie lange ich schon unterwegs war, aber wenn ich nicht wollte, dass Dad sah, was ich gefunden hatte, musste ich vor ihm zu Hause sein.

Als ich ankam, war sein Truck noch nirgends zu sehen. Ich stopfte den Rucksack unter mein Bett, ging runter in die Küche und heizte den Holzofen an. Liess unsere Rentner raus, damit sie ihr Geschäft erledigen konnten. Nahm mir meine Liste vor. Es war nicht mehr genug Zeit, um richtig mit Nummer eins anzufangen, *Kate ausräumen,* also ging ich zu Nummer zwei und drei über, *Küche fegen* und *Arbeitsflächen abwischen.* Während ich meine Aufgaben abarbeitete, lauschte ich auf das Geräusch des Trucks.

Ich war bei Nummer vier, *Abwasch erledigen,* als er nach Hause kam. Sein Truck rollte ohne Begleitung in die Auffahrt, kein Polizeiwagen hinter ihm, niemand neben Dad auf dem Beifahrersitz. Ich atmete die Luft aus, von der ich gar nicht gemerkt hatte, dass ich sie anhielt. Dad stieg mit düsterer Miene aus dem Wagen. Meine Beine wurden weich. Ich hielt mich an der Kante der Arbeitsplatte fest und hasste mich selber für die Hoffnung, die in mir aufkeimte.

Dad trampelte im Vorraum den Schnee von seinen Stiefeln, dann steuerte er auf die Kanne mit Kaffee zu, der zwar schon kalt war, aber Dad goss sich trotzdem eine Tasse ein, schwarz, und nippte daran. Er sagte nichts, lehnte nur an der Küchenfront und trank seinen Kaffee. Sah mir zu, wie ich ein paar Gabeln und Buttermesser abspülte. Meine Kehle war so trocken, dass es knackte, wenn ich schluckte.

Er wird's überstehen, sagte er schliesslich.

Ich legte das Besteck zur Seite, damit er nicht sehen konnte, wie meine Hände zitterten.

Hast du mit ihm geredet?, brachte ich hervor.

Dad schüttelte den Kopf.

Eher auf ihn eingeredet. Hab versucht, ihn wach zu halten, als wir unterwegs waren. Aber die Schwester hat mir gesagt, dass er wieder wird. Ich bin noch ein bisschen geblieben und hab, so gut es ging, den Papierkram ausgefüllt. Musste seine Brieftasche auseinandernehmen, um wenigstens seinen Namen rauszufinden. Tom Hatch. Aus der Gegend ist er nicht.

Er ist also nicht tot? Meine Stimme bröckelte.

Er hat viel Blut verloren, sagte Dad. Dann lachte er, es klang wie ein Bellen. Du müsstest mal den Truck sehen, sagte er, überall Blut. Trace, du hast doch dein Messer immer bei dir, stimmt's?

Der Teller zersprang in tausend Teile, als ich ihn fallen liess. Das Herz schlug mir bis zum Hals.

Ich wollte das nicht. Ich presste die Worte heraus, meine Kehle wie ein Nadelöhr. Ich wollte das wirklich nicht, sagte ich.

Nicht so schlimm. Dad stand von seinem Stuhl auf, kniete sich hin und sammelte die grösseren Bruchstücke auf. Pass auf, dass du dich nicht schneidest, sagte er. Hol den Besen, dann fege ich den Rest zusammen.

Als ich ihm den Besen gab, sah er, wie meine Hände zitterten. Ich konnte es auch in meinem Inneren fühlen, wie ein Erdbeben in meiner Magengrube.

Hey, sagte Dad. Hey, es ist alles in Ordnung. Er zog mich zu sich heran, legte die Arme um mich und strich mir über den Rücken. Das Zittern in mir ebbte langsam ab, und irgendwann fühlte ich nur noch seine Unerschütterlichkeit. Ich versuchte mich zu erinnern, wann er mich das letzte Mal so gehalten hatte. Wusste noch, wie er mich durch die Luft gewirbelt hatte, als ich zum ersten Mal allein mit einem Gespann unterwegs gewesen war. Erinnerte mich an seinen tröstenden Arm, als ich mein zweites Junior abgebrochen hatte, weil ich schon zu viele Hunde aus dem Rennen hatte nehmen müssen. Seine Hand auf meiner Schulter, als wir nach Moms Beerdigung zum Truck zurückgelaufen waren. Immer unerschütterlich, immer für mich da, egal was passiert war, egal was ich getan hatte.

Tausend Worte drängten gegen meine Lippen, wie Hunde auf der Startpiste. Sie wollten raus, wollten alles erklären.

Hast du dein Messer jetzt gerade dabei?, fragte Dad.

Ich hatte es immer bei mir. Ich zog es aus meiner Tasche und hielt es ihm hin. Ich hoffte, er würde es behalten und nicht wegschmeissen, auch wenn ich mir schon dachte, dass es ja irgendwie ein Beweisstück war. Wenn Dad erst mal dem Village Safety Officer erzählt hätte, was ich getan habe, würde ich mein Messer wohl nie wiedersehen.

Dad nickte, nahm aber nicht das Messer. Er fing an die Überreste des Tellers zusammenzufegen.

Gut, sagte er. Ich weiss, für dich sind die Wälder hier wie dein Zuhause. Du kennst sie in- und auswendig und denkst, dir kann nichts passieren. Aber du darfst nicht vergessen, dass wirklich jeder da draussen unterwegs sein kann.

Er schüttete die Scherben in den Müll und lehnte den Besen gegen die Küchenfront. Dann setzte er seinen Hut auf.

Die nächsten Tage hast du ja erst mal genug hier im Haus zu tun, aber wenn du wieder in den Wald gehst, will ich, dass du dein Messer mitnimmst. Und wenn du irgendwas siehst, dann sagst du mir Bescheid, verstanden?

Ich wendete das Messer in meiner Hand. Du willst, dass ich es behalte?

Er zog den Reissverschluss seines Mantels zu. Du weisst nie, wer sich alles im Wald rumtreibt, sagte er. Leg's nicht drauf an. Aber wenn du jemanden siehst – Er schüttelte den Kopf. Es ist einfach besser, wenn du dich mit irgendwas verteidigen kannst.

Eben noch waren da so viele Dinge gewesen, die ich ihm sagen wollte, dass ich nicht gewusst hatte, wo ich anfangen soll. Jetzt war kein einziges Wort mehr übrig.

Was ist los, Kleines?, fragte er. Wegen dem Teller? Was soll's. Deine Mom fand die Teile eh immer scheusslich. Er wollte mir die Schulter drücken, aber ich zuckte zurück. Steckte mein Messer ein.

War ein harter Morgen, was?, sagte er. Mach mal weiter mit deiner Liste, und vielleicht gehen wir nachher noch auf einen Spaziergang. Klingt das gut?

Ich schwieg.

Braves Mädchen, sagte er.

Dann ging er aus der Tür. Ich beobachtete ihn durchs Fenster, sah, wie er auf halbem Weg zwischen Haus und den Hunden stehen blieb. Es schneite immer noch, etwas weniger inzwischen, und die Wolken hingen so tief, dass sich die Berge hinter den Bäumen in Luft aufgelöst hatten.

Ich trocknete weiter das Geschirr ab und spürte dabei das Gewicht meines Messers in der Tasche. Die ganze Erleichterung und Angst von vorher waren verflogen, dafür summte jetzt etwas in mir, immer lauter und lauter, wie ein Bienenschwarm in meinem Kopf. Ich starrte auf den Teller in meiner Hand. Früher hatte ich Dad alles sagen können. Wenn ich ein Problem hatte, sagte er mir, wie ich es lösen kann. Zwischen uns gab es keine Geheimnisse. Dann war da plötzlich diese eine Sache, die ich ihm nicht erzählen konnte. Das Problem ist nur, wenn man ein Geheimnis hat, werden schnell zwei daraus. Und dann drei, und irgendwann so viele, dass man Angst haben muss, wenn man nur den Mund aufmacht, platzt man mit allen gleichzeitig heraus.

Ich wischte den letzten Teller ab.

Braves Mädchen. So hatte er mich genannt.

Ich warf den Teller auf den Boden.

Solange ich Moms Regeln befolgte, konnte ich, wenn ich wollte, den ganzen Tag draussen bleiben. Ich rannte und raufte mich mit den Hunden, beobachtete, wie die Streifenhörnchen von Ast zu Ast sprangen und die Wühlmäuse ihre Gänge durchs Gras gruben. Als Scott gross genug war, zeigte ich ihm, wie man auf den grossen Baum vor unserem Haus klettert. Wir machten Schwerter aus Zweigen und jagten einander über den ganzen Hof, bis Mom uns zum Essen rief. Damals verdrückte ich alles, was man mir vorsetzte, ich hatte immer Hunger. Dad sagte: Sie steckt eben im Wachstum. Nur dass ich eigentlich nie besonders viel wuchs. Ich war immer klein für mein Alter, gut bemuskelt und breit in den Schultern, aber nie sehr gross. Scott dagegen stocherte in seinem Essen herum und jammerte, weil dies oder jenes ihm nicht schmeckte, und Dad sagte dann immer: Sieh dir deine Schwester an, die beschwert sich nicht.

Dann streckte Scott mir die Zunge raus. Mom schnitt ihm sein Fleisch klein und beobachtete uns schweigend.

Ich war sieben, als es mir ernster wurde mit dem Fallenstellen und dem Unterschlupfbauen. Dad zeigte mir, wie man eine einfache Schlinge macht und wie man einen Unterstand baut, der einem genug Schutz bietet, sollte unerwartet ein Sturm heraufziehen. Ich schaufelte mir eine Schneegrube am Fuss der Weiss-Fichte hinter dem Schuppen, klopfte die Wände schön fest und legte den Boden mit Zweigen aus, und als Dad sich mein Werk ansah, sagte er: Gute Arbeit, Trace. Dann zeigte er mir, wie man den Unterschlupf mit noch mehr Zweigen ausstattet, damit die Wärme drinnen bleibt.

Je mehr Zeit ich draussen verbrachte, desto schwieriger wurde es, nach Hause zu kommen. Mom stand auf der hinteren Treppe und rief nach mir, immer und immer wieder, bis ich endlich aus dem Wald kam; ich wischte meine Hände am Hemd ab und hinterliess Blutschlieren auf dem Stoff.

Geh dich waschen, sagte sie, doch dann hielt sie mich am Arm fest, bevor ich mich an ihr vorbeidrücken konnte. Was ist das?

Sie fasste in meine Tasche und zog den Stein heraus, den ich am Bach gefunden hatte. Ich hatte mit einem zweiten, härteren Exemplar darauf herumgemeisselt, um ihm eine Kante zu verpassen, in der Hoffnung, dass ich sie so scharf kriegen würde, dass ich damit durch Fell und Haut schneiden könnte, denn mit den Zähnen kam ich nicht durch den zähen Pelz meiner Beute.

Rein, sagte sie. Komm nicht noch mal so spät nach Hause.

Ich streckte meine Hand aus, aber sie gab mir den Stein nicht zurück.

Ich hätte es schlauer anstellen und mich an ihre Regeln halten sollen. Aber wenn du dich an den ersten Luchs heranpirschst, den du je in der Nähe von eurem Grundstück gesehen hast, dann bewegst du dich so langsam, dass es wirkt, als würdest du dich gar nicht bewegen, und es dauert fast eine halbe Minute, bis du deinen Fuss vollständig auf die Erde gesetzt hast, damit unter deinem Gewicht kein Zweig zerbricht und du das Tier nicht verscheuchst. So was braucht seine Zeit. Am Ende war es eh umsonst gewesen, ich war nah genug an ihn rangekommen, um seinen faulig-süsslichen, würzigen Atem zu riechen, aber dann verlor ich das Gleichgewicht und musste meine Hand ausstrecken, und das Geräusch, als ich strauchelte, verschreckte ihn. Der Luchs war auf und davon, die Sonne lange untergegangen und mein Essen kalt.

Mom beschloss, dass ich die nächsten drei Tage nicht weiter als in den Hof durfte.

Ich hatte schnell gelernt, dass zwei Tage ohne Wald reichten, damit ich mich elend fühlte. Nicht nur mein Kopf hatte dann zu leiden. Wenn ich zu lange nicht jagen gehen konnte, bekam ich schreckliche Bauchschmerzen, und meine Muskeln fingen an zu zittern. Ich fühlte mich schwach und benommen, und wenn ich versuchte, die Aufgaben zu lösen, die Mom mir vorsetzte, dann machten die Zahlen sich selbständig und schwirrten übers Papier.

Und so war mein Magen am dritten Tag vollkommen ausgehöhlt, nichts, was ich ass, konnte ihn füllen, und ich schlotterte, egal wie nah beim Kamin im Wohnzimmer ich sass. Scott lag neben mir auf dem Bauch und malte in seinem Malbuch.

Willst du die Seite machen?, fragte er.

Lass mich in Ruhe, antwortete ich.

Er runzelte die Stirn. Bist du krank?

Ich gab ihm keine Antwort. Er ging nur nach draussen, wenn wir was spielten oder bei den Hunden halfen, und er hatte noch nie selbst ein Tier gefangen. Er fror schnell, wenn wir zusammen im Schnee tobten, selbst wenn er in mindestens drei Schichten eingepackt war. Es machte ihm nichts aus, tagelang drinnen zu hocken, er konnte sich den ganzen Nachmittag mit Ausmalen beschäftigen oder damit, die Wörter aus seinem Bilderbuch Laut für Laut zusammenzustottern. Er schien davon nie so krank zu werden wie ich. Manchmal war es schwer zu glauben, dass wir überhaupt verwandt waren. Abgesehen davon natürlich, dass er mich in den Wahnsinn treiben konnte wie kein anderer, nur ein Bruder weiss so genau, wie er einem den letzten Nerv rauben kann, zum Beispiel indem er mir den Wachsmalstift unter die Nase hielt und mich fragte: Ist das deine Farbe? Als ich wieder keine Antwort gab, holte er den nächsten raus, stichelte immer weiter, mit einer Farbe nach der anderen, hielt jedes Mal den Stift ein Stückchen näher in mein Gesicht, und ich wollte ihn noch warnen, ich fand das nicht lustig, ich war nicht in der Stimmung, da streckte er mir den grünen Stift hin, fragte lachend: Ist *das* deine Farbe?, und diesmal kam er mir so nah, dass er mir die weiche Wachsspitze in die Wange pikste.

Meine Zähne waren nicht scharf genug, um ein Tierfell zu durchbohren, aber die Haut eines Menschen ist weitaus weniger zäh.

Scott weinte, und auch wenn mein Magen sich schon besser anfühlte als die ganzen letzten Tage, spürte ich trotzdem einen Knoten im Bauch.

Es tut mir leid, es tut mir so leid, sagte ich. Ich wollte das nicht. Ich streichelte ihm die Schulter, er presste seine Hand auf die Brust, das Blut hinterliess einen Fleck auf seinem Hemd. Ich wollte das nicht, sagte ich noch einmal, auch wenn mir gleichzeitig das Wasser im Mund zusammenlief.

Dann kam Mom ins Zimmer. Raus, sagte sie, sie stürzte zu Scott und nahm ihn auf den Arm.

Aber –

Sie war schon im Badezimmer, schob Scotts Finger auseinander und machte die Wunde sauber. Tracy, ich sagte, du sollst gehen. Geh einfach nach draussen. Dann stiess sie die Tür mit dem Fuss zu.

Und so kam es, dass ich meinen ersten Hasen fing, ich wartete nicht darauf, dass Mom noch ihre Meinung änderte, sondern rannte zur Hintertür raus ins Freie und dann tiefer in den Wald als jemals zuvor. Ich stiess auf eine Spur im Schnee, die ich nicht zuordnen konnte, dann auf ein Fellbüschel, das sich in einem Ast verfangen hatte. Danach einen Kothaufen. Ich rollte die Kötel zwischen meinen Fingern und versuchte zu ergründen, zu welchem Tier sie gehörten, die Kügelchen waren viel kleiner als die von einem Elch, runder und ein wenig flach. Als ich an eine Stelle kam, an der sich die Spuren zwischen zwei Bäumen durchquetschten, hängte ich in aller Ruhe eine Schlinge auf. Dann versteckte ich mich im Gebüsch.

Es war ein Hase. Er hatte schwarze Ohrenspitzen und grosse, fellige Füsse, deswegen wusste ich, dass es ein Schneeschuhhase war, er konnte sich ohne Schwierigkeiten auch durch sehr tiefen Schnee bewegen. Als ich ihn sah, stockte mein Herz. Ich hielt den Atem an und beobachtete, wie er seinen eigenen Spuren zu den zwei Bäumen mit der Falle folgte. Mit einem einzigen Sprung legte er so viel Strecke zurück, dass ich mir für einen Moment wünschte, ich könnte mich bewegen wie er. Dann landete er zwischen den Bäumen und in der Falle, er zappelte, während die Schlinge um seinen Hals sich immer fester zuzog.

Ohne ein Messer brauchte ich eine Weile, bis er tot war, aber irgendwann hatte ich es geschafft. Das Blut floss von ganz allein, sobald ich das Genick durchhatte. Ich trank mich satt. Der eisige Wind in mir hörte auf zu heulen, und mein eigenes Blut strömte wieder warm durch meine Adern. Ich lehnte mit dem Rücken an einer Erle, die Mittagssonne hatte sich inzwischen Stück für Stück in den Himmel vorgearbeitet, und das matte Licht entschleierte um mich herum die Bäume. Was von dem

Hasen übrig war, hatte den Schnee rot verfärbt; obwohl er tot war, konnte ich ihn immer noch hören. Er hatte in seiner Schlinge geschrien, bevor ich ihm den Hals umgedreht hatte, und diesen Schrei spürte ich in mir, nicht nur in meinem Kopf, sondern in meiner eigenen Kehle, ein Kratzen an der weichen Schleimhaut, als hätte ich selber so gekreischt.

Auf diese Weise lernte ich von den Tieren, die ich erbeutete, was ich wissen musste. Manche Dinge hatte ich auch aus Büchern. Du schlägst ein Buch auf, saugst die Worte ein und weisst danach, wie man eine Totschlagfalle baut oder einen Unterschlupf im Schnee findet. Es ist wie Trinken, du nimmst es in dir auf, und dann ist es Teil von dir.

Auch bei der anderen Art von Lernen nimmst du es in dir auf. Es ist warm und strömt durch dich hindurch, es durchzuckt deine Muskeln und schärft deine Sinne, und plötzlich siehst du ganz klar, nicht nur mit den Augen, sondern mit deinem ganzen Ich, und du weisst Sachen, die du vorher nicht gewusst hast. Wie ein Eichhörnchen sich seinen Weg sucht, wenn es von Ast zu Ast springt. Dass eine Maus dich hört, lange bevor sie dich sieht. Dass ein Schneeschuhhase im Zickzack rennt anstatt auf einer geraden Linie, um damit seine Jäger zu verwirren. Und jedes Stück Wissen macht die nächste Jagd leichter.

Ich sah zu, wie das Licht in den Wald einsickerte, und lernte von dem Hasen, was ich konnte. Aber unter seinem Bewusstsein flackerte noch etwas anderes. Ich hatte an dem Tag nicht nur von ihm getrunken, ich konnte auch immer noch Scott schmecken, sowenig ich auch von ihm gekriegt hatte. Aber mit diesem wenigen stieg heisse Scham in mir auf, nicht meine eigene, sondern Scotts. Mit ihr seine Erinnerung, jetzt meine Erinnerung, an den Morgen, daran, wie ich in einem nassen Fleck aus meiner eigenen Pisse aufwache. Erleichterung, als mir die Idee kommt, das Laken zu verstecken und mein Bett neu zu beziehen, damit Mom nichts mitkriegt. Funken von Wut, als meine Schwester nicht mit mir ausmalen will, und ein aufregendes Gefühl, Übermut, als ich sie immer weiter provoziere, wie wenn man einen schlafenden Bären piesackt.

Ich kannte meinen Bruder jetzt, wie ich ihn vorher nicht gekannt hatte. Ich hatte fast sofort ein schlechtes Gewissen gehabt, nachdem ich ihn gebissen hatte, aber jetzt fühlte ich mich noch schlimmer, als hätte ich ihn aufgeschnitten und in ihn reingeguckt und dabei Dinge gesehen, die er mir nicht hätte zeigen wollen. So fühlte ich mich nie, wenn ich in mir aufnahm, was ich von einem Eichhörnchen oder einer Wühlmaus lernen konnte, wieso hätte ich mich auch schlecht fühlen sollen, wenn ich mich doch nur in den natürlichen Lauf der Dinge einfügte? Aber das mit Scott war anders.

Zu Hause wartete Mom auf mich, sie sass auf der Treppe, in ihren roten Mantel gehüllt und mit einer Wollmütze auf dem Kopf. Ihre Augen waren blutunterlaufen, ihr Gesicht gerötet.

Sie stand auf. Machte sich bereit, etwas zu sagen oder mich anzubrüllen oder vielleicht mir eine zu verpassen. Ihr Gesicht war eine Gewitterwolke, wechselte von Sekunde zu Sekunde, konnte sich auf keine Emotion festlegen. Zwischen Wut und Enttäuschung und Müdigkeit konnte ich darin noch etwas anderes sehen, einen Blick, so flüchtig, dass es unmöglich gewesen wäre, zu sagen, was er bedeutete. Nur, für weniger als einen Augenblick, als sie erst zu dem Hasen runtersah und dann zu mir, da war es so, als hätte sie einen Freund gesehen, den sie erkannte. Dann war der Blick wieder verschwunden.

Menschen tun wir nicht weh, sagte sie.

Ich weiss, antwortete ich.

Nein, Tracy, hör mir zu. Du kannst dich prügeln. Du und Scott, ihr werdet euch in die Wolle kriegen, ich verstehe das. Das ist normal, ihr seid Geschwister. Ihr könnt euch raufen und hauen und an den Haaren ziehen. Mir wäre lieber, ihr macht das nicht, aber ich weiss, so was kommt vor. Nur – hör mir zu.

Sie kam näher, fasste mich am Kinn. Sah mir tief in die Augen.

Du darfst ihn nie zum Bluten bringen, sagte sie. Und nicht nur ihn nicht. Niemanden.

Okay, sagte ich, meine Stimme ein Flüstern. In meinem Magen ein Knoten. Ich konnte ihr nicht noch einmal sagen, dass es mir leidtat.

Du kennst die anderen Regeln.

Ich nickte.

Dann kannst du dir noch eine neue merken, sagte sie. Auch wenn du dich an die anderen nicht hältst, diese eine darfst du niemals brechen. Versprochen?

Okay.

Sag es.

Ich darf niemals einen anderen Menschen zum Bluten bringen, sagte ich.

Ihr Blick wanderte zu dem Hasen, den ich mitgebracht hatte, damit Dad ihm das Fell abziehen konnte.

Braves Mädchen, sagte sie.

3

Am Wochenende holte Dad mich jeden Morgen aus dem Bett, sobald er die Augen aufgeschlagen hatte, und drückte mir eine Liste mit Aufgaben in die Hand. Zuerst blieb er hart und gab mir nur Sachen für drinnen auf, aber ich beschwerte mich nicht. Ich ackerte mich durch Wäscheberge und scheuerte den Küchenboden, bis er glänzte, putzte jedes Fenster, polierte jedes einzelne Möbelstück und hatte den Staubsauger so viel in der Hand, dass ich sein Brummen nicht mehr aus dem Kopf bekam. Und die ganze Zeit fragte ich mich, was aus Tom Hatch geworden war. Dem Fremden. Ob er noch in einem Krankenbett in der Stadt lag. Oder ob man ihn schon entlassen hatte und er jetzt mit einem Verband über seiner Wunde auf dem Rückweg dorthin war, wo auch immer er hergekommen war. Oder ob er einfach weg war.

Irgendwann gingen Dad die Aufgaben für drinnen aus, und ich durfte den Schnee von der Veranda schippen und mich sogar um ein paar von den Hunden kümmern. Ich bürstete Homer und Canyon das Fell und schnitt ihnen die Krallen. Ging die Hundehütten ab, schüttete Trockenfutter in die Näpfe und schippte Scheisse. Abends raufte ich mich mit dem Hund, der für die Nacht ins Haus durfte. Dann setzte ich mich an die Hausaufgaben, die Scott jeden Tag für mich dabeihatte. Man hatte mich zwar aus der Schule geschmissen, aber Dad bestand darauf, dass ich weiter meinen Stoff schaffte. Ich hielt meine Klappe und machte meine Arbeit. Ich konnte immer noch mein Bestes geben, auch wenn ich fast jemanden umgebracht hatte. Auch wenn ich ihm den Tod wünschte.

Doch wann immer die Gelegenheit sich bot, schlich ich mich raus. Ich konnte mich nicht vom Wald fernhalten, auch wenn ich Dad den Grund dafür nicht sagen konnte. Sobald ich hörte, wie die Tischsäge anfing zu surren, oder Dad mit dem Schneepflug am Truck rückwärts aus der Auffahrt fuhr, um für irgendwen die Strasse frei zu räumen, liess ich meine Schaufel oder meinen Besen fallen und stürzte mich in den Wald. Klapperte die Fallen ab, die am nächsten von zu Hause waren, oder folgte der frischesten Fährte, die ich finden konnte. Ich rannte ein, zwei Meilen auf dem Trail, dann drehte ich um und war zurück, bevor Dad nach Hause kam. Auf diese Weise ersparte ich mir die Schmerzen im Bauch und das Rumoren im Kopf.

Manchmal kam ich bis zu der Lichtung, wo Tom Hatch mich angefallen hatte. Inzwischen war der Abdruck seiner Hand auf dem Baum fast verblasst, er wäre einem nicht aufgefallen, wann man nicht gewusst hätte, dass er da war. Ich legte meine Hand auf die Stelle und zog sie gleich wieder zurück, als hätte ich mich verbrannt.

Zu Hause lag der Rucksack des Fremden noch immer unter meinem Bett. Ich wollte nicht daran denken, ich wartete nur darauf, dass er wiederkommen würde, um ihn sich zu holen. Ich hätte den Rucksack niemals mitnehmen sollen. Aber anstatt ihn zurück in den Wald zu bringen, zog ich ihn fast jede Nacht unter meinem Bett hervor. Zählte die Scheine, fast viertausend Dollar. Genug für das Junior und das grosse Rennen zusammen.

Ich begutachtete auch seine anderen Sachen. Die Plane, ein Stück Trockenfleisch, eine Handvoll ungekochten

Reis in einem Beutel, eine Kaffeetasse aus Blech. Ich wühlte mich an alldem vorbei und zog das Buch hervor.

Der Fremde hatte die Ecken seiner Lieblingsseiten umgeknickt und ganze Absätze unterstrichen, genau wie ich. Aber anders als ich schien er besonders fasziniert von Passagen zu sein, denen ich beim Lesen kaum Beachtung schenkte. *Ich blieb in Seattle, bis ich genug Geld zusammenhatte, um weiter nach Norden zu ziehen; bis dahin wurde ich ein echter Experte im Ausnehmen von Fischen.* Von diesen Stellen konnte man nichts lernen, normalerweise übersprang ich die einfach, um schneller zu den Teilen zu kommen, wo es ums Jagen, Fallenstellen und Wandern ging. Ich konnte mich nicht mal erinnern, dass Kleinhaus eine Zeitlang in Seattle gelebt hat.

Die Seiten des Buchs waren mit Wörtern vollgeschrieben, aber nicht nur mit denen, die ich kannte, denen von Kleinhaus, sondern auch mit handgeschriebenen Sätzen von Tom Hatch.

Und wenn ich nichts anderes mehr mache, bevor ich sterbe: Ich werde die Polarlichter sehen.

Schwarzbär = grosse Ohren, kurze Krallen, kein Schulterbuckel. Braunbär = kurze, runde Ohren, lange, helle Krallen, Schulterbuckel.

Effektivste Schlinge?

»Kleine Fehler werden in der Wildnis doppelt bestraft.«

To-do – 1. lernen, wie man Falle legt; 2. Karte besorgen; 3. beste Art, Messer zu schleifen?

Es war ein paar Monate her, dass ich das letzte Mal in dem Buch gelesen hatte, aber plötzlich war da wieder dieses Gefühl: als würde man jemand anderes ansehen und gleichzeitig in sein eigenes Spiegelbild gucken. Nur waren es diesmal nicht die Worte von Kleinhaus, die zu mir sprachen. Tom Hatchs Handschrift war winzig, er hatte seine eigenen Worte in jede Lücke gequetscht, die er finden konnte. Alles, was ich bis jetzt gelesen hatte, drehte sich darum, etwas Neues zu lernen oder etwas Wichtiges nicht zu vergessen. Ich selber schrieb nichts in meine Bücher, ich liess meine Ränder lieber weiss. Aber ich hatte genau so gelernt wie er, vor allem am Anfang, hatte jedes Wort aus meinen Ratgebern aufgesogen, hatte Teile auswendig gelernt, ob über die Paiute-Totschlagfalle oder die Form von Luchsspuren.

Ich las ein paar von Hatchs Notizen, dann klappte ich das Buch zu und stopfte es zurück in den Rucksack. Aber einen Augenblick später ertappte ich mich wieder beim Lesen. Ich nickte, wenn er auf einen guten Hinweis zum Fallenstellen oder zur Orientierung im Gelände gestossen war. Wünschte, ich hätte ihn aufklären können, wenn er etwas falsch verstanden hatte. Schüttelte schliesslich den Kopf und warf das Buch zurück in den Rucksack. Ich konnte mir nicht erlauben, mich von diesem Fremden, von Tom Hatch, einwickeln zu lassen.

Ich konnte nicht im Gefängnis landen. Konnte nicht mein Leben drinnen fristen, ohne Wald und ohne Himmel und ohne warmes Gefühl im Bauch.

Aber vor allem konnte ich das Dad nicht antun. Ich hatte gesehen, wie hart es für ihn gewesen war, Mom zu verlieren. Wie viel von seinem Gewicht er verloren hatte. Und wie viel von seinem Biss – da war ein Funkeln in seinen Augen gewesen, das jetzt erloschen war. Der einzige Grund, warum er nicht alles hingeschmissen hatte, das wusste ich, waren Scott und ich. Und wenn ich jetzt auch nicht mehr da wäre, wenn Dad erfahren würde, dass ich versucht hatte, einen Mann umzubringen –

Das durfte ich nicht zulassen. Was auch immer ich tun musste, um die Sache ein für alle Mal in Ordnung zu bringen: Ich würde es tun.

Ich steckte das Buch von Tom Hatch zurück in den Rucksack. Schob ihn unter mein Bett.

Als ich Freitagmorgen, nachdem ich frisches Stroh in den Hundehütten verteilt hatte, zurück ins Haus kam, war Dad am Telefon.

Danke für die Info, sagte er. Ich weiss, du darfst nicht viel sagen, aber wenn du noch irgendwas hörst –

Er verstummte für einen Augenblick. Sagte dann: Danke noch mal, Helen.

Mein Magen zog sich zusammen.

Helen?, fragte ich, als er auflegte. Von der Krankenstation?

Sie wollte Bescheid geben, dass unser Besucher nach Fairbanks verlegt wurde, für eine OP, gleich an dem Tag nachdem ich ihn abgeliefert hatte, sagte er.

Ich runzelte die Stirn, ich war mir unsicher, ob das gute oder schlechte Nachrichten waren. Hiess das, Tom Hatch war jetzt so weit weg, dass er den Weg hierher zurück nicht noch mal auf sich nehmen würde? Oder dass sie ihn wieder zusammengeflickt hatten und er längst unterwegs zu uns war?

Hat sie noch irgendwas gesagt?, fragte ich.

Dad schüttelte den Kopf. Die haben tausend Regeln, was sie sagen dürfen und was nicht, wegen ärztlicher Schweigepflicht. Aber ich wollte ja nur wissen, ob es ihm gutgeht.

Ich stand für den Rest des Tages neben mir, meine Gedanken kreisten so sehr darum, wo Tom Hatch war oder nicht war, dass mir Flash entwischte, als ich sie für eine kleine Trainingseinheit in den Auslauf bringen wollte, sie preschte durch den Schnee, und ich musste ihr hinterherjagen. Sie hüpfte, ging auf die Ellenbogen, sprang von mir weg, wollte spielen, aber ich war so neben der Spur, dass ich nicht dazu aufgelegt war. Als ich sie endlich zu fassen kriegte und sie in den Auslauf bugsierte, dröhnte mir der Kopf, und mein Magen knurrte. Ich wusste, es war riskant, aber in dem Moment, als Dad in seinen Truck stieg und losfuhr, um irgendwo Schnee zu schieben, rannte ich in den Wald, so schnell ich nur konnte.

Als ich nach Hause kam, ging es mir besser, aber das verflog, sobald ich Dad sah. Er stand mit verschränkten Armen da, ein Sturm verdunkelte sein Gesicht.

Kannst du mir mal erklären, was du im Wald zu suchen hattest?, fragte er, als ich nah genug bei ihm war.

Es gab keine Erklärung, die ich ihm hätte geben können. Also sagte ich stattdessen: Ich darf nicht mit dem Schlitten raus, ich darf mit den Hunden nicht mal spazieren gehen. Kann ich nicht wenigstens jagen?

Er sah an mir vorbei, liess den Blick über den Hof und über die Hunde schweifen, die noch übrig waren und die jetzt jedenfalls gar keinen Auslauf mehr bekamen, wo die Einzige von uns beiden, die sich noch auf einen Schlitten stellte, Hausarrest hatte. Das war schon Strafe genug für mich, aber ich war mir sicher, noch schlimmer war es für die Hunde, und die hatten doch überhaupt nichts gemacht.

Das wird sich zeigen, sagte er.

Und was ist mit meinen Fallen? Ich habe noch nicht alle kontrolliert.

Ich gucke sie mir nachher an.

Ich trat nach einem Schneehügel, beförderte einen Sprühregen aus Flocken in die Luft.

Komm schon, Tracy, sagte Dad. Ich hatte dir gesagt, wenn sie dich von der Schule verweisen –

Er wollte mir die Hand auf die Schulter legen. Wahrscheinlich wollte er sich entschuldigen, auch wenn er mir gleichzeitig seine ganzen guten Gründe aufzählte. Aber als ich sah, wie er die Hand ausstreckte, zuckte ich zurück.

Es tut mir leid, Trace, sagte Dad. Aber ich hatte es dir doch gesagt.

Mom hätte mir das nicht angetan, sagte ich.

Wie bitte?

Vielleicht entweder – oder. Sie hätte mir wahrscheinlich die Rennen verboten. Aber sie hätte mir nicht den Wald weggenommen.

Sein Mund eine gerade Linie, so eng zusammengepresst, dass seine Lippen verschwanden. Sein Gesicht starr wie Stein. Ausser seine Augen. Die wurden weich und glänzten im schwachen Licht der Sonne.

Geh rein, und kümmere dich um die Wäsche, sagte er. Die Hunde wurden munter, als sie sahen, dass er in ihre Richtung ging, sie wedelten mit den Schwänzen und sprangen ihm an die Brust. Freuten sich immer noch, ihn zu sehen, denn es gibt keine treuere Seele als einen Hund.

In unserem Hof standen vierzig Hütten, und es gab eine Zeit, da hatten wir in jeder einen Hund. Inzwischen stand jede zweite Hütte leer. Über den Türen hingen noch ihre Namen, ich und Scott und Dad hatten für jeden Hund ein Schild gemacht, hatten in rechteckige Holzplatten ihre Namen eingebrannt oder eingeritzt. Panda. Junior. Half Pint. Speedy. Slim. Als Dad das erste Mal einen unserer Hunde weggegeben hatte, als er letzten Winter Slim gegen einen halben Elch eingetauscht hatte, habe ich eine Woche nicht mit ihm gesprochen, obwohl ich verstand, warum er es getan hatte. Andere Hunde wurden gegen andere Sachen eingetauscht. Junge, unerfahrene Hunde, die gutes Training brauchten, verkauften wir an andere Musher. Vier von unseren Rentnern hatte er in Familien gegeben, die sich um sie kümmern konnten. Übrig blieben noch zwei Rentner und vierzehn Schlittenhunde, gerade genug für ein Gespann.

Etwas Wildes stieg in mir auf. Das Verlangen, so schnell zu rennen, wie ich konnte, bis mein Kopf leer wäre und meine Haut aufhören würde zu summen und ich mich lange genug konzentrieren könnte, um eine Falle aufzustellen und zu warten, bis ein Tier hineintappen würde, und dann würde ich wenigstens für einen Moment nicht mehr ich selbst sein müssen, meine Augen und Ohren würden nicht mehr zu mir gehören, sondern zu einem Marder oder einem Eichhörnchen. Für einen Moment würde ich nicht mehr nachdenken müssen, nicht über Hatch, nicht darüber, wie wütend Dad auf mich war, nicht mal über die Hunde. Eine Woche, ohne zu jagen, wäre zu viel für mich. Aber selbst wenn ich versuchen würde, es Dad zu erklären, er würde es nicht verstehen. Ich musste einen anderen Weg finden.

Was ich zu ihm gesagt hatte, stimmte, irgendwann erlaubte Mom mir nicht mehr nur, den ganzen Tag draussen zu verbringen, sondern ich durfte mich im Wald frei bewegen. Ich durfte sogar über Nacht wegbleiben, sie sagte nie irgendwas, solange sie wusste, wann ich zurück sein würde.

Aber das fing erst an, als ich zehn war. Vorher schien Mom sich nie richtig entscheiden zu können, es gab Zeiten, da scheuchte sie mich nach draussen und rief mir nicht mal mehr hinterher, dass ich nach Hause kommen soll, bevor es dunkel wird, erinnerte mich auch nicht daran, mir die Hände vorm Essen zu waschen. Es gab Zeiten, da schien sie es gar nicht erwarten zu können, mich loszuwerden, und wenn ich dann nach Hause kam, sah ich sie und Scott eng aneinandergeschmiegt in der Hängematte liegen, die wir im Sommer immer im Hof anbrachten, oder einen Schneemann bauen im Winter. Wie sie zusammen lachten. Wenn ich näher kam, kicherte Scott munter weiter und hörte auch nicht auf, den Schnee auf ihrem Schneemann festzuklopfen. Mom dagegen war wie Wasser am kältesten Tag des Jahres, man konnte eine Tasse davon in die Luft schütten, und es würde gefrieren, bevor es auf dem Boden aufkam. Sobald sie mich sah, wurde sie brüchig.

Aber es gab auch Zeiten, da liess sie mich nicht aus dem Haus, und ich hatte keinen Schimmer, warum. Du musst deine Hausaufgaben machen, sagte sie zu mir, aber egal wie viele Arbeitsblätter ich löste oder wie viele naturwissenschaftliche Versuche ich durchführte, ich kam nie an den Punkt, wo die Arbeit erledigt war und ich endlich in den Wald durfte. Zuerst schlug ich ihr ein

Tauschgeschäft vor, wenn ich mein Bett mache und alle Schularbeiten fertig habe und noch irgendwas im Haushalt übernehme, was du willst, kann ich dann wenigstens rausgehen, um meine Fallen zu kontrollieren? Wenn das nicht funktionierte, versuchte ich, mich rauszuschleichen, ich wartete, bis sie den Raum verlassen hatte, dann sprintete ich zur Tür, aber sie stand immer schon dahinter, als hätte sie meine Gedanken gelesen. Wenn sie wollte, konnte sie sogar schneller und noch lautloser sein als ich. Hausaufgaben, sagte sie dann und schob mich zurück zum Küchentisch, wo meine Schulbücher auf mich warteten.

Dann wurde ich rasend. Warf meinen Stift durch die Gegend, trat meinen Stuhl um. Stürzte mich auf sie, sobald sie in meine Nähe kam, und kratzte ihr die Arme blutig.

Auf dein Zimmer, sagte sie in ihrem ruhigsten Tonfall, und das bedeutete für mich immer den grössten Ärger.

Einmal ging das länger als eine Woche so. Wir beide im Clinch, und sie machte alles nur noch schlimmer, je länger sie mich vom Wald fernhielt. Ich wurde erst launisch, dann krank, mein Magen ausgehöhlt und kalt. Nachts träumte ich davon, wie ich auf allen vieren durch den Wald lief und meine scharfen Zähne in die Haut meiner Beute versenkte. Am Morgen wachte ich erschöpft auf, aschfahl und hungriger als je zuvor.

Im Jahr davor hatte Dad ein paar Leute eingestellt. Er hatte zum ersten Mal das Yukon Quest gewonnen, und dazu noch ein paar kürzere Rennen, er fing an, sich einen Namen zu machen, war beim Iditarod zwar noch nicht Erster geworden, hatte sich aber auch nicht schlecht geschlagen, zweimal in den letzten drei Jahren war er unter den besten zehn gelandet. Er hatte ein paar Sponsoren, die einen Teil seiner Ausrüstung übernahmen, und die Zahl unserer Hunde wurde immer grösser. Als also ein junger Kerl namens Aaron bei uns auftauchte und sagte, er würde gern irgendwo lernen, liess Dad ihn unsere Junghunde trainieren, und im Gegenzug übernahm Aaron alle möglichen Aufgaben und half Dad, die erfahreneren Hunde zu versorgen.

Da waren auch noch andere, Dad nannte sie *unsere Youngster,* zwei Jungs und ein Mädchen, die ihm dabei halfen, die Hunde zu trainieren und die Ausrüstung und Futterrationen für die Rennen vorzubereiten. Das Mädchen und einer der Jungs waren beide nach Alaska zurückgekommen, nachdem sie in einem der *Lower 48* zur Schule gegangen waren, der andere Kerl kam frisch von der Highschool. Alle drei interessierten sich fürs Schlittenrennen und überhaupt für die Arbeit mit Tieren, und sie klotzten ordentlich ran für Dad.

Es war mein zehnter Tag, seit ich nicht aus dem Haus durfte, als Mom mich in den Holzschuppen schickte, um Feuerholz für den Ofen zu holen. Ich stapelte die Scheite auf dem Schlitten und lauschte dem Getrippel der Mäuse, die sich in den Ritzen zwischen den Stämmen häuslich eingerichtet hatten. In meinem Mund sammelte sich das Wasser. Meine Arme schmerzten vom Schleppen und Schichten. Ich packte einen letzten Holzstamm, drehte mich, um ihn auf den Schlitten fallen zu lassen, und plötzlich war da unsere alte Hofkatze, sie schnurrte und rieb sich an meinen Waden. Ich stolperte in der Drehung, hielt den Holzstamm fest, es ging so schnell, dass ich mich nicht mehr auffangen konnte. Ich fiel um wie ein Sack Trockenfutter, mein Kopf stiess gegen die Kante des Schlittens.

Schon im nächsten Augenblick war ich wieder auf den Beinen. Die Katze hatte nicht Reissaus genommen, war nur ein Stück zur Seite gesprungen, aber immer noch in Reichweite. Selbst in meinem geschwächten Zustand war ich schneller als sie, sie fühlte sich warm in meinem Arm an und schnurrte immer noch, als ich meine Hand um ihren Kopf legte.

Mein Bauch war warm und zufrieden, als ich hochguckte und Aaron sah. Er schien wie angewurzelt. Bis unsere Blicke sich trafen und er den Eimer in seiner Hand fallen liess, einen Schritt rückwärts machte, sich umdrehte und eilig Richtung Zwingerschuppen ging, mit jedem Schritt eiliger wurde.

Jetzt verstand ich, was genau unsere Katze so aufstachelte, wenn sich irgendwas Kleines bewegte und sie mit ausgefahrenen Krallen durch den Schuppen sprang. Ohne einen Gedanken im Kopf hechtete ich Aaron hinterher, Kraft durchströmte meine Muskeln, wie ich sie seit Tagen nicht gefühlt hatte, selbst als er zu einem Sprint ansetzte, war es für mich ein Leichtes, ihn einzuholen, und als ich ihn hinten an seinem Hemd packte und er versuchte, sich zu befreien, liess ich nicht los. Er riss die Augen auf, als ich ihn mir griff. Versuchte, mich wegzudrücken, doch ich biss in sein Fleisch.

Die Räder seines Wagens drehten im Schnee durch, bis er es schliesslich schaffte, mit quietschenden Reifen die Auffahrt runterzubrettern. Dad war mit den Hunden unterwegs, aber Mom kam aus dem Haus, sie musste von drinnen gesehen haben, wie Aaron zum Auto rannte, seine Hand auf den Hals drückte. Zwischen der Stelle, wo ich stand, und den Spuren seiner Reifen vereinzelte rote Sprenkel im Schnee.

Mom sagte kein Wort. Packte mich nur am Arm und zog mich zum Haus. Ich hätte mich ohne weiteres aus ihrem Griff herauswinden und wegrennen können, aber ich wusste es besser. Sie bebte am ganzen Körper, aber ihre Hand war ruhig, ihre Finger gruben sich in meinen Arm, bis sie mich in mein Zimmer schubste und die Tür hinter sich zuwarf.

Als ich versuchte, sie zu öffnen, ging sie nur einen Spaltbreit auf, irgendetwas war um den Knauf gewickelt und durch den Flur gespannt.

Ich legte mich ins Bett. Starrte an die Decke. Ich war durchgewärmt und müde, nicht auf die Art ausgelaugt, wie wenn ich tagelang nicht nach draussen durfte, sondern so, wie die Katze es war, wenn sie sich satt gefressen, die Pfoten abgeschleckt und ein Fleckchen Sonne gefunden hatte, in dem sie sich zusammenrollen konnte. Ich wusste jetzt, wie geschickt sie die Mäuse im Holzschuppen in die Enge getrieben hatte, was für eine gute Jägerin sie war, und ein wenig bereute ich es, ihr den Hals umgedreht zu haben.

Ich spürte auch Aaron in mir, aber anders als die Katze. Ich hatte ihr ganzes Leben in mir, alles, was sie je gelernt und erlebt hatte. Von Aaron hatte ich nur einen Anflug von Angst und Verwirrung und Ekel, alles, was durch ihn hindurchgeschossen war, als er mich mit ihr gesehen hatte. Und darunter ein schwaches, warmes Glimmen, wie er, wie ich an das Bier denke, das ich mir später im Diner genehmigen würde, wenn mein Tagwerk vollbracht wäre. Das muss das Letzte gewesen sein, was ihm durch den Kopf gegangen war, bevor ich meine Zähne in ihn versenkte.

Unten nahm Mom den Hörer vom Telefon und legte wieder auf. Dann nahm sie ihn noch mal ab, und ihre Stimme waberte durch die Dielen zu mir rauf, nicht ihre Worte, nur ihr Tonfall, tief, aber eindringlich. Sie legte auf, und danach blieb es still im Haus, bis Scott aus seinem Mittagsschlaf aufwachte. Ihre Stimmen bewegten sich zusammen in die Küche, dann hörte ich fliessendes Wasser, klirrende Schüsseln und Löffel, und bald stieg der Geruch von etwas Süssem, Gebackenem zu mir rauf. Die Wände und Böden zwischen uns dämpften ihr Gespräch, und während es so dahinplätscherte, schlief ich ein.

Ich glaube, einmal in der Nacht wurde ich wach, aber vielleicht habe ich auch nur geträumt, wie Mom an meinem Bett sass, ein Umriss im Dunkeln. Wie sie ihre Arme um ein Kissen schlang, während sie mich beobachtete.

Mein Kopf war wie benebelt von einem Schlaf, der so tief war, dass er mit klebrigen Händen nach mir zu greifen schien, mich zurückzog, als ich versuchte, den Kopf zu heben. Mom?, presste ich mit rauer Stimme hervor.

Sie stand von meinem Bett auf. Schlaf weiter, sagte sie.

Am nächsten Morgen wartete sie auf mich in der Küche. Meine Schulbücher waren vom Tisch verschwunden, dafür lag mein Rucksack bereit.

Da drin hast du eine Wasserflasche, sagte Mom, bevor ich fragen konnte. Ihre Stimme klang flach und ruhig, als sie fortfuhr: Streichhölzer, und ja, ich weiss, du kannst auch so ein Feuer machen. Handschuhe und ein

Extrapullover. Ich weiss, du denkst, du brauchst das alles nicht, aber vielleicht ja doch, also nimm die Sachen mit. Und das hier.

Sie öffnete ihre Hand und hielt mir ein Taschenmesser hin. Es war schwerer, als es aussah, nicht so ein Billigteil, das man Kindern als erstes Messer gibt, sondern ein echtes Werkzeug mit hauchdünner Klinge. Es war das Schönste, was ich je gesehen hatte, und ich wollte es unbedingt. Aber ich hatte Angst, es zu nehmen, Angst, mit dem Rucksack und dem Messer durch die Tür zu gehen. Angst, danach gäbe es kein Zurück mehr.

Den Ringen unter ihren Augen nach zu urteilen, musste Mom die ganze Nacht wach gelegen haben. Da waren Furchen um ihren Mund und Falten zwischen ihren Augenbrauen, die mir vorher nie aufgefallen waren, und auch wenn ihre Hand ruhig dalag, wirkte der Rest an ihr zart, zerbrechlich wie Glas. Zum ersten Mal wurde mir klar, dass sie mir nicht wirklich sagen konnte, was ich zu tun und zu lassen hatte. Ich war stärker als sie, schneller als sie, vor allem wenn ich mir nehmen konnte, was ich brauchte.

Ich grub meine Füsse in den Boden.

Sie ging um den Tisch herum und reichte mir den Rucksack. Zum Abendessen bist du wieder zu Hause.

Es fiel mir nicht ein, irgendwelche Fragen zu stellen. Ich hängte mir den Rucksack um und taumelte aus der Tür, meine Knie waren weich vor Erleichterung, auch wenn ich noch darauf lauschte, ob sie die Tür hinter mir abschloss. Aber das tat sie nicht. Und als ich an dem Abend nach Hause kam, pünktlich, als sie gerade den letzten Teller auf den Tisch stellte, während Dad nach einer Tour mit den Hunden draussen noch Ordnung schaffte, erinnerte sie mich nur daran, mir die Hände zu waschen und mein neues Messer so wegzulegen, dass es für Scott ausser Reichweite war.

Hast du getrunken?, fragte sie mich mit gesenkter Stimme, als ich zurück an den Tisch kam.

Ich war wie vom Donner gerührt, dass sie mich das so direkt fragte, mit Dad und Scott gleich nebenan. Was ich im Wald tat, das hatten wir nie so deutlich ausgesprochen.

Ich nickte, aber sie schien noch auf irgendwas zu warten, also sagte ich: Ich habe zwei Eichhörnchen gefangen, und draussen beim Fluss einen kleinen Biber. Das Fell habe ich mitgebracht.

Gut, sagte sie.

Ab da durfte ich mich im Wald frei bewegen. Mir war immer warm, und ich war immer satt, ich hatte mehr Geduld mit Scott, beschwerte mich nicht, wenn Mom oder Dad mir eine Aufgabe aufdrückten, die mir nicht gefiel.

Auch Mom war anders. Sie ging immer noch nicht allein in den Wald, aber sie verbrachte mehr Zeit draussen. Auch sie hatte mehr Geduld, vor allem mit mir. Wenn ich zu spät nach Hause kam oder mich an eine der anderen Regeln nicht gehalten hatte, solange es nur nicht Regel Nummer vier war, schimpfte sie zwar, aber sie schickte mich nicht mehr auf mein Zimmer oder sperrte mich tagelang ein.

Es war der Frühling, in dem Mom wieder anfing, anderer Leute Hunde zu trainieren. Das hatte sie früher schon gemacht, bevor ich auf die Welt gekommen war, es gab Bilder, da sah man sie, wie sie mit einem Rudel junger

Hunde unterwegs war oder ihnen die Geschirre anpasste. Sie hatte immer schon Dad dabei geholfen, seinen Hunden die Grundlagen beizubringen, und es stellte sich heraus, dass sie so gut darin war, dass auch andere Leute ihre Hunde von ihr ausbilden lassen wollten, und nicht unbedingt nur Schlittenhunde. Irgendwann wimmelte unser Hof von Hunden, alle möglichen Sorten, und jeder von ihnen konnte Sitz machen, bei Fuss gehen oder sich tot stellen, ein Wort von Mom genügte.

Sie hatte schnell alle Hände voll zu tun. Es dauerte nicht lange, bis Dad vorschlug, noch jemanden einzustellen.

Ich brauche keinen Grünschnabel, der mir überall hinterherdackelt, während ich arbeite, entgegnete Mom.

Es muss ja kein Youngster sein, sagte Dad. Wir können es uns leisten, mehr zu bieten als nur ein paar Dollar und die Möglichkeit, Erfahrung zu sammeln. Wir können jemanden suchen, der weiss, was er tut, und ihm einen vernünftigen Lohn zahlen.

Mindestens einmal die Woche kauten sie das Thema durch, bis Mom endlich einwilligte. Unter einer Bedingung: Ich bin diejenige, die dann mit ihr arbeiten muss, erklärte sie. Also werde ich die richtige Person finden.

Mom redete mit bestimmt zwei Dutzend Leuten, bevor sie Masha fand. Sie war nicht so, wie ich mir die Person vorgestellt hätte, die Mom aussuchen würde, sie war zwar fleissig, ja, aber sie redete auch ziemlich viel, sprudelte geradezu, sie schien nie einen schlechten Tag zu haben und trat jedem Rückschlag mit einem Lächeln entgegen. Mit ihrem Naturell kam sie gut bei Problemhunden an. Vielleicht hatte sich Mom deswegen für sie entschieden.

So oder so waren Mom und Masha innerhalb kürzester Zeit unzertrennlich. Schnell half Masha nicht mehr nur mit den Hunden, Mom lud sie auch ein, zum Essen zu bleiben, sie backten zusammen oder zupften Unkraut im Garten. Masha hörte nicht auf zu erzählen, Mom hörte nicht auf, zu lächeln und zu lachen. Irgendetwas von Masha schien auf Mom abzufärben, selbst wenn sie abends nicht mehr da war, schwebte Mom immer noch durchs Haus, war ausgelassen und sogar richtig albern.

Dann, so schnell, wie man ein Licht ausknipst, wurde alles anders. In dem Winter flog Masha nach Hause, weil ihr Vater im Sterben lag, und als sie über einen Monat später zurückkam, merkte man, dass es ihr nicht gutging. Sie wollte trotzdem weitermachen, *einfach wie immer,* so hat sie gesagt. Sie war stiller als vorher, immer noch freundlich, aber sie lachte nicht mehr so schnell und machte nur noch selten einen Witz.

Das war verständlich, wenn jemand stirbt, der einem nahesteht, geht es einem schlecht. Aber Mashas Veränderung schien etwas bei Mom ins Rollen zu bringen. Zuerst wurde sie auch einfach still, da hätte man noch denken können, dass sie es Masha nur leichter machen, sich nicht in ihre Privatangelegenheiten einmischen wollte und nicht von ihr erwartete, dass sie so tat, als wäre alles in Ordnung. Aber nach und nach wurde Moms Laune immer schlechter, sie schnauzte Masha an und fand Ausreden, um nicht mit ihr arbeiten zu müssen. Selbst wenn Masha abends weg war, war Mom immer noch gereizt, blaffte mich und Scott an, regte sich wegen Kleinigkeiten über Dad auf. Oder sie verschwand für den Rest des Abends, schloss sich in ihrem Schlafzimmer ein und kam nicht mehr raus.

Dann fragte Dad sie eines Morgens, ob er sich Masha ausleihen dürfte, weil er zusätzliche Hilfe beim Packen für die Checkpoints gebrauchen konnte, und Mom wischte sich den Mund mit ihrer Serviette ab und sagte: Sie kommt heute nicht. Ich habe sie entlassen.

Dad liess seine Gabel fallen. Was meinst du damit?

Ich meine damit: Ich habe sie entlassen. Ich habe ihr gesagt, dass wir sie nicht mehr brauchen und sie sich woanders Arbeit suchen muss.

Ihr gesagt – Dad starrte sie an. Hat sie ihre Sache nicht gut gemacht?

Doch, antwortete Mom.

Hat sie dich mit irgendwas verärgert?

Nein.

Er knüllte seine Serviette zusammen und warf sie auf den Teller. Und du findest nicht, dass ich bei so einer Entscheidung ein Wörtchen mitzureden habe?, fragte er.

Mom zuckte mit den Schultern. Sie hat für mich gearbeitet, nicht für dich.

Dad schnaubte. Na, dann ist ja alles prima, Hannah, sagte er, stand auf und liess seinen Teller in die Spüle fallen. Das ist eine wunderbare Einstellung. Dann schätze ich mal, du kriegst das alles alleine hin.

Mom sah zu mir herüber.

Tracy kann mir helfen, sagte sie.

Und so kam es, dass ich anfing, mehr zu machen, als nur zum Spass mit den Hunden loszuziehen. Ich hatte immer davon geträumt, irgendwann Rennen zu fahren. Schon mit zehn bin ich mit kleineren Gespannen auf den Trail gegangen, immer Dads Schlitten hinterher. Aber nachdem Mom Masha gekündigt hatte, lernte ich, was es wirklich hiess, einen Schlittenhund auszubilden, wie man die Hunde trainiert und wie man erkennt, welche Welpen das Zeug fürs Rennen haben und welche sich eher als Haustier eignen.

Als Flys frisch geborene Welpen im Frühling bereit waren, vom Haus in den Zwinger umzuziehen, legte Mom ihre Utensilien auf den Küchentisch und rief mich zu sich.

Gibst du mir mal einen von den Hunden?, bat sie.

Ich reichte ihr einen Welpen, sie drückte ihn an ihre Brust und betäubte mit einer Spritze die Stelle an seinem Fuss, wo die Wolfskralle herausragte. Tauschte die Spritze gegen eine langstielige Schere. Schnitt mit sicherer Hand die Kralle ab. Es blutete ein bisschen, aber nicht sehr.

Man macht sie weg, erklärte Mom, damit die Hunde beim Laufen nicht an irgendwas hängenbleiben. Besser sie jetzt wegschneiden, als dass sie später abreisst. Willst du den Nächsten machen?

Vorsichtig griff ich mir einen Welpen, sie hatte noch keinen Namen, aber später würden wir sie Flash nennen. Sie hatte seidiges graues Fell und Ohren, die zu gross für ihren Kopf schienen, und obwohl sie noch so jung war, merkte man ihr schon ihr geduldiges Wesen an. Ich liess sie einen meiner Finger zwischen die Zähne nehmen und daran knabbern.

Tut es ihnen weh?, fragte ich.

Ein bisschen, antwortete Mom. Man soll ihnen die Wolfskralle, solange sie noch Welpen sind, nicht deswegen abnehmen, weil es ihnen dann weniger weh tut, sondern weil sie sich später an den Schmerz nicht erinnern.

Stimmt das?

Sie streichelte den Hund auf meinem Arm. Zuckte mit den Schultern. Mancher Schmerz bleibt für immer ein Teil von dir, selbst wenn du dich nicht an ihn erinnern kannst, sagte sie.

Dann ihre Hand auf meiner, hier, so musst du die Schere halten. Ich konzentrierte mich, während sie mir Schritt für Schritt erklärte, was ich zu tun hatte. Als wir mit allen vier Welpen fertig waren, standen wir neben dem Ofen und beobachteten sie, wie sie sich gähnend zusammen einrollten, ein Knäuel von Hundebabys, die zu Schlittenrennhunden heranwachsen würden.

Mom dachte vermutlich dasselbe. Sie legte ihren Arm um mich und sagte: Überleg mal, diese Hunde könnten in deinem ersten Gespann laufen.

Sie sollte zumindest zum Teil recht behalten. Bei meinem ersten Junior Iditarod wurde Flash nicht meine Leithündin, aber ich liess sie neben ihrer Schwester Zip laufen, und das ganze Training, all die Arbeit, all unsere gemeinsamen Touren zahlten sich aus. Ich kam in dem Jahr nicht als Erste durchs Ziel, aber ich wurde Zweite, gleich hinter dem Vorjahressieger, einem Siebzehnjährigen, der drei Tage später achtzehn wurde, was bedeutete, dass er, sobald er mit dem Junior durch war, wieder umdrehte und in der darauffolgenden Woche zum ersten Mal das grosse Iditarod fuhr.

Genau das war auch mein Plan. Am 1. März war mein Geburtstag, und das Junior Iditarod fand normalerweise am letzten Februarwochenende statt. Ich würde nach meinem letzten Junior achtzehn werden, und damit wäre ich qualifiziert für das grosse Rennen am ersten Märzwochenende. Es würde hart werden, zwei Rennen direkt hintereinander, vor allem wenn eins davon über tausend Meilen lang ist, und es machte keinen Sinn, auf Biegen und Brechen das Iditarod zu fahren, wenn ich noch nicht so weit war. Aber mein ganzes Leben schon hatte ich davon geträumt, an dem grossen Rennen teilzunehmen, und jetzt war ich so kurz davor, dass ich es nicht ertragen hätte, diese Chance zu verpassen. Und schliesslich wäre es das erste Mal, dass Dad und ich gleichzeitig dasselbe Rennen fahren würden. Ich malte mir aus, wie er vor mir in Nome ankommen, dort auf mich warten würde, wenn ich über die Ziellinie fahre. Wie stolz er aussehen würde.

Nur dass alles anders kam, als Mom starb. Nachdem im Januar der Unfall passiert war, dachten die meisten, dass Dad für dieses Jahr mit den Rennen aussetzen würde. Er hatte vorher erst ein einziges Iditarod verpasst, und das war, als er mit gebrochenem Bein für den Rest des Winters im Bett bleiben musste. Das mit Mom hatte sich herumgesprochen, zum einen weil Dad schon zweimal das grosse Rennen gewonnen hatte und die Leute wussten, wer er war. Aber vor allem weil Alaska zwar gross sein mag, aber gleichzeitig ist es auch ganz schön klein. Wenn etwas passiert, steht es in der Zeitung. TRAGISCHER VERLUST FÜR IDITAROD-CHAMPION PETRIKOFF. Sobald die Sache die Runde machte, gingen die Spekulationen los. Jedes Mal, wenn wir im Ort waren, gab es jemanden, der die Dreistigkeit besass, ihn direkt zu fragen. Aber soweit es Dad betraf, gab es da nichts zu fragen.

Im März stand er wieder auf seinem Schlitten, Startnummer 57. In dem Jahr bot Dads Freund Steve Inga an, zu Hause bei mir und Scott zu bleiben, anstatt das Team der freiwilligen Helfer zu leiten, wie er es sonst immer machte, seitdem er selber keine Rennen mehr fuhr. Da war keine Mom mehr, die einen unserer Wheeldogs auf Position hielt, und als die Hunde losrannten, drehte Dad sich nicht zu uns um und winkte uns auch nicht zu. Er starrte nur geradeaus und verschwand hinter dem Hügel.

In dem Jahr klebten wir am Radio und warteten auf den Bericht von der Strecke. Steve fuhr uns in den Ort, und im Laden und in der Post brachten uns die Leute, die ihre eigenen Fahrer im Rennen hatten, auf den neusten Stand. Dad bewegte sich im Mittelfeld und liess es ruhig angehen, jeden Tag fiel er weiter zurück. Als ich das hörte, wusste ich, er war nicht bei der Sache.

Umso überraschter war ich, als aus Ophir berichtet wurde, dass Bill Petrikoff Junior vorhatte, als Erster zum Ort Iditarod aufzubrechen. Dieser Abschnitt der Strecke wird ausserhalb des Rennens nicht viel befahren, was bedeutet, dass niemand weiss, in welchem Zustand er sich befindet, wenn die Musher ihn erreichen. Manchmal stellt sich in Ophir heraus, dass überhaupt keine Spur da ist, dann heisst es warten, bis die Schneemobile den Trail gebrochen haben. Ein frisch gespurter Trail ist schwer zu fahren. Bevor er die Zeit hatte, sich zu setzen, nennen die Musher ihn *bodenlos,* weil es so wirkt, als könnte seine Oberfläche niemals halten, als würde man sofort darin versinken. Es hiess, dass es noch mal ordentlich Schnee geben sollte, und wenn Dad es wirklich durchziehen würde und Ophir als Erster von den paar Startern, die dort noch mit ihm waren, verlassen würde, war die Wahrscheinlichkeit ziemlich hoch, dass er es mit so einem bodenlosen Trail zu tun bekäme.

Den Rest der Geschichte kann jeder in der Zeitung nachlesen. Dad machte nur zwei Stunden Pause in Ophir, während das Wetter sich wie vorhergesagt verschlechtert hatte. Als die Schneemobile durch waren, war Dad der Erste, der sich wieder auf den Schlitten schwang. Es war ein harter Ritt. Zweimal verlor er die Spur und musste umdrehen. Dann brach eine der Kufen, er musste sie reparieren. Bis er in Iditarod ankam, hatten ihn sechs andere Gespanne überholt, ausserdem hatte er zwei verletzte Hunde, die er am nächsten Checkpoint dem Tierarzt übergab und aus dem Rennen nehmen musste.

All das muss ihm zugesetzt haben, als er sich nach Anvik und dann nordwärts bis Unalakleet vorkämpfte. Ich meine das nicht als Entschuldigung für das, was später passiert ist. Aber es war von Anfang an ein schwieriges Rennen, und so viel Zeit und dann auch noch zwei Hunde zu verlieren, das zehrt an einem. Wenn man tagelang auf dem Schlitten steht, und da ist ausser dem Atmen der Hunde und den Gedanken im eigenen Kopf nur Stille und Weiss um dich herum, kann man leicht in eine Art Trance geraten. Der Kopf schweift ab, und plötzlich denkt man komisches Zeug. Ich habe mich schon dabei erwischt, wie ich bei einem langen Rennen nach Tagen laut lachend hinten auf dem Schlitten stehe, völlig ohne Grund. Oder du musst auf einmal weinen und weisst nicht mal, warum.

Ich könnte mir vorstellen, in etwa der Verfassung war er kurz hinter Golovin. Die *Dispatch News* berichteten, was dann passiert ist. *Bill Petrikoff, zweifacher Iditarod-Gewinner in Folge, kam mit seinem Gespann an ein unerwartetes Ende.* Es war wegen Panda. Wir nannten sie wegen ihrer Zeichnung so, sie hatte ein weisses Gesicht mit zwei schwarzen Flecken um die Augen. Panda strauchelte, dann brach sie zusammen. Die anderen schleiften sie weiter mit, die Leinen verknoteten sich, schliesslich kamen die Hunde zum Halten, weil sie sich so verheddert hatten, dass sie kein Stück weiterkamen. Dad, der sich hinten am Schlitten festgebunden hatte und zu dem Zeitpunkt weggedämmert war, wurde wach und stürzte nach vorne, um zu sehen, was los war. Panda lag am Boden, sie röchelte, ihre Lefzen und ihr Zahnfleisch waren grau. Er sah gleich, dass es eine Lungenentzündung war.

Das alles weiss ich aus den Zeitungen und von meiner eigenen Zeit auf dem Schlitten, nicht etwa weil er mir irgendetwas von diesem Tag erzählt hätte. Kein einziges Wort hat er je darüber verloren.

Ich war das grosse Rennen noch nicht selbst gefahren, also habe ich vielleicht kein Recht, zu sagen, er hätte dieses oder jenes tun sollen. Aber wenn er richtig bei der Sache gewesen wäre, hätte er gesehen, wie Panda keuchte, hätte er den Schleim bemerkt, den sie ausgehustet haben muss. Ihm wäre vielleicht aufgefallen, dass sie nicht frass, während die anderen Hunde sich auf ihre Näpfe stürzten. Bei jedem anderen Rennen hätte er sie in den Schlittensack gesetzt, sie am Checkpoint zu einem Tierarzt gebracht, bevor es zu spät gewesen wäre.

So wie die Sache stand, gab es nichts, was er noch tun konnte. Vom nächsten Checkpoint, dem in White Mountain, war er noch vierzehn Meilen entfernt. Zu weit, damit der Arzt noch irgendetwas hätte ausrichten können. Dad kniete sich neben Panda und legte seine Hand auf ihre Flanke, während sie nach Luft schnappte.

Vielleicht drehte sie die Augen zu ihm und sah ihn an. Vielleicht lagen die anderen Hunde still da.

Es war ein Skifahrer, der gesehen hatte, was dann passierte, und es später den Zeitungen erzählte. Irgendein Kerl aus Golovin, der auf seinen Langlaufskiern vorbeikam. Er sah Dad aufstehen. Beobachtete, wie er ein paar Schritte wegging. *Wankte,* hatte der Mann den Zeitungen gesagt, *ich dachte, vielleicht ist er betrunken.* Dad blieb stehen. Dann ging alles so schnell, dass dem Skifahrer der Schreck in die Knochen fuhr, Dad hob etwas vom Boden auf, vielleicht einen der Holzpflöcke, mit denen der Trail markiert wird, dann drehte er sich damit um, hielt das Ding über seinen Kopf und liess es nach unten schnellen. Der Typ aus Golovin sagte, dass er hören konnte, wie die Hunde aufjaulten. In den Nachrichten meinte er, dass er nicht sagen kann, wie viele Hunde Dad getroffen oder wie oft er zugeschlagen hatte. Aber er hatte das Heulen und Winseln gehört, und dann sah er, wie Dad Pandas Körper von der Leine nahm, sie in seinen Schlafsack einwickelte und in den Schlittensack legte.

Regel Nummer 42 des Iditarod besagt: Wenn einer deiner Hunde stirbt, musst du sofort einen Rennrichter informieren und dann am nächsten Checkpoint warten, bis jemand sich ein Bild machen kann, was passiert ist. Aber Dad rauschte an den Checkpoints in White Mountain und Safety vorbei und hielt nicht mehr an, bis er in Nome über die Ziellinie fuhr. Auf dem zweiunddreissigsten Platz und mit einem toten Hund im Schlittensack.

Nichts davon machte einen guten Eindruck, schon gar nicht, als sich der Skifahrer mit seiner Version von dem, was er meinte gesehen zu haben, zu Wort meldete. Es war kaum zu glauben, wie viele Leute danach behaupteten, auch auf dem Trail gewesen zu sein, man könnte meinen, ganz Golovin wäre an dem Tag auf Skiern vorbeigefahren. Es gab eine Untersuchung durch das Rennkomitee, zwei Wochen dauerte das Ganze, und als alles vorbei war, konnte niemand behaupten, dass es Dads Schuld war, dass Panda gestorben war. Sie war an der Lungenentzündung eingegangen, so stellte es das Komitee fest. Und was die andere Sache anging: Es liess sich kein Beweis dafür finden, dass irgendein Hund geschlagen worden war.

Trotzdem wurde Dad wegen dem Verstoss gegen Regel Nummer 42 für zwei Jahre von sämtlichen Rennen gesperrt. Diese Entscheidung schien die Leute zufriedenzustellen, vor allem die, die Dad nur vom Namen her kannten, aber keine Ahnung hatten, was für ein Mensch er war. Die Leute aus unserer Gegend allerdings wetterten gegen den Beschluss und sagten, zwei Jahre wären zu lang. Sie waren es dann auch, Leute wie Steve Inga und Wendell Nayokpuk, die Geld für uns sammelten, als Dads Sponsoren absprangen, weil keiner scharf darauf war, dass ein Musher, der vielleicht einen seiner Hunde totgeschlagen hatte, mit ihrer Kleidung oder ihrem Namen auf dem Schlittensack durch die Gegend fuhr.

Eines Abends, als die ganze Welle rund um das Rennen in dem Jahr endlich abgeebbt war und ich nach einem Nachmittag im Wald nach Hause kam, fand ich Dad auf Händen und Knien in der Küche vor, wie er die Scheuerleiste schrubbte. Überall Glas. Etwas Rotes lief die Wand herunter, ich dachte erst, es wäre Blut.

Dann sah ich ihre Handschrift. Mom verbrachte den Spätsommer immer damit, Tomaten aus dem Laden und

Himbeeren aus dem Garten einzukochen, sie stellte die Gläser für den Winter weg, damit wir selbst im Januar noch ordentliches Obst und Gemüse hatten. Mit schwarzem Filzstift schrieb sie das Datum auf den Deckel, und wenn sie fand, dass ihr eine Charge von irgendwas besonders gut gelungen war, dann malte sie noch einen Stern dazu. Das letzte Mal, als Dad mich in die Speisekammer geschickt hatte, um eins ihrer Gläser zu holen, war mir aufgefallen, dass nur noch zwei übrig waren, das Glas Apfelmus, das ich holen sollte, und eins mit Tomaten.

Dad hörte für einen Augenblick auf, die Tomaten von der Wand zu schrubben, stützte seine Hände auf den Knien ab und seufzte. Er hatte nicht bemerkt, dass ich ins Haus gekommen war. Er krümmte den Rücken, als würde er sich gegen eine starke Brise stemmen, und dann wich alle Luft aus ihm. Ganz klein schien er zu werden. Er griff nach der Kante der Arbeitsplatte, als würde er sich daran hochziehen wollen, aber dann blieb er einfach auf den Knien. Mit eingefallenem Gesicht.

So leise, wie ich konnte, schlich ich mich rückwärts aus der Tür.

4

Dads Sperre wäre genau rechtzeitig um gewesen, damit er und ich mein erstes Iditarod zusammen hätten fahren können, das war es also nicht, was ihn abhielt. Und auch als er gesperrt war, hiess das ja nicht, dass er nicht weitertrainieren durfte. Aber nach seinem fatalen letzten Iditarod würdigte er die Schlitten im Schuppen kaum eines Blickes.

Der Name Petrikoff hatte beim Iditarod zu lange keine Rolle mehr gespielt. Ich hatte vor, das zu ändern. Aber ich musste einen Weg finden weiterzutrainieren, auch wenn Dad mir nicht mal erlaubte, mich den Hunden auch nur zu nähern.

In der Woche darauf fand ich einen Weg.

Ich hatte das Wochenende damit zugebracht, die Kate auszuräumen, und hatte so meine Zweifel, dass hier irgendjemand würde wohnen wollen. Ich schleppte das Zeug raus, das wir drinnen gelagert hatten, fegte den Boden und sammelte die Spinnweben und Mäusenester aus den Ecken. Der Raum war vorzeigbar, aber doch wirklich winzig. Dienstag baute Dad den ganzen Morgen an einer Pritsche, wir quetschten sie zusammen durch die Tür und rollten eine Matratze darauf aus. Die Kate war bezugsbereit. Aber bisher hatte sich noch niemand gemeldet.

An dem Abend kam Steve Inga vorbei, er brachte eine grosse Kiste mit Obst und Keksen und eine Flasche Whiskey mit. Er stellte die Sachen auf den Küchentisch und schraubte die Flasche auf.

Was ist das alles?, fragte Dad. Er stand am Herd und rührte in einem Topf Chili con Carne, das aus mehr Bohnen als Carne bestand, aber in der Küche roch es würzig und saftig, und Scott und ich deckten den Tisch.

Ich war bei der Post, sagte Steve. Meine Tante aus Florida hat mir ein Paket geschickt.

Und der Whiskey?

Dad holte zwei kleine Gläser, und Steve schenkte ihnen ein, goss voll bis zum Rand.

Ich hatte nicht vor, den ganz alleine zu trinken.

Sie hoben ihre Gläser und leerten sie in einem Zug. Wir hatten nicht viel Alkohol im Haus, seit Mom gestorben war, Dad trank im Grunde nichts, was über ein paar Bier hinausging, nur Mom hatte sich gern jeden Abend ein Gläschen von irgendwas genehmigt, und in den Monaten, bevor sie starb, dann auch mehr als ein Glas.

Bleibst du zum Essen?, fragte Dad.

Ich habe heut nichts mehr vor.

Steve schenkte ihnen einen zweiten Whiskey ein, auch mit dem machten sie kurzen Prozess. Scott sah ihnen zu und runzelte die Stirn, dann machte er sich an einer Packung Cracker zu schaffen, schüttete sie in eine Schüssel und stellte sie auf den Tisch.

Unsere Löffel schabten geräuschvoll über den Grund unserer leeren Schüsseln, als Steve Dad fragte: Hast du das von Jim Lerner gehört?

Dad schüttelte den Kopf.

Hatte vor ein paar Tagen unerwünschten Besuch bei sich im Haus.

Jemand ist eingebrochen?

Musste er ja nicht. Du kennst doch Jim, der schliesst nie die Hintertür ab. Der Kerl ist einfach reinspaziert. Jim war mit seiner Frau unten im Ort, und als sie wiederkommen, schläft der Bursche bei ihnen auf dem Fussboden. Direkt vor dem Kamin, einfach weggetreten.

Im Ernst?

Ich schluckte, mein Hals war plötzlich trocken.

Ein Kerl?, fragte ich. Du meinst, so alt wie du?

Nee, sagte Steve. Jünger. Jim meint, er sah aus wie sechzehn. Zerlumptes kleines Bürschlein. Hat Schiss gekriegt, als Jim nach Hause gekommen ist, hat die Beine in die Hand genommen und ist auf und davon in den Wald.

Ein Ausreisser, denkst du?, fragte Dad.

Schätz ich mal.

Ich starrte in meine leere Schüssel. Wie Steve ihn beschrieb, klang Jim Lerners Eindringling nicht nach Tom Hatch. Trotzdem fragte ich mich, wie lange es dauert, bis man sich von einer Bauchwunde erholt, und wie lange man dann noch mal braucht, um von Fairbanks hierherzufahren oder -zutrampen. Ob der zerlumpte Fremde, der vor Jims Kamin weggedämmert war, nach Norden oder nach Süden unterwegs war.

Ich erklärte mich bereit, nach dem Abendessen die Küche aufzuräumen, also liess Dad sich von Steve noch einen Whiskey einschenken, und die beiden redeten noch eine Weile, während Scott in seinem Zimmer verschwand, wahrscheinlich um mal wieder einen Abend mit Lesen zu verbringen.

Als Steve dann fuhr, winkte Dad ihm in der Auffahrt hinterher und schwankte ein bisschen, als er zum Schuppen rüberging. Ich folgte ihm über den Hof, langsam und vorsichtig, wie ein Schwimmer, der in einen kalten See steigt. Dad sagte nichts, als ich mich mit einem Eimer Trockenfutter an seine Fersen heftete.

Schlittenhunde brauchen mehr zu fressen als normale Hunde, weil sie so viel Energie verbrennen. Über den Sommer, als wir nur kurze und einfache Touren gefahren waren, brauchten sie nicht ganz so viel Futter, aber wenn ich das Training wirklich wieder anschieben wollte, jetzt wo Schnee lag, musste ich mir etwas einfallen lassen. Wir hatten nichts mehr in unserer Futterkühltruhe, keinen Lachs, den ich zum Trockenfutter hätte geben können, weil Dad in diesem Jahr nicht raus zum Fischen gefahren war, und keine Elchabfälle, weil er es nicht geschafft hatte zu jagen. Ich hätte was von dem mitbringen können, was ich in meinen Fallen fing, aber nicht solange Dad mich nicht in den Wald lassen wollte.

Wir arbeiteten uns Stück für Stück durch die Reihen, Dad ein wenig langsamer als sonst. Ich blieb vor der Hütte mit Pandas Namen über der Tür stehen. Ihre Futterschüssel war immer noch da, am Boden festgefroren. Ich trat sie mit dem Fuss lose, und sie flog durch den Schnee.

Dad kniete sich vor Grizzly hin und nahm sein felliges Gesicht zwischen die Hände. Alter Grizz, sagte er, und seine Stimme klang zuckrig, ein Wort klebte am anderen. Grizz' Mom war einer meiner ersten Schlittenhunde, fuhr er fort. Hab sie von einem Kerl in der Nähe von Tok bekommen.

Ich hatte die Geschichte schon oft gehört, wenn wir zusammen am Feuer sassen und die Hunde im Schlaf mit ihren Füssen paddelten. Wir haben uns nie Gruselgeschichten erzählt oder Lieder gesungen, wenn wir gemeinsam auf dem Trail waren. Stattdessen erzählte mir Dad, wie er sein erstes Gespann zusammengestellt hatte, seine ersten Rennen gefahren, wie er einer der besten Musher in ganz Alaska geworden war. All die Geschichten von damals, als er und Mom noch ganz am Anfang standen und alles ein einziges Abenteuer war.

Dein Grossvater hat mir sieben Hunde hinterlassen, als er starb, Hunde, mit denen er selbst Rennen gefahren war, sagte Dad. Aber die ersten drei Hunde, die ganz allein meine waren, die ersten drei, mit denen ich mein Team aufbaute, das waren Grizzlys Mom, weisst du noch, Bear. Eine zweite Hündin namens Suka und eine richtig hübsche Promenadenmischung namens Spruce. Ich bin den ganzen Weg nach Tok gefahren, um die Hunde von einem Musher zu holen, der beschlossen hatte, alles hinzuschmeissen und nach Arizona zu ziehen.

Ich vergrub meine Hände in den Taschen. Sah zum Wald rüber. Es fing an zu schneien.

Dad strich über Grizzlys Fell. Ich bin allein hingefahren, sagte er. Gute sieben Stunden eine Strecke. Du bist nie allein im Auto unterwegs, deswegen weisst du nicht, wie schön das sein kann, eine lange, leere Strasse, nur du und deine Gedanken. Es ist nicht dasselbe, wie mit den Hunden unterwegs zu sein, aber in deinem Kopf kehrt ähnlich Ruhe ein. Es war Spätsommer, fast Herbst. Auf dem Rückweg war der Himmel über mir weit und blau, dann violett, irgendwann schwarz, und dann fing ein Stern nach dem anderen an zu strahlen, und ein runder Vollmond schien so hell, als ob es wieder Tag wäre. Ich habe am Strassenrand gehalten, um Pause zu machen, und alles war still. Keine Autos weit und breit. Nur das Rufen der Nachtvögel, das Zirpen der Käfer in der Dunkelheit. Ich stand da im Mondlicht. Und gerade als ich wieder loswollte, hörte ich ein einzelnes, langes Heulen. Es kam über die Hügel direkt zu mir. Und die Hunde hinten auf meinem Truck antworteten, erst einer, dann die anderen. Heulten alle drei zusammen. Als wüssten sie, dass sie aus der Wildnis stammen und dass die Stimmen in der Ferne die ihrer Brüder sind.

Dad stand auf und liess Grizz an sich hochspringen. Die Hunde strahlten ihn freudig an, ihre Ohren hingen weich herab. Sie wollten laufen, aber sie würden genauso gut auch hier rumsitzen, wenn er das von ihnen verlangte, würden zusehen, wie ihr Rudel zusammenschrumpft, Muskeln und Kondition verliert. Nur um ihm zu gefallen. So sind Hunde eben, wenn sie dich lieben.

Ich stand da, mein Mund war trocken, meine Augen brannten. Es schneite ganz leicht, winzige Flocken, die die Luft zum Leuchten brachten, aber sich nicht zu grossen Bergen auftürmten. Die Flocken rieselten senkrecht aus dem Himmel. Kein Wind, wenn du Wind willst, wenn alles, was du willst, ein Sturm ist, der mit aller Macht den Schnee durch euren Hof jagt, oder eine Flut, die stark genug ist, um alles wegzuschwemmen, das Haus, die Näpfe, die Scheune, die Hunde. Ein Feuer, damit jeder einzelne Schlitten in Flammen aufgeht. Bis nichts mehr da wäre ausser einer leeren Fläche zwischen den Bäumen.

Trace? Dads Stimme erreichte mich durch einen zähen Nebel, meine Wut war dick und klebrig, verstopfte mir die Kehle, als ich versuchte zu sprechen.

Den ganzen Weg nach Tok, murmelte ich.

Wie bitte?

Du bist den ganzen Weg nach Tok gefahren, um ein paar Hunde abzuholen, aber jetzt weigerst du dich, auf einen Schlitten zu steigen. Du willst mich nicht trainieren lassen. Du gehst mit den Hunden nicht mal spazieren. Was für ein Musher bist du eigentlich? Wir können die Hunde auch genauso gut weggeben. Sie jemandem geben, der sie auch arbeiten lässt.

Ich trat nach Pandas Wasserschüssel und katapultierte sie in dieselbe Richtung wie den Futternapf. In mir glimmte eine Glut, und der einzige Weg, sie zu löschen, war, zu laufen. Ich dachte darüber nach, war kurz davor, in den Wald zu sprinten und für den Rest der Nacht wegzubleiben, erst am Morgen, satt und ruhiger, wieder nach Hause zu kommen. Aber zu Hause würde mich Dads stille Wut erwarten, und er würde mir neue Drinnen-Aufgaben und weiter Hundeverbot aufbrummen.

Also nahm ich meine Glut und trug sie durch den Schnee zurück zum Haus. Stemmte meinen Rücken gegen Dads Stimme, als er mir hinterherrief: Tracy, warte. Komm wieder her.

Im Haus zog ich Stiefel, Hut und Mantel aus, mein Bauch rumorte und krampfte, es fühlte sich an, als wenn ich zu voll wäre, obwohl ich noch nicht getrunken hatte. Es waren meine Tage, ich wusste, sie würden bald kommen. Ich hatte sie nicht jeden Monat, so wie die Schulkrankenschwester erklärt hatte, dass es bei den meisten Mädchen wäre. Dann bekam ich sie wieder zweimal im Monat. Es war zu früh, um mich schlafen zu legen, aber ich kroch trotzdem ins Bett, behielt meine Sachen an. Ich war schon eingeschlafen, als ich Dad ins Haus kommen hörte.

Mitten in der Nacht wurde ich wach, mein Hals war trocken. Als ich nach unten ging, um ein Glas Wasser zu trinken, sah ich, dass Dad auf dem Sofa lag, er war vor dem Feuer eingeschlafen, das inzwischen nur noch schwach glühte. Sein Kopf lag in einem komischen Winkel, er würde einen steifen Hals haben, wenn er aufwachte. Ich schlich mich in der Küche an den schlafenden Hunden vorbei und füllte ein Glas mit Leitungswasser. Aber noch bevor ich davon trinken konnte, rutschte es mir aus der Hand. Der Aufprall klang wie ein Schuss aus einer Waffe.

Mist, flüsterte ich.

Während ich den Wasserhahn zudrehte und die Glasscherben aufklaubte, schnarchte Dad drüben weiter. Er hatte schon immer geschlafen wie ein Toter. Er war weg, sobald sein Kopf auf dem Kissen lag, und zuckte nicht mit einer Muskelfaser, bis um vier der Wecker klingelte. Das Haus könnte um ihn herum in Flammen aufgehen, und wenn das Feuer gelöscht wäre, würde man ihn finden, wie er in der Asche schläft.

Ich beförderte die Scherben in den Müll, ein helles, glänzendes Klirren, das immer noch nicht laut genug war. Mein Blick auf Dad.

Der Krach hatte Homer und Canyon geweckt, genauso wie den Haushund für die Nacht, Chug. Ich sah zu ihnen rüber. Und pfiff.

Drei Hunde bellen nicht so laut wie vierzehn, aber machen doch ganz schön Rabatz, zumal im Haus. Scott war oben vermutlich schon aus seinem Bett gesprungen und fragte sich, was hier los war. Ich beruhigte die Hunde, und sie legten den Kopf wieder auf die Pfoten.

Dad schnarchte immer noch.

Obwohl das Feuer fast aus war, spürte ich, wie sich in mir etwas Warmes ausbreitete. Die Glut glühte noch immer in mir, aber etwas war anders. Ein Gefühl, als würde mehr Hoffnung als Wut in mir glimmen. Als gäbe es plötzlich zwei Möglichkeiten. Ich konnte sie in Ruhe lassen, und irgendwann würde die Glut von alleine ausgehen. Oder ich konnte damit etwas anfangen. Sie anheizen. Schüren. Zusehen, wie die Flamme wächst.

Sie mit in den Wald nehmen, mir den Weg leuchten.

Nachdem sie Masha entlassen hatte, hörte Mom auf, in den Ort zu fahren. Früher war sie immer mitgekommen, wenn Dad etwas im Laden besorgen musste, sie half ihm, und manchmal machten wir einen ganzen Ausflug daraus und hielten zum Abschluss des Tages beim Diner, wo sie Steaks und Burger so blutig servierten, wie man nur wollte. Meistens wartete noch eine kleine Ladung bei der Post auf uns, und Mom mochte diesen Zwischenstopp immer, sie redete mit dem Poststellenleiter und den anderen Leuten, die hier ihre Briefe und Lieferungen aus Anchorage abholten. *Einen Plausch halten* nannte sie das, Gespräche, in denen es um alles und nichts ging, ein paar Scherze, ein bisschen Klatsch aus der Nachbarschaft.

Aber all das war ab dem Moment vorbei, als Masha weg war. Kurz danach hörte Mom auch auf, für andere Leute Hunde zu trainieren. Sie konzentrierte sich nur noch auf Dads Tiere, und es war nicht so, dass er die Hilfe nicht gebrauchen konnte. Zu dem Zeitpunkt hatten wir so viele

Hunde wie noch nie, um die vierzig, wenn man alle zusammenzählte, plus/minus einen neuen Wurf Welpen oder ein, zwei Hunde, die kurz vor dem Ruhestand waren.

Trotzdem eröffnete sie ihm eines Abends, dass wir die Youngster aus ihrer Sicht nicht länger brauchten.

Sie schrubbte die Teller vom Abendessen. Ich sass am Tisch und beeilte mich, mit meinen Hausaufgaben fertig zu werden. Mom hatte mir versprochen, wenn ich alles geschafft hätte, könnte ich die Nacht im Wald verbringen, nur ein Zelt müsste ich mitnehmen. Mir war es lieber, mir meinen eigenen Unterschlupf zu bauen oder unter freiem Himmel zu schlafen, wenn das Wetter gut genug wäre, aber ich nahm gern auch ein Zelt mit, wenn ich dafür nach draussen konnte.

Um genau zu sein, sagte sie zu Dad: Wieso in aller Welt müssen hier die ganze Zeit so viele Leute herumlungern?

Sie arbeiten für uns, entgegnete Dad. Sie sind hier, weil ich sie dafür bezahle.

Du bezahlst sie dafür, uns die Haare vom Kopf zu fressen?

Hannah, das war nur heute Abend. Es ist spät geworden, also habe ich ihnen gesagt, dass sie mit uns essen können –

Ohne mir Bescheid zu geben, sagte Mom. Vielen Dank dafür übrigens.

Dad stand von seinem Stuhl auf, er war gerade dabei gewesen, seine Anmeldung für das diesjährige Yukon Quest auszufüllen. Er ging zur Spüle und stellte sich hinter Mom, legte seine Arme um ihre Hüfte. Sie war klein genug, dass ihr Kopf genau unter sein Kinn passte. Er küsste sie auf den Scheitel. Sie stiess ihn mit dem Ellenbogen weg.

Komm schon, sagte er mit leiser Stimme. Was ist denn los?

Sie spülte einen Teller ab.

Irgendwas ist doch mit dir in letzter Zeit, sagte Dad, die Uhr über dem Kamin tickte, mein Bleistift kratzte übers Papier, einer der Haushunde winselte. Dads Hand auf Moms Bauch, er senkte die Stimme und fragte: Gibt es vielleicht irgendwas, was du mir sagen willst?

Nein, zischte sie. Um Himmels willen, Bill, das ist wirklich das Letzte, was ich jetzt will.

Er zog sie zu sich heran. Das wäre doch nicht das Schlechteste, oder?, sagte er. Noch ein Baby.

Hast du vor, es diesmal die neun Monate auszutragen?, fragte sie.

Würde ich, wenn du dann ja sagst.

Sie seufzte. Liess das Wasser laufen. Das Holz knackte im Ofen. Dad neckte sie weiter, mit Händen und mit Worten. Streichelte ihr den Rücken, umschlang sie. Er sagte, dass es der richtige Zeitpunkt wäre und dass sie doch mindestens eine Million Babys gewollt hatten, als sie jünger waren, und wenn sie noch ein paar mehr bekommen würden, dann bräuchten sie auch keine Youngster mehr, dann könnten sie die ganze Arbeit mit den Hunden allein mit ihren Kindern stemmen. Er grinste und gluckste, und ich wunderte mich, dass er nicht merkte, wie ihre wachsende Wut wie Hitzewellen aus jeder ihrer Poren strömte.

Schliesslich stiess sie ihn weg, heftiger, als sie wahrscheinlich wollte. Er stolperte ein paar Schritte rückwärts. Ihre Finger waren schaumbedeckt vom Spülwasser, und in einer Hand hielt sie noch immer das Messer, das sie gerade abgewaschen hatte.

Hannah –

Ihre Hand war ganz ruhig, als ihr Blick zu dem Messer wanderte, aber in dem Moment, als sie es fallen liess, konnte ich sehen, wie ihre Schultern bebten, ihre Finger zitterten. Sie schoss an Dad vorbei und zog im Vorraum ihren Mantel vom Haken.

Wo willst du hin?

Raus.

Warte, sagte Dad. Ich komme mit.

Nein, entgegnete sie. Sie zwängte ihre Füsse in die Stiefel, stülpte sich eine Mütze auf den Kopf. Liess die Tür hinter sich zuknallen.

Dad brummte, als er sich an den Küchentisch setzte.

Ich legte meinen Stift hin und sagte: Ich bin fertig. Kannst du meine Matheaufgaben kontrollieren, damit ich nach draussen kann? Mom hat gesagt, ich darf, wenn ich meine Hausaufgaben zeige.

Er stand wieder auf, ging zur Spüle und hielt Ausschau durchs Fenster. Ging rüber zur Tür und legte die Hand auf den Knauf, dann schien er es sich noch mal anders zu überlegen. Ging wieder zum Tisch, aber setzte sich nicht hin, kaute nur auf seiner Lippe und starrte auf die Stelle, wo Mom eben noch gestanden hatte.

Dad?

Lass es einfach gut sein, sagte er. Ich will, dass du erst mal hierbleibst. Gib deiner Mutter ein bisschen Zeit für sich.

Unzufrieden mit der Wendung, die der Abend genommen hatte, stampfte ich die Treppe rauf. Aber dann ging ich zum Fenster am Ende des Flurs und sah Mom im Hof stehen. Sie war nicht weit gekommen, nur bis zur Auffahrt, und da stand sie, in ihren roten Mantel gehüllt, mit dem Rücken zum Haus. Wo sie hinsah, konnte ich nicht sagen. In die Bäume, die unser Haus von der Strasse abschirmten, oder hoch zur Mondsichel, die in den Himmel über die Bäume gehängt war? Oder doch in die Dunkelheit, in die Lücken zwischen den Bäumen, die Schatten, die über den schneebedeckten Hof krochen, in all das Schwarz zwischen den Sternen, in dem rein gar nichts zu finden war.

Nach einer Weile trottete Old Su zu ihr und steckte ihre Nase auf der Suche nach einem Leckerli in Moms Manteltasche, aber ohne Erfolg. Su lief ein Stück die Zufahrt rauf und drehte sich nach Mom um. Aber Mom blieb, wo sie war.

Erst lange nachdem Dads Schritte über den Flur knarrten, lange nachdem die Spülung von der Toilette oben rauschte und die Lichtschalter klickten und mein Zimmer in den heraufkriechenden Schatten und den Geräuschen der Stille versank, erst lange danach hörte ich, wie sich schliesslich die Hintertür erst öffnete, dann schloss und Mom wieder ins Haus kam.

Am Tag nachdem Steve Inga uns von Jim Lerners Eindringling berichtet hatte, fiel bei uns eine ordentliche Ladung pappiger Schnee, trotz der milden Temperaturen. Es kam runter, als würde jemand im Himmel eimerweise Flocken ausschütten, und als es dann vorbei war, türmten sich fast anderthalb Fuss hohe Schneesäulen auf den Hundehütten. Dad spannte den Schneepflug vor seinen

Truck und verbrachte den Abend und den ganzen nächsten Tag damit, Zufahrten und Nebenstrassen frei zu räumen, und verdiente so ein paar hundert Dollar.

Das war meine Chance. Wenn seine Rücklichter am Ende unserer Auffahrt verschwanden, verdrückte ich mich in den Schuppen und machte mich an die Arbeit. Ich hatte mir vorher noch nicht die Zeit genommen, unsere Winterschlitten zu inspizieren, aber überall gab es dieses oder jenes auszubessern. Ich zog Bindungen und Schrauben fest, suchte Stützen und Kufen nach Rissen ab, richtete Bremskrallen aus, ersetzte bei einem Schlitten das Seil, das ihn mit der Zentralleine verbindet und das Lenken erleichtert. Als mein Schlitten so weit fertig war, zog ich ihn zur Tür und beschwerte ihn mit Sandsäcken, denn zumindest auf meine erste Tour würde ich keine zusätzliche Ausrüstung mitnehmen. Dann entwirrte ich Zentral- und Zugleinen, sortierte Geschirre und stach mich mit zusammengekniffenen Augen im Schein der Lampe in meinem Zimmer an der Nadel, während ich mein Bestes tat, um die Geschirre zu flicken, die es nötig hatten.

Sollte Dad bemerkt haben, dass gewisse Teile der Ausrüstung nicht mehr am selben Platz lagen oder dass jemand einen Schlitten mit Sandsäcken beladen und mit einer Plane abgedeckt hatte, dann sagte er jedenfalls nichts dazu. Am nächsten Morgen füllte er einen Eimer mit Trockenfutter und nahm mich noch einmal mit zu den Hunden. Es war etwas kälter geworden, also überredete ich ihn, mich eine Portion magere Brühe aufwärmen zu lassen. Es war nicht viel, aber so würden die Hunde wenigstens ein paar zusätzliche Kalorien zu ihrem Frühstück kriegen.

Die Hunde machen so schon immer ordentlich Rabatz, wenn es ans Füttern geht, aber an diesem Morgen waren sie völlig ausser sich. Sie kläfften und kläfften, während wir unsere Runden drehten, und gaben erst Ruhe, als sie etwas in ihrer Schüssel hatten.

Als mein Eimer leer war, knirschte ich durch den Schnee zurück zum Schuppen. Auf den Schnee war ein Kälteschub gefolgt, er hatte die gesamte Feuchtigkeit aus der Luft gesogen, der Boden war spröde und verharscht. Mit jedem Schritt brach ich ein bisschen in seiner Oberfläche ein, bis ich schliesslich an der Tür angekommen war und abrupt stehen blieb.

Dad wäre fast in mich hineingelaufen. Was ist?, fragte er.

Aber ich musste ihm keine Antwort geben, er sah selbst, was ich entdeckt hatte. Einen Fussabdruck. Grösser als meiner, mit einem Profil, das neu genug war, um deutliche Zickzackmuster im Schnee zu hinterlassen.

Wir waren eben noch hier, sagte ich leise.

Er setzte seinen eigenen Fuss neben den Abdruck in den Schnee, und der war ein ganzes Stück kleiner als seiner.

Ein dumpfes Geräusch aus dem Schuppen, wie wenn etwas von der Werkbank auf den Boden fällt.

Wir hätten gesehen, wenn jemand da drinnen wäre, sagte ich, aber in dem Moment, als ich die Worte ausgesprochen hatte, fielen mir all die Ecken ein, in denen man sich verstecken konnte. Selbst als wir unsere Eimer befüllt hatten, hätte jemand in einem der Winkel im hinteren Teil oder oben auf dem Boden oder hinter der leeren Kühltruhe hocken können.

Wo ist Scott?, fragte Dad.

Noch im Haus, antwortete ich.

Geh zu ihm. Er stellte seinen Eimer ab. Der Morgen war verstummt, jetzt machte keiner der Hunde einen Mucks mehr.

Bleib hier, sagte ich.

Aber Dad war schon drinnen, die Schatten verschluckten ihn, als er tiefer in den Schuppen vordrang, und ich versuchte krampfhaft, etwas anderes zu hören als meinen eigenen Herzschlag. Ich hatte Tom Hatch nicht ohne Grund niedergestochen. Er war auf mich losgegangen, hatte sich an mich herangeschlichen, als ich nicht aufgepasst hatte, und wenn ich mich nicht im richtigen Moment umgedreht hätte, wer weiss, was dann passiert wäre. Er hätte mir die Kehle zuschnüren, mir mit einem Stein eins überziehen können. Und wenn er jetzt eine Waffe bei sich hätte, wenn er einen Hammer von der Werkbank gegriffen hätte, als er uns drinnen hörte?

Ich hätte das Geld nicht nehmen sollen. Ich drehte mich um und rannte zum Haus. Ich weiss nicht, ob ich den Rucksack holen wollte oder was mir sonst durch den Kopf ging, aber ich blieb stehen, als Scott nach draussen kam.

Was ist denn los?, fragte er.

Pscht, machte ich.

Er hatte nicht mal einen Mantel übergezogen, seine Füsse versanken in Dads Paar Ersatzstiefeln. Ich versuchte zu hören, ob irgendein Geräusch aus dem Schuppen kam. Überlegte, wie weit es von Fairbanks hierher war und wie lange es wohl dauert, bis eine Stichwunde verheilt. Ich wartete darauf, dass Dad wieder rauskam. Ich hätte reingehen sollen, nicht er. Warum hatte er nie ein Schloss am Schuppen angebracht? Da konnte jeder einfach reinspazieren und sich in der Dunkelheit verstecken. Ich sah Tom Hatch in der Tür stehen, wie es aus seiner Bauchwunde blutete, Blut im Schnee. Wie er einen Hammer in der Hand hielt, Dads Axt.

Eine Ewigkeit später erschien ein Umriss in der Tür, und ich musste erst die Tränen in meinen Augen wegblinzeln, um zu sehen, dass es Dad war. Er machte die Tür hinter sich zu und überquerte den Hof. Schüttelte den Kopf. Da ist keiner, sagte er.

Aber da war jemand. Vielleicht nicht im Schuppen. Vielleicht noch weit weg in Fairbanks. Aber er war bei uns, so oder so. Ich trug ihn genauso in mir, wie ich Mom in mir trug, er wollte nicht loslassen. Nicht solange ich sein Geld unter meinem Bett versteckt hatte.

Am Tag nachdem wir den Fussabdruck vor dem Schuppen gefunden hatten, kam noch einmal eine ordentliche Ladung Schnee runter. Als Dad am Abend darauf nach dem Schneeschieben nach Hause kam, liess er sich auf einen Stuhl am Küchentisch fallen. Er machte sich nicht die Mühe, seine Stiefel oder seinen Mantel auszuziehen. Er war schon früh am Morgen losgefahren, und in der Nacht davor hatte ich ihn nicht mal nach Hause kommen hören, er musste noch unterwegs gewesen sein, als ich schon längst geschlafen hatte.

Das war's, sagte er schliesslich. Fürs Erste.

Er wischte sich mit der Hand übers Gesicht. Ringe unter seinen Augen. Das Schneeschieben brachte gutes Geld ein, das hätte er nicht ablehnen können. Aber ich hatte den Verdacht, er hätte die schlaflosen Stunden lieber auf einem Schlitten als in seinem Truck verbracht.

Was ist das? Ich zeigte auf den in Plastik verpackten, ungeschnittenen Laib Brot, den er mitgebracht hatte.

Helen Graham hat das gebacken. Sie dachte, ihr freut euch vielleicht drüber. Ziemlich nett von ihr.

Ich liess das Brot gleich wieder fallen. Helen, von der Krankenstation? Bist du da gewesen?

Hab da den Parkplatz frei geräumt.

Aber du warst auch drinnen.

Er setzte seine Mütze ab. Beugte sich ächzend vor, um seine Stiefel aufzuschnüren. Gibst du mir mal die Flasche, die hinterm Toaster steht?

Er meinte den Whiskey, den Steve mitgebracht hatte. Ich holte die halbvolle Flasche, dazu ein Glas und stellte beides vor ihn hin. Er war jetzt schon erledigt, nach ein, zwei Gläsern Whiskey würde er nicht nur in einen tiefen, sondern einen bleiernen Schlaf fallen. Ich fühlte alles gleichzeitig. Es wäre eine ziemliche Plackerei, den Trail zu spuren, nachdem es zweimal hintereinander so heftig geschneit hatte. Aber es würde sich lohnen, endlich wieder auf einem Schlitten, endlich draussen.

Aber das Brot auf dem Tisch liess mir keine Ruhe.

Du hast also mit Helen gesprochen?

Er leerte sein Glas und goss sich noch eins ein.

Wie geht es – ich meine, hat sie irgendwas gehört?

Ich wusste nicht, wie ich fragen sollte, was ich fragen wollte.

Dad leerte sein zweites Glas. Du meinst, von Mr Hatch?, fragte er. Er schüttelte den Kopf. Nicht mehr, seit sie ihn nach Fairbanks gebracht haben. Ich schätze, sie haben ihn zusammengeflickt, und dann ist er nach Süden weiter.

Nach Süden? Mein Mund wurde trocken. Wieso Süden?

Dad zuckte mit den Schultern. Stand auf seinem Führerschein – Oklahoma, wenn ich mich recht erinnere. Oder Kansas. Irgendwas da in der Mitte.

Er gähnte und streckte sich, währenddessen versuchte ich, mich in einen erwachsenen Mann hineinzuversetzen, der nicht nur verletzt, sondern auch irgendwo weit weg von zu Hause war und dem ein paar tausend Dollar fehlten. Hätte ich noch genug Geld bei mir, um mir ein Auto zu besorgen, wenn man mich aus dem Krankenhaus in Fairbanks entlassen würde? Und falls ja, würde ich dieses Geld dafür ausgeben, um noch so lange in Alaska zu bleiben, bis ich meinen Rucksack wiedergefunden hätte, den ich im Wald liegengelassen hatte?

Oder vielleicht würde ich, wenn ich kein Geld mehr und nur einen einzigen Gedanken im Kopf hätte, stattdessen per Anhalter fahren, so weit in den Süden wie möglich, und ab da laufen. Und vielleicht würde ich, wenn die Kälte käme, eine unverschlossene Tür und einen Holzofen finden, und nachdem ich so lange in dem harschen Wind gefroren hatte, würde mir so warm werden, dass ich vor dem Ofen einschlafen würde, bis der Eigentümer nach Hause käme. Jim Lerners Beschreibung von seinem Einbrecher hatte nicht nach Tom Hatch geklungen, aber Jim konnte sich wahrscheinlich nicht in allen Einzelheiten an seinen Besucher erinnern, und ein Foto hatte er auch nicht gerade schiessen können. Vielleicht hat er sich das Alter und die Statur des Mannes falsch gemerkt. Jims Grundstück lag nördlich von unserem. Mehr als ein, zwei Tage würde man zu Fuss von seinem Haus zu uns nicht brauchen.

Was mich wieder zu den Fussspuren vor unserem Schuppen brachte. Und da verhakten sich meine Gedanken. Wenn Hatch die Nacht auf unserem Grundstück verbracht hatte und jetzt weg war, dann hatte er beschlossen, sich wieder in den Wald zu schlagen und nach seinem Rucksack zu suchen, anstatt an unsere Tür zu klopfen und Dad darüber aufzuklären, wie genau er mit einer Stichwunde in unserem Hof gelandet war, an der er fast zugrunde gegangen wäre. Was bedeuten würde, dass ich aus dem Schneider wäre. Nur dass, wenn Hatch den Rucksack nicht an der Stelle fand, wo er ihn gelassen hatte, die Möglichkeit bestand, dass er doch noch zu uns kommen würde. Oder er würde aufgeben und dahin zurückkehren, von wo er gekommen war. Oder aber er würde zur Polizei gehen, weil er nicht Opfer von einem, sondern von zwei Verbrechen geworden war.

Vielleicht war er aber auch längst wieder zu Hause, in Oklahoma oder Kansas, und lag wohlbehütet in seinem eigenen Bett. Das waren zu viele Möglichkeiten, um sie alle auseinanderzuklamüsern.

Dad hievte sich hoch und gähnte noch einmal. Mir fallen die Augen zu. Ich muss ins Bett.

Ich auch, sagte ich ein wenig zu schnell, dafür dass es gerade mal kurz nach acht war, aber ihm schien nicht aufzufallen, wie eilig ich es hatte.

Ich folgte ihm die Treppe hoch, und hinter uns wurde das Haus dunkel, während er ein Licht nach dem anderen ausknipste. Rauschendes Wasser im Bad, die Toilettenspülung. Scott, der in seinem Zimmer liest, uns gute Nacht zuruft. Die knarzenden Dielen, als Dad an meinem Zimmer vorbeitrottet.

Nacht, Trace.

Nacht.

Ich lag auf meinem Bett, noch in meinen Sachen, die Tür stand einen Spaltbreit offen. Ich lauschte. Wartete. Zermarterte mir das Hirn über diese Fussabdrücke und was sie zu bedeuten hatten.

Es dauerte nur ein paar Minuten, bis ich hörte, wie Dads Schnarchen durch den Flur dröhnte, aber ich wartete noch über eine Stunde, bevor ich aufstand, lange genug, um sicher zu sein, dass auch Scott eingeschlafen war. Old Su und unsere Rentner hoben ihre Köpfe, als ich die Treppe wieder runterkam. Ich schlich mich durch die Küche. An der Tür schnalzte ich mit der Zunge, um Su zu rufen.

Sobald die Hunde sahen, wie ich den kleinen Schlitten aus dem Schuppen zog, fingen sie an zu bellen. Ich hielt die Luft an und sah zum Haus rüber. Rechnete damit, wie in Dads Zimmer das Licht angehen und er aus dem Fenster gucken würde, um zu sehen, was der Lärm sollte. Aber das Fenster blieb dunkel.

Ich machte den Schneeanker an einem Baum fest und legte die Leinen aus, dann schirrte ich die Hunde an, Zip, Flash, und Su ganz vorne. Kontrollierte ein letztes Mal, ob die Sandsäcke gut verschnürt waren. Dann stellte ich mich auf die Kufen, griff hinter mich und löste den Schneeanker. Die Hunde stürmten vorwärts, und so flogen wir vier über den Hof, auf den vertrauten Trail und hinein in die Nacht.

Wir fahren. Die kalte Luft in meinem Gesicht, wie Glas in meiner Lunge. Die galoppierenden Hunde wirbeln den Schnee auf, der Trail lässt sich leichter brechen, als ich gedacht hätte, spitze Nadeln bohren sich in meine Wangen und meine Stirn. Kein Geräusch, nur die Kufen auf dem frischen Schnee und das Atmen der Hunde. Der Mond über uns malt die schlanken Schatten der kahlen Äste in den Schnee. Wir ziehen an dem Baum vorbei, auf dessen Rinde der Handabdruck von Tom Hatch längst verblichen ist. Wir umfahren den See auf dem Ausweichtrail, das Eis wird nicht dick genug sein, um uns zu halten. Erklimmen den Hügel mit den zwei Felsblöcken links und rechts neben der Spur. Erreichen die Stelle, wo die Bäume anfangen sich bis zum Fluss langsam zu lichten, und da überkommt mich ein Gefühl, mit voller Wucht, so dass es mir den Atem verschlägt und mir die Tränen in die Augen treibt. Als hätte mir jemand das Herz herausgenommen, ohne dass ich davon wusste, und die ganze Zeit bin ich leer herumgelaufen und habe nicht verstanden, warum, bis zu dem Moment, wo ich dort auf den Kufen stand und es wieder in mir war. Ich fühlte es, wie es kräftig in meiner Brust schlug, zum ersten Mal, seit Mom gestorben war. Jede Zelle meines Körpers lebendig. Es ging mir nicht nur um die Rennen. Seit Wochen war ich nicht mehr mit den Hunden unterwegs gewesen, und im Winter zuvor hatte ich die meiste Zeit allein im Wald verbracht, ohne Hund an meiner Seite, nur mit meiner Erinnerung an Mom. Eine Saison ohne mein Herz war lang genug.

Wir preschten auf eine Lichtung, und ich gab das Kommando: *Come gee!*, um die Hunde in einer grossen 180-Grad-Wendung zurück auf den Trail zu führen. Wir fuhren in etwas langsamerem Tempo nach Hause. Ab und zu hüpfte ich vom Schlitten, um nebenherzulaufen, dann brachte ich die Hunde zum Halten, als ich an eine Stelle kam, wo ich am Tag vorher eine Falle aufgestellt hatte, als Dad beim Schneeschieben war und ich mich hatte rausschleichen können. An einem hohlen Baumstamm, wo die Spuren eines Hermelins einen Pfad gebildet hatten, hatte ich eine Viererfalle platziert. Die mag ich besonders, weil man für sie nichts weiter braucht als zwei schwere Steine und drei Stöcke, man schnitzt ein paar Kerben in die Äste und setzt sie so zusammen, dass sie den einen Stein halten, und wenn dann ein Tier kommt, um sich den Köder zu holen, den man ausgelegt hat, löst es die Falle aus, der erste Stein fällt auf den zweiten und zerquetscht die Beute.

Die Falle war ausgelöst, aber da war kein Tier. Die Stöcke waren zerbrochen und verstreut, und die Steine hätten aufeinanderliegen müssen, mit einem toten Hermelin dazwischen. Stattdessen lagen sie nebeneinander, und kein Hermelin weit und breit. Vielleicht hatte ein Marder oder ein Wolf es sich geholt, ich hatte schon öfter meine Beute an grössere Raubtiere verloren, die noch hungriger waren als ich. Hier, wo die Tamarack-Lärchen um die Falle herum dichter zusammenstanden, lag der Schnee nicht so hoch. Ich wartete, bis der Mond sich hinter einer Wolke wegduckte – meine Augen sahen schärfer in der Dunkelheit –, und untersuchte den Boden, wo der Schnee niedergetrampelt war. Nicht von vier Pfoten, sondern von zwei Stiefeln.

Ich stand ganz still und lauschte in die Nacht. Spähte in die Ränder meines Blickfelds, konzentrierte mich auf die Lücken zwischen den Bäumen, die tiefen Schattenfurchen, in denen sich vielleicht jemand verstecken konnte. Aber er war nicht da. Wenn er in der Nähe gewesen wäre, hätte ich es gewusst. Ich hätte ihn gespürt.

Mit einem Tritt verteilte ich, was von meiner Viererfalle übrig war, und liess die verschwommenen Fussspuren aus dem Schnee verschwinden, meine Gedanken zernagten, was ich wusste. Er war also zurück im Süden. Hatte sich in Jim Lerners unverschlossenem Haus an allem bedient, was er gebrauchen konnte, hatte sich erschöpft vor Jims Holzofen gelegt, bevor der ihn aufgescheucht hatte. Danach hatte er gar nicht erst an unsere Tür geklopft, sondern war einfach direkt in unseren Zwingerschuppen spaziert und hatte dabei die Fussabdrücke hinterlassen, die wir am nächsten Morgen gefunden hatten. Dad hatte sich nicht die Mühe gemacht, nach Spuren zu suchen, die von dem Schuppen wegführten, aber er war ja auch nicht derjenige, der sich wegen fremder Eindringlinge sorgte, und mir war das erst später eingefallen, als schon wieder neuer Schnee gefallen war und alle Spuren, die es eventuell gegeben hätte, damit verschwunden waren. Warum hatten wir nicht kontrolliert, ob irgendetwas fehlte, eins von Dads Werkzeugen oder unsere Holzaxt oder das letzte grosse Fleischstück in der Tiefkühltruhe? Ein Mann, der Hunger hat, würde so ziemlich alles vertilgen, auch ein kleines Tier, das einem anderen in die Falle gegangen war.

Aber wenn Tom Hatch in den Wald gekommen war, ohne zuerst vor unserer Tür zu stehen, standen die Chancen nicht schlecht, dass er nur seinen Rucksack wollte. Und nicht etwa mich zur Rede stellen oder dem Village Safety Officer melden. Tom Hatch wollte keinen Ärger, er wollte nur zurück, was ihm gehörte.

Nur würde er das nicht finden. Wenn er so weit draussen war, wusste er bestimmt nicht mehr, wo er seinen Rucksack gelassen hatte. Aber der Mann, der sich selbst genug beigebracht hatte, um Tage, vielleicht Wochen in der Wildnis Alaskas zu überleben, nur weil er ein Buch gelesen hatte, war clever genug, um darauf zu kommen, dass jemand über den Rucksack gestolpert war und einen Blick reingeworfen hatte. Dass dieser Jemand ganz offensichtlich die letzte Person war, die er gesehen hatte, bevor ihn sein Glück verliess.

Ich stellte mich wieder auf meinen Schlitten, wusste, dass ich schon länger von zu Hause weg war, als ich geplant hatte. Ich schonte die Hunde nicht auf dem Rückweg, und als wir wieder in den Hof kamen, hätte ich alles darauf verwettet, dass Dad dort auf uns warten würde, seine Hände in den Hüften, bereit, mir eine Standpauke zu halten. Und selbst als ich sah, dass er nicht da war, liess mich trotzdem, während ich die Hunde ausspannte, jedes noch so kleine Geräusch zusammenzucken – jedes Bellen, jeder knackende Ast, sogar das Knirschen meiner eigenen Stiefel. Bis mir klar wurde, dass ich nicht das Haus im Auge behielt. Sondern die Bäume. Den Schuppen. Den leeren Hof, wo ich hätte schwören können, dass ich ihn gesehen hatte, einen Mann, grösser und breiter, als ich ihn in Erinnerung hatte, aber er war es, seine Hand klebte noch immer an seinem Bauch, mein Messer steckte noch in ihm, das Heft schimmerte im Mondlicht. Ich blinzelte, und dann war er weg.

Ich massierte Flash die Pfoten, danach Zip, dann Su, kraulte ihre Bäuche und gab jedem etwas zu fressen. Dann brachte ich alles, womit ich die Nacht begonnen hatte, wieder in seine Ausgangsposition, zog den Schlitten zurück in den Schuppen und deckte ihn ab, versteckte die Leinen und Geschirre, damit ich sie bei meiner nächsten Tour wieder parat hätte. Meine Ohren waren mindestens doppelt so gross wie normalerweise, das Getrippel der Mäuse dröhnte plötzlich durch den Schuppen und verwandelte sich in die vorsichtigen, schweren Schritte von jemandem, der hier nichts zu suchen hatte, einer Gestalt, die nur darauf wartete, dass ich entweder wegging oder ihr nah genug kam, um mich zu fassen. Sobald ich meine Ausrüstung verstaut hatte, stürmte ich nach draussen und schlug die Tür hinter mir zu, ich dachte gar nicht mehr an meine Sorge, dass Dad aufwachen könnte, ausnahmsweise wollte ich nur zurück ins Haus, hinter verschlossene Türen.

Wir waren fast da, als Old Su plötzlich lossprintete, voller neuer Energie galoppierte sie mit aufgestellten Ohren hin zur Strasse, als würde sie jemanden erwarten, der jeden Moment vorfahren würde.

Komm zurück, mein Mädchen, rief ich ihr nach.

Sie drehte sich um und trabte zu mir, streifte vorbei an einem Schatten. Einem dunklen Umriss, mit dem Gesicht zur Strasse. Ich zuckte zusammen, als ich ihn sah, dachte immer noch an Hatch. Aber je länger ich hinüberstarrte, desto klarer wurde mir, dass es Mom war. Meine Erinnerung an sie. Wie sie am Ende der Auffahrt gestanden und Richtung Strasse gesehen hatte.

Dreh dich um, dachte ich, aber ich brachte es nicht über mich, es auszusprechen. Sie blieb, wo sie war, zitterte unter ihrem schweren Mantel, bis der Mond wieder hinter den Wolken hervorkam und auf die leere Stelle schien, wo sie gestanden hatte.

Komm zurück, sagte ich noch einmal.

Oben zog ich meine Sachen aus und kroch ins Bett. Aber obwohl meine Arme und Beine auf diese angenehme Weise mürbe waren, wie sie es sind, wenn man sich eine Weile an der frischen Luft betätigt hat, prasselten die Gedanken weiter auf mich ein und hielten mich wach. Ich knipste das Licht an und griff unter mein Bett, zog den Rucksack hervor. Ich hatte die Scheine geglättet, das Geld sortiert und gebündelt. Ich war überrascht, was für einen kleinen Stapel so viel Geld ergab, selbst wenn ein gar nicht so geringer Teil davon Einer und Fünfer waren. War überrascht, wie etwas so Kleines sich so schwer anfühlen konnte.

Mein Magen knurrte, und ich dachte an meine Falle, an die Beute, die meine hätte sein sollen und stattdessen Tom Hatch den Bauch gefüllt hatte. Fragte mich, wie lange er in unserem Wald herumgeistern würde, bevor er vor unserer Tür stand.

5

Als Scott alt genug war, fing er an zu fragen, ob er auch mitkommen kann, wenn ich mit meinem Messer und meinen Regeln und keiner einzigen Ermahnung von Mom in den Wald zog ausser: Zum Essen bist du wieder zu Hause oder Aber heut nicht weiter als bis zum See. Manchmal lenkte Mom ihn mit ihrer Kamera ab, dann unternahmen die beiden auf unserem Grundstück ihr eigenes Abenteuer und gingen auf Fotosafari im Hof, oder sie blieben drinnen und backten Kekse oder spielten eins ihrer geheimen Spiele. Aber manchmal sagte sie auch: Nimm ihn heut mit, Trace. Du kannst morgen wieder alleine los.

Also liess ich es darauf ankommen und zeigte Scott, wie man eine einfache Falle baut, oder ich erklärte ihm, dass selbst die kleinste Bewegung die meisten Tiere verschreckt. Aber er hampelte herum und jammerte, dass ihm langweilig wäre. Also gingen wir auf dem Trail spazieren, bis seine Beine müde wurden, dann drehten wir um und kehrten ohne Beute heim.

Normalerweise versuchte ich, es ihm auszureden, ich versprach, ihm irgendwas Cooles zu zeigen, wenn er dafür zu Hause bleiben würde. Dann brachte ich ihm bei, wie man mit Feuerstein und Stahl ein Feuer macht, genauso wie Dad es mir gezeigt hatte, oder wie man auf einem spitzen Grashalm pfeifen kann. Ich zeigte ihm Tricks mit meinem Messer.

Was sind *Blutsbrüder?*, fragte er.

Das ist nur ein ganz kleiner Schnitt, erklärte ich. Dann geben wir uns die Hände und sind Blutsbrüder.

Aber du bist doch ein Mädchen, sagte er.

Mein Magen knurrte. Es heisst nur so, antwortete ich und nahm seine Hand.

Aber Dad hörte den kleinen Aufschrei, den Scott von sich gab, als ich ihm in die Handfläche schnitt, er scheuchte uns ins Haus und fragte: Was habt ihr euch bloss gedacht?

Was ist passiert?, fragte Mom. Sie war dabei, den Tisch zu decken, es war bald Zeit fürs Abendessen.

Dad verpetzte mich, und Scott zeigte ihr den blutigen Ritzer in seiner Hand. Mom sah mich an. Ich machte mich darauf gefasst, dass sie mich anbrüllen würde. Stattdessen sagte sie: Das sieht doch gar nicht so schlimm aus, Scotty. Wasch dir die Hände, und mach schnell ein Pflaster drauf. Das wird schon wieder. Hilfst du ihm, Bill?

Dad nickte. Sagte zu mir: Und du gehst bis zum Essen hoch in dein Zimmer, junge Dame.

Warte, Trace, sagte Mom. Warum gehst du nicht nach deinen Fallen gucken? Nur die in der Nähe vom Hof.

Dad warf die Hände in die Luft. Hast du nicht gehört, was ich gerade zu ihr gesagt habe, Hannah? Ich habe gesagt, sie soll auf ihr Zimmer gehen.

Ich habe dich gehört.

Dann solltest du mir beispringen, anstatt ihr genau das Gegenteil zu sagen.

Tracy, sagte Mom. Geh nach draussen.

Ich liess die Tür hinter mir zufallen und rannte Richtung Trail, liess ihr Wortgefecht, das man noch durchs offene Küchenfenster hören konnte, hinter mir verklingen. Allerdings stritten sie noch immer, als ich spätabends nach Hause kam und der Rest des Hauses schon im Dunkeln lag. Ich ging an ihrem Schlafzimmer vorbei und hörte ihre gedämpften Stimmen durch die geschlossene Tür.

Sie hätte ihn ernsthaft verletzen können, sagte Dad.

Hat sie aber nicht, antwortete Mom, und ihre Stimme klang müde.

Wenn er also das nächste Mal schon halb verblutet, willst du sie dann auch belohnen, anstatt sie auf ihr Zimmer zu schicken?

Mom seufzte. Bill, es tut mir leid. Aber du musst verstehen, dass es nichts bringt, sie auf ihr Zimmer zu schicken. Ich habe es versucht. Du musst sie in eine andere Richtung lenken.

In eine andere Richtung, murmelte er. Ich brauche keinen Vortrag von dir, wie ich mein Kind zu erziehen habe. Wirklich, Hannah, manchmal tust du so, als würdest du die Verantwortung für sie ganz alleine tragen.

Manchmal fühle ich mich so.

Was soll denn das heissen?

Dann waren beide für einen Moment lang still. Ich stand vor ihrem Schlafzimmer, beugte mich mit dem Kopf nach vorn. Das Mondlicht fiel bläulich weiss durch das Fenster am Ende des Flurs und ergoss sich über alles, die Dielen und das Bücherregal, meine nackten Füsse.

Dads Stimme klang ganz sanft. Hey.

Ich überlege, wie ich es sagen kann, ohne dass ich völlig verrückt klinge, sagte Mom.

Das Bett knarrte.

Ich weiss doch, dass du nicht verrückt bist.

Sie lachte. Das sagst du jetzt, entgegnete sie und seufzte noch einmal. Nur, was Tracy betrifft, es ist – anders. Wir müssen –

Was?, fragte Dad.

Pscht, machte Mom. Und rief: Tracy?

Ich erstarrte. Ich spürte, wie sie nach mir lauschte. So leise, wie ich konnte, stahl ich mich von der Tür weg. Moms Gehör war fast so gut wie meins, sie hörte ganz sicher, wie sich meine nackten Füsse wegschlichen, wie dann meine Zimmertür leise zuschnappte.

Am nächsten Morgen wartete sie schon auf mich, sie hatte ihre Stiefel an.

Los geht's, sagte sie.

Wohin?

Auf die Jagd.

Sie hätte genauso gut vorschlagen können, dass wir uns die Köpfe rasieren und zum Mond fliegen. Ich starrte sie an, während sie sich einen fusseligen, alten Pullover überstreifte und zur Tür ging.

Was ist?, fragte sie. Gehen wir oder nicht?

Wir folgten dem Trail in den Wald, wir liefen, ohne zu sprechen. Nach etwa einer Viertelmeile grinste sie mich an, gab mir einen Stupser mit der Hüfte, und dann spurtete sie los und schlug sich in den Wald.

Ich rannte ihr nach. Wir sprangen über die blosse Erde, ich barfuss, sie in ihren klobigen Stiefeln. Aber sie war schneller, als sie aussah, und ich holte weit mit den Beinen aus und schwang meine Arme, um mit ihr mitzuhalten. Mein Herz pumpte das Blut durch meine Adern, Wärme stieg in jede Faser meines Körpers, und ich fühlte mich kräftiger und schneller als jemals zuvor, und trotzdem zog sie mir davon. Sie verschwand hinter einer Biegung, und als ich ihr nachsetzte, war sie nur immer weiter vor mir.

Als sie schliesslich stehen blieb und ich zu ihr aufschloss, legten wir uns neben den Trail auf die Erde und schnappten nach Luft.

Sie seufzte und setzte sich auf. Das fühlt sich gut an, oder? Ich habe das vermisst.

Bis sie es aussprach, hatte ich nicht darüber nachgedacht, dass ich sie zum ersten Mal ohne Dad im Wald sah. Auf unsere Spaziergänge als Familie kam sie immer mit, sie trainierte auch mit Dad zusammen die Junghunde, aber sie ging nie nur mit mir oder Scott in den Wald, und schon gar nicht alleine.

Okay, Trace, sagte sie. Du hast dein Messer dabei, oder? Zeig mir, was du kannst.

Also schlugen wir uns in den Wald und suchten nach einer guten Stelle für meine Falle. Dann waren wir lange Zeit still, sassen so dicht beieinander, dass ich spüren konnte, wie die Wärme ihres Körpers auf mich abstrahlte. Bis ein Marder in meine Falle tappte. Ich zeigte Mom, wie ich das Messer benutzte, das sie mir gegeben hatte, wo ich den Schnitt setzte, damit das Blut abfloss, bis, was auch immer ich gefangen hatte, tot war und ich es mit nach Hause nehmen konnte, um das Fleisch und das Fell zu verwerten.

Na los, sagte sie, als ich den Marder ausbluten liess.

Ich zögerte. Ich konnte mich noch gut erinnern, wie sie mich angebrüllt hatte, als sie mich das eine Mal mit Scotts Blut am Mund erwischt hatte.

Es ist in Ordnung, sagte sie.

Also führte ich den Marder an meine Lippen. Ein warmer, metallischer Strom auf meiner Zunge, und in meinem Kopf huschte ich einen Baumstamm hinunter, ich war auf dem Weg zu einer Stelle, wo ich wusste, dass dort Wühlmäuse ihre Nester und ihre Tunnel hatten, ich schnüffelte, ich roch, dass etwas Interessantes in der Luft lag, trabte an der Stelle mit den Wühlmäusen vorbei, weiter zu einem Birkenstand, folgte dem Duft, es roch nach klebrig süssen Beeren, und dann machte ich einen letzten Schritt, um von der Marmelade zu kosten, die auf einen Stein geschmiert war, bevor die Falle schliesslich zuschnappte.

Die meisten Tiere, die ich in meinen Fallen fand, waren schon stunden-, manchmal tagelang tot. Wenn das Tier noch nicht tot ist, sondern erst in deinen Händen stirbt, dann ist es noch warm, dann spürst du, wie dich seine Wärme durchströmt, und was du von ihm bekommst, ist so glasklar, als würdest du es mit deinen eigenen Augen sehen. In jedem Schluck steckt ein Moment. Aber der, der mit dem letzten Atemzug eines Tiers zusammenfällt, gibt dir eine ganze Geschichte. Du erfährst alles, was es erlebt und gefühlt hat, als würde es in genau diesem Augenblick passieren. Mit dem Schluck im Moment des Todes nimmst du ein ganzes Leben in dir auf.

Dann war ich fertig. Meine Haut überzuckten Leben und Tod eines anderen Wesens, ich fühlte mich, als könnte ich mindestens noch zehn Meilen rennen, und diesmal würde ich mit Mom mithalten, egal wie schnell sie lief. Aber ich stand nur da und wartete, was sie machen würde.

Sie sagte nur: Lass den Marder liegen. Wir holen ihn uns später.

Wir drangen tiefer in den Wald vor, hielten an einem schmalen Wasserlauf, damit ich mir das Blut von den Händen und aus dem Gesicht waschen konnte. Während wir liefen, sagte sie nicht viel, ausser dass sie mich nach den Pflanzen, die wir fanden, abfragte. Damals konnte ich noch nicht viele bestimmen, ich war mehr darauf aus, Fährten und Kothaufen zu erkennen.

Du musst solche Dinge wissen, sagte Mom und zeigte mir eine Stelle mit Eisenhut, der ein bisschen wie ein Gefleckter Storchschnabel aussah, die Farbe war die gleiche, nur die Knospen waren mehr zusammengeballt. Die Blüten und die Blätter vom Storchschnabel kann man essen, der Eisenhut ist giftig. Es gibt alle möglichen Pflanzen und Wurzeln, die man zu sich nehmen kann, man muss nur die guten von den gefährlichen unterscheiden.

Ich verstehe nicht, warum ich eine Pflanze essen sollte, sagte ich. Man kriegt nicht dasselbe von ihnen wie von einem Tier.

Das stimmt, sagte Mom. Aber sie sind gut, wenn du Hunger hast und es nichts zu jagen gibt.

Wir liefen noch eine Weile, dann drehten wir um und machten uns auf den Rückweg zu dem Marder. Ich warf ihn mir über die Schulter, um ihn nach Hause zu tragen und mir von Dad später zeigen zu lassen, wie man ihm das Fell abzieht.

Mom lächelte.

Was?, sagte ich.

Ich muss nur an neulich denken, sagte sie, während wir zurück zum Trail gingen. Da war dieser Tag, Anfang des Sommers, du warst im Wald. Selbstverständlich. Ich in der Küche. Ich glaube, ich habe ein Brot gebacken. Aber vor allem habe ich nach dir Ausschau gehalten. Du warst schon den ganzen Vormittag weg. Als ich dich dann endlich in den Hof kommen sehen habe, hattest du irgendein totes Tier über der Schulter. Du kannst das inzwischen so gut mit den Fallen. Die Sonne schien dir auf die Haare, du warst so braun gebrannt vom vielen Draussensein. Du sahst aus wie der gesündeste Mensch, den man sich nur denken kann.

Sie sah zu mir runter. In dem Moment, sagte sie, weisst du, was ich da mehr als alles andere wollte?

Was?

Ich wollte, dass du einfach du sein kannst.

In meinem Kopf ging alles durcheinander, ihre Worte überschlugen sich und ordneten sich anders an, bis sie etwas Neues ergaben. Ich fing an, jeden Augenblick dieses Tages vor mir auszubreiten, wie wenn man einen Unterstand baut, zuerst muss man die Äste sortieren, aber wenn man sie dann zusammenfügt, entsteht etwas Eigenes, ein Zufluchtsort, an dem man bleiben kann. Wie überrascht ich war, dass Mom mit mir in den Wald wollte. Wie sie keine Regung gezeigt hatte, als sie mir beim Trinken zusah. Ihre Antwort, als ich sagte, dass eine Pflanze kein Ersatz für ein Tier ist. Man kann vieles lernen, indem man nur zusieht und nachdenkt. Aber manche Dinge weiss man nur, wenn man sie selbst erlebt hat.

Ich wollte, dass du einfach du sein kannst, hatte sie gesagt. Aber was ich jetzt hörte, war: *Ich wollte, dass ich einfach du sein kann.*

Warum gehst du nie alleine in den Wald?, fragte ich.

Sie sah in die Bäume und in den grauen Himmel, der zwischen den Zweigen hervorlugte. Sie lief mit den Händen in den Taschen ihrer Carhartt-Hose, ihre Wangen waren rot von der feuchten Kälte, die den Tag nicht loslassen wollte.

Ich versuchte es mit etwas anderem: Wer hat dir beigebracht, wie man jagt?

Wer hat es dir denn beigebracht?

Ich sah sie skeptisch an.

Du dir selber, oder?, sagte sie. Du hast den Wald beobachtet und gelernt. Und dann hast du dein erstes Tier gefangen. Eine Wühlmaus, richtig? Und was hast du von ihr gelernt? Weisst du das noch?

Ich erinnerte mich an den Tag, das erste Tier, von dem ich je getrunken habe, noch bevor ich wirklich etwas erlegen konnte. Ich muss vier oder fünf gewesen sein. Vom warmen Gras in unserem sonnenbeschienenen Hof trete ich in den schattigen Wald, und da finde ich die Wühlmaus, schon halb tot, ihr Geruch hat mich angezogen. Wenn ich meine hohlen Hände aneinanderlege, passt sie genau hinein. Und als ich von ihr trinke, wird mein Kopf vom Mondlicht durchflutet, etwas zieht, durchzuckt meine Muskeln, und ich strecke meinen Kopf aus meinem Nest, ich renne durch ein unterirdisches Labyrinth, bis ich mir einen Weg an die Oberfläche gebahnt habe, über mir der Vollmond, hell wie der Tag.

Ich antwortete: Ich habe gelernt, dass, wenn der Mond hell genug scheint, eine Wühlmaus ihn für das Tageslicht hält und aus ihrem Bau kommt, um zu fressen.

Und wann hast du deine nächste Wühlmaus gefangen?, fragte Mom.

Nachts, als Vollmond war.

Siehst du.

Ich erinnerte mich auch, wie Mom mich am Waldrand gefunden hatte, wie ihre Arme mich umschlangen, als sie mich ins Haus trug. Wie hell mir das Badezimmer vorkam, als Mom vor mir kniete und meine Haut schrubbte, bis sie fast wund war und mir das Gesicht brannte.

Du wolltest das nicht, sagte ich.

Was wollte ich nicht?

Dass ich trinke, antwortete ich. Oder?

Sie seufzte. Als ich ein Kind war, jünger als du jetzt, habe ich einfach gemacht, was mir natürlich vorkam. Ich habe nie daran gedacht, jemanden zu fragen, ob es anderen Mädchen auch so geht. Meine Brüder haben nie gejagt, nicht so, wie du das machst. Wie ich das gemacht habe.

Wie deine eigene Mom es gemacht hat?

Sie schüttelte den Kopf. Ich habe sie nie jagen sehen. Wir waren uns nicht besonders ähnlich, meine Mom und ich. Ich habe Geschichten über meine Grossmutter gehört, Dinge, bei denen ich dachte, vielleicht war sie ja wie ich. Aber ich habe sie nie kennengelernt. Es heisst, sie ist verschwunden, kurz nachdem Mom auf die Welt kam. Meine eigene Mutter schien nie so recht zu wissen, was sie mit mir anfangen soll. Ich glaube, manchmal hatte sie Angst vor mir.

Sie blieb stehen, also blieb ich auch stehen. Sie beugte sich ein wenig zu mir runter, so dass wir uns Auge in Auge gegenüberstanden, und zum ersten Mal fiel mir auf, dass sie sich nicht mehr ganz so weit herunterbeugen musste wie früher.

Ich wollte nie, dass du dich so fühlst, sagte sie. Als mir klar wurde, dass du nach mir kommst, wollte ich – Sie strich mir durch die Haare. Ich wollte etwas anderes für dich.

Alles zwischen uns, alles, was wir teilten, hing in der Luft wie ein angehaltener Atem, ich konnte ihn fast sehen. Und hatte Angst, wenn ich jetzt etwas Falsches sagen würde, dann könnte alles in sich zusammenstürzen.

Aber ich konnte nicht anders. Du gehst nicht mehr jagen, sagte ich.

Sie sagte nichts. Setzte sich nur wieder in Bewegung.

Brauchst du es gar nicht?, fragte ich.

Sie starrte auf den Trail, aber ihre Gedanken wogten über ihr Gesicht, ich konnte sehen, wie sie in sich ging. Schliesslich sagte sie: Du kannst lernen, ohne das Jagen zu leben. Du brauchst nur den richtigen Grund.

Was war dein Grund?

Du, sagte sie. Als ich rausgefunden habe, dass ich mit dir schwanger bin. Alle reden immer darüber, wie gross die Freude ist, wenn man weiss, dass man ein Baby bekommt. Aber niemand sagt einem, was für wahnsinnige Angst man hat.

Ich musste wieder an ihre eigene Mom denken, jemanden, den ich nur von Bildern kannte, eine mürrisch aussehende, finster dreinblickende Frau, die ihre Söhne immer nah bei sich wollte, aber zu ihrer Tochter auf Abstand blieb, und die sah man immer nur leicht verschwommen, sie hielt nie lange genug still, um ein vernünftiges Foto zu machen.

Du hattest Angst vor mir.

Ich hatte keine Angst vor dir, sagte Mom. Eher um dich, schätze ich.

Was meinst du damit?

Es fing an zu tröpfeln, ein feiner Schauer. Ich spürte ihn kaum auf der Haut, aber der Regen von den Blättern der Bäume schuf um uns eine Höhle, und in der waren nur wir beide eingeschlossen, niemand sonst.

In gewisser Weise ist das deine Aufgabe, wenn du Kinder hast: um sie Angst zu haben, sagte sie. Ich mache mir um alles Mögliche Sorgen. Nicht nur wegen dir, auch wegen Scott.

Scott war kein bisschen wie ich, er verbrachte am liebsten den ganzen Nachmittag drinnen, sogar wenn im tiefsten Winter die Sonne nur für ein paar wenige Stunden herauskam und den Schnee zum Glitzern brachte. An solchen Tagen hielt ich es nicht aus, ich zappelte und glühte, bis ich aus der Tür stürmen und durch den Schnee sprengen konnte. Mich und Scott trennte viel mehr als nur, dass ich ein Mädchen und er ein Junge war.

Um Scott mache ich mir wegen anderer Sachen Sorgen, fuhr sie fort. Ich will nicht, dass er verletzt wird.

Ich sah sie skeptisch an.

Dass ich ihn verletze.

Ich meine mehr sein Inneres. Er ist so still und hat ein so weiches Herz. Er nimmt viel mehr in sich auf, als du denkst.

Ich musste an das eine Mal denken, als ich ihn gebissen hatte, wie sein Blut danach auf meiner Zunge geschmeckt hatte. Wie ich gefühlt hatte, was er gefühlt hatte. Seit dem Tag wusste ich, dass er Geschrei nicht ertragen konnte, wenn er dachte, dass jemand streitet; und dass er immer die Augen schloss, wenn jemand anderes eine Spritze bekam oder sich geschnitten hatte, und zwar nicht weil er Angst vor Blut hatte, sondern weil er den Schmerz des anderen fast am eigenen Körper spüren konnte.

Gleich waren wir wieder zu Hause. Durch die Bäume konnte ich die Hundehütten und das Haus sehen. Alles war still, da war nur das Geräusch des Regens. Gleich würden wir aus dieser Höhle, die wir um uns herum geschaffen hatten, hinaustreten und in unser normales Leben zurückkehren. Aber ich blieb stehen und nahm ihre Hand. Ich kann aufhören, sagte ich. Und wollte dieses Angebot in dem Moment zurücknehmen, in dem ich es ausgesprochen hatte. Aber ich tat es nicht.

Ihre Hand fühlte sich kalt an. Möchtest du das?

Der Regen wurde stärker. Ich wusste nicht, wie ich antworten sollte. Nicht mal ein kleiner Teil von mir wollte wirklich mit dem Jagen aufhören. Aber ich wollte es ihr recht machen.

Wir kamen in den Hof, liefen trotz des Regens langsam. Die Hunde bellten, um uns zu begrüssen. Rauchschwaden stiegen von unserem Schornstein in den schieferfarbenen Himmel auf.

Du bist jetzt alt genug, fuhr sie fort, die meisten Regeln, die ich für dich aufgestellt habe, brauchst du nicht mehr. Bis auf die letzte.

Ich darf niemals einen anderen Menschen zum Bluten bringen, sagte ich mechanisch.

Sie drückte meine Hand und blieb stehen. Ich meine es ernst, Tracy. Du hast diese Regel schon zu oft gebrochen.

Ich wurde rot. Ich konnte Scott in mir spüren, die Gefühle und Erlebnisse, die ich von ihm bekommen hatte. Den Alarm, der wie bei einer Feuerübung in Aarons Kopf losgegangen war, als er mich mit der Katze gesehen hatte. Und noch davor, ich bin noch viel kleiner, Mom will, dass ich in den Kindergarten gehe, aber der Raum ist voll und laut und hell, zu viel Licht, Wogen von Farbe und Gesichtern und Stimmen, ich spüre, wie die Panik in mir aufsteigt. Dann kommt mir ein Arm viel zu nahe, eine neugierige Hand greift nach mir, und dann ein Schrei. Etwas Rotes. Hände, die mich von dem kleinen Jungen wegziehen, er blutet an der Stelle im Gesicht, wo ich meine Zähne in ihn versenkt habe.

Es tut mir leid, sagte ich wieder.

Sie schüttelte den Kopf. Es ist in Ordnung. Aber du darfst das nicht noch mal machen. Hast du gehört?

Ich nickte.

Ich meine es ernst, sagte sie. Du kannst so viele Tiere jagen, wie du willst, ehrlich. Du musst damit nicht aufhören. Aber was Menschen betrifft, darfst du diese Regel nicht brechen. Versprich mir das.

Ich wollte noch so viel fragen. Zum Beispiel, warum Menschen etwas anderes als Tiere waren. Warum man von den einen so einfach etwas lernen konnte, aber gerade wenn es um kompliziertere Wesen ging, sollte man es schwer haben. Wenn es einen Weg gibt, einer anderen Person so nahezukommen, wie es überhaupt nur geht, warum sollte man den nicht nutzen?

Aber inzwischen waren wir am Haus angekommen, Dad und Scott auf der anderen Seite der Tür, ich konnte sie in der Küche hören, und Mom wartete auf mein Versprechen. Also gab ich es ihr.

6

In der darauffolgenden Nacht schlich ich mich wieder aus dem Haus, diesmal mit vier Hunden vor dem Schlitten, und ich kam weiter als in der Nacht davor, am See vorbei, aber nicht ganz bis zum Fluss. Von dem Moment, in dem mein Kopf aufs Kissen sank, hatte ich nur knapp zwei Stunden Schlaf, bevor Dad seinen Kopf in mein Zimmer streckte und sagte: Morgen, Trace. Zeit fürs Frühstück.

Er meinte nicht mein Frühstück, sondern das für die Hunde. Mein Bauch war sowieso noch voll von meinem nächtlichen Ausflug, in zwei meiner Fallen hatte ich ein Tier gefunden, und beide hatte ich noch an Ort und Stelle ausbluten lassen. Es hatte noch eine dritte Falle ausgelöst. Aber die Beute fehlte. Etwa zwei Meilen näher an zu Hause als die erste leere Falle.

In den nächsten Nächten verliess mich mein Glück. Seit Monaten hatte sich der Kühlschrank angehört wie ein kleines Flugzeug, das kurz vorm Abheben war, bis er schliesslich ein ganz neues Geräusch von sich gab und Dad einen geschlagenen Abend, noch lange nach seiner normalen Schlafenszeit, damit zugebracht hatte, daran herumzubasteln und herauszufinden, ob es etwas war, was er reparieren konnte, oder ob er das Geld ausgeben musste, um jemanden kommen zu lassen. Ich sah mich in der Küche um, neben der Spüle stapelten sich Plastikdosen mit Resten, die Milch neben den drei Eiern, die wir noch hatten, wurde langsam warm. Ich stapfte die Treppe hoch zu meinem Bett. Auf keinen Fall würde ich mich heute noch an ihm vorbeischleichen können.

Am nächsten Abend ging ich früh ins Bett, ich behielt meine Jeans und meinen Pullover an und stellte mir den Wecker auf Mitternacht. Aber als ich auf Zehenspitzen halb die Treppe runter war, sah ich, dass in der Küche Licht brannte. Es war so still wie schon lange nicht mehr, der brummende, alte Kühlschrank war nicht mehr da, Steve Inga hatte Dad am Nachmittag geholfen, ihn wegzuschaffen. Ersatz gab es noch nicht, Dad würde einen neuen aus Fairbanks holen müssen, was eine lange Fahrt bedeutete – von dem Geld, das er nicht hatte, ganz zu schweigen.

Einer der Hunde winselte. Dads Schatten hob seinen Arm und senkte ihn wieder, Glas klirrte gegen Glas. Sogar schlucken konnte ich ihn hören. Am nächsten Morgen würde nur noch ein Fingerbreit Whiskey in Steves Flasche sein. Ich sass für eine Weile auf der Treppe und hörte Dad beim Trinken zu, bis er aufstand und durchs Zimmer ging. Ein leises Klappern, als er den Hörer vom Telefon nahm, das Piepen, als er die Nummer wählte.

Ja, ich bin's, sagte er nach einem Augenblick. Tut mir leid, dass ich so spät noch anrufe.

Eine Pause. Dann: Deswegen rufe ich dich an. Ich hab's mir überlegt. Denkst du, du kannst das in die Wege leiten?

Er stiess einen langen, schweren Seufzer aus. Sagte: Ich weiss. Ich lass mir was einfallen. Danke für die Hilfe, Steve.

Er ächzte, als er sich wieder hinsetzte, und ich schlich mich nach oben. Mein Magen knurrte und krampfte.

Am nächsten Tag fütterte ich die Hunde und stapelte Holz, dabei behielt ich die Bäume im Blick, als könnte

Tom Hatch jeden Augenblick in unseren Hof geschlendert kommen und mich fragen, wo sein Rucksack geblieben war.

Wenn ich allerdings nicht an Hatch dachte, schmiedete ich Pläne für meine Rennsaison. Der Februar, und damit das Junior, rückte jeden Tag näher, und schneller, als ich gucken konnte, würde das Iditarod vor der Tür stehen. Wenn ich mich häufig genug rausschleichen wollte, um vernünftig zu trainieren, müsste Dad ein paar schlaflose Nächte weniger haben. Nur hatte ich darauf keinen Einfluss.

In der Zwischenzeit sprang ich in jeder Hinsicht über meinen Schatten, als ich freiwillig anbot, zum Einkaufen in den Ort zu fahren, auch wenn mir jedes Mal, wenn die Bäume an den Fenstern vorbeiflogen, speiübel wurde.

Dad hob die Augenbrauen. Bist du sicher, dass es dir gutgeht?, witzelte er. Ich meine, du musst dir doch was eingefangen haben, wenn du freiwillig mit dem Truck fährst.

Haha, sagte ich. Ich will mich nur nützlich machen. Aber wenn du meine Hilfe nicht brauchst – Ich zuckte mit den Schultern.

Nein, nein, klar, sagte er und warf mir die Schlüssel zu.

Als ich ankam, brachte ich das Einkaufen, so schnell ich konnte, hinter mich und widmete mich dann meiner eigentlichen Erledigung. Ich ging zur Post und warf zwei Umschläge in den Briefkasten, der eine war ans Junior, der andere ans Iditarod adressiert, in beiden steckten Bündel von Zehnern und Zwanzigern für meine Startgebühr. Ich wusste, ich sollte nicht unbedingt Bargeld per Post verschicken, aber anders ging es eben nicht.

Natürlich war Dad, nachdem ich einmal angeboten hatte, in den Ort zu fahren, erpicht darauf, meine *unerwartete Hilfsbereitschaft,* wie er es nannte, auch zu nutzen. Ein paar Tage später fuhren wir also zusammen los, um Trockenfutter zu besorgen. Wir luden Dutzende Fünfzigpfundsäcke auf den Truck, dann fuhren wir an der Schule vorbei, um Scott abzuholen. Als wir dort ankamen, sass Scott draussen und drehte seine Kamera in den Händen.

Was ist los?, fragte Dad.

Wahrscheinlich stimmt irgendwas mit der Linse nicht, antwortete Scott. Ich kann nicht mehr richtig fokussieren.

Zeig mal her, sagte Dad, lehnte sich an den Truck und fing an, an der Kamera rumzufummeln. Ich trat von einem Fuss auf den anderen, ich wollte wieder los. Mein Plan war, möglichst früh ins Bett zu kommen, damit ich mit den Hunden loskonnte, wenn die beiden schlafen würden. Ausserdem war ich schon seit Tagen nicht mehr jagen gewesen. Mir war schwummerig im Kopf, und mein Bauch war wie ausgehöhlt.

Hast du noch irgendwas vor?, fragte Dad spöttisch. Wenn du es so eilig hast, kannst du ja fahren.

Meinetwegen, sagte ich.

Im Schneckentempo fuhren wir zurück durch den Ort, dann auf den Highway. Ich schaltete einen Gang hoch, und ich hatte das Gefühl, dass wir ziemlich flott unterwegs waren, bis Dad hochguckte und sagte: Himmel, Tracy, du kannst hier keine vierzig fahren. Wenn hier einer mit siebzig langbrettert, fährt der uns einfach um.

Ich beschleunigte den Truck auf fünfundvierzig.

Jesses Maria – Dad gab ein komisches, ersticktes Geräusch von sich, und im ersten Moment dachte ich, er wäre sauer, aber auf keinen Fall würde ich noch mehr aufs Gas treten, die Bäume zogen so schon schneller am Fenster vorbei, als mir lieb war. Aber er schnappte nach Luft und gluckste, und da wurde mir klar, dass er mich auslachte.

Aber sonst geht's noch?, fragte ich, als Scott mit einstimmte. Was denn?

Dad schüttelte den Kopf und beruhigte sich langsam wieder. Wie du guckst!, rief er. Er ballte die Fäuste und biss die Zähne zusammen, beugte sich weit vor und starrte mit aufgerissenen Augen durch die Windschutzscheibe. Scott amüsierte sich prächtig über Dads Darbietung.

Ich schüttelte genervt den Kopf. Musste aber doch lächeln. Es war schön, sie beide so zusammen lachen zu sehen, auch wenn es auf meine Kosten war. Lässt du mich jetzt fahren, oder machst du dich weiter über mich lustig?, fragte ich.

Kann ich nicht beides machen?, entgegnete Dad grinsend.

Etwa eine Stunde später lenkte ich den Truck in unsere Zufahrt. Als wir an den Bäumen vorbeirollten, die unser Grundstück von der Strasse abschirmten, sahen wir, dass auf halbem Weg zwischen den Hundehütten und dem Haus eine Gestalt auf uns wartete. Auch wenn ich mit meinen eigenen Augen sah, dass das nicht Tom Hatch war, wurde trotzdem mein Mund trocken. Für einen Augenblick war es eben doch Hatch, die Gestalt hielt etwas in den Händen, meine Augen konnten es sehen, und mein Gehirn verwandelte es in ein Messer, mein Messer, auch wenn das unmöglich war, schliesslich steckte mein Messer wie immer in meiner Hosentasche.

Die Gestalt, die nicht Hatch war, winkte uns zu. Meine Muskeln verkrampften sich, mein Fuss trat das Gaspedal durch, und wir schossen nach vorne.

Du musst auf die Bremse!, rief Dad. *Die Bremse!*

Ich stieg auf die Bremse, der Truck rutschte noch ein Stück über den festgefahrenen Schnee und kam knapp vor der Ecke von unserem Haus zum Stehen.

Dad sah mich an. Vielleicht solltest du das Fahren doch lieber lassen, sagte er.

Etwas ruhiger jetzt, konnte ich aufnehmen, wer da vor uns stand und nicht wen mein panikerfülltes Gehirn geglaubt hatte zu sehen. Die Gestalt, die auf uns zukam, war weder gross noch breit, sondern dürr und kaum grösser als ich, auch wenn sie versuchte, mit Klamotten, die nicht richtig passten, kräftiger auszusehen. Ihre übergrosse Jacke war nicht warm genug für die Jahreszeit. Als die Gestalt näher kam, sah ich, dass ihre Hose von einem Stück Seil gehalten wurde.

Können wir helfen?, fragte Dad.

Das hoffe ich, antwortete der Fremde. Jetzt, da wir ihn nah vor uns hatten, konnte man sehen, dass, auch wenn seine Sachen ihm nicht richtig passten, er sich doch Mühe gegeben hatte, einen guten Eindruck zu machen, er war glatt rasiert und sein rötlich braunes Haar gekämmt, in seiner Hand hielt er eine Mütze.

Geht es um das Zimmer?, fragte Dad.

Ganz genau, sagte der Fremde. Seine Worte quollen langsam hervor, wie eine allmählich ansteigende Flut.

Tja, viel ist es nicht, sagte Dad. Aber wir können es uns gern zusammen ansehen.

Scott war schon ins Haus gegangen, aber ich folgte ihnen nach hinten, wo die Kate stand. Sie war etwa zehn mal vierzehn Fuss gross, viel Platz war nicht, aber wir zwängten uns zu dritt rein, damit unser Besuch einen Eindruck vom Inneren bekam. Es war zwar klein, aber sauber, und man würde es ziemlich warm und gemütlich haben, auch nachts, wenn das Feuer im Ofen schon erloschen wäre.

Als wir wieder rauskamen, sagte Dad: Es ist ziemlich spartanisch. Ich schätze, im Dorf könntest du was Besseres finden. Was Komfortableres. Aber du kannst jederzeit die Küche und das Bad oben im Haus nutzen. Ich wohne hier mit meinen zwei Kindern, Tracy, und Scott hast du wahrscheinlich gesehen, bevor er verschwunden ist. Sie werden dich aber nicht weiter behelligen.

Das sieht alles sehr gut aus, sagte der Fremde auf seine bedächtige Weise. Und in den Ort zieht es mich nicht.

Dad stützte sich auf den Stiel seiner Axt und musterte den Besuch von oben bis unten. Hast du jemanden, der für dich bürgen kann?

Ich bin nicht von hier. Aber im Sommer habe ich für jemanden unten in Ketchikan gearbeitet. Ich könnte Ihnen seine Nummer geben.

Dad winkte ab. Das geht schon in Ordnung, sagte er. Jedenfalls, wie es in der Anzeige steht, Miete wären zweihundert im Monat.

Oben im Haus stiess Old Su mit ihrer Nase die Hintertür auf, sie kam die Treppe runter und scharwenzelte zu uns rüber. Ging zu unserem Besucher, schnupperte an ihm und steckte ihm die Schnauze in die Tasche.

Su, hierher, sagte ich.

Der Fremde warf mir einen kurzen Blick zu und schob Su sanft zurück. Die Sache ist die, sagte er, ich hatte gehofft, wir könnten uns einigen.

Uns einigen, wiederholte Dad.

Ich kann gut anpacken, sagte der Fremde. Und es sieht so aus, als könnten Sie jemanden wie mich gebrauchen.

Dad hob eine Augenbraue. Wir haben hier alles im Griff. Wir brauchen keine Hilfe. Was ich brauche, ist jemand, der die Miete zahlen kann.

Aber ein Blick über unseren Hof verriet, was jeder sehen konnte, der Augen hatte: dass, selbst wenn ich jeden Tag meine Liste abarbeitete, es immer noch jede Menge zu tun gab. Die hintere Treppe am Haus war an einer Seite abgesackt, der Hof war übersät mit irgendwelchen halbfertigen Sachen, untüchtigen Schneemaschinen und kaputten Schlitten. Bei den Hundehütten hatte es noch nie so leer ausgesehen. Ich spürte, wie mir das Blut in die Wangen schoss.

Unser Besucher nickte. Sagte schliesslich: Sie sind Musher, so viel ist klar. Aber ohne Ihnen zu nahe treten zu wollen, Sir, wenn Sie wirklich alles im Griff hätten, würden Sie jetzt auf einem Schlitten stehen, und ich würde hier dieses Gespräch mit mir selber führen.

Dad sagte nichts. Er stand da, mit den Händen in den Taschen. Räusperte sich. Hast du schon mal mit Hunden gearbeitet?

Sicher.

Wo war das?

In Montana.

Dad hob seine Augenbrauen. Kennst du Gerald Vetch?

O ja, sicher.

Ach ja? Dad kratzte sich den Bart. Was bedeutete, dass er über etwas nachgrübelte. Gerald und ich sind in dem Jahr, als ich mein erstes Iditarod gewonnen habe, direkt hintereinander gestartet. Beim Quest haben wir einmal das ganze Rennen Kopf an Kopf gemacht. Immer wenn einer von uns einen Stopp einlegte, war der andere schon da. Guter Kerl. Wie geht's ihm denn inzwischen?

Wirklich gut, sagte unser Besuch.

Dad starrte rüber zu den Hundehütten, strich sich immer noch über den Bart.

Dad?, schaltete ich mich ein.

Aber er war in seine Gedanken versunken. Ich hatte mir schon oft gewünscht, dass ich wüsste, was in seinem Kopf vorging, aber noch nie so sehr wie in diesem Moment. Ich wollte wissen, ob er noch daran dachte, wie Tom Hatch erst vor ein paar Wochen in unseren Hof getaumelt war, oder ob er sich noch daran erinnerte, was er mir gesagt hatte, dass man nie wissen kann, wer sich alles im Wald herumtreibt. Oder vor unserer Tür auftaucht.

Warum machen wir es nicht so, sagte Dad schliesslich. Du bleibst heute Nachmittag hier und gehst mir zur Hand. Dann sehen wir weiter. Wie klingt das?

Dagegen ist nichts einzuwenden, sagte unser Besucher.

Dad streckte ihm die Hand hin. Und mit wem habe ich die Ehre?

Jesse Goodwin.

Goodwins Hand war so klein wie alles andere an ihm auch. Er schüttelte Dad die Hand, aber als er seine wieder wegziehen wollte, hielt Dad ihn fest.

Darf ich dich noch fragen, wie alt du bist, mein Junge?

Jetzt fiel Goodwins Blick zum zweiten Mal auf mich. Er verlagerte sein Gewicht von einem Fuss auf den anderen. Siebzehn, sagte er.

In Ordnung, sagte Dad und liess los. Ich zeig dir unseren Schuppen.

Willst du mir nicht helfen, das Trockenfutter auszuladen?, rief ich ihm hinterher.

Er warf einen Blick über seine Schulter. Lass es, wo es ist, sagte er. Tu mir einen Gefallen, nimm einen Stapel Holz mit rein. Dann kannst du machen, was du möchtest, solange du zum Abendessen wieder zu Hause bist.

Die beiden gingen zwischen den Hundehütten hindurch. Goodwin streckte im Vorbeigehen seine Hand aus, liess die Hunde an seinen Fingern schnuppern. Dad redete und gestikulierte dabei, Goodwin nickte. Er war, was man schmächtig nennt, er sah aus, als könnte eine starke Brise ihn einfach umwehen. In dieser Hinsicht waren wir uns alles andere als ähnlich. Aber als er so im Gleichschritt mit meinem Dad lief und ich ihn von hinten weggehen sah, konnte ich mir fast einbilden, ich würde mich selber sehen.

Old Su trabte von mir weg und schloss zu ihnen auf, steckte die Nase wieder in seine Tasche.

Ich runzelte die Stirn. Damals, als Mom noch Hunde trainierte, warf sie ihnen zur Belohnung Leckerli zu, die sie immer in ihren Manteltaschen hatte. Wenn die Hunde, die sie trainierte, genug Zeit mit ihr verbracht hatten, gewöhnten sie sich an, ihr zur Begrüssung die Nasen in die Tasche zu stecken, sie suchten nach den Leckerli, von denen sie wussten, dass sie da waren. Mit Old Su hatte schon ewig keiner mehr trainiert. Nicht mehr lange, und sie würde in den Ruhestand gehen, sie war fast so alt wie Homer und Canyon. Und sie war schlau genug, um zu wissen, dass Mom die Einzige von uns war, die Leckerli in ihren Taschen hatte. Ich und Scott und Dad, wir holten einfach immer welche aus dem grossen Eimer im Schuppen. Abgesehen davon war es schon eine ganze Weile her, dass es hier überhaupt so was wie Leckerli gegeben hatte.

Die letzten Tage begannen sich miteinander zu verbinden wie die Punkte in einem Rätselheft. Der Lärm, den wir im Schuppen gehört hatten, hing mit den Fussspuren vor der Tür zusammen, dazu kam die Falle, in der die Beute gefehlt und bei der ich die gleichen Fussspuren noch einmal gefunden hatte. Schliesslich gehörten diese Spuren zu einem Fuss, der nur ein wenig grösser als mein eigener war. Es war nicht ausgeschlossen, dass Tom Hatch ein grosser Mann mit zarten Füssen war, ich hatte seinen Schuhen keine besondere Aufmerksamkeit geschenkt, als ich ihn niedergestochen hatte. Aber wahrscheinlicher war, dass kleine Füsse zu einer kleinen Person gehörten. Einer Person, die vielleicht schon zu lange im Wald unterwegs, die verzweifelt genug war, etwas aus einer fremden Falle zu stehlen. Einer Person, die nicht davor zurückschreckte, in einen Schuppen einzubrechen und dabei die Hunde mit Leckerli zu bestechen, damit sie nicht anschlugen. Einer Person, die geradewegs in das Haus eines anderen spazieren und vor dem warmen Feuer einschlafen würde. Jim Lerner war kein Musher, aber er hatte zwei grosse Alaskan Malamutes, und ich würde das ganze Geld aus Tom Hatchs Rucksack darauf verwetten, dass, was auch immer Jim für Leckerli im Haus hatte, die am selben Tag verschwunden sind.

Tom Hatch strich nicht auf der Suche nach dem Rucksack, den er zurückgelassen hatte, durch unseren Wald. Er lag in Fairbanks in einem Krankenhausbett. Oder vielleicht sass er in einem Zug oder einem Flugzeug, auf dem Rückweg nach Kansas oder Oklahoma, ohne dass es ihn weiter juckte, wenn er um ein bisschen Geld und ein Buch, das er liebte, leichter war. Der Fremde, vor dem ich Angst hatte, war genau das: ein Fremder. Ein Jugendlicher, kaum älter als ich, ein Ausreisser. Oder jemand, der nach Alaska gekommen war wie Kleinhaus, der dachte, er würde bestens in der Wildnis zurechtkommen, bis eine ausreichend raue Wetterperiode ihn eines Besseren belehrte.

Mir entfuhr ein Geräusch, wie ein Husten. Nicht laut genug, damit Dad sich umdrehte, bevor er im Zwingerschuppen verschwand. Seine Stimme erst leise, dann gedämpft, als er die Tür schloss und weiter unser gesamtes Hab und Gut, Haus und Hof vor Jesse Goodwin ausbreitete. Auch wenn ich den Verdacht hatte, dass Goodwin damit schon ziemlich vertraut war.

Ich ging zurück zum Holzschuppen, warf im Gehen einen Blick über meine Schulter. Ich konnte Dad nicht in meine Vermutungen einweihen, ohne ihm auch von meiner Falle zu erzählen, und das würde bedeuten, ihm erklären zu müssen, was ich mitten in der Nacht draussen zu suchen hatte, warum ich irgendwelche Fussspuren anstarrte, wenn ich überhaupt nicht im Wald hätte sein sollen, geschweige denn mit einem Schlitten unterwegs.

Wenn du im Wald eine Falle in der Nähe von einem Bau aufstellst, dauert es manchmal Stunden, bis das Tier dorthin zurückkehrt, und auch dann kann es noch passieren, dass es dich wittert und sich nur vorsichtig nähert, dann beobachtest du minutenlang nur, wie deine Beute die Ohren spitzt und schnüffelt. In solchen Momenten wünschst du dir, aus der Deckung zu springen und dir das Tier zu schnappen, bevor es die Flucht ergreift und über alle Berge ist. Aber das wäre der falsche Schachzug. Wenn du die Geduld hast, musst du die Augen offen halten und warten, bis deine Beute nah genug rankommt, dann kannst du sie greifen, bevor sie überhaupt merkt, dass du sie im Visier hattest.

Ich hatte die Geduld.

Ich sammelte eine Ladung Feuerholz zusammen und stapelte sie drinnen neben dem Ofen in der Küche. Als ich aufstand, wurde mir plötzlich schwindlig. Ich taumelte rückwärts und landete auf einem unserer Küchenstühle, mir drehte sich der Kopf, meine Hände zitterten. Ich krümmte mich zusammen und legte meinen Kopf auf die Knie, bis es vorbei war. Canyon kam zu mir und schnupperte an mir, sein Schwanz wedelte. Hundeatem in meinem Gesicht, seine kalte Nase an meiner Wange, bis ich den Kopf hob und ihn streichelte. Ich war hungrig, aber auch erleichtert. Die Tage, die ich damit zugebracht hatte, mir wegen Tom Hatch den Kopf zu zerbrechen, waren nicht spurlos an mir vorbeigegangen. Vielleicht musste ich mir auch über Jesse Goodwin den Kopf zerbrechen, aber er schlich wenigstens nicht mehr wie ein Phantom durch unsere Wälder, sondern er war hier, wo ich ihn sehen, ihn im Auge behalten konnte.

Danach ging ich in den Wald. Keine Hunde, nur ich und mein Messer. In den Fallen, die ausgelöst hatten, war die Beute noch da. Während ich zwei Minke aufbrach, fragte ich mich, wie lange Jesse Goodwin durch unsere Wälder gestreift war, bevor er in unserem Hof gestanden hatte. Ein paar Tage mindestens, schätzte ich. Ich wischte die Klinge meines Messers sauber.

Rechtzeitig zum Abendessen war ich wieder zu Hause, wie Dad gewollt hatte. Ich sah, wie er in einem Topf mit Bohnen vom Vortag rührte, während ich im Vorraum den Schnee von meinen Stiefeln klopfte.

War was dabei?, fragte er.

Hab zwei Felle für dich, sagte ich.

Er verteilte Schüsseln und Löffel auf dem Tisch, dann hechtete er zurück zum Ofen und holte ein warmes Brot aus der Röhre. Er pfiff dabei.

Ich wusch meine Hände in der Spüle. Durch das Fenster konnte ich sehen, wie Jesse Goodwin sich in unserer Kate einrichtete. Er hatte die Tür offen stehen lassen, das Feuer im Ofen und die kleine Öllampe angezündet, und jetzt tanzte sein Schatten über die Wände, wenn er sich bewegte.

Ich schätze also, er bleibt, sagte ich. Auch wenn er keine Miete zahlen kann.

Das Pfeifen verstummte. Er kann wirklich gut anpacken, sagte Dad. Du hättest sehen sollen, wie schnell er die Hundehütten sauber hatte. Und mit Maschinen kennt er sich auch aus. Er denkt, er kann rauskriegen, warum der Truck dieses Geräusch von sich gibt. Hast du gehört, wie er sagte, dass er unten in Ketchikan gearbeitet hat? Er war auf einem Boot. Er wird eine echte Hilfe sein, wenn der Sommer kommt und ich mit Steve zum Fischen fahre. Kriegt den Lachs wahrscheinlich doppelt so schnell sauber wie ich.

Er lächelte. Etwas, womit ich dir gar nicht erst kommen muss, Trace.

Er hatte recht. Ich habe nicht die leiseste Ahnung, wozu Fische gut sein sollen, sie sind kalt und schleimig und geben einem rein gar nichts; was man noch am ehesten mit ihnen anfangen kann, meine Meinung, ist, sie mit Trockenfutter und ein bisschen Reis zu vermischen und an unsere Hunde zu verfüttern.

Dad stand neben dem Herd und schnitt das Brot. Fing wieder an zu pfeifen. Er hatte die Ärmel hochgekrempelt, seine Arme und sein Gesicht waren aufgesprungen von der Arbeit draussen in der Kälte. Er hatte immer noch Ringe unter den Augen, und er musste noch mindestens zehn Pfund zunehmen, bis er wieder ganz der Alte war. Aber er schwebte durch den Raum, zurück zum Herd, dann wieder zum Tisch. Ich hätte froh sein sollen, ihn so glücklich zu sehen. Ich hätte ihm sein bisschen Freude gönnen sollen. Aber er wusste nicht, was ich wusste.

Essen ist gleich fertig, sagte er. Gehst du raus und gibst Jesse Bescheid?

Es war keine echte Frage. Er fragte mich ständig, ob ich dies oder jenes machen könnte, und meistens fragte er nicht wirklich, sondern sagte mir, was ich zu tun hatte. Es war die Art, wie er die Frage stellte, ganz beiläufig. Wie man auch sagt: Kannst du mir mal den Hammer reichen? oder Vergiss nicht, deine Hausaufgaben zu machen. Solche Sätze kommen einem über die Lippen, ohne dass man gross darüber nachdenkt, weil man sie schon so oft gesagt hat. Und der Name Jesse kam ihm über die Lippen, als wäre ihm sein Geschmack schon ganz und gar vertraut.

Ich hängte das Handtuch zurück, an dem ich mir die Hände abgetrocknet hatte. Was hat er gesagt?, fragte ich.

Was hat wer gesagt?, fragte Dad zurück.

Als du ihm gesagt hast, dass Gerald Vetch schon ein Jahr vor Mom gestorben ist, antwortete ich. Was hat Jesse dazu zu sagen gehabt?

Dad stellte die Herdplatte aus. Sein Blick verfinsterte sich, und die Ringe unter seinen Augen sahen so dunkel aus wie noch nie.

Geh und hol deinen Bruder, sagte er.

Und dann ging er selber nach draussen, um Jesse zu holen.

7

Zwischen dem Tag, an dem Mom zum ersten Mal mit mir zum Jagen mitkam, und dem Moment, ab dem sie überhaupt nicht mehr das Haus verliess, lag eine lange Zeit, in der wir zusammen über den Trail rannten, ich ihr immer auf den Fersen, bis zu dem Augenblick, als ich es endlich schaffte, zu ihr aufzuschliessen, neben ihr zu laufen, bis ich sie irgendwann überholte. Ich dachte, sie hatte mir mit Absicht den Vorsprung gelassen und dass sie mir beim nächsten Mal wieder davonziehen würde. Aber ab da hängte sie mich nie wieder ab. Ich war immer schneller als sie.

Ich jagte und kontrollierte meine Fallen, aber sie sah nur zu. Manchmal fragte ich sie etwas. Aber sie wollte mit mir nur über ihre Pflanzen und Wurzeln reden, oder manchmal suchten wir uns auch eine Fährte und folgten ihr, so weit wir konnten.

Wenn ich trank, trank ich allein.

Sie wusste viel darüber, wie man Nahrung finden kann, und auf unseren Streifzügen erfüllte sie mit ihrer Stimme den Wald. Aber sie wich mir aus, sobald es um die Dinge ging, die ich wirklich wissen wollte. Wir gruben ein Loch im Schnee, um alles mögliche Grünzeug zutage zu fördern, Klee und Berlandiers Gänsefuss und Hagebutten, welk, aber noch essbar. Unsere Finger berührten sich, während sie mir erklärte, was man essen konnte und was giftig war. Dabei hätte ich mir lieber gewünscht, sie würde mir erklären, wie sie es geschafft hatte, mit dem Jagen aufzuhören. Oder was sie dazu gebracht hatte, das erste Mal zu trinken. Woher sie wusste, dass Menschen etwas anderes als Tiere waren, und hatte sie den Jungen gebissen, von dem sie mir erzählt hatte? Den, der sich verlaufen hatte, als sie klein war? Wir beugten uns Schulter an Schulter zusammen über das Loch, und sie redete, auf ihre ruhige, geduldige Weise. Jede meiner Fragen hätte das nur kaputtgemacht. Ihr Gesicht hätte sich verdunkelt, ihr Mund sich verschlossen, und der Tag wäre vorbei gewesen, egal ob wir einen ganzen Nachmittag oder nur eine Stunde zusammen verbracht hätten.

Als wir aufstanden, wischten wir uns den Schnee von den Knien. Ich setzte meinen Fuss in ihre Stapfen, während wir weiterliefen, und schluckte meine Fragen runter, um sie ein andermal zu stellen.

Bis der November kam, hatte Jesse Goodwin unseren alten Truck wieder zum Laufen gebracht, der schon auf Blöcken gestanden hatte, als Mom noch lebte. Eines Abends sass Jesse nach dem Essen auf dem Fahrersitz, steckte den Schlüssel in die Zündung, und nachdem der Motor noch ein paar Sekunden gemuckert hatte, sprang er schliesslich an. Das Geräusch dröhnte über unseren Hof, den frei geschaufelten Weg zu unserer nicht mehr abgesackten hinteren Treppe hinauf, durch die frisch geölte Hintertür, die nicht mehr in den Angeln quietschte, wenn man rein- oder rausging. Durch den Vorraum, wo unsere Mäntel an einer brandneuen Garderobe hingen anstatt an einer Reihe in die Wand gehauener Nägel. Durch die Küche an der leeren Spüle und dem trocknenden Geschirr vom Abendessen vorbei, dann vorbei an der Wäschekammer, wo keine Berge schmutziger Klamotten mehr wochenlang darauf warteten, wieder sauber zu werden. Die Treppe hoch und durch den Flur bis in mein Zimmer, wo ich mein Messer schärfte und mich auf einen Tag im Wald vorbereitete.

Es ist schon komisch, wie schnell man sich an etwas gewöhnen kann, wenn es sich nur hartnäckig genug hält, ob es einem passt oder nicht. Eigentlich hatte ich mich schon nach ein paar Tagen daran gewöhnt, Jesse im Vorraum vorzufinden, wie er den Schnee von seinen Stiefeln klopft. Wie Jesse seine Hände über der Feuertonne wärmt. Jesse im Zwingerschuppen, Jesse am Küchentisch.

Oder er zog sich in seine Kate zurück. Wenn er nicht gerade arbeitete oder mit uns zusammen ass, igelte er sich in seinem Zimmer ein, und dann sah man durch die Lücke im Vorhang einen Streifen von ihm an dem kleinen Tisch sitzen, den er sich aus Holzresten zusammengezimmert hatte, und in sein Notizbuch schreiben, oder aber er lag auf der Decke seiner Pritsche und las in einem der Romane, die er sich von uns geborgt hatte.

Tracy, komm da weg, sagte Dad. Lass den Jungen doch mal für sich sein.

Nichts anderes hatte ich vor. Ich hielt mich fern von ihm, so gut ich konnte, und wenn wir beide mal mit derselben Sache beschäftigt waren, wenn wir etwa zusammen die Hunde fütterten oder Schnee schippten, blieb ich auf Abstand. Aber ich behielt ihn im Auge. Dad mochte Jesse vertrauen. Aber ich wusste es besser.

Jesse guckte hoch und ertappte mich, wie ich ihn beobachtete. Ich senkte schnell den Blick, hatte aber noch gesehen, wie er mir ein kleines, schüchternes Lächeln zuwarf.

Anfang November nahm Dad einen Job im Ort an. An zwei Tagen die Woche wischte er in der Krankenstation die Flure und war Mädchen für alles. Es sollte nur nebenher sein, so sagte er, und nur vorübergehend, er wollte bloss endlich ein paar Rechnungen bezahlen, und jetzt, wo er Hilfe zu Hause hatte, konnte er etwas Regelmässigeres übernehmen.

Ein Musher zu sein ist Arbeit genug, wollte ich ihm sagen. Nur dass er das völlig zu vergessen schien.

Anders als ich. Erst war Dad länger aufgeblieben als normalerweise, nachdem Jesse bei uns angekommen war, oder aber er lag im Bett, und wenn ich vielleicht eine Stunde später die Treppe runterschlich, musste ich sehen, dass in der Kate noch Licht brannte. Ich konnte nicht wissen, wie fest Jesse schlief oder ob die Hunde ihn mit ihrer Aufregung wecken würden, wenn sie den Schlitten sehen würden, aber ich konnte es auf den Versuch ankommen lassen. Sobald Dad den Job in der Krankenstation angenommen hatte, fing er wieder an früher ins Bett zu gehen, und die Chance musste ich nutzen.

Gegen Mitternacht zog ich unter dem Gebell und Geheul der Hunde den Schlitten aus dem Schuppen. Sah rüber zu der dunklen Kate, war mir sicher, Jesse würde jeden Moment seinen Kopf aus der Tür strecken und fragen, was es mit dem Lärm auf sich hatte. Und dann wahrscheinlich am nächsten Morgen vor Dad fallenlassen, wie merkwürdig es doch war, dass ich nachts mit den Hunden auf Tour ging und nicht tagsüber. Ich sprang zurück in den Schuppen, kam mit etwas Futter zurück, und schnell waren die Hunde viel zu beschäftigt damit, auf den gefrorenen Stückchen Kaninchen- oder Eichhörnchenfleisch herumzukauen, als dass sie noch weiter hätten kläffen und Jesse wecken können. So war mir etwas wohler, aber ich behielt die Kate weiter im Auge, während ich die vier Hunde anschirrte.

Wir waren flott unterwegs in dieser Nacht, wir schrubbten mehr Meilen, als ich bei meinen anderen Ausflügen bisher geschafft hatte, und als wir zurückkamen, ich schweissgebadet und die Hunde mit hängender Zunge, war es für Dad fast wieder Zeit aufzustehen. Ich warf den Schneeanker und brachte die Hunde zum Halten. Hakte Flash von der Leine und brachte sie zu ihrer Hütte. Ich hatte schon länger mit dem Gedanken gespielt, Flash zu meiner Leithündin zu machen, wenn es an die Rennen ging, aber mit dieser Nacht war es besiegelt, sie war ruhig und konzentriert, und sogar jetzt, wo ich sie in den Feierabend entliess, sah sie mich die ganze Zeit aufmerksam an. Zumindest bis ihr Blick von mir zu Jesse wanderte, der schon für den Tag fertig angezogen war und Zips Geschirr aufklinkte. Ich hatte ihn nicht mal über den Hof kommen hören.

Zip hüpfte und zappelte, nicht weil sie versuchte loszukommen, sondern weil sie nach unserer Tour Lust zu spielen hatte. Jesse hatte Schwierigkeiten, sie unter Kontrolle zu behalten.

Ein flaues Gefühl machte sich in meinem Magen breit, aber ich sagte nur: Halt das Geschirr gut fest. Aber zieh sie nicht dahin, wo du sie haben willst. Knie dich zu ihr, kraule ihr das Fell.

Jesse ging in die Hocke und hielt Zip mit der einen Hand fest, während er sie mit der anderen streichelte. Braves Mädchen, murmelte er, so ist's gut, und seine Stimme und sein Streicheln beruhigten sie, bis sie schliesslich mit ausgestreckter Zunge und hängenden Ohren neben ihm sass.

Sie wird jetzt mit dir mitgehen, sagte ich. Bring sie ruhig zu ihrer Hütte.

Er führte sie zu ihrem Schlafplatz, dann fischte er ein paar Leckerli aus seiner Tasche. Liess sich von ihr das Gesicht abschlecken und balgte sich ein bisschen mit ihr. Ich beobachtete die beiden, während ich die Hunde fütterte, die mit mir auf dem Trail gewesen waren.

Zip will immer spielen, sagte ich, als ich ihre Schüssel füllte. Manchmal muss man ihr klarmachen, dass jetzt Pause ist. Aber ihre Energie macht sie zu einem guten Schlittenhund.

Du hast echt ein Händchen für Hunde, entgegnete Jesse.

Sagt mir Dad auch immer.

Er folgte mir zum Schlitten. Ich wickelte die Leinen auf, damit sie sich nicht verhedderten.

Ich werd nichts sagen, meinte er plötzlich.

Was sagen?

Ich schätze, du bist nicht mitten in der Nacht hier draussen, weil du es so schön findest, um vier Uhr früh mit dem Schlitten rauszufahren, sagte er. Als ich nichts erwiderte, setzte er nach: Dein Dad hat mir erzählt, dass du sauer bist, weil du nicht trainieren darfst. Aber wie's aussieht, hast du eine Möglichkeit gefunden.

Die beiden gluckten wirklich zusammen wie zwei Hennen. Und anscheinend konnte Dad vor Jesse nicht den Schnabel halten.

Er hat dir überhaupt nichts über mich zu erzählen, sagte ich.

Jesse ging zurück zu Zip und fing an ihr die Füsse zu massieren. Ich zog den Schlitten in den Schuppen, und als ich wieder rauskam, sah ich, dass Jesse inzwischen bei Hazel war. Sie rollte sich auf den Rücken und liess sich von ihm den Bauch kraulen.

Du machst das auch ganz gut mit den Hunden, hörte ich mich selber sagen. Hast du selber welche?

Er antwortete nicht sofort. Schüttelte den Kopf und sagte: Ja, doch, bei meinem Grossvater. Ich bin quasi da aufgewachsen, nachdem meine Eltern gestorben sind. Oben in Maine. Mein Grossvater hat um die dreissig Hunde gehabt, und ich war sozusagen Teil des Rudels. Jesse stand unter der Lampe bei den Hundehütten und wurde rot. Das klingt wahrscheinlich albern.

Nein, sagte ich. Klingt vertraut.

Er fischte ein Leckerli aus seiner Tasche und gab es Hazel.

Ich dachte, du meintest, du kommst aus Montana, sagte ich.

Er sah kurz zu mir hoch. Ich komme nicht von da, sagte er. Ich bin da nur mal eine Weile gewesen, bevor ich hier gelandet bin.

Du hast also in Maine gelebt?

Er nickte.

Bei deinen Grosseltern.

Genau, sagte er.

Waren die auch Musher?

Nicht so ganz, sagte er. Sie haben die Hunde eher genutzt, um von A nach B zu kommen oder um Sachen zu transportieren. So richtig hat mein Grossvater damit erst angefangen, als er in Rente gegangen ist.

Was hat er denn vorher gemacht?

Er ist Lehrer gewesen. Jesse lachte. Er war wahrscheinlich der einzige Musher weit und breit, der Shakespeare rezitiert hat, wenn er hinten auf seinem Schlitten stand.

Jesse richtete sich auf, ich tat es ihm nach. Wir standen so nah beieinander, dass ich den Sprühregen aus Sommersprossen auf seinen Wangen sehen konnte und auch, wie weich seine Haut war. Ich war fast so gross wie er, was nicht unbedingt riesig war, aber dafür war ich breiter. Mir kam der Gedanke, dass er ziemlich wahrscheinlich keine Chance gegen mich hätte, sollte es jemals zu einem Zweikampf zwischen uns kommen.

Du bist ganz schön weit rumgereist, dafür, dass du erst siebzehn bist.

Heisst?

Ich zögerte. Er wusste, dass ich nicht trainieren durfte, aber er hatte angeboten, mich nicht zu verpfeifen, obwohl ich ihn nicht mal darum gebeten hatte. Das hiess allerdings auch, dass er etwas gegen mich in der Hand hatte. Es war also nicht die schlechteste Idee, ihm zu verstehen zu geben, dass ich auch etwas über ihn ausplaudern könnte.

Ich weiss nicht, sagte ich. Nur, du hast gesagt, dass du erst siebzehn bist. Und hast mal eben so das ganze Land durchquert, bis rauf nach Alaska. Das ist eine lange Zeit, die man da alleine ist. Und eine lange Zeit, die man in den Wäldern verbringt.

Seine Augen waren grau, fast farblos im Licht der Lampe, und sein Gesicht blieb reglos wie die Oberfläche eines Sees an einem windstillen Tag.

Kennst du dich eigentlich mit Fallen aus?, fragte ich.

Er verzog keine Miene, sagte nur: Es ist fast Morgen. Ich sollte eine Kanne Kaffee aufsetzen. Dann drehte er sich um und ging Richtung Haus. Als er gerade aus dem Lichtkreis der Lampe getreten war, blieb er stehen, sein Umriss war noch zu erkennen, aber der Ausdruck auf seinem Gesicht verlor sich im Schatten. Du bist selber erst siebzehn, oder?, fragte er. Dein Dad meinte, du hast im März Geburtstag.

Und?

Und du verbringst viel Zeit allein im Wald, sagte Jesse. Viele Leute würden sich darüber wundern. Über ein Mädchen allein im Wald.

Und?, fragte ich noch einmal.

Er drehte den Kopf, seine Stimme drang über seine Schulter. Kann wohl keiner sagen, was du da draussen treibst. Dann schlurfte er weiter und löste sich auf, als er in die Schatten zwischen den Hundehütten und dem Haus eintauchte.

Wie versteinert hatte ich dagestanden, als ich in der ersten Nacht, in der ich mich rausgeschlichen hatte, entdeckte, dass meine Falle zwar ausgelöst hatte, aber leer war. Ich hatte darauf gelauscht, ob jemand in der Nähe war. Kein Rascheln im Gebüsch, kein rieselnder Schnee, kein knirschender Schritt, etwa weil sich jemand aus dem Staub machte oder sich an mich heranpirschte, während ich die Falle neu aufbaute. Aber ich hatte in dieser Nacht auch an anderen Stellen gehalten, jemandem, der sich schon im Wald herumtrieb, genügend Gelegenheiten geboten, sich irgendwo versteckt zu halten, während ich die Beute ausbluten liess, die mir nicht gestohlen worden war.

Und wie lange hatte Jesse sich schon vor dieser Nacht in unserem Wald herumgetrieben? Was hatte er noch gesehen?

Mit nur ein paar Worten hatte er dafür gesorgt, dass ich mir den Rest des Tages das Hirn zermarterte. Darin war Jesse Goodwin gut, das wurde mir über die nächsten Wochen klar. Kein einziges Mal hörte ich, wie er selber etwas anbrachte. Er war nie der Erste, der etwas sagte, sondern tauchte immer aus dem Nichts auf, um sich still und leise an die Arbeit zu machen, bis Dad ihn bemerkte. Und dann sagte er immer noch nichts, sondern wartete, bis Dad anfing Fragen zu stellen oder auf einen Gedanken zu sprechen zu kommen, den Jesse längst hatte. Dann stimmte Jesse nickend zu und gab Dad so das Gefühl, er wäre derjenige gewesen, der sich ihr nächstes Vorhaben ausgedacht hatte. Wasser nimmt keinen geraden Verlauf, es windet sich um Bäume und Felsen, schlängelt sich durch Gebirgspässe und strömt bergab, um an sein Ziel zu kommen. Wie ich Jesse so beobachtete, begann ich zu begreifen, dass man manchmal eher an sein Ziel kommt, wenn man geduldig abwartet und seine Hürden umrundet, anstatt zu versuchen, sie einzureissen.

So kam das dann auch mit dem Trainingsrad. Jesse hatte sich angewöhnt, an den meisten Abenden nach dem Essen noch in der Küche rumzulungern, entweder spielte er Karten mit Dad, oder er half Scott bei den Hausaufgaben. An diesem Abend beugte er sich tief über das kleine Notizbuch, das er immer in seiner Tasche mit sich herumschleppte, und kritzelte darin mit einem Bleistiftstummel rum; die Linien flogen nur so über das Papier.

Scott machte als Erster den Mund auf. Er schob sein Mathebuch zur Seite, um sich anzusehen, was Jesse zeichnete. Der da sieht aus wie Flash, sagte Scott.

Ich war fest entschlossen, zu ignorieren, was auch immer Jesse machte, aber als ich den Namen Flash hörte, musste ich doch einen Blick riskieren. Er hatte meine Leithündin genau getroffen, hatte es irgendwie geschafft, nur mit dem Bleistift das intelligente Leuchten in ihren Augen einzufangen.

Aber Flash war nur ein Detail in einem grösseren Ganzen. Jesse hatte so was wie einen riesigen Fahrradreifen gezeichnet, nur ohne Kranz und ohne Schlauch. Die Nabe war mit dem Boden verbunden, das Rad hatte sechs Speichen, und am Ende von jeder war ein Brett befestigt. Auf jedem Brett wiederum stand eine Box, die aussah wie unsere Hundehütten. Die Flash, die er skizziert hatte, war mit einer Leine an einer der Speichen festgemacht und rannte.

Was ist das? Dad lehnte sich auf seinem Stuhl nach vorn, um besser sehen zu können. So eine Art Trainingsrad für Hunde?

Jesse nickte. Hier ist ein Hebel, wie eine Bremse. Wenn man den löst, können die Hunde im Kreis laufen, bis sie müde werden. Und wenn sie das sind, können sie hoch in die Boxen springen und sich ausruhen.

Dad hob die Augenbrauen und zog das Notizbuch zu sich heran, um sich die Skizze genauer anzusehen. Das ist ziemlich clever, sagte er. Ich frage mich, wie schwer es wäre, so was zu bauen. Das wäre eine gute Variante, damit die Hunde nicht zu kribbelig werden. Obwohl sie in letzter Zeit ziemlich ausgeglichen wirken.

Jesse sagte nichts dazu, aber für einen kurzen Augenblick trafen sich unsere Blicke. Dann sah er wieder auf seine Zeichnung.

Mein Gesicht brannte. Ich stand auf und liess Wasser über unsere Teller vom Abendessen laufen.

Man bräuchte aber eine ganze Menge Holz, sagte Dad.

Wir könnten Reste dafür nehmen, schlug Jesse vor. So haben wir es in Whitehorse gemacht.

Du hast im Yukon gelebt?, fragte ich.

Er drehte sich nicht zu mir um und sah mich auch nicht an. Bin mal durchgekommen, sagte er.

Hinten haben wir noch viel Holz, sagte Scott.

Wir bräuchten nur noch ein paar Nägel und dann etwa fünf, sechs kleinere Räder, schätze ich, sagte Dad. Offensichtlich war er längst dabei, die Kosten zu überschlagen. Die drei beugten sich über ein neues Stück Papier, steckten die Köpfe zusammen, diskutierten, während Jesses Hand über die Seite huschte. Ich sah ihnen zu und dachte über Whitehorse nach. Es war plausibel, dass er auf seinem Weg nach Norden dort durchgekommen war. Aber es war auch ein weiterer Ort auf der immer länger werdenden Liste von Orten, an denen Jesse zumindest eine Zeitlang gelebt haben wollte.

Das Trainingsrad war wie ein Kieselstein, der einen Teich mit Ringen überzieht. Ab da wurde es immer leichter für Jesse, Dad eine Idee schmackhaft zu machen. Klar konnte Jesse die Speisekammer umräumen. Klar konnte Jesse die Dächer der Hundehütten mit Asphaltschindeln reparieren, die er Gott weiss wo gefunden hatte. Klar konnte Jesse den Truck nehmen, wenn er schnell eine Besorgung machen musste. Klar, klar, klar. Bald prangten auf so ziemlich allem, was uns gehörte, seine Fingerabdrücke.

Mitte November ging ich in den Zwingerschuppen, um das Muster für die Hundeschuhe zu suchen, die ich nicht in Moms alten Nähsachen gefunden hatte. Anstelle des Durcheinanders aus Campingausrüstung, Hundezubehör und Werkzeug, das sonst auf den Regalen herrschte, fand ich alles getrennt und geordnet in einzelnen Behältnissen vor. Auf einem stand in ordentlichen Druckbuchstaben: MUSTER UND PLÄNE, und da wurde ich auch fündig. Draussen war Jesse dabei, Holzreste zu durchforsten und die besten Stücke für sein Trainingsrad herauszupicken. Der Haushund des Tages, Marcey, brachte ihm einen Stock, Jesse luchste ihn ihr ab und warf ihn in Richtung Zwingerschuppen, damit sie ihm hinterherjagen konnte. Als er mich sah, hielt er inne. Dann hob er die Hand zu einem zögerlichen Winken.

Etwas in mir wurde weich, wie Schnee in der Sonne. Ich konnte gar nicht so schnell gucken, plötzlich zählte ich in Gedanken auf, was alles auf sein Konto ging, die aufgeräumten Regale im Schuppen, der Truck, den er zum Laufen gebracht hatte, die sauberen Hundehütten mit den neugedeckten Dächern. Erst am Morgen hatte Dad wieder davon angefangen, wie ruhig die Hunde in letzter Zeit wirkten, und sofort war Jesse mir beigesprungen: Ich wollte es schon erwähnen, hatte er plötzlich gesagt, wenn ich manchmal nachts nicht schlafen kann, stehe ich noch mal auf und gehe mit ein, zwei Hunden spazieren. Nach ein paar Minuten an der frischen Luft bin ich dann normalerweise reif fürs Bett. Vielleicht wirkt das auch auf die Hunde entspannend.

Dad kratzte sich den Bart. Vielleicht, sagte er.

Marcey brachte Jesse ihren Stock. Ich sah ihm zu, wie er ihn noch einmal warf, dann winkte ich zurück.

Mittags half ich Dad beim Holzhacken. Nach etwa einer Stunde guckte er auf seine Uhr, liess eine Ladung Holz auf den Schlitten fallen und sagte: Ich habe nachgedacht, Trace. Thanksgiving steht vor der Tür. Wär vielleicht schön, etwas Fleisch auf dem Tisch zu haben.

Ich liess meine Scheite auf seine fallen. Willst du einen Truthahn im Laden bestellen?, fragte ich.

Er schüttelte den Kopf und zog den Schlitten in Richtung Holzschuppen. Ich folgte ihm. Eigentlich dachte ich mehr an einen Hasen. Vielleicht hast du Lust, ein paar Fallen aufzustellen?

Ich blieb wie angewurzelt stehen. Du meinst, ich darf jagen gehen?, fragte ich. Also, im Wald? In den ich eigentlich keinen Fuss setzen darf?

Wüsste nicht, wo sonst, antwortete er. Keine Rennen ist Strafe genug, schätze ich. Geh ruhig jagen, so viel du willst. Pass nur auf dich auf.

Jetzt?

Sicher, ich mache das hier fertig. Nimm dir den Tag frei.

Vielleicht war sein Ton etwas zu beiläufig. Aber was auch immer ich gehört zu haben glaubte, ich kümmerte mich nicht weiter darum, ich war einfach nur erleichtert, mich wenigstens dieses eine Mal nicht wegschleichen zu müssen.

Ich nahm mir den Tag frei, so wie er es mir gesagt hatte. Ich erwischte nicht gleich einen Hasen, aber ich stellte drei Fallen an ein paar Pfaden auf, die ich kannte. Dann jagte ich eine Weile nur für mich selbst, ich ging an einen schmalen Wasserlauf, um zu sehen, ob ich einen Mink zu fassen kriegen konnte, und tatsächlich fing ich nicht nur einen, sondern gleich zwei, auch wenn der zweite mich ein bisschen anspritzte und ich mich mit Schnee abschrubben musste, um den Gestank wenigstens einigermassen loszuwerden. Nachdem ich mich satt getrunken hatte, nahm ich sie beide aus, dann machte ich eine Pause, legte mich auf den Boden und sah dem Schnee zu, wie er aus dem Himmel fiel. Träge, grosse Flocken, kein Wind, der Tag um mich herum still, nur das Plätschern des Wassers über die Steine. Es war die Art der Stille, die einen nach innen wendet, man hört den eigenen Atem, und die Gedanken, die einem normalerweise im Kopf dröhnen, werden plötzlich stumm. Ich blieb eine ganze Weile so liegen, bis das Licht abnahm und der frühe Abend den Himmel einfärbte.

Als ich mit den Minkfellen über der Schulter zurück in den Hof kam, fühlte sich mein Körper warm und mein Kopf leicht an. Bis ich das Bellen hörte, mit dem mich die Hunde begrüssten. Wenn man sein ganzes Leben mit Hunden verbringt, weiss man irgendwann, wie sie sich anhören. Ein Team aus Schlittenhunden spricht gemeinsam, ihre Stimmen werden zu einer, und das ist die Stimme des Rudels. Und die Stimme, die ich jetzt hörte, war dünner als noch heute Morgen.

Ich rannte zu den Hundehütten, achtete nicht auf die, die seit Monaten leer standen, suchte nach den Gesichtern der Hunde, die wir noch hatten. Ich brauchte einen Moment, bis mir klar wurde, wessen Hütte auch leer war.

Flashs Schüssel war umgedreht, als wäre sie schon seit Ewigkeiten weg.

Dads Stimme drang über den Schnee zu mir vor, flach und fast tonlos. Jetzt warte mal, bevor du gleich loszeterst, sagte er. Du kennst doch Chuck Wheeler. Ein junger Musher, ein paar Jahre älter als du? Er brauchte für sein Gespann noch einen starken Hund mit klarem Kopf. Er hat Flash bei dem Rennen letztes Jahr gesehen, und sie hat es ihm angetan, also hat er mich gefragt, ob er sie sich für den Rest der Saison leihen kann, um sie zusammen mit seinen eigenen Hunden auszuprobieren. Es ist nicht für immer. Nach dem Iditarod kriegen wir sie wieder.

Ich stand vor Flashs Hütte und hob ihre Schüssel auf.

Wie dem auch sei, sagte Dad. Wir haben den Deal gemacht, bevor Jesse zu uns gekommen ist, als ich den Job noch nicht hatte. So können wir ein paar Rechnungen abarbeiten –

Ich schleuderte die Schüssel so weit weg, wie ich nur konnte. Das ist alles, was dich interessiert, Geld, Geld, Geld, sagte ich.

Sei nicht unfair, sagte Dad. Du bist nicht diejenige, die eine Familie zu versorgen hat.

Ich dachte, deswegen hast du diesen bescheuerten Job angenommen.

Er sah mich finster an. Mit dem Job bezahle ich – Er biss den Satz in zwei Hälften und schluckte die zweite herunter. Dann sagte er: Das wurde alles vor einer ganzen Weile entschieden. Ich musste mich an unsere Abmachung halten.

Sie war meine Leithündin, sagte ich. Wie soll ich ohne Leithund trainieren?

Du sollst überhaupt nicht trainieren.

Ich soll auch nicht in den Wald gehen, ausser, es passt dir in den Kram, blaffte ich. Ich warf ihm die Minkfelle vor die Füsse.

Er schüttelte den Kopf. Geh ins Haus, Tracy.

Er wollte sich schon umdrehen. Ich patschte eine Handvoll Schnee zusammen und schleuderte sie in dieselbe Richtung, in die ich die Minke gefeuert hatte. Der Schneeball flog durch die Luft und traf ihn, explodierte auf seinem Mantel.

Wenn wir nur rumgealbert hätten, hätte er gelacht und auch einen nach mir geworfen. Stattdessen sah er runter zu dem Schnee, der an seiner einen Mantelseite klebte. Ich hasste es, wie blöd er dabei aussah, klein und lächerlich, und wünschte mir, er würde den Schnee wegwischen.

Glaubst du etwa, ich würde dich keine Rennen fahren lassen, wenn ich könnte?, fragte er leise. Aber wir haben nicht genug –

Er hob die Hände.

– genug von allem. Nicht genug Stunden am Tag. Zeit, um dir mit den tausend kleinen Dingen zu helfen, die du brauchst, wenn du starten willst. Ich schaffe das nicht alles alleine.

Ich starrte auf die Schneesprengsel, die immer noch an seinem Mantel klebten.

Mir gefällt das auch nicht, sagte er. Das meiste von dem Scheiss, den ich mache, will ich überhaupt nicht. Er schüttelte den Kopf. Wenn du älter bist, wirst du das verstehen.

Seine Stimme klang so müde, wie ich mich plötzlich

fühlte, und ich wollte ihm sagen, dass ich das sehr wohl verstand. Ich wusste, wie es sich anfühlt, sich Sorgen zu machen und Angst zu haben und etwas zu tun, nicht weil man es will, sondern weil man keine andere Wahl hat.

Aber nichts davon konnte ich sagen. Also warf ich ihm stattdessen Dinge an den Kopf, die ich nicht so meinte.

Du willst doch gar nicht, dass ich Rennen fahre. Es interessiert dich überhaupt nicht, ob irgendjemand in dieser Familie sich noch wie ein Musher benimmt. Du guckst die Hunde kaum noch an, und schon gar nicht fährst du mit ihnen raus.

Schliesslich wischte er sich den Schnee vom Mantel und sah mich so wütend an, wie es sich gehörte. Dieses Gespräch willst du nicht führen, sagte er.

Warum nicht?

Möchtest du je wieder die Hunde vor einen Schlitten spannen? Auch nur eine halbe Stunde im Wald verbringen?

Ich hielt meinen Mund.

Geh ins Haus. Sofort.

Ausnahmsweise machte ich, was er mir sagte. Ich versetzte einem Schneehaufen einen Tritt, stampfte die Hintertreppe hoch, und mir war die ganze Zeit klar, dass ich mich unendlich kindisch aufführte, aber irgendwie konnte ich nicht anders. Ich schlug die Tür hinter mir zu, pfefferte meine Mütze in eine Ecke des Vorraums, dann stapfte ich nach oben, fest entschlossen, mich auf mein Bett zu werfen und da weiter vor mich hin zu schäumen.

Aber Scott hockte vor meinem Bücherregal, auf dem Boden verteilt lagen die Hälfte meiner Ratgeber und Abenteuergeschichten, ausserdem beide Exemplare des

Kleinhaus-Buchs, meins und das von Tom Hatch. Ich scannte den Raum ab, ich war mir sicher, dass er den Rucksack unter meinem Bett entdeckt und hervorgezerrt haben musste, aber alles, was ich sah, waren Bücher, stapelweise, manche aufgeschlagen, durcheinandergeworfen, mit frischen Eselsohren.

Scott sah zu mir hoch. Er setzte schon an, sich zu erklären, da stürzte ich mich auf ihn. Ich schubste ihn unsanft, meine ganze Wut auf Dad entlud sich über ihn. Sein Kopf prallte gegen die Ecke des Regals.

Scheisse, sagte ich und meinte damit, dass es mir leidtat, aber ich klang nur wütend.

Arschloch, entgegnete Scott und rieb sich den Kopf. Seine Hand war blutverschmiert, als er sie wegzog.

Ich dachte nicht nach. Ich nahm seinen Kopf und legte meine Hand auf die Stelle, wo die Haut aufgeplatzt war. Bei Wunden am Kopf oder im Gesicht fliesst erstaunlich viel Blut. Alles ist gut, murmelte ich, halb um ihn zu beruhigen, halb um mich von dem Verlangen abzulenken, das in mir aufstieg.

Aber er stiess mich weg, schob sich an mir vorbei und rannte aus dem Zimmer.

Ich liess mich gegen das Regal fallen und blieb sitzen. Sein Blut an meiner Hand. Eine ganze Weile starrte ich darauf, versuchte mir zu sagen, dass ich sie mir an der Jeans abwischen oder ins Bad gehen und sie waschen sollte. Dachte an das Versprechen, das ich Mom gegeben hatte.

Und dann leckte ich das Blut ab.

Die Bilder durchzuckten meinen Kopf wie Blitze. Sie kamen mit einem Schwall von Gefühlen, leuchteten auf und verblassten genauso schnell auch wieder. Begierde und Hitze und etwas Hartes, als ich den Hinterkopf eines bestimmten Mädchens im Klassenzimmer entdecke, Verlegenheit und Aufregung gleichzeitig, als sie mir über die Schulter einen Blick zuwirft. Kribbelnde Freude, als ich mich daran erinnere, wie es roch, wenn Mom Kekse backte, und der Schmerz, der auf diese Erinnerung folgt. Eine merkwürdige Mischung aus Neugier und Angst und Sehnsucht, immer wenn Dad mit meiner Schwester auf den Fersen in den Raum kommt, eine Verbindung zwischen den beiden, die ich nie ganz greifen konnte. Und schliesslich eine seltsame Traurigkeit, als ich eine Ammer auf dem Sims vor meinem Fenster entdecke, wie sie in der Scheibe ihr eigenes Spiegelbild sieht und offenbar nach sich selber ruft, immer und immer wieder.

Ich schüttelte den Kopf, als könnte ich Scott aus meinen Gedanken schütteln. Und damit die sonderbaren und komischen und traurigen Dinge, die ihm in dem Moment durch den Kopf geschossen waren, als ich auch nur das bisschen von ihm getrunken hatte. Das war zumindest meine Vermutung, warum ich bekam, was ich bekam. Denn es lag keine echte Logik darin, höchstens dass ich exakt das sah und hörte, was eine Person dachte, was ihr als Erstes einfiel oder tief in ihr vergraben war, wenn ich etwas von ihrem Blut trank.

Ich stemmte mich hoch, Scotts Momente und Gefühle jagten weiter durch mich hindurch. Meine eigenen Gedanken blieben verschwommen, während ich alles, was mir in die Finger kam, in meinen Rucksack stopfte, Wasserflasche, Messer, das Kleinhaus-Buch, einen Pullover, eine Mütze, Feuerstein und Stahl. Schneller, als ich gucken konnte, war ich die Treppe runter, aus der Tür raus und im Wald. Meine Entscheidung stand, ohne dass ich sie getroffen hatte.

Ich rannte, liess den See hinter mir, den Fluss, dann bog ich vom Trail ab, um mir meinen eigenen Weg durch Fichten und Erlen zu bahnen. Hier, wo weder Hundefüsse noch Schlittenkufen eine festgestampfte Spur gezogen hatten, war der Schnee tiefer, aber es fiel mir leicht, mich durch den weichen Untergrund zu schlagen. Ich fühlte mich stark und schnell. Frei. Immer freier, je weiter ich unser Grundstück hinter mir liess. Ich würde zurückgehen, das wusste ich, irgendwann, nach ein paar Tagen, wenn ich genug Zeit gehabt hätte, um meinen Kopf freizukriegen, wenn die Wut abgeebbt wäre. Und was, wenn nicht? Was, wenn ich immer weiter nach Norden lief, nicht mehr zurückblickte? Alles wäre leichter, wenn ich allein sein könnte, keine Geheimnisse mehr für mich behalten, nichts mehr vor irgendwem verstecken müsste. Niemanden mehr vor dieser Wildheit schützen müsste, die ich in mir fühlte, vor dem Verlangen, all dem nachzugeben, wovor Mom mich gewarnt hatte.

Vielleicht zum ersten Mal wurde mir klar, dass ich ein anderes Leben haben könnte als das, das Mom sich ausgesucht hatte. Anstatt zu jagen und zu rennen und auf Bäume zu klettern und in der Wildnis zu leben, war sie irgendwie auf Dad getroffen, und sie hatten sich zusammen ein Leben aufgebaut, mit mir und Scott, dem Haus, den Hunden, sich für ein zivilisiertes Dasein entschieden. Aber auch ein eingepferchtes. Gegen Ende verliess Mom kaum noch ihr Zimmer, geschweige denn das Haus, den Ort, den sie als Gefängnis für sich auserkoren hatte, so jedenfalls kam es mir vor. Wenn es so aussah, das Trinken aufzugeben, dann war das etwas, was ich niemals wollte.

8

Genauso plötzlich, wie sie angefangen hatte, mit mir in den Wald zu gehen, hörte sie damit auch wieder auf. Wenn wir als Familie alle zusammen einen Spaziergang machten, kam sie mit wie früher auch und lief Hand in Hand mit Dad. Aber wenn ich sie fragte, ob sie mit mir auf die Jagd kommen würde, fand sie irgendeine Ausrede, um beim Haus zu bleiben. Im Sommer musste sie das Unkraut im Garten jäten, im Herbst mit dem Einkochen anfangen, und im Winter war sie mit Stricken beschäftigt oder sass, in eine Decke eingehüllt, mit dicken Socken und Pantoffeln an den Füssen am Kamin.

Wenn sie allein nach draussen ging, dann nur, um mitten in der Nacht am Ende der Auffahrt zu stehen. Manchmal beobachtete ich sie vom Fenster oben, bis sie sich endlich umdrehte und wieder ins Haus kam. Manchmal wartete ich auch so lange, dass ich irgendwann müde wurde und schon ins Bett kroch, während sie immer noch dort stand, mit Su an ihrer Seite.

In den Monaten vor ihrem Tod ging sie kaum noch nach draussen. Bis zu dem Tag, an dem ich vor ihrem Zimmer stand, zwischen uns nur die Tür, aber ich traute mich nicht, sie aufzumachen. Mom war nicht wie Dad, man konnte nicht hören, ob sie schlief. Draussen fiel der Schnee in weichen, nassen Flocken. Der Tag war warm genug, dass der Schnee einem auf der Haut schmolz, ein Ausflug in den Wald hätte bedeutet, dass ich zitternd und triefend nach Hause käme, wenn ich nichts finden würde, was mich wärmt. Ich wollte nach draussen. Aber die Stimmen, die durch die Dielen unter meinen Füssen nach oben drangen, hielten mich, wo ich war.

Unten im Wohnzimmer ging Dad auf und ab und hörte Helen zu, der Krankenschwester, die aus dem Ort zu uns rausgekommen war. Nach einer Woche Diskussionen hatte Mom nachgegeben, sie hatte ihm zwar immer wieder gesagt, dass es ihr gutgeht, aber er bestand darauf, dass sie in die Krankenstation müsse, und schliesslich hatte Dad Helen so lange bearbeitet, bis sie zu einem Hausbesuch kam.

Dann machte ich doch die Tür auf. Ich hatte Mom gefühlt seit Tagen nicht gesehen. Sie lag unter ihren Decken begraben, vier oder fünf übereinander, nur ihr fahles Gesicht war zu sehen, ihr Mund wie eine klaffende Wunde.

Tracy, komm, setz dich.

Ich hockte mich vorsichtig auf ihre Bettkante, ich hatte Angst, Mom könnte unter meinem Gewicht zerbrechen. Sie hievte sich hoch und lehnte den Rücken an das Kopfteil des Betts. Sie atmete schwer von der Anstrengung, ich konnte ihren säuerlichen Atem riechen.

Komm her, du Dummerchen, sagte sie. Ich bin doch nicht aus Glas.

Ich schmiegte mich an sie, und sie legte ihren Arm um mich.

Du bist so warm, sagte sie.

Ich war draussen.

Heute?

Ich schüttelte den Kopf. Gestern. Gestern Abend. Bevor es angefangen hat zu schneien.

Sie sah aus dem Fenster. Es kommt ordentlich was runter.

Auf mir ihre eiskalte Hand. Was fehlt dir denn?, fragte ich.

Ich bin krank, sagte sie. Aber es ist alles in Ordnung. Bald ist alles in Ordnung.

Warum ist dann Helen hier?

Damit dein Dad beruhigt ist.

Wir sassen da und sahen zu, wie der Schnee fiel. Ein Rabe tauchte aus dem Himmel auf und landete auf dem Dach vor ihrem Fenster. Es war ungewöhnlich, einen Vogel mitten in einem Schneesturm zu sehen, normalerweise spüren sie das schlechte Wetter und fliegen ihm davon oder verkriechen sich. Suchen sich einen dichten Baum und nisten sich unter seinen Zweigen ein, bis das schlechte Wetter sich verzieht. Der Rabe sass direkt neben der Scheibe, so still, dass man nicht einmal sagen konnte, ob er überhaupt atmete, sein kleines schwarzes Auge war auf uns gerichtet.

Was, wenn ich dir was mitbringe?, fragte ich.

Sie öffnete die Augen. Mir was mitbringen?

Ein Eichhörnchen. Oder wenigstens eine Wühlmaus. Irgendwas Kleines. Würde das was helfen?

Die ganze Müdigkeit in ihrem Gesicht wich etwas Hartem. Ich habe dir doch gesagt, ich habe damit aufgehört. Schon vor langer Zeit.

Ich weiss, sagte ich. Aber ich dachte –

Ich brauche das nicht, sagte sie.

Kein Geräusch ausser dem Rascheln der Federn, als der Rabe davonflog. Nichts übrig ausser dem Abdruck seiner Füsse im Schnee, und auch der würde bald verwehen.

Ich muss mich nur ein wenig ausruhen, sagte sie und machte die Augen wieder zu.

Ich blieb bei ihr, bis sie einschlief. Was auch immer sie hatte, schien dem so ähnlich zu sein, wie ich mich fühlte, wenn ich lange nicht getrunken hatte. Aber es konnte unmöglich dasselbe sein, denn ein paar Tage später war sie wieder auf den Beinen, mit rosigen Wangen und leuchtenden Augen, keiner Spur von Müdigkeit mehr. Man hätte kaum ahnen können, dass sie überhaupt krank gewesen war. In diesem Winter strotzte sie vor Energie. Sie ging nicht mehr mit mir in den Wald, aber sie verbrachte so viel Zeit draussen wie noch nie, sie arbeitete mit den Hunden, spielte im Schnee, nahm sich einen Schlitten und fuhr mit unseren Nachwuchshunden Runde um Runde durch den Hof. Sie fing sich für den Rest des Winters nicht mal einen Schnupfen ein, war so gesund wie nie zuvor. Bis zu der Nacht, in der sie einen Spaziergang an der Strasse unternahm, und das Nächste, was wir von ihr hörten, war, wie der Village Safety Officer frühmorgens an unsere Tür klopfte, um Dad zu sagen, dass er mitkommen müsse, dass sie ihren Leichnam schon in die Krankenstation gebracht hätten.

In der ersten Nacht, nachdem Dad Flash weggegeben hatte, rannte ich stundenlang, ohne festes Ziel, Hauptsache immer weiter. Die drei wichtigsten Dinge für das Überleben in der Wildnis sind Schutz, Wasser, Feuer, in dieser Reihenfolge. Es gibt viele Stellen, wo man im Wald einen Unterschlupf findet, man muss nur wissen, wonach man Ausschau halten muss, nach ausgehöhlten Bäumen etwa, Felsbrocken, an denen man einen Unterstand bauen kann, oder man kann auch eine Höhle in den Schnee graben. Als ich mich schliesslich am frühen Morgen ausruhen wollte, brachte ich etwa eine Stunde damit zu, einen Unterstand zu bauen, dann machte ich ein Feuer und schmolz ein bisschen Schnee, um Wasser zu haben. Polarlichter waberten über den schwarzen Himmel, vibrierendes Grün und Weiss. Ich hielt für einen Moment inne und sah nach oben. Ich musste daran denken, was Tom Hatch in das Buch von Kleinhaus geschrieben hatte. *Und wenn ich nichts anderes mehr mache, bevor ich sterbe: Ich werde die Polarlichter sehen.* Er hatte es nicht geschafft, dafür lange genug in Alaska zu bleiben, die Lichter kommen am häufigsten in den Winternächten vor, die so lang sind, dass sie noch ein gutes Stück vom Tag verschlucken. Diesen einen Traum, den er sich erfüllen wollte, bevor er sterben würde, hatte ich platzen lassen. Vielleicht würde er eines Tages nach Alaska zurückkehren, aber nicht um seinen Rucksack zu holen, sondern um seinen Vorsatz doch noch wahr zu machen. Oder ich hatte ihm auch das verdorben.

Ich stand auf, schippte mit dem Fuss Schnee über die Reste meines Feuers, und dann brach ich von meinem Lager auf, um zu sehen, was ich zum Frühstück auftreiben konnte. Aber es war still im Wald an diesem Morgen. Ich baute eine Falle auf, die ich später kontrollieren wollte, wenn ich ein paar Stunden geschlafen hätte, aber als ich zurückkam, war sie immer noch leer. Also zog ich weiter.

An diesem ersten Tag erlaubte ich mir nicht zu denken. Nicht an Scotts frisches Blut an meiner Hand oder daran, was ich in mir aufgenommen hatte, als ich es ableckte. Nicht an die Reue, weil ich nicht hatte widerstehen können. Nicht an die Wut darüber, dass Flash weg war, oder daran, wie Dad ausgesehen hatte, gemein und lächerlich und klein mit seinen Schneesprengseln auf dem Mantel. Nicht an mein mulmiges Gefühl wegen Jesse, dem ich kein Stück über den Weg traute. Das Laufen machte mich von alldem frei. Bis ich ganz leer war. Und den Platz, der dann noch übrig war, füllte ich mit Himmel und Bäumen und der Erwartung darauf, was auch immer ich an dem Tag noch finden und was mich von innen wärmen würde. Ich beseitigte mein Lager und baute mir ein neues tiefer im Wald. Kletterte auf einen Baum und spähte auf die Totschlagfalle, die ich gebaut hatte. Wartete auf eine Bewegung im Schnee. Als keine kam, zog ich wieder weiter, noch tiefer hinein in die Wildnis. Weiter weg von zu Hause.

In der zweiten Nacht dann, in dem warmen Schlafsack, den ich mitgenommen hatte, und mit den glühenden Überresten meines Feuers am Eingang zu meinem Unterschlupf, gab es nichts anderes mehr zu tun, als zu denken. Ich starrte in die glimmenden Kohlen und sah wieder vor mir, wie Dad und Jesse sich mit Schaufel und Spaten gemeinsam durch die Reihen der Hundehütten gearbeitet hatten. Ich war rausgekommen, um ihnen zu helfen, aber bevor ich den Hof überqueren konnte, hatte Dads Stimme mich zurückgehalten. Er redete in einem fort, ich konnte nicht verstehen, was er sagte, hörte nur den Ton seiner Stimme, die Art, wie sie sich hob und senkte, die Melodie, mit der er sprach. Ich konnte mich an diese Begeisterung noch gut erinnern, wie sie wie ein Funke von ihm auf mich übersprang und etwas in mir entfachte, eine knisternde Spannung zwischen uns erzeugte, wenn wir freudig darüber stritten, welche Hunde am besten zusammen liefen.

Dad und Jesse bewegten sich wie ein Mann und sein Schatten. Dad verstummte, und Jesse sagte etwas. Er sprach nie besonders laut, selbst wenn er etwas rief, trug seine Stimme nicht weit.

Dad lachte. Der Klang seines Lachens ergoss sich über den Schnee, liess jede stumpfe Metalloberfläche glänzen und verscheuchte die Schatten des frühen Abends. Ein Klang, der selten geworden war, nachdem Mom gestorben war, ein Klang, den ich nicht oft genug hörte.

Sogar ich musste zugeben, was auch immer Jesse vorhatte, vieles war durch ihn besser geworden. Der Hof, das Haus, die Hunde – nach den wenigen Wochen, die er bei uns wohnte, sah alles wieder mehr wie unser Vorher als unser Nachher aus.

Ich schob Jesse aus meinen Gedanken, als die letzten Überreste meines Feuers erloschen, drehte mich um und versuchte, den Schlaf durch sein enges Kaninchenloch zu treiben. Mein Magen beschwerte sich. Mit offenen Augen lag ich da, sah, wie die Sterne mir durch die Zweige meines Unterstands hindurch zublinzelten. Ich konnte noch schmecken, was ich als Letztes getrunken hatte, Scotts Sorgen und Ärger zerrten weiter an mir. Ich wusste, dass ich mir das nur einbildete, aber ich fühlte sein Blut auf meinen Lippen, spürte, wie es mich durchströmte, mir in den Kopf schoss. Morgen, sagte ich mir. Morgen würde ich irgendein kleines Tier fangen und mich satt trinken, und es würde Scott tief unten in meinem Kopf begraben, ihn durch etwas Wildes ersetzen, durch einen Hasen oder einen Marder, und ohne die Last all der Gedanken könnte ich weiter in den Wald vordringen.

Aber da war kein kleines Tier am nächsten Tag. Nichts Warmes in mir. Ich lief trotzdem weiter, dachte an Peter Kleinhaus. Daran, wie er halb verhungert auf den Kadaver von irgendeinem Tier stösst, das schon so lange tot ist, dass man gar nicht mehr sagen kann, was es mal war. Die Fitzelchen von Fleisch und Haut, die noch an den Knochen hängen, sind gefroren. *Ich fand einen Teil, den ich erkannte,* schreibt er, *die Rippe von einem Tier. Es gab keine Entscheidung, keinen einzigen Gedanken. Nur Handeln. Nur die Hand zum Mund und den Knochen zwischen meinen Zähnen. Nur ein Tier, das nagt.*

Keine Beute, aber ich holte trotzdem mein Messer aus der Tasche. Und liess die Klinge aufschnappen.

Man würde denken, wenn jemand aus deinem Leben verschwindet, würde das alles für immer verändern, und in gewisser Weise tut es das auch. Aber nicht so sehr, wie man vielleicht erwartet. Jemand stirbt, aber die Hunde müssen trotzdem gefüttert werden. Ihre Scheisse muss trotzdem geschaufelt werden. Man isst, schläft, wacht wieder auf. Der Schnee schmilzt, die Bäume und das Gras werden grün, die Tage werden länger, dann wieder kürzer. Der Schnee kommt zurück, plötzlich ist fast ein Jahr vergangen, und man ist selber überrascht, dass man einfach weiterlebt, obwohl das Schlimmste eingetreten ist.

Der erste Winter nach Moms Tod war, wie wenn man das Pflaster von einer Wunde abzieht, die gerade erst angefangen hatte zu verschorfen. Ich verbrachte die meiste Zeit im Wald. Versuchte meine Gedanken zum Schweigen zu bringen, indem ich jagen ging, aber dann kam ich an die Stelle, an der ich den Marder hatte ausbluten lassen, als Mom das erste Mal mit mir im Wald gewesen war, und überquerte die Lichtung, wo sie mir einmal gezeigt hatte, wie man sich durch einen Kothaufen wühlt, um herauszufinden, welche essbaren Pflanzen es hier gibt. Jeder Baum, den ich sah, jeder Fels und jeder umgestürzte Baumstamm, alles war wie ein Loch im Boden, von dem du vergisst, dass es da ist. Jedes Mal trittst du hinein und verdrehst dir den Knöchel, und du denkst: Ich muss mir unbedingt merken, dass da ein Loch ist, aber sobald dein Knöchel aufhört weh zu tun, vergisst du es wieder, und weil du es vergisst, trittst du auch beim nächsten Mal wieder hinein.

Morgens wachte ich in meinem Bett auf und war verwirrt, weil das Haus so still war. Ich kniff die Augen zusammen und wartete darauf, sie in der Küche zu hören, das Gluckern der Kaffeemaschine, das Brutzeln des Specks, sie, wie sie Frühstück macht. Aber da war nur Stille, so vollkommene Stille, dass ich jeden Teil meines Körpers hörte, all die Geräusche, die man normalerweise ausblenden kann. Meinen Herzschlag. Das feuchte Rauschen meines Atems. Das Geräusch meiner Lider, wenn sie sich nach dem Schlafen zum ersten Mal öffnen, ein zarter Plopp, und dann das Knistern der Wimpern, wenn sie sich auseinanderziehen. Mein Bauch krampfte sich zusammen, und etwas Warmes breitete sich unter mir aus.

Ich stand auf, schämte mich bei dem Gedanken, dass ich ins Bett gemacht haben könnte. Ich schob die Decke zurück und sah, dass eine kleine Lache Blut mein Laken durchtränkte. Schlieren zwischen meinen Schenkeln. Ich steckte mir die Hand zwischen die Beine, und als ich sie wieder wegzog, waren meine Finger glitschig und warm, rot überzogen.

Von der Periode hatte ich noch nie gehört, ich wusste nicht, dass das etwas ganz Natürliches ist und sich gar nicht so sehr von der Hitze unserer Hündinnen unterscheidet. Ich würde erst später rausfinden, dass die meisten Mädchen sie früher bekommen als ich, dass sechzehn dafür ganz schön spät ist. Aber seit dem Tag damals frage ich mich, warum Mom mir nie gesagt hat, was auf mich zukommt.

Ich rannte in ihr Zimmer und rief: Mom!, aber das Wort fiel dumpf auf den Boden, und sie war nicht da, um es aufzufangen. Blut tröpfelte mein Bein runter. Mein eigenes Blut. Es floss aus mir heraus, so wie es aus all den Tieren rausgeströmt war, die ich je erlegt hatte.

Stimmen von draussen, Dad und Scott bei den Hundehütten. Sie durften mich nicht so sehen.

Ich hätte fast vergessen, mir etwas anzuziehen, bevor ich barfuss aus der Hintertür in den Schnee stürzte. Ich rannte über den Hof und hinein in die Bäume, bevor irgendjemand etwas sehen konnte. Als ich so ausser Atem war, dass ich nicht mehr rennen konnte, verlangsamte ich mein Tempo, entfernte mich stolpernd vom Trail, hatte keine andere Richtung im Kopf als einfach nur *weg.* In mir ein heulender Wind. Schliesslich kam ich auf wackligen Beinen und mit schmerzender Lunge zu einem grossen Baum, der innen hohl war. Ich setzte mich hinein und schlang die Arme um meinen Körper. Ich friere nicht so schnell, aber an dem Tag zitterte ich so heftig, dass meine Zähne klapperten.

Meine Hose war starr und rot. Ich konnte mich selber riechen, hell und metallisch, und ich fragte mich, wie lange es dauern würde zu verbluten. Bei einem kleineren Tier brauchte ich nur wenige Minuten, bis kein Blut mehr in ihm floss. Der Wald war voll von ihnen, nicht nur von den lebenden Tieren, die ich noch nicht gefangen hatte, sondern auch von denen, die ich erlegt hatte, ihren Geistern, Hunderte, vielleicht Tausende. Und dann war da noch das Blut, das ich von anderen Menschen genommen hatte. Ich erinnerte mich daran, wie ich meine Zähne in Scotts Hand versenkt hatte, wie ich Blutsbrüderschaft mit ihm geschlossen hatte, als er älter war. An den Jungen aus dem Kindergarten, der mir zu nah gekommen war. An Aarons Blick, als er mich mit unserer alten Katze gesehen hatte, die knisternde, verbrannte Note von Angst in seinem Blut. Jeden einzelnen dieser Momente bereute ich, und gleichzeitig spürte ich immer noch dieses Verlangen in mir.

Da wusste ich, dass ich nicht nach Hause konnte. Ich dachte an unseren alten Hund, Denali, er war gestorben, als ich etwa acht war, er hatte sich unter die Hintertreppe geschleppt, und da hatten wir ihn einen Tag später dann gefunden. Dad erklärte mir, dass Tiere das manchmal machen. Sie spüren, dass der Tod kommt, und verkriechen sich, um ihn zu empfangen.

Ich kletterte aus dem hohlen Baum, immer noch zitternd, und fing an zu laufen.

Ich stolperte durch die Nacht, kontrollierte die Fallen, an denen ich vorbeikam, aber jede von ihnen war leer. Ich fasste in meine Tasche, aber mein Messer war nicht da. An den Stellen, wo ich wusste, dass da etwas wuchs, schob ich den Schnee zur Seite und buddelte mich durch bis zum kalten Grund, wie Mom es mir gezeigt hatte, und dann ass ich so viel verwelktes Grün und verschrumpelte Beeren, wie ich finden konnte. Nur mein Magen rumorte und polterte immer noch.

Am nächsten Abend sass ich an einem dünnen Wasserlauf und sah mir die Flecke auf meiner Haut an. Das ganze Rot. All die Wege, auf denen es zu mir kam. Als ich mein allererstes Tier gefangen hatte, hatte ich nicht lange überlegt, was ich damit anfangen sollte. Das Trinken war für mich etwas ganz Natürliches, und erst später ist mir klargeworden, dass das für andere vielleicht nicht so war. Seit ich wusste, dass Mom wie ich war, dachte ich über das Trinken so ähnlich wie über die Art, wie man sich manchmal selber anfasst, wenn man alleine ist. Man weiss, man kann unmöglich die Einzige sein, die das macht, aber man versteht auch, dass das nichts ist, worüber man spricht. Es liegt in der Natur der Sache, im Verborgenen zu bleiben.

Mom hatte mir alle möglichen Ratschläge erteilt. Sie hatte mir ihre Regeln mitgegeben. Aber jetzt war sie nicht mehr hier. Jetzt musste ich mich wieder alleine durchschlagen. Mir nehmen, was ich kriegen konnte, egal wie ich dazu kam.

Meine Finger waren klamm. Sie fummelten an dem Knopf meiner Jeans herum.

Danach war ich nicht mehr hungrig.

Es ist anders, wenn du dein eigenes Blut trinkst. Weniger befriedigend. Und du lernst nicht auf dieselbe Weise von dir wie von einem Tier oder einem anderen Menschen. Stattdessen siehst und fühlst und hörst du dein eigenes Leben wie eine Art Echo, Bilder und Geräusche verdoppeln sich, wie wenn man ein transparentes Bild vor ein anderes schiebt.

Ich legte mich hin, mein Kopf war vernebelt, angefüllt mit verschwommenen Erinnerungen, die sich zu Träumen neu zusammensetzten, während ich langsam wegdämmerte. In meinem Traum waren meine Hunde an meiner Seite, sie hielten mich warm. Ich träumte von Bären und Wölfen und Elchen, wie sie durch die Wälder rannten. Ich träumte von Mom. Sie war ein kleines Mädchen, barfuss, mit Blättern in den Haaren. Sie lief an mir vorbei, geschmeidig und schnell wie das Karibu, und Füchse liefen mit ihr mit. Sie drehte ihren Kopf, sah mich an, sie legte ihre Finger an die Lippen, wie ein Kuss. Oder ein Geheimnis. Lächelte mich an und winkte. *Komm mit, na komm!* Ich wollte aufstehen und ihr nach. Aber ich spürte meine Füsse nicht. Es brauchte all meine Kraft, um nur den Kopf zu heben und ihr nachzusehen, während sie davonsprang.

Als Dad kam, dachte ich, ich hätte auch ihn geträumt. Und dann flog ich, in etwas Warmes eingewickelt, das nach altem Lagerfeuer roch. Dads Stimme hinter mir, wie er immer wieder sagte: Bleib bei mir, Kleines, bleib wach. Also tat ich das. Ich sah die Hunde vor mir, Marcey und Hazel, Boomer und Grizz. Old Su ganz vorne. Meine Hunde, und sie brachten mich nach Hause.

Als wir im Hof ankamen, hob mich Dad aus dem Schlitten und trug mich ins Haus. Meine Füsse waren weiss, taub und fühlten sich hart wie Stein an. Er liess Wasser in die Wanne, ich setzte mich auf den Rand, und er hielt mich fest, ich zuckte zusammen, als das lauwarme Wasser über meine Füsse rann, ein Gefühl wie tausend Nadeln. Ganz langsam liess Dad das Wasser wärmer werden. Ich biss mir auf die Lippen, meine Füsse brannten und fühlten sich gleichzeitig taub an. Ich krallte mich an den Rand der Wanne. Ich weiss, es tut weh, sagte Dad, ist gleich vorbei. Ewigkeiten verbrachten wir so, ich, wie ich mich völlig ausgelaugt an ihn klammerte, er, wie er immer mehr Wasser in die Wanne liess, und noch mehr, und seine Stimme war wie das Wasser, sie ergoss sich über mich, sagte mir, dass er ja wusste, nicht mehr lange, es wird alles wieder gut, ich bin hier, ich bin hier.

Gefühlt nach Stunden liess er endlich das Wasser aus der Wanne und trocknete meine Füsse ab, dann brachte er mir ein Paar dicke Socken, sagte, es sehe gut aus, er war nicht der Meinung, dass wir zur Krankenstation mussten.

Er machte ein Handtuch nass und zog meine Decke weg. Ich zuckte zurück.

Tracy, lass mich mal sehen, sagte er. Du hast ja überall Blut. Wo hast du dich verletzt?

Die Flecke auf meiner Hose waren verkrustet und braun, sie sahen mehr aus wie alter Matsch als wie Blut. Aber ich blutete immer noch, ich konnte fühlen, wie es aus mir herausströmte. Meine Füsse puckerten, aber ich stellte mich trotzdem hin und knöpfte meine Hose auf.

Oh – nein, nein. Warte. Er stellte sich auch hin. Das wusste ich nicht.

Er reichte mir das Handtuch. Dann mach dich mal in Ruhe sauber, murmelte er.

Dann überliess er mich meinem Schicksal. Zog die Tür hinter sich zu. Ich machte, was er gesagt hatte, und schrubbte mich sauber. Aber das Blut kam immer weiter, noch zwei Tage lang. Später erfuhr ich dann, was es war und dass es wiederkommen würde. Mit der Zeit, vor allem wenn es im Wald ruhig war und meine Fallen leer blieben, fing ich an, darin eher ein Geschenk zu sehen als einen Fluch.

Die nächste Nacht. Noch immer keine Beute, es schien kein kleines Getier im Wald mehr zu geben. Mein Feuer erloschen, meine Augen trocken vor Schlaflosigkeit. Ich beobachtete, wie der Himmel von Wolken übersprenkelt wurde, die nach und nach die Sterne löschten, schliesslich gab ich es auf, schlafen zu wollen. Ich kramte in meinem Rucksack und zog das Buch von Kleinhaus hervor. Da sah ich, dass ich die beiden Exemplare verwechselt hatte, ich hatte meins zu Hause gelassen und stattdessen das von Tom Hatch mitgenommen.

Es tat trotzdem gut, die vertraute Stimme zu lesen. Diese ersten Zeilen, wie sie den Weg für ein Abenteuer bereiten. *Wie die meisten meiner schlechten Ideen fing alles an mit einer Sehnsucht.* Ich blätterte weiter, übersprang wie sonst auch den langweiligen Teil, bevor Kleinhaus nach Alaska kommt. Kam zu der Stelle, wo er im Eis einbricht und in Panik gerät, bis ihm klar wird, dass er mit den Füssen auf den Boden kommt, weil ihm das Wasser nur bis zur Brust reicht. Zu der Passage, als er am Anfang des Frühlings von einem Bären angegriffen wird und sich danach, selbst als der Bär schon längst davongetrottet ist, vor lauter Angst so lange tot stellt, bis er schliesslich einschläft. Ich blätterte vor und zurück, las hier und da ein Stückchen, und dann war ich wieder so in der Geschichte, dass ich an den Anfang zurückkehrte und die Teile las, die ich normalerweise übersprang. Ich vergass darüber sogar das Rumoren in meinem Bauch.

Bis ich plötzlich auf eine Stelle stiess, die mir bekannt vorkam, aber nicht weil Kleinhaus sie geschrieben hatte.

Als ich acht Jahre alt war, nahmen mich meine Grosseltern auf, zwei Lehrer im Ruhestand, die lange schon im ländlichen Maine lebten und sich das Hundeschlittenfahren nicht als Sport, sondern als Lebensart angeeignet hatten. Die Hunde waren ihr Transportmittel. Sie waren Farmmitarbeiter. Angestellte, Beschützer, Gefährten. Hin und wieder auch Publikum: Mein Grossvater hatte früher englische Literatur unterrichtet, und nun war er wahrscheinlich der einzige Musher weit und breit, der Shakespeare rezitierte, während er hinten auf seinem Schlitten stand.

Jesse, wie er schüchtern lacht, sich den Schnee von den Knien wischt. Wir beide, wie wir die Hunde versorgen, ich ihm so nah, dass ich den Sprühregen aus Sommersprossen auf seinen Wangen sehen kann.

Ich blätterte immer weiter in dem Buch, ich las kaum noch, musste mich nur noch erinnern. Nachdem Kleinhaus' Grosseltern gestorben waren, zog er quer durchs Land. Verbrachte einige Zeit in Montana, arbeitete auf einer Rinderfarm, bevor er weiter nach Westen vordrang. Später heuerte er auf einem Fischkutter in Ketchikan an.

Alles, was Jesse uns über sein Leben erzählt hatte, konnte ich auf diesen Seiten wiederfinden. Jeder Atemzug in ihm eine Lüge.

Als ich den Rucksack mit dem Buch von Kleinhaus und einem Haufen Scheinen gefunden hatte, dachte ich, er würde dem Mann gehören, den ich niedergestochen hatte, einem Fremden, der blutend und verzweifelt auf der Suche nach Hilfe in unseren Hof gestolpert war. Einem Mann, der wiederkommen würde, da war ich sicher gewesen, denn wenn er so viel Geld im Wald rumschleppte, standen die Chancen gut, dass er es brauchte. Tom Hatch hatte uns keinen zweiten Besuch abgestattet, aber der Besitzer des Rucksacks war sehr wohl wiedergekommen.

Ich stand auf, rollte meinen Schlafsack zusammen und tastete meine Tasche ab, mein Messer war da, wo es immer war. Den Rucksack, von dem ich dachte, dass er Tom Hatch gehörte, hatte ich unter meinem Bett gelassen. Ich hatte das meiste Geld für die Startgebühren ausgegeben. Wenn Jesse den Rucksack jetzt fand, wo ich nicht da war, was würde er machen, wenn er merkte, dass das meiste Geld fehlte? Wenn Geld überhaupt alles war, was er wollte. Bevor er bei uns aufgetaucht war, um uns im Tausch gegen eine Bleibe seine Arbeitskraft anzubieten, hatte er uns ausspioniert. Vom Zwingerschuppen aus, in der Deckung der Bäume, aus dem Gebüsch bei den Fallen, von denen er gestohlen hatte, hatte er uns beobachtet und belauert, auf den richtigen Augenblick gewartet – nur wofür? Man späht doch nicht wochenlang eine Familie aus, wenn man eigentlich nur an ihre Tür klopfen und fragen muss, ob irgendjemand einen roten Rucksack gesehen hat, den man im Wald verloren hat.

Immer mehr Wärme durchströmte meine Arme und Beine, je schneller ich lief. Ich schlug mich durch das Gebüsch und die kahlen Bäume hindurch, watete durch Stellen, an denen sich der Schnee zu Verwehungen aufgetürmt hatte. Hatte ich vorher jeden Gedanken an Jesse aus meinem Kopf verdrängt, war er jetzt alles, woran ich denken konnte. Dad vertraute ihm, aber er wusste ja auch nicht alles. Ich sah vor mir, wie Jesse sich nachts die Treppe hochstahl, inzwischen so vertraut mit dem Haus war, dass er wusste, welche knarrende Stufe er meiden musste. In den Nächten, in denen ich mich rausgeschlichen hatte, hatte er gesehen, dass Dad so ziemlich nichts aufwecken konnte. Vielleicht würde er sich nur still auf die Suche machen und dann verschwinden, während Dad sich später fragen würde, wo er hin ist. Aber vielleicht würde er es auch nicht riskieren, jemanden zurückzulassen, der ihn als vermisst melden und der Polizei beschreiben könnte.

Ich legte einen Gang zu. Wenn ich das stramme Tempo den ganzen nächsten Tag über hielt, konnte ich es bis zur darauffolgenden Nacht nach Hause schaffen. Genau wie Dad wusste ich nicht alles, was ich wissen musste. Aber ich hatte vor, das zu ändern.

Der Hof lag im Mondschein, als ich ankam. Alles war still, nichts rührte sich, keine Rauchschwaden über dem Schornstein, kein Licht im Küchenfenster. Ganze vier Tage war ich weg gewesen, wenn ich richtig gezählt hatte, wahrscheinlich ahnte Dad inzwischen, dass ich nicht nur wie sonst ein wenig Dampf abliess, sondern dass ich diesmal vielleicht nicht wiederkommen würde. Sein Truck stand in der Auffahrt, er war im Haus und schlief, oder vielleicht konnte er auch vor lauter Sorge nicht schlafen. Er würde rasen vor Wut. Aber erst mal war mein Problem ein anderes.

Das Problem schreckte hoch, als die Hunde wach wurden und anfingen zu bellen. Ich zischte durch den Hof wie ein Schlittschuh übers Eis. Ich hörte, wie sich die Tür zur Kate öffnete und schloss, und dann sah ich ihn um die Ecke des Häuschens kommen.

Tracy?

Die Entfernung zwischen uns halbiert, dann geviertelt.

O mein Gott, dein Dad wird so –

Ich schlug nur einziges Mal zu. Meine Faust auf seinem Mund, quetschte seine Lippen gegen die Zähne, prallte mit voller Wucht auf seinen Kiefer, man würde es meinen Knöcheln am nächsten Tag ansehen.

Er taumelte zurück, seine Hand auf seinem Mund. *Fuck.* Als er die Hand wegnahm, war sein Mund rot.

Ich krallte mich in sein Hemd und zog ihn zu mir heran. Meine Lippen auf seinen. Er stiess mich weg, aber ich hatte mich nicht geirrt, ich war stärker als er. Ich leckte an ihm, schluckte. Seine Hände auf mir, schoben, kratzten, kämpften, bis ich ihn schliesslich losliess. Mit seinem Blut in mir.

Seiner Wahrheit in mir.

9

Ein klarer, taghehller Himmel. Ein Vogel durchschneidet das wolkenlose Blau. Ein rotes Gebäude, ein Heuhaufen. Die warme Sonne auf meiner Haut, Gras kitzelt mich an den Rückseiten meiner Beine. Die Harke, die ich eben noch in der Hand hatte, lehnt an der Wand.

Dann das Gewicht eines anderen Körpers auf mir, Finger in meinen Haaren. Sein Atem in meinem Gesicht.

Lass das. Hör auf –

Meine Worte erstickt, er drückt mir die Luft ab. Seine grapschenden Hände.

Tracy.

Ich schubse ihn weg, ich höre Jesses Stimme, aber ich sehe Tom Hatch.

Hör auf, schreie ich und stolpere über meine eigenen Füsse, falle hin. Es ist Jesse, der über mir steht, nicht Hatch. Jesse, der mir seine Hand hinhält, Beunruhigung und Verwunderung in seinem Blick. Seine Lippe blutet noch.

Geht's dir gut?, fragt er.

Panik, Verwirrung, ich kann nicht mehr sagen, was zu mir gehört und was zu ihm. Unsichtbare Finger, die an meinen Kleidern zerren, eine noch nicht ganz aufgegangene Sonne, die über die Teile von mir streicht, die ich sonst verberge. Die Harke in meinem Augenwinkel.

Ich spuckte auf den Boden, wischte mir über den Mund. Aber es war zu spät. Ein Stück von Jesse war in mir, und ich wurde es nicht mehr los. Er streckte mir noch immer die Hand hin. Ich nahm sie nicht, ich kam alleine wieder auf die Füsse. Ich konnte ihn nicht ansehen, ohne zu fühlen, was er gefühlt hatte.

Es tut mir leid, brachte ich hervor. Meine Beine zitterten, als ich mich von ihm wegdrehte.

Wo warst du?, fragte er. Warte, Tracy –

Seine Hand auf meinem Arm. Ich wand mich aus seinem Griff, aber er folgte mir, seine Stimme klang eher besorgt als wütend. Ich ertrug es nicht, ihn anzusehen, nicht mehr, *mit* ihm zu sehen, also suchte ich in meinem Inneren, suchte nach irgendwas, damit er endlich Ruhe gab.

Ich hörte die Stimme von Hatch, fühlte seinen Atem in meinem Ohr. Hörte, wie er einen Namen sagte, der keinen Sinn ergab und gleichzeitig doch Sinn ergab. Spürte, wie Jesses Körper sich anfühlte, nur für den kurzen Moment, den ich mich auf ihn einliess.

Warte doch mal, sagte Jesse wieder.

Ich fuhr herum und stiess ihn weg. Lass mich in Frieden, *Jessica,* sagte ich.

Er liess von mir ab, alle Farbe war aus seinem Gesicht gewichen. Mir war schon am Anfang aufgefallen, wie man nie auch nur den Hauch eines Bartschattens in seinem Gesicht sah, aber ich hatte dem vorher keine Bedeutung beigemessen. Im Mondlicht sah dieses Gesicht jetzt weich aus. Mädchenhaft.

Das Haus lag im Dunkeln. Zuerst konnte ich die vorgebeugte Gestalt am Tisch nur mit Jesses Augen sehen, sie stand auf, war grösser und breiter als ich, kam auf mich zu, aber die Angst, die in mir aufstieg, war meine eigene, denn es war nicht Hatch, sondern Dad, und in seinen Augen ein Blick, den ich nicht von ihm kannte.

Wo zum Teufel bist du gewesen?

Ich bekam keine Luft. *Es tut mir leid,* presste ich noch einmal hervor, aber ich lag noch immer im Gras, über mir die Sonne, über mir Hatch. Meine Kleidung am Boden, das Gefühl, in Jesses Gedanken zu stecken. Sein Körper – ihr Körper? –, der kämpft. Ich starre auf die Harke, die nur eine Armlänge entfernt steht.

Ich ging zur Spüle, trank direkt aus dem Hahn. Spritzte mir Wasser ins Gesicht. Wie Dads Blick mich verfolgte, bis ich mich endlich umdrehte.

Es tut mir leid, sagte ich wieder. Ich war nur im Wald –

Nur im Wald, wiederholte er.

Ich musste für eine Weile raus, das ist alles.

Ich dachte, du bist tot.

Meine Wangen brannten. Ich hab doch gesagt, ich war –

Ja, hast du gesagt. Du sagst, was du willst, und dann verschwindest du wieder und bleibst stundenlang weg. Tagelang. Wie deine Mutter. Damit ist jetzt Schluss, hörst du? Ein für alle Mal.

Das ist nicht dasselbe.

Verdammt, Tracy!

Hör mir einfach zu!, schrie ich zurück. Ich versuche doch nur – Aber ich brachte den Satz nicht zu Ende, mein Kopf dröhnte, bevor mir klar war, was passiert war. Sterne vor meinen Augen, die erst flackerten, dann verglühten. Meine Wange brannte. Dads Hand fiel an seiner Seite herab, er starrte mich an, mit offenem Mund.

Ich fasste mir ins Gesicht, aber die ganze Seite meines Kopfs war taub.

Dads Stimme kaum hörbar. Geh auf dein Zimmer.

Das tat ich. Oben kroch ich in mein Bett, ohne mir meine Sachen auszuziehen, die nach dem Schweiss und dem Schmutz von all der Zeit draussen stanken. Nach einer Weile schob Old Su mit der Nase die Tür zu meinem Zimmer auf, ich gab ihr ein Zeichen, und sie sprang auf mein Bett. Sie drehte sich einmal, zweimal, dann liess sie sich neben meinen Kopf fallen, ihr herber Atem in meinem Gesicht. Ihr Fell war grauer, als ich es in Erinnerung hatte, ihre Augen milchiger. Ich streichelte sie und beobachtete, wie schnell sie in den Schlaf fand, das gleichmässige Geräusch ihres Atems übertönte fast Jesses Stimme in meinem Kopf. *Hör auf, Tom.*

Ich hatte Angst, ich würde Jesses Träume träumen, wenn ich schlafen würde. Dass ich sehen würde, was passiert sein musste, nachdem Tom Hatch ihn überfallen hatte.

Sie. Ich sprach das Wort laut aus, und es klang falsch in der Stille meines Zimmers, schmeckte schal auf meiner Zunge. Ich wusste, was ich gesehen und gefühlt hatte, dass Jesses Körper mir eher vertraut als fremd war. Aber auch wenn ich sein Geheimnis jetzt kannte, durchströmte mich doch eine Gewissheit. Eine Wahrheit, die stärker war als Haut und Haar und Knochen. Jesses Körper erzählte eine Geschichte, aber sein Innerstes erzählte eine andere. Ich dachte an sein Blut auf meinen Lippen, den Schreck, als sein Geheimnis sich mir offenbarte. Aber jetzt, wo der Schreck nachliess, schien es mir nur noch darauf anzukommen, was Jesse über sich selber wusste. Was ich jetzt über ihn wusste. Es war die Art von Wissen, die einem bis auf die Knochen geht, die man nicht in Frage stellen kann, weil sie einfach zu einem gehört, so wie eben braune Augen oder knubbelige Zehen zu einem gehören können.

Ich suchte noch nach anderen Teilen von Jesses Geschichte, aber ich konnte mich nicht von Toms schwerem Körper lösen, von der Verzweiflung, die Jesse dazu getrieben haben musste, nach der Harke zu greifen. Ich konnte das fehlende Stück zu dieser Erinnerung nicht finden, aber ich stellte mir vor, was als Nächstes passiert sein musste, wie Jesse die Harke schwang, stellte mir das Blut vor, das über Hatchs Gesicht geronnen sein musste, die Narben, die davon zurückblieben. Und dann? War Jesse danach gen Norden aufgebrochen? Ich suchte in mir nach einer Antwort, aber da war nur diese eine Szene hinter dem roten Gebäude, der Scheune, immer und immer wieder.

Als ich ein paar Stunden später aufwachte, war ich in Gedanken allerdings bei Scott. Eine Erinnerung aus dem Frühling, die Welt um mich herum grau und verhangen, der einzige Lichtblick eine Ammer auf meinem Fenstersims, die zu ihrem eigenen Spiegelbild singt. Wie Scotts merkwürdige Traurigkeit in mir aufsteigt.

Ich schob meine Decke zurück und durchforstete mein Bücherregal, bis ich fand, was ich suchte.

Scott sass auf seinem Bett, Papier und Buntstifte lagen verstreut auf seiner Steppdecke. Von der Tür aus konnte ich sehen, wie er die Farben ihrer Federn genau getroffen hatte.

Du bist wieder da, sagte er.

War es das, was du letztens gesucht hast?, fragte ich und hielt mein *Handbuch zur Vogelbestimmung* hoch.

Er nickte.

Kann ich reinkommen?

Er hob eine Schulter. Ich setzte mich auf sein Bett und schlug die Seite mit den Neuweltammern auf. Die hier ist es, sagte ich. Eine Baumammer. Der Schnabel ist oben schwarz, so wie du es gemalt hast, aber unten gelb. Siehst du?

Er warf mir einen seltsamen Blick zu, und ich wappnete mich dafür, dass er gleich fragen würde, wie ich das wissen konnte. Stattdessen nahm er seinen Radiergummi. Ich sah ihm zu, wie er den Schnabel neu ausmalte, und als er fertig war, sah seine Ammer fast aus wie fotografiert. Als könnte sie von der Seite jeden Moment auffliegen.

Wo hast du so zeichnen gelernt?, fragte ich.

Du kannst es haben, sagte er und schob das Bild über die Steppdecke zu mir rüber.

Danke, sagte ich. Und dann: Wie geht's deinem Kopf? Ich streckte die Hand aus, aber er zuckte zurück.

Ich mach nichts, sagte ich. Es tut mir leid, dass ich dich geschubst habe.

Ich habe gehört, wie du und Dad euch angebrüllt habt.

Hmm.

Warum bist du weggelaufen?

Ich schüttelte den Kopf.

Wegen Flash?

Der Grund schien mir so gut wie jeder andere auch. Hmm, sagte ich.

Unten zischte und spritzte die Kaffeemaschine. Speck brutzelte in der Pfanne, der Duft stieg durch die Dielen. Ich fragte mich, ob Dad schon unten war und für uns Frühstück machte. Oder ob Jesse derjenige war, der in der Küche stand. In meinem Magen ein Knoten, als ich an ihn dachte.

Was für ein Mist, sagte Scott. Er sollte dir einfach erlauben zu trainieren. Dann wäre wenigstens alles – Er zuckte mit den Schultern.

Normal?, fragte ich.

Hmm.

Ich schlang meinen Arm um ihn und drückte ihn. Man konnte leicht vergessen, dass, auch wenn er nicht so versessen auf die Rennen war wie ich, die Hunde doch ein wichtiger Teil seines Lebens waren. Er half genauso oft wie ich, sie zu füttern, ihnen Wasser zu geben und ihre Hütten sauberzumachen, und über die Jahre war er mit mir und Mom bei jedem einzelnen Start dabei gewesen. Es brauchte viele Hände, um die Ausrüstung fürs Iditarod zusammenzupacken und die Schuhe für die Hunde zu nähen, und sobald er alt genug war, war Scott zur Stelle wie wir anderen auch und packte mit an. Manchmal vergass ich, dass ich nicht die Einzige war, in deren Leben jetzt ein Loch klaffte.

Er fing eine neue Zeichnung an, und ich ging nach unten. Dad verfolgte mich mit seinem Blick, als ich stehen blieb, um die Haushunde ausgiebig zu kraulen, und mir danach einen Kaffee eingoss. Ich schnappte mir ein Stück Speck von dem Teller neben dem Herd.

Wir hatten schon lange keinen Speck mehr, sagte ich.

Wir hatten schon lange kein Geld mehr übrig, sagte Dad.

Ich wollte zum Tisch gehen, aber er hielt mich zurück. Legte seine Hand auf meine Wange. Die Stelle tat ein bisschen weh, aber sie war nicht blau geworden, da war nur ein knallroter Fleck. Es tut mir leid, sagte er.

Ist schon gut.

Nein, ist es nicht, sagte er.

Wir setzten uns und assen unser Frühstück, irgendwann kam auch Scott. Aber der Tisch wirkte merkwürdig leer. Hast du Jesse heute Morgen schon gesehen?, fragte ich.

Er hat kurz reingeschaut, bevor du runtergekommen bist, sagte Dad mit dem Mund voll Pancake. Meinte, er fühlt sich nicht gut. Ich schätze, er bleibt heute im Bett.

Ich runzelte die Stirn. Als wir rausgingen, um die Hunde zu füttern, sah ich zur Kate rüber, der Vorhang war zugezogen, eine dünne Rauchschwade stieg aus dem Schornstein. Den restlichen Tag ging ich meinen Aufgaben nach, erledigte Sachen, die Dad mir auftrug, und meine eigenen kleinen Projekte. Ich hatte noch Dutzende von Hundeschuhen zu nähen und zu flicken. Als ich Moms alte Nähsachen rausholte, warf ich Dad einen Blick zu, darauf gefasst, dass er mich daran erinnern würde, dass ich die Hunde weder trainieren noch mich ihnen überhaupt nähern durfte. Aber er zuckte nur mit den Schultern. Ich sass neben der Tür des Schuppens, während Dad hinter seiner Kreissäge stand. Stach mir immer wieder in den Finger, wenn ich zur Kate rüberschielte.

Ich dachte darüber nach, an seine Tür zu klopfen. Nur um zu sehen, ob es ihm gutging. Ihm zu sagen, dass es mir leidtat. Aber jedes Mal sah ich wieder vor mir, wie blass sein Gesicht wurde, als ich ihn bei diesem Namen genannt hatte. Und dann wollte ich nur noch weg. Sah mich, ihn, einen Kamm greifen, eine Mundharmonika, einen Haufen Klamotten, ich stopfe alles in meinen Rucksack, und dann springe ich aus dem Fenster auf festgetretene Erde. Bilder, Gefühle, die über sein Blut zu mir kommen und danach in meinem Kopf immer wieder von vorn losgingen. Seine, meine müden Beine, als wir neben einem langsam fahrenden Zug herrennen, auf einen Waggon aufspringen. Er war schon einmal vor Schwierigkeiten weggelaufen, er würde wieder weglaufen. Ich nähte Schuhe, hackte die Pisse von den Hundehütten, zerkleinerte unser Holz, rückte immer näher an die Kate, bis ich direkt vor der Tür stand und versuchte, den Mumm aufzubringen zu klopfen.

Aber das knirschende Geräusch von Reifen in weichem Schnee zog mich zurück in die Auffahrt. Ein Jeep, der mir bekannt vorkam, hielt neben Dads Truck. Die Tür ging auf, und ich sah, dass es Helen war, die Krankenschwester. Obwohl ich es nicht wollte, zog sich mir der Magen zusammen, als ich sie sah, auch wenn mein Kopf mir sagte, dass Tom Hatch aller Wahrscheinlichkeit nach immer noch meilenweit weg war, entweder noch in Fairbanks oder wieder da, wo er hingehörte, weit weg von Alaska.

Hallo, Tracy, sagte Helen, und ich nickte ihr zu. Es gab keinen Grund für sie, hier zu sein, niemand war krank.

Da kam Dad schon über den Hof gelaufen, er joggte ein wenig. Als er bei ihr war, gab er ihr einen flüchtigen Kuss auf die Wange.

Sie sah zu mir rüber. Ist alles in Ordnung?, fragte sie.

Uns geht es wieder gut, sagte Dad, dann rief er mir zu: Komm und sag Helen hallo, Trace.

Ich liess mir Zeit. Lehnte die Axt gegen den Klotz, wischte mir die Hände an meinem Mantel ab. Sah, wie die beiden sich gegenseitig angrinsten.

Hallo, Tracy, sagte Helen. Hab gehört, du warst auf einem Abenteuer. Schön, dass du wieder da bist.

Hallo, murmelte ich.

Komm rein, sagte Dad zu Helen. Wir machen schnell was zum Mittagessen.

Ich weiss, du hast gesagt, ich soll nichts mitbringen, sagte Helen. Aber ich habe wohl aus Versehen ein paar Brownies gemacht, und die konnte ich unmöglich alle alleine essen.

Aus Versehen? Dad grinste sie an.

Ich habe eigentlich keinen Hunger, sagte ich, aber sie schlenderten schon zusammen zum Haus, Seite an Seite. Ohne sich zu berühren, aber vertraut, ungezwungen.

Komm mit rein, sagte Dad über seine Schulter hinweg. Und das war keine Bitte.

Scott hatte schon Belag für die Brote rausgeholt. Als wir reinkamen, stürzte er auf Helen zu und umarmte sie. Hast du noch mehr Luchse gesehen?, fragte er.

Nicht seitdem der eine an meinem Fenster gekratzt hat, antwortete Helen. Wenn du das nächste Mal bei mir bist, zeige ich dir die Fotos, die ich gemacht habe. Auf dem einen sieht man, dass er gerade vom Bach getrunken hat, da hängen die Wassertropfen noch in seinen Schnurrhaaren.

Im Ernst?

Während Helen und Dad ihr Mittagessen machten, zog ich Scott zur Seite. Du warst bei ihr zu Hause?, zischte ich.

Klar, zigmal schon, sagte er. Sie wohnt direkt ausserhalb vom Ort.

Wie lange läuft das hier denn schon?

Er verdrehte die Augen. Kriegst du überhaupt was mit, ausser wenn's um deine Fallen geht?

Während des Essens unterhielten Helen und er sich wie alte Freunde, über die Bücher, die sie gerade gelesen, die Fotos, die sie gemacht hatten, sie warfen mit Wörtern wie *Blendenöffnung* und *Überbelichtung* um sich, als hätten sie ihren eigenen Geheimcode. Ich hörte ihnen nicht mehr zu und dachte stattdessen darüber nach, was Scott gesagt hatte. Plötzlich stieg ein ganzer Herbst von verschütteten Gesprächen wieder in mir auf. Wochen, die ich damit zugebracht hatte, Pläne zu schmieden, wie ich mich nachts aus dem Haus schleichen konnte, und damit, mir über eine mögliche Rückkehr von Tom Hatch den Kopf zu zerbrechen, während Dad neben mir stand und mir von einer Krankenschwester erzählte, davon, wie sie mit ihm ein Gespräch angefangen hatte und über seine Witze lachte und wie ihn das daran erinnerte, wie leicht es gewesen war, Mom zum Lachen zu bringen. Ich hatte im Zwingerschuppen und im Hof gearbeitet, dabei im Kopf mit dem Geld jongliert, das ich vom Trail gestohlen hatte, es auf meine verschiedenen Startgebühren aufgeteilt, während Dad fallengelassen hatte, wie aufmerksam es doch von Helen gewesen war, ihm das Brot mitzubringen, das sie übers Wochenende gebacken hatte. Dass er sie die Tage mal ausführen würde, hatte er gesagt, als wir gerade die Hundehütten saubermachten, wir könnten doch an einem Abend mal alle zusammen essen, uns besser kennenlernen. Aber ich hatte nur mir selber zugehört.

Ich verschränkte die Arme, als ich mit dem Essen fertig war, und starrte finster zu ihnen rüber, dann stellte ich meinen Teller in die Spüle. Warf einen flüchtigen Blick zur Kate, die still dalag, nichts rührte sich, vielleicht hatte Jesse sich heimlich davongemacht, als wir nicht hingeguckt hatten. Auf einmal war ich mir ganz sicher, dass er nicht mehr da war. Mein Brustkorb schmerzte, unendliche Einsamkeit überkam mich.

Mit einem leisen Lächeln auf den Lippen sah Dad Helen und Scott zu, wie sie sich unterhielten. Ausnahmsweise konnte ich fühlen, was er fühlte, und musste dafür nicht mal trinken. Wie vertraut sich das hier, wir vier zusammen beim Essen, für ihn anfühlen musste. Nach einem Stück Zuhause.

Ich zog meinen Stuhl unterm Tisch vor und setzte mich wieder hin. Dad sah mich an, und sein Lächeln wurde breiter.

Helen blieb noch den ganzen Nachmittag und Abend, sie packte bei der Hausarbeit an und schippte sogar den Vordereingang frei, danach zeigte sie Scott, wie man eine Meringue bäckt. Sie hatte anscheinend wie Jesse den Bogen raus, wenn es darum ging, etwas schnell zu lernen, sie sah einem so lange zu, bis sie es verstanden hatte, und dann fasste sie mit an, kam allein mit einem Hund klar oder richtete neben dem überfrorenen Bach eine Falle. Dad hatte mich regelrecht in den Wald gezwungen, als Helen mich nach der Jagd und meinen Fallen fragte. Wir kamen mit einem Hermelin und einem Eichhörnchen zurück, und Helen holte ihr eigenes Messer raus, um die Beute mit mir zusammen auszunehmen.

Das ist eine schöne Klinge, sagte ich, nachdem wir den Tieren die Felle abgezogen hatten.

Sie wischte ihr Messer sauber. Danke, sagte sie. Mein

Dad hat es mir geschenkt, als ich hierhergezogen bin, da war ich ein bisschen älter als du jetzt. Er hat zu mir gesagt: Ein Mädchen, das ganz alleine ist, sollte wissen, wie man ein Messer benutzt.

Wir standen vor dem Zwingerschuppen an den gegenüberliegenden Enden unseres kleinen Zerlegetischs. Dad war im Haus und machte das Abendessen. Alle paar Sekunden flackerte sein Umriss durch das Fenster, ein-, zweimal trafen sich unsere Blicke, und selbst aus der Entfernung konnte ich das Leuchten in seinen Augen sehen.

Du und Bill, ihr erinnert mich ein bisschen an mich und meinen Pa, fuhr Helen fort. Damals in Montana hat er keinen grossen Unterschied zwischen uns Mädchen und den Jungs gemacht, wenn es darum ging, auf der Farm zurechtzukommen. Er brachte uns allen bei, wie man eine Kuh melkt. Einen Traktor fährt, aus einer Waffe schiesst.

Ich machte die Klinge meines Messers sauber, dann klappte ich es ein und steckte es mir in die Tasche. Mom und ich hatten Dutzende Tiere zusammen ausgenommen, waren stundenlang zusammen auf der Jagd gewesen, und ich hätte vielleicht gerade mal eine Handvoll Fakten über ihr Leben aufzählen können, nur wenig aus ihrer Kindheit und rein gar nichts über die Zeit, kurz bevor sie Dad getroffen hatte. Mein ganzes Leben hatte sie hinter einer Mauer gestanden, und ich konnte nie auf die andere Seite gelangen.

Kommt Jesse nicht aus Montana?, fragte Helen.

Da ist er nur mal eine Weile gewesen, hörte ich mich selber sagen. In meinem Kopf ein Echo, dieselben Worte aus Jesses Mund.

Wirklich schade, dass er sich heute nicht fühlt, sagte Helen. Vielleicht sollten wir schauen, wie es ihm geht? Ob ihm vielleicht nach Abendessen ist.

Nein, sagte ich ein wenig zu schnell. Fügte hinzu: Bestimmt schläft er.

Ich hoffe, er bekommt kein Fieber. Da geht gerade was Übles rum. Weisst du, ich habe meinen Notfallkoffer dabei, ich sollte vielleicht wirklich –

Ich geh nach ihm gucken, unterbrach ich sie.

Sie hob die Augenbrauen.

Nachher, sagte ich und schob das Hermelinfell in den Holzspanner.

Helen lächelte. Hast du ihn gern?

Meine Wangen wurden rot. Ich nagelte die Beine des Hermelins fest und spreizte den Spanner. Nach ein paar Stunden wäre das Fell trocken und bereit für die Weiche, dann könnte Dad es mit in den Ort nehmen und verkaufen.

Kannst du ruhig, sagte Helen. Dein Dad sagt, er ist ein anständiger Kerl.

Mein Gesicht war so heiss, dass es förmlich brannte. Ich fragte mich, ob sie genauso denken würde, wenn sie Jesses Geheimnis kennen würde. Ob Dad genauso denken würde. Würde er immer noch sagen, dass Jesse ein anständiger *Kerl* war? Menschen mögen es nicht, belogen zu werden. Vielleicht war es so auch mit Hatch gewesen, Jesse hatte ihn angelogen, und deswegen hatte Hatch ihn bis in unseren Wald verfolgt. Wieder suchte ich in mir nach einer Antwort, aber diesen Teil der Geschichte hatte ich nicht.

Helens Grinsen wurde noch breiter, und ich warf ihr einen bösen Blick zu, aber sie war zu sehr damit beschäftigt, ihr Fell aufzuspannen, sie sah es nicht. Es war nicht so, wie sie dachte. Ich verstand Jesse, aber ich traute ihm immer noch nicht über den Weg. Wenn ich ihn von unserem Grundstück hätte jagen können, ihm seinen Rucksack und sein ganzes Geld in die Hand hätte drücken und sicher sein können, dass er sich davonmachen würde, hätte ich, ohne zu zögern, genau das getan.

Nur überkam mich jedes Mal, wenn ich mich gerade selber davon überzeugt hatte, diese Erschöpfung, echte, körperliche Erschöpfung, und plötzlich schien mir allein nur Stehen die schwierigste Sache zu sein, die je ein Mensch auf sich genommen hatte. Das war nicht meine Müdigkeit. Es war Jesses. Jetzt wo die Sache hinter der Scheune nicht mehr als Endlosschleife in meinem Kopf ablief, konnte ich mich auf die anderen kurzen Momente seines Lebens konzentrieren, die ich mit diesem einen Schluck in mir aufgenommen hatte. Seine müden Beine, als er den Highway entlangläuft und im kalten Regen zittert. Wie sein Herz in meiner Brust hämmert, als er durch eine dunkle Strasse rennt. Zwei Männer, die ihm hinterherbrüllen, eine eiskalte Nacht in einer kleinen Stadt, ein Moment, der eigentlich schön ist, bis er plötzlich aus dem Ruder läuft. So hatte er sich in den Norden durchgeschlagen. Ich konnte nicht alle Teile der Geschichte zusammensetzen, aber ich hörte Zugpfeifen und Lastwagenmotoren, dröhnenden Verkehr, die Geräuschkulisse seiner Reise. Und erhaschte einen Blick auf die paar Orte, an denen er sich irgendwann wohl gefühlt hatte, bevor er sie alle zum letzten Mal sah.

Dann sah ich mich selbst. Mich und Dad und Scott, wir drei im Truck, während wir auf Jesse zuschlitterten. Es war nicht sein ruhiges Gemüt gewesen, das ihn davon abgehalten hatte, zur Seite zu springen, sondern seine Müdigkeit. Ich fühlte sie, ich wurde zu ihr. Aus der Zeit, die ich im Wald damit verbracht habe, diese Familie auszuspionieren, weiss ich: Selbst wenn hier die Farbe von der Hauswand blättert, selbst wenn die Hundehütten eine Grundreinigung nötig hätten und in der Auffahrt ein Truck auf Blöcken steht – die Kinder wirken entspannt und gesund. Behütet. Der Mann, der jetzt auf mich zukommt und fragt: *Können wir helfen?,* sollte mir eigentlich Respekt einflössen, so gross, wie er ist. Aber je näher er kommt, desto mehr fühle ich, dass von ihm keine Gefahr ausgeht. So skeptisch er auch wirkt, als er mich ausfragt, seine Augen sehen mich freundlich an. Alles hier sagt mir, dass ich hier vielleicht sicher sein kann, zumindest für den Moment. Auch wenn mir gleichzeitig all die anderen Situationen einfallen, in denen ich mich schon sicher gefühlt hatte, bevor doch alles entgleist ist. *Können wir helfen?,* fragte der Mann, und ich fand meine Stimme. *Das hoffe ich.*

Geht's dir gut?, fragte Helen.

Ich wischte mir übers Gesicht. Räusperte mich. Bestens. Ich denk mal, das Essen ist fertig.

Ich ging ohne sie Richtung Haus und dachte mehr an das Hermelin, das ich gerade gehäutet hatte, als an das Abendessen. Weil Helen bei mir war, hatte ich nicht davon getrunken, aber jetzt wünschte ich, ich hätte doch einen Weg gefunden. Wünschte, ich hätte irgendwas, mit dem ich all das ausmerzen konnte, was Jesse mit sich rumtrug. Was ich jetzt mit mir rumtrug. Ihn hier zu haben bedeutete Ärger, da war ich mir sicher. Aber ich konnte ihn auch nicht wegschicken, nicht jetzt, wo ich wusste, was ich wusste. Nicht wenn das eine weitere Strasse, eine weitere schlaflose Nacht bedeutete.

10

Und wenn ich sonst nichts tue, bevor ich sterbe: Ich muss die Polarlichter sehen.

ICH HAB SIE GESEHEN, WEISST DU. DIE POLARLICHTER.

Und wie waren sie?

WIE P.K. SAGT. NUR SELTSAMER. ALS WÜRDE DER HIMMEL LICHT ATMEN.

Ich kann es nicht erwarten, sie zu sehen. Es gibt noch so viel.

SO VIEL?

Welt. Sachen, die ich sehen will. Sachen, die ich machen will. Orte, die ich kennenlernen will.

Zwei verschiedene Handschriften. Zwei verschiedene Stimmen, zwei Menschen, zwischen denen die Sätze hin- und hergingen. Das erkannte ich jetzt, wo ich genauer hinsah, nicht nur daran, was an die Ränder von Jesses Buch geschrieben war, sondern vor allem daran, wie es geschrieben war. Beide mit blauem Stift, aber die eine Schrift war kleiner als die andere. Ich hatte Jesse zigmal zeichnen sehen, kannte die saubere, winzige Schrift, mit der er die Teile seines Hunderads beschrieben hatte, die akkuraten Buchstaben auf den Behältnissen, die er im Zwingerschuppen neu sortiert hatte. Die eine Hälfte der Notizen kam also höchstwahrscheinlich von Jesse. Aber die andere?

Es war nicht spät, aber Dad schlief schon. Helen war nach dem Abendessen noch eine ganze Weile geblieben, wir hatten ein Brettspiel rausgeholt, das wir schon lange vor Moms Tod nicht mehr gespielt hatten. Dann hatten wir Helen noch hinterhergewinkt. Während das Geräusch ihres Jeeps in der Ferne verklang, sah Dad mich an, als würde er etwas sagen wollen. Stattdessen legte er einen Arm um mich, drückte mich und verkündete, dass er furchtbar müde sei und wahrscheinlich früh ins Bett gehen werde.

Ich nahm das Buch mit nach unten und ging durch die Hintertür nach draussen. Jesses Lampe war an. Ich ging die kurze Strecke zur Kate, reihte die Worte in meinem Kopf ordentlich nebeneinander auf und schoss sie wieder auseinander, wenn sie nicht das ergaben, was ich sagen wollte. Dann stand ich schneller vor seiner Tür, als mir lieb war, und hörte, wie er drinnen zugange war.

Ich klopfte.

Er wurde rot, als er mich sah. Seine Augen wie Sturmwolken grau.

Wortlos hielt ich ihm sein Buch hin.

Er trat zur Seite, und ich kam rein.

Inzwischen hatte er irgendwo einen neuen Rucksack aufgegabelt, viele Habseligkeiten hatte er nicht, aber sie lagen alle da auf seinem Tisch. Sein Notizbuch und der Bleistiftstummel, zwei Abenteuerromane, Unterwäsche und Socken. Kamm, Mundharmonika.

Du gehst?, fragte ich.

Er schob sich an mir vorbei und packte weiter.

Das musst du nicht, sagte ich.

Sein Gesicht war rot, Schweiss tropfte ihm an einer Seite runter. Ihm musste heiss sein, der Ofen glühte durch die Schlitze leuchtend rot, und Jesse hatte an, was er immer anhatte, einen zu grossen Pullover, darunter ein Flanellhemd. Einmal hatte ich Dad gegenüber einen Witz über Jesses *Uniform* gemacht, und Dad hatte leise gesagt: Hast du schon mal darüber nachgedacht, dass das vielleicht alles ist, was er hat? Später hatte Dad ihm ein paar seiner alten Hemden und eine Carhartt-Hose gegeben, die ihm zu klein, aber Jesse wiederum um einiges zu gross war. Inzwischen begriff ich, dass diese Sachen seine Tarnung waren. Jesse war wie eins dieser Tiere, deren Fell im Sommer braun ist, aber im Winter weiss wird, um im Schnee nicht aufzufallen. Man kann sie fast nicht sehen, selbst wenn sie direkt vor einem stehen.

Ich warf das Buch von Kleinhaus auf sein Bett. Ich hab das Buch bestimmt zwanzig Mal gelesen, sagte ich. Man würde denken, dass ich die Geschichte wiedererkenne, wenn ich sie höre.

Er packte alles fertig ein, bis auf das Buch. Trug den Rucksack durch den kleinen Raum, dann blieb er stehen und sah mich an.

Mein Dad weiss nichts über dich, sagte ich, und weil das wie eine Warnung klang, fügte ich hinzu: Und ich werd auch nichts sagen. Zu niemandem.

Endlich machte er den Mund auf. Es sei denn?

Es sei denn was?

Er blieb neben der Tür stehen. Falls er vor irgendwas wegrennen müsste, begriff ich. Er war angespannt und misstrauisch, war an genau diesem Punkt schon mal gewesen, dass jemand sein Geheimnis wie eine Ware benutzte, etwas dafür verlangen wollte.

Es sei denn gar nichts, sagte ich. Ich will dich nicht warnen. Oder dir drohen. Du kannst mir vertrauen.

Aber in meinem Kopf hörte ich genau dieselben Worte

aus einem halben Dutzend anderer Münder. Fühlte den Knoten in seinem Magen, als sich herausstellte, dass sie nicht stimmen.

Seine Hand auf dem Türknauf, Skepsis aus jeder seiner Poren.

Dir gefällt es hier, oder?, fragte ich. Du magst meinen Dad. Du würdest dich nicht so dafür abrackern, dass hier alles ein bisschen schöner wird, wenn du nicht bleiben wollen würdest.

Das spielt keine Rolle mehr, sagte er.

Ich setzte mich auf seine Pritsche, so weit weg von ihm, wie es ging. Wenn man ein nervöses Tier in die Ecke treibt, wird es nie aus freien Stücken zu einem kommen, selbst wenn man es gut meint. Sogar die eigenen Hunde würden nach einem schnappen, wenn sie sich eingeengt oder bedroht fühlen.

Hör zu, sagte ich. Mach, was du willst, mir egal. Geh oder bleib hier. Aber ich kenne dich jetzt. Ich weiss, dass du hierbleiben willst. Und ich weiss, dass du nie in Maine bei deinen Grosseltern gewohnt hast. Du hast auch nie in Montana gelebt. Du bist in deinem ganzen Leben nie irgendwo hingegangen, bis du von zu Hause weggerannt bist.

Gratuliere, sagte Jesse. Du kannst lesen.

Jeder seiner Muskeln war angespannt. Er hatte keinen Grund, mir zu vertrauen, schon gar nicht, solange ich etwas gegen ihn in der Hand hatte. Mir wurde klar, dass ich ihm eins meiner Geheimnisse anvertrauen müsste, wenn ich wollte, dass wir quitt wären. Ich seufzte.

Ich weiss auch Sachen, die nicht in dem Buch stehen, sagte ich. Ich weiss, dass du manchmal am liebsten deine eigene Haut ausziehen würdest. Sie weghängen willst wie einen Mantel. Das habe ich aus keinem Buch.

Jesse liess ein winziges Stück seine Schultern sinken.

Ich weiss, dass zwischen dir und Tom Hatch etwas vorgefallen ist, fuhr ich fort. Hinter der Scheune. Etwas Schlimmes. Er hat dir weh getan. Und dann hast du ihm auch weh getan.

Das Holz im Ofen knackte laut in der stillen Kate. Jesse zuckte zusammen. Woher?

Es gibt zwei Wege, wie man jemanden kennenlernen kann, sagte ich. Der eine Weg ist, dass man etwas über die Person durch ihre Worte und Handlungen erfährt.

Ich griff in meine Tasche. Das war seltsam, so im Sitzen und auf dem Bett. Aber ich wollte ihn nicht verschrecken, wenn ich mein Messer herauszog. Ich legte es an das Fussende der Pritsche, so dass es näher bei ihm als bei mir war.

Er starrte es an. Und der andere Weg?, fragte er.

Ich kann es dir zeigen.

Eine lange Stille, in der er mich musterte. Ich konnte nicht sagen, ob er an den Moment zurückdachte, als er über etwas gestolpert war, was er nicht hätte sehen sollen. Ob er mein Geheimnis schon kannte. Ich dachte an den Tag, als ich ihm erklärt hatte, wie er mit Zip umgehen muss, daran, wie er reagierte, als ich ihm gesagt hatte, dass siebzehn ziemlich jung ist, um mal eben allein das ganze Land zu durchqueren. *Du bist selber erst siebzehn, oder? Und du verbringst fast jeden Tag allein im Wald. Viele Leute würden sich darüber wundern.* Seine Augen, so undurchdringlich wie immer. Ich stützte meine Hände auf die starre Matratze, zwang mich, mich nicht zu rühren, widerstand dem Drang, mir das Messer zu greifen und mir durch all meine Fragen hindurch einen Weg zu seiner Wahrheit zu bahnen.

Er bewegte sich langsam. Eine Ewigkeit, bis das Messer endlich in seiner Hand lag, mit ausgeklappter Klinge. Er zeigte damit auf mich.

Nicht mich, sagte ich. Dich.

Die Gedanken überschlugen sich in seinem Kopf, wogten über sein Gesicht, bis einer schliesslich die anderen übertönte. Er stach sich mit der Messerspitze in die Handfläche, Blut quoll hervor, ich roch es, bevor ich es sah. Mein Magen knurrte, ich musste mich bremsen, um nicht aufzuspringen, ihm das Messer zu entreissen und einen echten Schnitt zu setzen.

Stattdessen nahm ich seine Hand. Denk an zu Hause, sagte ich.

Ich nahm nur einen Schluck. Gerade genug, um ihm später seine Geschichte zu erzählen.

Um zu sehen, wie sein Vater, mein Vater, in das Führerhäuschen irgendeiner grossen Maschine klettert, er steuert sie auf ein offenes Feld, auf seinem Gesicht perlt schon der Schweiss der morgendlichen Arbeit. Um zu fühlen, wie die Finger meiner Mutter über meine Haare streichen, um zu hören, wie sie mich fragt: Wie geht es meinem kleinen Mädchen? Um in die kühle Scheune zu treten, der schwere Geruch der Kühe darin und der Gestank ihrer Scheisse, vertraut und übermächtig. Um im Schatten zu sitzen, mich in einer anderen Welt zu verlieren, bis ich einen Blick über den Rand meines Buchs werfe und sehe, wie Tom Hatch mich beobachtet. Um im

Bett zu liegen und an die nackte Decke zu starren und meinen Körper wie die Kleidung eines Fremden zu tragen.

Danach erzählte ich ihm sein eigenes Leben.

Als er nichts sagte, erklärte ich ihm noch, wie mir klargeworden war, dass seine Geschichte in Wirklichkeit die von Kleinhaus war. Wie ich wegen seiner Lügen dachte, dass man ihm nicht trauen konnte. Und dass ich aus dem Wald zurückgekommen war, weil ich wissen musste, ob er die Art Mensch war, der mein Vater erlauben sollte, bei uns zu bleiben, mit uns zu arbeiten. Jederzeit ins Haus zu kommen. Teil der Familie zu werden.

Er fasste sich an den Mund. Die Stelle, wo er sich in die Lippe gebissen hatte, war noch rot und leicht geschwollen. Verständnis in seinen Augen.

Tut mir übrigens leid, sagte ich.

Was hast du da gesehen?, fragte er.

Es ist nicht einfach Sehen –

Ich verstehe schon, sagte er.

Mir war klar, dass er es nicht verstand, wahrscheinlich dachte er, es wäre wie eine Art Gedankenlesen, aber es gab auch keinen Weg, es ihm wirklich zu erklären. Ich habe Tom Hatch gesehen, sagte ich, und plötzlich stand er mit uns in der Kate, wir teilten jetzt diesen Moment, unsere klopfenden Herzen und sein Gewicht.

Also hast du gesehen –, fing Jesse an, dann unterbrach er sich. Hast du gefühlt –

Nicht alles, sagte ich. So funktioniert das nicht. Ich habe nur, was ich mit einem Schluck bekomme. Teile der Geschichte. Was immer der Person gerade durch den Kopf geht, schätze ich.

Jesse nickte. Du hast mich an Tom erinnert.

Als ich dich geschlagen habe?

Er fasste sich an den Mund, an die Stelle, an der er geblutet hatte.

Es tut mir leid, wirklich.

Jesse stand auf und legte ein Holzscheit in den Ofen, obwohl das Feuer noch loderte. Ein winziger Schwall von einem wohligen Gefühl, wie die Tropfen, die durch die Gegend spritzen und einem auf der Haut zerplatzen, wenn man in einen See springt. Sein wohliges Gefühl. Freude über das knisternde Feuer, den Holzstapel neben dem Ofen, den Schuppen voller Scheite im Hof. Wärme den ganzen Winter durch und nie die Angst, dass ihm nicht mehr warm wird, wenn er friert. Für einen Sekundenbruchteil wurde ich von alldem überspült, und danach verstand ich Jesse ein bisschen besser als noch einen Moment vorher. Ich lehnte mich gegen die Wand, mir war schwindlig.

Er setzte sich neben mich, und ich schüttelte mich, um wieder einen klaren Kopf zu bekommen.

Ihr seid nicht zusammen nach Alaska gekommen, sagte ich. Nicht nach dem, was passiert ist. Du bist abgehauen, und dann –

Ist er mir gefolgt.

Dir gefolgt, wiederholte ich. Kann es passieren, dass er noch mal nach dir suchen kommt?

Jesses Gesicht verdüsterte sich. Ich will nicht über ihn reden.

Müssen wir auch nicht mehr, sobald du mir sagst, ob er vielleicht zurückkommt.

Jesse stand wieder auf, machte zwei Schritte durch den Raum, dann wurde ihm klar, dass er viel weiter nicht kommen würde. Er drehte sich um. Fuhr sich mit den Händen durch die Haare, struppig waren sie in den letzten Wochen geworden, standen ihm inzwischen stachelig vom Kopf ab. Was spielt das für eine Rolle?, fragte er.

Es spielt eine Rolle, sagte ich, weil ich ihn niedergestochen habe. Weil ich ihn fast umgebracht hätte. Und wahrscheinlich ist das nichts, was ein Mann einem einfach so vergisst.

Er wurde blass. Blieb stehen, liess die Hände sinken. Ich hielt nicht aus, wie er mich ansah. Ich stand auf und steckte mein Messer wieder ein. Öffnete die Tür und liess den Winter in die Kate. Ich glühte. Wünschte mir, er hätte das Feuer nicht auch noch angefacht.

Er hat sich an mich rangeschlichen, als ich jagen war, sagte ich, legte die Stirn in Falten, suchte in meiner Erinnerung. Wir haben ein bisschen gerangelt. Ich weiss, ich hab mein Messer genommen. Dann hat er mir eins übergezogen. Ich kann mich nicht mehr erinnern, wie ich auf ihn eingestochen habe, aber es muss so gewesen sein. Er hat mich zu Boden geworfen, dann war alles schwarz. Ich hatte keine Ahnung, was ich getan habe, bis er den nächsten Tag blutüberströmt hier aufgetaucht ist.

Ich machte die Tür zu, und sofort wurde es in dem kleinen Raum wieder viel zu heiss.

Wie kann ich so was einfach vergessen?, fragte ich. Liess mich auf die Pritsche fallen. Ich fühlte mich leichter, jetzt, da ich es ausgesprochen hatte. Ich hätte behaupten können, dass ich mich nur verteidigen wollte, dass Hatch unseren Kampf angefangen hatte, als er auf mich losgegangen war. Aber die Wahrheit war wie ein Samen, den ich geschluckt hatte, sie hatte längst Wurzeln in mir geschlagen. In dem Augenblick, als Hatch mich berührte, hatte ich ein Lächeln auf meinem Gesicht gefühlt. Mein Körper hatte schon auf die Erkenntnis reagiert, für die mein Verstand noch ein paar Sekunden brauchte, nämlich die, dass dieser Fremde mir soeben einen Vorwand geliefert hatte, damit ich alle Kontrolle fahrenlassen konnte. Damit ich genau das tun konnte, wovor meine Mutter mich mein ganzes Leben gewarnt hatte.

Ich stützte meinen Kopf in die Hände, mein Gesicht brannte wie Feuer.

Die Matratze sackte ein wenig ein, als Jesse sich neben mich setzte. Er legte seine Hand auf meinen Rücken. Du hast das doch nicht gewollt, sagte er.

Aber das hatte ich. Und es spielt keine Rolle, dass es mir jetzt leidtat. Als es passiert war, wusste ich, was ich wollte.

Und dann sprudelte es aus mir heraus, wie Hatch sich in unseren Hof geschleppt hatte, wie ich an seinen Augen ablesen konnte, dass er mich wiedererkannte, als ich mich neben ihn kniete. Jesses Schweigen und dass wir so nah nebeneinandersassen, beides machte es leicht, ihm von der Panik zu erzählen, die mich zurück in den Wald getrieben hatte, von der Angst, dass Dad nach Hause kommen würde und längst wüsste, was ich so unbedingt versucht hatte vor ihm zu verstecken, selbst als ich noch gar nicht wusste, dass ich es verstecken musste.

Ich habe mir gewünscht, dass Hatch stirbt, sagte ich. Nur damit ich keine Schwierigkeiten bekomme.

Das ist okay, sagte er.

Ich habe es versprochen, erklärte ich ihm. Nie einem anderen Menschen weh zu tun. Es ist nicht okay.

Er legte seinen Arm um mich. Doch, ist es.

Mein Ohr an seiner Brust. Sein gleichmässiger Herzschlag.

Er kommt nicht mehr zurück, sagte Jesse nach einer Weile.

Ich setzte mich auf. Bist du dir da sicher?

Nach dir sucht er bestimmt nicht, sagte er. Und ich bezweifle, dass er noch irgendwas mit mir zu tun haben will.

Und woher –

Können wir es einfach dabei belassen?

Er sah mir in die Augen, mit flehendem Blick. Und dahinter ein Gewirr aus Gedanken, seine ganze Geschichte. Da war noch so viel mehr, was ich nicht sehen konnte, Schichten von Gefühlen und Wünschen und Ängsten und Erinnerungen, die ich nicht in mir aufgenommen hatte. Von den paar Malen, die ich von einem Menschen getrunken hatte, hatte ich gelernt, dass in einem so viele Gedanken und Erinnerungen auf einmal hochkommen können, eins sich über das andere stülpt, dass man ein Dutzend Dinge gleichzeitig denkt und fühlt. Ich fühlte mich jetzt schon zu weit weg von ihm, als wäre ich in einem anderen Raum, einem Raum ohne Fenster und ohne Türen. So wie ich mich mit anderen immer fühlte, wo ich immer nur über die Oberfläche tasten, mein Ohr an die Wand pressen konnte, um das Murmeln aus dem anderen Raum zu hören. Und mir dabei wünschte, ich könnte eine Tür einlassen, einen Weg hinein finden.

Jesse fuhr über die Stelle, wo er sich in die Handfläche geschnitten hatte, es kam schon kein Blut mehr aus der Wunde, bald würde sie sich schliessen.

Ich muss gehen, sagte ich.

Was ist mit dem Rucksack?

Ich erstarrte im Türrahmen. Was?

Mein Buch, sagte er. Das war in einem Rucksack.

Ich fühlte, wie ich langsam den Kopf schüttelte. Nein, sagte ich und presste das Wort aus mir heraus. Nein, einen Rucksack habe ich nicht gefunden. Nur das Buch.

Oh, sagte er.

Ich hatte gelernt, mich still zu verhalten, damit ich beim Jagen näher an meine Beute rankam, ohne sie zu verschrecken. Jesse hatte aus anderen Gründen gelernt, sich still zu verhalten. Vielleicht hätten wir uns noch die ganze Nacht nicht gerührt, uns nur weiter angestarrt, wenn er nicht irgendwann etwas gesagt hätte.

Vielleicht ist es rausgefallen, meinte er schliesslich.

Ich muss gehen, sagte ich.

Warte.

Er griff an mir vorbei und zog die Tür zu. Dann seine Hand auf mir. In meinen Haaren. Seine Lippen auf meinen. Anders als vorher, als ich ihn geküsst hatte, sanfter. Nur das Echo von seinem Blut in meinem Mund, aus der Wunde auf seiner Lippe. Ich fühlte ihn in mir, fühlte ihn näher, als ich jemals irgendjemand anderem war.

Ich muss wirklich gehen, sagte ich, als er mich losliess.

Die kurze Strecke über den Hof von der Kate zum Haus. Meine Spuren in dem frischen Schnee, der vielleicht in der letzten Stunde gefallen war. Mein Herzschlag bis zum Hals. Meine Gedanken bei dem Rucksack, der immer noch versteckt unter meinem Bett lag. Bei Jesse, und dem Abstand zwischen uns, der mit jedem meiner Schritte grösser wurde.

11

Ab dieser Woche gehörte Helen bei uns zu Hause *zum Inventar,* wie Jesse es formulierte. Sie kam entweder mit ihrem grossen Jeep, oder sie fuhr nach einer Schicht in der Krankenstation in Dads Truck mit, und dann verbrachte sie den Abend damit, uns zu helfen, die Hundehütten sauberzumachen, oder damit, einen Cobbler für Thanksgiving zu backen. Oder Hand in Hand mit Dad über den Trail zu spazieren. Als ich an einem Nachmittag im Hof bei Jesse blieb, um ihm mit dem Trainingsrad zu helfen, konnte ich die beiden aus dem Augenwinkel sehen. Und für den Bruchteil einer Sekunde war die rote Gestalt neben Dad nicht Helen, sondern Mom. Dann kam die Sonne hinter den Wolken hervor, der Tag wurde heller, und ich sah, dass der Mantel eher bräunlich als rot war, die Haare waren ein paar Schattierungen zu hell und die Frau an Dads Seite fast so gross wie er statt einen ganzen Kopf kleiner.

Seit Helen da war, hellte sich Dads Stimmung auf. Kein Wort davon, mir Hausarrest aufzubrummen, weil ich einfach weggelaufen war, und wenn ich nach Hause kam, nachdem ich mich in den Wald gestohlen hatte, um meine Fallen zu kontrollieren, fragte er nur: Was dabei? Und dann, am Tag vor Thanksgiving, als ich mich beklagte, dass alle Tiere um unser Grundstück herum inzwischen meine besten Stellen für Fallen schon kannten, schlug Dad vor: Dann versuch doch dein Glück ein Stück weiter den Trail rauf.

Mit meinem Schulpensum und den Aufgaben hier

habe ich nicht genug Zeit, um so weit rauszukommen, sagte ich.

Dann nimm die Hunde, antwortete er.

Ich zögerte nicht und fragte auch nicht, ob er sich sicher war, ich liess alles stehen und liegen und spannte drei Hunde vor den Schlitten, und so kam es, dass wir zu Thanksgiving zwei Hasen auf dem Tisch hatten.

Am Feiertag selbst war die Küche von Gerüchen erfüllt, die mich an die Zeit erinnerten, als wir noch die Youngster auf dem Hof hatten, als Dad sie und Aaron zum Essen einlud, als Mom noch glücklich und gesund war, üppige Essen kochte und der ganze Raum von Stimmen erfüllt war. Normalerweise habe ich nicht gern viele Leute um mich, aber an diesen Abenden sah man Mom lächeln, lachen, und Dad erzählte Geschichten von seinen Abenteuern auf dem Trail, und alle assen und waren fröhlich, reichten Teller herum, und alles war hell und warm.

Jetzt waren wir weniger, aber das Gefühl war fast dasselbe. Helen liess leise, fröhliche Musik im Hintergrund laufen, und um einen Deckenbalken über dem Tisch war eine weisse Weihnachtslichterkette gewickelt. Die Rechnungen und Bücher und meine halberledigten Hausaufgaben, die sich sonst an einem Ende des Tisches stapelten, waren verschwunden, stattdessen stand dort mehr Essen, als wir fünf jemals hätten bewältigen können. Wir stopften uns voll, und dann brachte Helen noch die Kuchen, einen Blaubeercobbler, den sie gebacken hatte, und einen Schokoladenkuchen von Jesse.

Wo hast du denn gelernt zu backen?, fragte Scott mit dem Mund voll Kuchen.

Jesse schüttelte den Kopf. Man schnappt unterwegs so einiges auf.

Schmeckt jedenfalls gut, sagte Scott und schnitt sich ein zweites Stück ab.

Schmeckt wirklich gut, stimmte Helen zu. Du musst mir unbedingt das Rezept geben. Wo hast du das her?

Jesse sah flüchtig zu mir rüber. Von meiner Grossmutter, antwortete er.

Ach ja, sagte Helen. Bill hat mal erwähnt, dass du mit deinen Grosseltern in – Maine gelebt hast, richtig?

Jesse nahm sich mit dem Kauen Zeit.

Ich hatte eine Tante, die in Maine gewohnt hat, fuhr Helen fort. Im Sommer haben wir sie immer besucht. Warst du schon mal in Camden?

Jesse wischte sich den Mund ab. Er warf einen Blick auf die Uhr, dann sprang er von seinem Stuhl auf. Mist, ich habe gar nicht gemerkt, wie spät es ist, sagte er und nickte Dad zu. Ich muss längst los.

Ich wollte aufstehen und mit ihm mitgehen. Aber zu meiner Überraschung war Dad derjenige, der ihn zur Tür begleitete. Er drückte Jesse die Schlüssel zu unserem zweiten Truck in die Hand.

Wo will er denn hin?, fragte ich.

Dad ignorierte mich. Ich weiss nicht, wie es euch geht, aber ich könnte nach dem ganzen Essen einen Spaziergang vertragen.

Also stapften wir vier unter einem Dach aus Zweigen Richtung See, um uns herum die Art der Stille, die einsetzt, wenn alles ruhig daliegt und von Schnee bedeckt ist. Scott und Helen liefen mit ihren Kameras vor, knipsten Fotos und plauderten. Scott nahm immer noch Moms alten

Fotoapparat. Ich fragte mich, ob er jedes Mal, wenn er den Film wechselte, an sie denken musste, so wie auch in meinem Kopf kleine Dinge sie wieder zum Leben erweckten.

Du wirkst aber sehr gedankenversunken, Tracy Sue.

Dad hielt mein Tempo, auch wenn er mit jedem Schritt im Schnee einbrach. Der Trail war fest genug, um mich zu tragen, aber Dad war schwerer als ich, immer wieder sank er bis zum Schienbein ein. Sich so vorzukämpfen zehrt an den Kräften, aber er lief weiter, seine Züge weich und sorglos. Er war so glücklich, wie ich ihn seit mindestens einem Jahr nicht mehr gesehen hatte.

Ich wollte dir keine Angst machen, als ich weg bin, sagte ich.

Er drückte meine Schulter. Du bist alt genug, um zu wissen, dass das keine Art ist, mit deinen Problemen umzugehen, sagte er. Aber ich kann dich verstehen.

Wirklich?

Er schob einen tiefhängenden Zweig zur Seite, Schnee rieselte herab und regnete auf uns runter. Es hat sich viel verändert dieses Jahr, sagte er. Und nicht nur dieses Jahr. Vielleicht bin ich nicht immer alles auf die beste Weise angegangen. Vielleicht war es ein Fehler, dich in die Schule zu schicken. Ich wusste nur nicht, was ich sonst machen sollte. Aber –

Er seufzte. Sein Atem eine Wolke, und wir gingen mitten hindurch. Und dann stand Jesse vor unserer Tür, fuhr er fort. Ich weiss, dass du nicht gerade begeistert warst. Aber ich brauchte jemanden, der mitanpacken kann.

Ich musste daran denken, wie er mit Jesse zwischen den Reihen mit den Hundehütten entlanggelaufen war, wie Jesse ihn zum Lachen gebracht hatte.

Vielleicht nicht nur mitanpacken, sagte ich. Hast du ihn deswegen bleiben lassen, obwohl er wegen Gerald Vetch gelogen hat?

Langsam wurde das Licht weniger. Vorn knipsten Helen und Scott ihre Stirnlampen an. Die hellen Strahlen prallten gegen den Schnee.

Teilweise, sagte Dad. Aber vor allem ist Jesse noch ein Kind.

Na ja, sagte ich.

Er ist kaum älter als du. Er sollte nicht so auf sich allein gestellt sein.

Und deswegen ist es okay zu lügen?, fragte ich und überging dabei, dass, auch wenn ich Dad vielleicht nicht mein ganzes Leben ins Gesicht gelogen hatte, ich doch auch nie ganz ehrlich zu ihm gewesen war.

Eine Weile sagte Dad nichts. Ich habe mir nur gedacht, deine Mom hätte so einen Jungen nicht so einfach weggeschickt, sagte er schliesslich.

Ich runzelte die Stirn. Ich war mir da nicht so sicher. Mom war diejenige gewesen, die Masha vor die Tür gesetzt hatte. Die unsere drei Youngster nicht mehr wollte. Und sie war diejenige, die kaum noch in den Ort fuhr, immer für sich blieb und in den letzten Monaten vor ihrem Tod stiller und stiller wurde.

Dad gluckste. Ich weiss nicht, warum ich jetzt daran denken muss, sagte er und duckte sich unter einem tiefen Zweig hindurch. Als deine Mom mit dir schwanger war, hatte sie sich in den Kopf gesetzt, dir einen kleinen Pullover zu stricken. Sie sass vor dem Kamin und hat gestrickt und dabei geflucht wie die Kesselflicker. Nähen konnte sie ganz gut, aber beim Stricken hatte sie zwei linke Hände. Und sie ist darüber so wütend geworden, dass sie mit ihren Nadeln um sich geschmissen hat. Aber zwei Sekunden später hat sie alles wieder aufgehoben und weitergemacht. Geschimpft, ohne Luft zu holen. Er schüttelte den Kopf. Einmal hat sie das ganze verhedderte Knäuel ins Feuer gepfeffert und es dann wieder rausgefingert. Ich komme ins Zimmer, und sie trampelt auf ihrer Wolle rum, und es raucht und qualmt, und ich kann nicht anders, ich muss einfach losplatzen, als ich sie so sehe, wie sie ihren Tanz vollführt und irgendwie versucht, zu retten, was sie eben noch wegschmeissen wollte.

Wir waren fast an der Lichtung, wo ich Hatch niedergestochen hatte. Ich verlangsamte den Schritt, und Dad passte sich meiner Geschwindigkeit an. Einmal habe ich sie gefragt, warum sie nicht einfach mit mir nach Fairbanks fährt, sagte er. Und Babysachen im Laden kauft, wie das normale Leute machen. Aber sie sagt zu mir: Bill, vielleicht kriege ich sonst nichts hin, aber so wahr mir Gott helfe, ich werde meinem Kind einen verfluchten Pullover stricken!

Sein Lachen rollte über den Trail.

Ich musste einfach nur noch über sie lachen. Und das hat sie angesteckt, sobald ich losprustete, fing sie auch an, und irgendwann haben wir beide uns praktisch über den Boden gewälzt. Sein Lächeln wurde etwas blasser, aber ein Hauch davon blieb. So war sie einfach, weisst du? Man konnte sie mit einem Lachen anstecken wie mit einem Schnupfen. Und irgendwie wusste sie auch immer, wenn irgendwas nicht stimmte, selbst wenn man noch gar nichts gesagt hatte. Sie hatte einfach ein gutes Gespür für Menschen.

Er legte mir die Hand auf den Rücken. Ich schätze, deswegen habe ich gedacht, sie würde sich um Jesse kümmern, wenn sie jetzt hier wäre. Was immer er durchgemacht hat, dass er so ganz allein ist, sie hätte es verstanden.

An den Stellen, wo der Trail nicht von den Bäumen geschützt wurde, war der Schnee weicher, ich sank in seiner Oberfläche ein und musste mir mit hochgezogenen Knien meinen Weg durch die matschige Masse bahnen. Meine Hosenbeine waren durchnässt, klebten an mir, und es war leicht, Jesse in diesem Gefühl wiederzufinden, wie seine eigene Jeans an seinen Beinen festpappte, sein Hemd auf seiner Haut klebte, während er mitten in einem Regenguss, irgendwo zwischen hier und dem Ort, von dem er kam, nach einem Unterstand suchte.

Mom hätte vielleicht verstanden, was Jesse durchmachte, aber sie hätte es nicht gewusst. Ihn nicht so gekannt, wie ich ihn jetzt kannte. Zwischen ihr und ihm wäre eine Mauer gewesen, so wie wir im Grunde so ziemlich alle durch eine Mauer voneinander getrennt sind, weil wir alle gewisse Teile von uns zurückhalten und nur preisgeben, was wir preisgeben wollen. Ich fiel hinter Dad zurück, während ich durch den aufgeweichten Schnee stapfte. Seine Version von Mom war eine andere als meine. Meine schimpfte mit mir, weil ich Scott gebissen hatte, und liess mich nicht in den Wald, solange ich klein war. Meine Version behielt mich immer im Auge. Sie war launisch und hatte Geheimnisse und wollte nur das Beste für mich, das wusste ich, aber sie war auch schwer zu entschlüsseln, vor allem als sie immer schweigsamer wurde.

Meine Version von Mom war nicht nur wegen dem Geheimnis, das wir teilten, eine andere als die, die Dad kannte. Die beiden hatten schliesslich auch fast drei Jahre zusammen verbracht, bevor es mich gab. Ein ganzes gemeinsames Leben, in das ich nicht eingeweiht war. Ich wünschte mir, ich hätte sie gekannt, bevor ich auf die Welt kam. Hätte Dads Version von ihr gekannt, die, die fluchte und strickte und häufiger lachte als die Mom, die ich kannte. Die, die Jesse aufgenommen hätte, weil er noch ein Kind war und nirgendwo anders hingekonnt hätte.

Mein Magen knurrte, obwohl ich noch ziemlich voll von unserem Festtagsgelage war. Aber ich wollte auch kein Essen, ich wollte Blut. Und nicht von irgendeinem kleinen Getier in meiner Falle, sondern von Jesse. Ich sehnte mich danach, von ihm zu trinken, ihn zu fühlen. Ich konnte ihn finden, wenn ich nach ihm suchte, konnte fühlen, wie die Gewissheit, dass er sich gleich den Arm brechen wird, ihn wie ein Blitz durchzuckt, als er einmal von einem Baum fällt, konnte seine Hilflosigkeit fühlen, als ihm klar wird, dass es jetzt zu spät ist. Die unbestreitbare Befriedigung, als eine Stimme ihm zuruft: *Hey, Kumpel,* und als Nächstes guckt er von seinem Buch hoch und sieht Tom Hatch.

Es war nicht genug. Ich hatte Angst, dass er aus mir wieder verschwinden könnte, und sosehr ich auch die Leere der Strassen hasste, die er durchwanderte, sosehr ich das Gefühl hasste, wie er unter dem Gewicht von Hatch kämpfte, so sehr hasste ich auch die Vorstellung, den Rest zu verlieren. Die Nähe zu ihm. Den Gedanken, dass ich ihn vielleicht auf eine Weise kannte, wie ich noch nie jemanden gekannt hatte.

Ich hatte meiner Mutter versprochen, dass ich niemals einen anderen Menschen zum Bluten bringen würde. Vielleicht war das der Grund, warum sie so darauf bestanden hatte. Vielleicht wusste sie, dass ich eines Tages das Blut von jemandem trinken und hinterher immer nur mehr wollen würde. Aber wenn ich ihn nicht zum Bluten brachte – wenn er es mir freiwillig gab? Davor hatte sie mich nie gewarnt.

Irgendwann drehten wir uns um, und der Himmel wurde samten und war mit Sternen übersät. Scott und Helen packten ihre Kameras ein. Wir schwiegen auf dem Rückweg, so wie das manchmal mit Gruppen ist, wenn die Aufbruchsstimmung der Wanderung verflogen ist, die Muskeln langsam schwerer und die Worte von dem geschluckt werden, was um einen herum ist, von Bäumen und Schnee und Felsen und Himmel.

Wir waren zwar nur zwei Stunden unterwegs gewesen, aber Jesse war schon wieder zurück, war gerade dabei, hinten auf dem Truck, den er wieder in Gang gebracht hatte, eine Hundetransportbox aufzumachen.

Und, wie ist sie?, rief Dad, als wir näher herankamen.

Eine echte Schönheit, antwortete Jesse. Er trat ein Stück zur Seite, gab einen kurzen Pfiff von sich, und von der Ladefläche sprang eine kleine, dünne, sehr wendig aussehende Hündin. Jesse kniete sich neben sie und strich ihr über das Fell.

Gefällt sie dir?, fragte Dad mich.

Ich hielt ihr meine Hand hin, damit sie daran schnuppern konnte. Sie hatte leuchtende, aufmerksame Augen und graumeliertes Fell. Sie spitzte die Ohren, während Dad sprach, als ob sie genau aufpassen würde, wie er mir erklärte, dass es Jesse gewesen war, der die Anzeige gestern im Laden gesehen und den Musher in Nenana angerufen hatte. Dass der Mann vorhatte, sich zur Ruhe zu setzen, und auf seinem Weg Richtung Süden, nach Anchorage, einen Zwischenstopp bei uns im Ort einlegen wollte, wo Jesse ein Treffen mit ihm eingefädelt hatte. Dass es Jesse gewesen war, der gesagt hatte, dass es zwar ein bisschen früh für Weihnachten war, aber ein neuer Hund vielleicht das richtige Geschenk für mich wäre.

Ich hockte mich neben der Hündin hin und kraulte sie an der Brust. Sie gehört mir?, fragte ich.

Dad atmete ein. Es tut mir leid wegen Flash, sagte er. Wirklich. Ich weiss, du wolltest sie als Leithündin. Aber wir haben auch andere gute Hunde für die Position, und als Jesse mit der Idee kam, dachte ich, die Hündin hier wäre vielleicht eine gute Ergänzung für dein Gespann.

Mein Kopf schnellte hoch. Mein was?

Anstatt etwas zu sagen, zog Dad einen Zettel aus seiner Tasche. In meinem Magen bildete sich ein Knoten, als ich sah, dass er vom Rennkomitee des Iditarod kam, die Bestätigung, dass sie meine Startgebühren erhalten hatten. Höchstwahrscheinlich war irgendwo auch noch der Brief vom Junior unterwegs, entweder schon in unserem Fach bei der Post oder auf dem Weg dahin.

Ich bin nicht gerade begeistert, dass du das hinter meinem Rücken gemacht hast, sagte Dad. Aber jetzt ist es so.

Du bist nicht wütend?

Er warf irgendwie hilflos die Hände in die Luft und liess sie wieder sinken. Sah dabei nicht mich an, sondern Helen, die ihm zulächelte. Jetzt bringt es auch nichts mehr, wütend zu sein, sagte er. Und schliesslich sollte wenigstens einer von uns das Rennen fahren, denkst du nicht auch?

Ich fiel ihm um den Hals. Danke, sagte ich.

Er drückte mich.

Dann klickte es, und ein Blitz zuckte über den Schnee. Helen senkte ihre Kamera. Ich konnte nicht widerstehen, sagte sie.

Was mich nur interessiert, fuhr Dad fort, ist, wie du das Geld für die Startgebühr aufgetrieben hast. Das war ja nicht gerade wenig.

Ich schluckte. Ich hatte viel darüber nachgedacht, wie ich das erklären würde, wenn es zur Sprache käme, und hatte immer noch keine gute Antwort parat. Und je länger ich zögerte, desto eher würde, was auch immer ich sagen würde, wie eine Lüge klingen. Ob Jesse sich auch fragte, wie ich an das Geld gekommen war? Ob er an seinen verlorenen Rucksack dachte, von dem ich behauptet hatte, ihn nie gefunden zu haben? Ich öffnete meinen Mund und war nicht sicher, was gleich aus ihm rauskommen würde.

Ich habe es ihr gegeben, sagte Scott, bevor ich ein einziges Wort rausbrachte.

Dad und ich starrten ihn an.

Was?, fragte ich.

Also nicht richtig gegeben. Geliehen. Ich weiss, du hast gesagt, dass ich ihm nichts sagen soll. Aber jetzt, wo er weiss, dass du angemeldet bist – Er zuckte mit den Schultern. Da ist es ja kein Geheimnis mehr.

Und wie kommst du an so eine Summe?, fragte Dad.

Scott verdrehte die Augen. Geburtstagsgeld. Und was ich mit Hausarbeit verdient habe, als Mom noch – ausserdem sind die Hälfte der Aufsätze, die die Grösseren in der Schule abgeben, von mir. Also von mir abgetippt, meine ich. Gegen Bezahlung. Und ich kaufe mir ja nie irgendwas, ausser Filme für meine Kamera und Bücher.

Mein Mund stand offen, und wenn Dad zu mir rübergeguckt hätte, hätte er sofort gewusst, dass ich von Scotts Erklärung genauso überrascht war wie er. Stattdessen legte er den Arm um Scott. Das war aber wahnsinnig nett von dir, mein Sohn.

Keine Bange, sagte er. Das hole ich mit den Zinsen, die ich von ihr nehme, doppelt und dreifach wieder rein.

Dad und Helen gingen mit Scott zurück zum Haus, und Scott warf mir über die Schulter einen Blick zu, den ich nicht deuten konnte. Ich blieb, wo ich war, und liess mich von einem ganzen Ozean an Gefühlen umspülen. Erleichterung und Verwunderung, dass Scott mich gedeckt hatte, Anspannung, weil es jetzt wirklich so weit war – im März würde ich meine Rennen fahren, daran war nicht mehr zu rütteln. Und das alles von einer Aufregung eingehüllt, wie ich sie noch nie vorher gefühlt hatte.

Das war nett von Scott, sagte Jesse.

Er machte die Hundebox zu, dann stand er mit den Händen in den Taschen da und musterte den Hund, den er für mich gefunden hatte. Ich wusste nicht, ob er meinte, dass es nett von Scott war, mir das Geld zu leihen, oder ob er es nett fand, dass Scott mich gedeckt hatte. Der Rucksack lag immer noch unter meinem Bett, aber inzwischen war nichts mehr darin ausser ein paar kleinen Scheinen, einem Stück Trockenfleisch, einem bisschen Reis und einer Tasse aus Blech. Ich konnte zwar

Jesses Erinnerungen heraufbeschwören, aber ich hätte unmöglich sagen können, ob er wusste, dass ich ihn angelogen hatte. Sein Gesicht unbeweglich, seinen Blick konnte ich nicht lesen.

Was denkst du, wie soll ich sie nennen?, fragte ich ihn stattdessen.

Er kam näher heran und streichelte sie. Sie erinnert mich an eine Hündin, die ich mal hatte, sagte er.

Damals in Maine? Ich lächelte, damit er wusste, dass es ein Scherz sein sollte.

Ich rede von einem echten Hund, sagte er. Den ich bei mir zu Hause hatte, in Oklahoma. Sie hiess Stella. Mein Dad sagte immer, sie war so schlau, sie hätte am besten die Buchhaltung für den Hof übernehmen sollen.

So viel in einem einzigen Atemzug, meine Gedanken blieben bei Wörtern wie *Hof* und *zu Hause* und *mein Dad* hängen. Mein Mund war trocken, vollgepfropft mit Fragen, die sich nicht von alleine stellten. Jesse kniete neben mir, unsere Hände auf der Hündin, wie wir mit ihr schmusten, uns das Gesicht von ihr ablecken liessen. Wir waren uns so nah, ich hätte schwören können, dass ich seine Haut riechen konnte. Sein Blut, wie es unter der Haut pulsierte.

Ich stand auf und wusste plötzlich nicht mehr, wohin mit meinen Händen, wohin mit meinen Armen. Stella, ja? Ich nahm die Hündin am Halsband und führte sie zu den anderen, als Erstes zu Marcey, ihre Hütte war ganz vorn in der Reihe. Die beiden beschnupperten sich.

Stella ist immer wieder mal verschwunden, dann blieb sie stundenlang weg, erzählte Jesse weiter, während ich die Hunde im Auge behielt. Manchmal auch einen ganzen Tag. Aber sie ist jedes Mal zurückgekommen. Ich habe dann immer gesagt, sie geht eben auf *Wanderschaft.* Als müsste sie einfach für eine Weile woandershin, alleine sein.

Wir gingen von Hund zu Hund, damit alle Gelegenheit hatten, das neue Rudelmitglied unter die Lupe zu nehmen.

Und dann eines Tages ist sie nicht mehr zurückgekommen, sagte Jesse. Wir haben sie tagelang gesucht. Zettel aufgehängt. Im Tierheim nach ihr gefragt. Nach einer Woche sagte meine Mom, dass sie bestimmt bei einer anderen Familie untergekommen ist. Dad meinte, vielleicht hat ein Auto sie erwischt, als sie über den Highway gelaufen ist.

Er schwieg, während die letzten Hunde ihr neues Rudelmitglied kennenlernten. Wir hatten die Auswahl zwischen jeder Menge leerer Hütten, auch wenn bei den meisten immer noch das Namensschild über der Tür hing. Ich fingerte das ab, auf dem *Panda* stand, und steckte es mir in die Tasche, Jesse verteilte frisches Stroh auf dem Boden. Sie war klug, sagte er währenddessen. Sie war eine gute Hütehündin und hörte auf Dutzende von Kommandos. Aber sie war auch eigen, für einen Hund. Sie konnte Menschen schon gut leiden, aber sie stand nie gleich hinter der Tür, wenn wir nach Hause kamen. Sie schlief zwar in meinem Bett, aber sie war auch genauso zufrieden, wenn sie sich draussen alleine unter einem Baum einrollen konnte.

Er stand da und wischte sich das Stroh und den Schnee von den Knien. Die neue Hündin drehte sich ein paarmal im Kreis und scharrte in ihrem Strohbett, dann legte sie sich hin. Sie spitzte die Ohren, als er weitererzählte. Manchmal denke ich, Stella wusste, dass sie nur auf der Durchreise war. Wir waren nicht ihre Familie; wir waren nur ein paar Menschen, bei denen sie für eine Weile gelebt hat, und als sie so weit war, musste sie zu ihrem nächsten Abenteuer weiter.

Wir standen genau am Rand des Lichtkreises unter der Lampe im Hof, Jesse im Gegenlicht, so dass von ihm nur noch sein Umriss blieb. Mir wurde klar, dass, wie ich ihm so gegenüberstand, mein Gesicht für ihn voll ausgeleuchtet war. Was immer er darin sah, brachte ihn zum Lächeln.

Was?, sagte ich.

Er schüttelte nur den Kopf. Ich suchte in mir nach seiner verschwundenen Hündin, seinem Fussende, wo sie nur geschlafen hatte, wenn ihr danach war. Aber fand nichts. Wenn ich das wollte, würde ich danach fragen müssen.

Aber er war schon auf dem Weg zu seiner Kate, bereit, sich für eine weitere Nacht einzuigeln. Ich fragte mich, was er machte, wenn er Tür und Vorhang zugezogen hatte, stellte mir vor, wie er eine Schicht nach der anderen abpellte, wie er die Stellen freilegte, die er sonst niemandem zeigte. Wie er in sein Bett schlüpfte, stellte mir seinen nackten Körper zwischen den Laken vor. Ein Kribbeln tief unten in meinem Bauch.

Nacht, rief ich ihm zu, bevor er sich abschottete.

An der Ecke seiner Kate blieb er stehen. Nacht, Tracy. Dann war er verschwunden.

Ich kraulte meinen neuen Hund im Gesicht, und sie rollte sich auf die Seite, damit ich mit der Brust weitermachen konnte. Danach sah sie mir hinterher, während ich zum Haus ging, und ich rief ihr noch zu: Nacht, Stella.

12

Wenn du Musherin bist, vor allem wenn du dich auf das grosse Rennen vorbereitest, vergeht im Dezember, Januar und Februar kaum eine Minute, in der du nicht über die Hunde nachdenkst. Den ganzen Herbst hast du schon hart mit ihnen trainiert und immer längere Strecken bewältigt, aber im Winter hat dann jeder Tag und wirklich alles, was du tust, irgendetwas mit den bevorstehenden Rennen zu tun. Du stehst morgens auf und fütterst die Hunde, und wenn du dann selber frühstückst, gehst du im Kopf die Aufgaben durch, die für den Tag anstehen. Du machst die Hundehütten sauber und streust sie mit neuem Stroh ein. Der Tierarzt kommt und macht die für die Rennen nötigen Voruntersuchungen. Es dauert Tage, die achthundertfünfzig Kilo an Futter und Ausrüstung zusammenzupacken, die vom Trailkomitee bei den Checkpoints hinterlegt werden, und du überprüfst jede einzelne Ladung doppelt und dreifach, um sicherzugehen, dass du die richtige Menge an Ersatzschuhen für die Hunde und an Notwerkzeug dabeihast, und trotzdem wachst du noch mitten in der Nacht auf, weil du ganz sicher bist, irgendetwas Wichtiges vergessen zu haben. Du reparierst Geschirre und Kufen. Sorgst dich um die Hunde, die zu wenig Appetit haben, und trainierst noch mal besonders mit denen, die schnell Krämpfe in den Beinen bekommen. Und immer wenn du nicht zu Hause bist, bist du auf dem Trail, verbringst Stunden und Tage auf dem Schlitten, um auf deine Meilen zu kommen, nur du und deine Hunde.

Thanksgiving war wie eine Tür in eine andere Welt, die sich in dem Moment öffnete, als Dad mir Stella schenkte und Scott behauptete, er hätte mir das Geld fürs Iditarod geliehen. Und hinter dieser Tür lagen keine Geheimnisse, kein Rausschleichen, keine nächtlichen Trainingseinheiten. Nur ein paar wenige Stunden Tageslicht und viel zu viel zu tun für die Zeit zwischen Aufwachen und dem Moment, wenn ich müde, aber glücklich ins Bett fiel.

Zum ersten Mal, seit Mom darauf bestanden hatte, dass wir keine Youngster brauchten, um uns mit den Hunden zu helfen, war der Hof voller Leben und Bewegung. Ich fegte hin und her, von einer Hundehütte zur anderen, vom Haus zum Zwingerschuppen zum Schlitten, hatte nie leere Hände und nichts als Strategien und Pläne im Kopf. Ich ging mit Helen unsere Ausrüstung durch, sie schrieb auf, was und wie viel wir hatten, erstellte Einkaufs- und Packlisten. Ich kochte gigantische Töpfe von gefrorenem Fisch, Rinderbrühe und Reis zusammen, schöpfte das Ganze in Beutel, die Scott für mich aufhielt, und dann füllten wir unsere Tiefkühltruhe damit; an den Checkpoints würde ich die Beutel auftauen und ihren Inhalt über das Trockenfutter geben, Tausende von zusätzlichen Kalorien, die die Hunde auf dem Trail verbrannten. Ich zerstach mir die Finger, während ich die Schuhe für die Hunde flickte, bis Helen mit einem Fingerhut aus ihrem Nähkasten kam. Wenn Steve Inga nicht damit beschäftigt war, sein Freiwilligenteam aufs Iditarod vorzubereiten, dann kam er zu uns raus und packte bei Jesses Trainingsrad mit an, einträchtig schweigend hämmerten sie gemeinsam daran herum, während

Dad mir half, einen Schlitten für eine Dreitagetour mit sechs Hunden fertigzumachen. Dabei erzählte er mir von seinen eigenen Erfahrungen auf dem Trail. Die meisten seiner Geschichten kannte ich schon, aber ich hörte jetzt anders hin, versuchte Tipps aufzuschnappen, die mir helfen könnten. Beim Junior hatte ich schon zweimal mitgemacht, da wusste ich, was mich erwartete, aber wenn es um das grosse Rennen ging, konnte ich mich nur an das halten, was ich gelesen oder von Dad gehört hatte.

Eines Morgens Mitte Dezember waren die Hunde schon eingespannt, als ich nach draussen ging, und zogen Dad über den Hof. *Haw!,* rief er, eine einzelne Silbe, die den stillen Morgen durchschnitt. Für einen Augenblick stand ich da und sah ihnen nur zu, wie Dad auf den Kufen des Schlittens stand, die fünf Hunde vorweggaloppierten, mit weit ausholenden Beinen, flatternden Zungen, angelegten Ohren. Sie fuhren herum, wurden von der morgendlichen Dunkelheit verschluckt, nichts war zu hören, nur wie ihre Pfoten sich in den Schnee gruben. Dann ihre im Mondlicht grün blitzenden, körperlosen Augen, als sie umdrehten, bis ihre Umrisse langsam wieder sichtbar wurden, je näher sie kamen, Schnauzen, Schultern, Ohren, Beine, als würde eine unsichtbare Hand sie zeichnen und Stück für Stück ausmalen. Und hinter ihnen Dad, ohne Mütze, mit vom Wind zerzausten Haaren. Roten Wangen und einem Grinsen im Gesicht.

Der Schnee ist verdammt weich, sagte er, als er die Hunde vor dem Zwingerschuppen zum Halten gebracht hatte. Wir brauchen noch einen ordentlichen Frost.

Noch eine Ladung Schnee würde auch nicht schaden, sagte ich.

Er nickte. Steve hat gemeint, westlich von hier ist es noch schlimmer. Die haben's gerade ganz schön warm zwischen Kaltag und Unalakleet.

Nicht die einfachsten Bedingungen, sagte ich.

Er grinste. Langsam nervös?

Im normalen Rahmen, sagte ich.

An dem Tag brachte Steve uns noch zwei Hunde, als Leihgabe von einem Bekannten, einem Musher, der ein Jahr aussetzen wollte. Für das Junior brauchte ich ein Gespann von mindestens sieben Hunden, und bis zu zehn konnte ich haben. Für das grosse Rennen durften es maximal sechzehn sein, und ich wollte alle Hunde, die ich kriegen konnte. Es ist nicht ungewöhnlich, mehr als einen Hund im Laufe des Rennens an einem der Checkpoints abzusetzen, sie sind entweder verletzt oder erschöpft oder haben einfach genug vom Laufen. Mit mindestens fünf Hunden musste ich über die Ziellinie fahren, und die Chancen dafür standen besser, je mehr Tiere ich mitnahm. Mit Stella und den beiden, die wir geliehen hatten, bestand mein Gespann fürs Iditarod aus fünfzehn Hunden, wenn ich Su nicht mitzählte.

Und ich konnte sie nicht mitzählen. Auch wenn wir sie nie offiziell in den Ruhestand versetzt hatten, war trotzdem klar, dass ihre Rennkarriere vorbei war. Sie war dünn geworden über die letzten Wochen, also hatte ich aufgehört, sie auf meine nächtlichen Touren mitzunehmen, und sie sprang auch nicht mehr wie früher sofort auf die Füsse, sobald man zur Tür ging. Wir wechselten sie als Haushund nicht mehr mit den anderen ab, sondern liessen sie rein, wann immer sie wollte, und schon nach kurzer Zeit konnte man nicht mehr am Holzofen in der Küche vorbeigehen, ohne fast über sie zu stolpern. Sie schien nur noch aufzustehen, wenn sie an ihr Futter oder Wasser wollte oder wenn wir am Abend alle ins Bett gingen. Dann folgte sie mir die Treppe rauf, langsam, aber stetig. Auf mein Bett musste ich ihr helfen.

Mein Pensum für die Schule erledigte ich zwischendurch, immer wenn ich mich nicht gerade auf meine Rennen vorbereitete, und ich nahm mir auch Zeit, um so viel wie möglich im Haus zu helfen, das war das wenigste, was ich tun konnte, wenn man bedachte, wie hart Dad dafür arbeitete, dass ich das mit meinen Rennen machen konnte. Ich war froh, erleichtert, dass es zwischen mir und ihm kein böses Blut mehr gab, dass mir kein Misstrauen gegen Jesse mehr den Kopf vernebelte. Ich versuchte, unseren Hof mit Jesses Augen zu sehen und die kleinen Dinge zu bemerken, die er immer bemerkte, und dann erledigte ich, was gemacht werden musste. Streute Salz auf der Treppe und dem Weg aus, wenn sie überfroren waren. Stopfte eine Ladung Socken. Trocknete das Geschirr ab, während Helen spülte. Manchmal stand ich plötzlich neben Jesse, und wir beide machten Seite an Seite die Hundehütten sauber oder kochten gemeinsam das Abendessen. Den ganzen Dezember hindurch trieb es uns auseinander und wieder zusammen, wie wenn ein Schwarm Vögel sich teilt, Wind durch den Himmel, und dann wieder zu einer festen Einheit verschmilzt. Wir zogen jeder für sich unsere Bahnen um den Hof, aber spätestens hinter dem Holzschuppen, eine Meile den Trail rauf oder in einer dunklen Ecke des Zwingerschuppens liefen wir uns wieder über den Weg.

Und jedes Mal, wenn unsere Ellenbogen sich berührten, wollte ich ihn mit meinen Fragen bestürmen. Über seine Beziehung zu Hatch, darüber, warum Hatch ihm in den Norden gefolgt war. Auch über andere Sachen. Über die Träume, aus denen ich manchmal schweissgebadet aufwachte und von denen nur die blasse Erinnerung daran blieb, wie ich bis zur Erschöpfung rannte. Über den blumigen Duft, den die Kleider seiner Mutter verströmten, er atmete ihn ein, wenn er zwischen den feuchten, weichen Stoffen stand, die hinter ihrem Haus auf der Leine hingen. Über das zittrige Gefühl in mir, zwei aufflatternde Flügel, wenn er mich dabei ertappte, wie ich ihn ansah. Über den festverschlossenen Teil in seinem Inneren, wo er alles andere im Verborgenen hielt, die Dinge, über die er nicht reden konnte oder wollte. Ich wollte ihn aufbrechen, in ihm die Antworten auf alle meine Fragen finden.

Stattdessen dachte ich an Jesses Art, die Füsse still zu halten. Wie er geduldig wartete, bis jemand anderes die Idee aussprach, die er längst ausgeheckt hatte, so dass derjenige sich fühlte, als wäre sie ihm selbst eingefallen. Auch ich konnte geduldig sein.

Ich gesellte mich zu ihm, als er die Nabe seines Trainingsrads ölte und seine Konstruktion zum ersten Mal zum Laufen brachte. Half ihm, die Zentralleine auszulegen, als er selber mal mit zwei Hunden auf den Trail wollte. Beobachtete seine verschmierten Finger dabei, wie geschickt sie bei Dads Truck das Öl und die Zündkerzen wechselten. Gibst du mir mal den Drehmomentschlüssel?, fragte er.

Ich kramte ihn aus dem Werkzeugkasten und gab ihn Jesse. Er lächelte, während er weiterschraubte.

Was ist denn so lustig?, fragte ich.

Es ist nur – Er unterbrach sich, ächzte, als er eine Zündkerze festzog. Dann sagte er: Du erinnerst mich an mich.

Dich wann? Als du was gemacht hast? Wieso? Ich schluckte jede einzelne meiner Fragen herunter, bevor sie an die Luft konnte. Wartete ab.

Ich habe Tom immer beim Arbeiten zugeguckt, sagte er nach einer Weile. Als ich ihn das erste Mal getroffen habe, bin ich ihm auf eine Weide hinterhergelaufen und habe ihm zugeguckt, wie er einen Zaun repariert hat. Ohne Handschuhe, nur mit seinen rauen Händen. Er hatte breite Finger, mit Haaren auf den Knöcheln, aber wie er sie benutzte, sahen sie fast wieder zart aus. Wie die von einem Chirurgen.

Ich hatte nicht gemerkt, wie ich den Atem anhielt, bis mir plötzlich schwindlig wurde.

Er hat mich nach einer Zange gefragt, fuhr Jesse fort. Ich wusste, dass mein Dad ihn eingestellt hat, hatte ihn aber noch nicht getroffen, bis er mich hinter der Scheune entdeckt hat, ich sass da und habe gelesen. Und dann hat er mir zugerufen: *Hey, Kumpel.*

Ein Kribbeln lief mir über den Rücken, das Kribbeln, das er gefühlt hatte, als Hatch ihn als das gesehen hatte, was er war.

Er wusste nicht von dir?, fragte ich.

Jesse legte die Stirn in Falten, und seine Zunge kam zwischen seinen Zähnen hervor, während er sich mit dem Schlüssel abmühte. Ich beugte mich über das Innere des Trucks, sah ihm zu und wünschte mir, ich hätte nichts gesagt.

Aber dann antwortete er: Es hat nicht lange gedauert, bis er es rausgefunden hat. Meine Eltern hatten an dem Abend irgendwen zum Essen eingeladen, mehr wusste ich nicht. Und dann stand Tom vor der Tür, und mein Dad stellt mich als seine Tochter vor, damit hatte sich das dann erledigt.

Er wischte sich die Hände an einem Lappen ab. Der Dreck unter seinen Fingernägeln blieb, der würde nicht weggehen, bis er geduscht hätte, lange nachdem wir anderen schon im Bett liegen würden. Manche Fragen hatte ich mir selber beantwortet, etwa warum er wartete, bis wirklich keiner mehr ins Bad platzen konnte, oder warum er nein, danke gesagt hatte, als Dad ihm, kurz nachdem Helen bei uns aufgetaucht war, vorgeschlagen hatte, mit uns zelten zu gehen. Dad nahm an, dass Jesse eben gern für sich war. Was ja auch stimmte. Es war um einiges schwieriger, Dinge im Verborgenen zu halten, wenn man andere zu nah an sich heranliess.

Tom hat nicht mit der Wimper gezuckt, erzählte Jesse weiter. Hat einfach meine Hand geschüttelt. Gesagt: *Nett, dich kennenzulernen.* Ab da war es um mich geschehen. Den ganzen Sommer bin ich ihm kaum von der Seite gewichen. Ich hab ihm bei seiner Arbeit geholfen, er hat mich mit zum Angeln genommen. Mir beigebracht, wie man schiesst. Wie man Autos repariert. Meine Eltern dachten, ich habe endlich einen Freund. Wahrscheinlich hatte ich das auch irgendwie.

Ich verkniff mir meine Frage, aber Jesse beantwortete sie auch so.

Einmal habe ich Tom gefragt, warum er kein Problem mit mir hat, auch wenn alle anderen eins zu haben schienen. Er hatte diese Theorie, dass jeder eine männliche und eine weibliche Seite hat, und manche haben ein bisschen mehr von der einen und ein bisschen weniger von der anderen. Bei einigen halten sich beide Seiten die Waage. Und wenn es das gibt, hat Tom gesagt, dann sollte sich keiner wundern, wenn das Gleichgewicht bei anderen Leuten kippt. Dass dann die Seele das eine sagt und das Fleisch etwas anderes.

Jesse sah mich an. So hat er manchmal geredet. Wie ein Dichter vom Lande.

Du hattest nicht schon immer Angst vor ihm, sagte ich. Ihr wart Freunde.

Er nickte.

Mehr als Freunde, sagte ich.

Er seufzte. Wandte keinen Blick vom Truck.

Und was ist dann passiert?

Er schüttelte den Kopf, und ich dachte, jetzt war er auf eine Art Mauer in seinem Inneren gestossen und dass er noch nicht bereit war, da rüberzusteigen, noch nicht bereit war, mir davon zu erzählen. Aber dann sagte er: Es wurde schwierig zwischen uns. Tom wollte etwas, was ich ihm nicht geben konnte.

Hatchs Atem in meinem Ohr. Wie seine Hände an meinen Kleidern zogen.

Also hat er es sich genommen, sagte ich.

Jesse streifte mich mit seinem Blick. Sagte nichts mehr.

Und dann?

Bin ich weg, antwortete er. Ich bin hierhergekommen, um ein neues Leben anzufangen. Ich hatte nicht damit gerechnet, dass das alte mir hinterherkommt.

Ich habe das Gefühl, dass du ganz schön was auslässt, sagte ich.

Er hob eine Schulter, schüttelte den Kopf, und ich begriff, dass er nichts mehr zu sagen hatte. Aber was er mir gegeben hatte, war fast so gut wie sein Blut. Ich konnte seine Worte wie eine Landkarte benutzen, konnte ihnen zu den versteckten Orten folgen, die vorher für mich im Verborgenen lagen. Es war, wie im Wald nach etwas Essbarem zu suchen, ich hob einen Stein hoch, und da war er, während er sich vorstellte, wie es wäre, Tom Hatch zu sein, in einem Körper wie seinem zu stecken. Ich sah hinter einen Baum und fand ihn, wie er Hatch das Buch von Kleinhaus hinstreckte. *Ich dachte, das könnte dir gefallen, du meintest doch, du willst irgendwann mal nach Alaska.*

Ausnahmsweise kam Su aus dem Haus, lief steif zu mir rüber, wie ich in der Auffahrt stand. An derselben Stelle, wo ich Mom schon so oft hatte stehen sehen, als sie noch am Leben war, und auch danach. Eine quälende Sehnsucht überkam mich. Ich wünschte mir immer, dass sie noch da wäre, aber jetzt wünschte ich mir das nicht, weil ich ihr Fragen übers Jagen oder übers Trinken stellen wollte. Ich wollte sie fragen, ob es sich so angefühlt hatte, als sie Dad zum ersten Mal begegnet ist. Ob es richtig sein kann, jemanden so sehr zu wollen, dass man ihm oder ihr am liebsten die Haut abziehen, den Schädel aufbrechen würde, wenn man nur könnte, nur um dem anderen noch näherzukommen. Hat sie jemals jemanden so gut gekannt, wie ich dabei war, Jesse kennenzulernen? Es schien unwahrscheinlich, dass sie irgendwann von Dad getrunken hatte, aber ich konnte sie auch nicht mehr fragen. Dafür war es zu spät. Ich hatte zu lange gewartet.

Egal wie alt du wirst, deine Eltern waren immer schon vor dir da, darin liegt etwas Beruhigendes. Wie wenn du einen unbekannten Weg durch den Wald nimmst, aber da sind Fussspuren, die dir zeigen, dass jemand ihn schon gegangen ist. Bis zu dem Tag, wenn du an die Stelle kommst, wo die Fussspuren aufhören.

Es war nicht mehr nötig, bis tief in die Nacht aufzubleiben und zu warten, bis Dads Schnarchen durch den Flur dröhnte, damit ich mich rausschleichen und mit den Hunden auf Tour gehen konnte. Tatsächlich schlief ich meistens wie ein Stein, und ich konnte mir gut vorstellen, wie mein eigenes Schnarchen das ganze Haus erzittern liess. Aber eines Nachts kurz vor Weihnachten starrte ich an die dunkle Decke. Mit einem Verlangen in mir. Irgendwann stieg ich aus dem Bett, ging nach unten und stand vor dem offenen Kühlschrank, bevor ich doch rüber zur Spüle ging. Ich trank aus dem Wasserhahn, obwohl ich eigentlich keinen Durst hatte. Als ich den Kopf hob, konnte ich nicht mehr so tun, als wüsste ich nicht, was ich wollte. Hinter der vereisten Scheibe über der Spüle lag die Kate. Jesses Licht brannte.

Er kam zur Tür, als ich klopfte, als wären wir verabredet. Kannst du nicht schlafen?, fragte er.

Das Feuer im Ofen warf unsere flackernden Schatten an die Wände. Ich kam rein und zog die Tür zu. Berührte ihn am Ärmel. Er sagte nichts, ich sagte nichts. Meine Zunge hätte sich über Worte nur verknotet, aber meine Finger wussten, was sie taten. Sie suchten nach ihm, knöpften ein Hemd auf, dann das nächste darunter. Schicht um Schicht. Als er sich das letzte selber über den

Kopf zog, kam ein Verband zum Vorschein, wie man ihn benutzte, wenn man sich etwas verstaucht hatte, eng um seinen Körper geschnürt. Seine Brüste darunter klein, aber nicht zu übersehen.

Ich hielt inne. Ist das okay?, fragte ich.

Er sagte nichts, sondern presste seine Lippen auf meine.

Dann sagte er: Komm her, und wir konnten nirgendwohin ausser auf die Pritsche, wo er normalerweise allein schlief. Sie war schmal, aber für uns genau gross genug.

Der Raum füllte sich mit dem Geräusch unseres Atems. Er war ein unentdeckter Pfad im Wald. Eine vertraute Landschaft, die plötzlich neu schien, ein mir fremdes Gebirge, und es schüttelte mich vor Begierde, ihn zu entdecken. Alles Blasse an ihm, die Stellen, die nie die Sonne sahen. Seine Lippen, die sich öffneten, seine Augen, die sich schlossen. Seine Haut, die weicher war, als ich gedacht hätte. Seinen Atem, seine Zunge, seine Konturen und sein Gewicht. Ich kostete von ihm, ohne zu trinken.

Bis ich an die Stelle kam, wo er wie ich war, und Blut schmeckte, kupferig und vertraut.

Und dann war da auf mir noch der Schweiss vom Tag, ich mochte diesen Geruch, diese männliche Note, die meine eigene Haut verströmte, ich war zufrieden damit, wie das Trainingsrad sich machte, und da war mein Verlangen nach diesem Mädchen, wie zögerlich ich wurde, wenn sie in der Nähe war. Ein Wirrwarr an Jesse, und alles stürzte gleichzeitig auf mich ein. Und mitten in diesem Wirrwarr ein klarer Moment.

Ein süsser Geruch liegt in der Luft, irgendetwas Zuckriges und Heisses, die Sonne lässt mir den Schweiss den

Rücken runterrinnen, und alles strahlt, nicht wegen der untergehenden Sonne, sondern weil ich mich fühle, wie ich mich fühle, Tom an meiner Seite, meine Hand in seiner. Rufe und Gelächter, die ganze Durchgangsstrasse runter, *Willst du nicht was Hübsches für dein Mädchen gewinnen, nur einen Dollar, drei Versuche, Gewinn garantiert, du da drüben, du bist doch ein kräftiger Bursche, komm doch mal rüber.* Wir bleiben stehen, damit Tom den Hammer schwingen kann, eine Glocke schrillt, und er sagt, ich soll mir was aussuchen. Ich gucke an den Plüschhasen und Stoffbären vorbei zu dem einzigen Preis, der hier irgendwas wert ist, ein Taschenmesser mit gemasertem Griff. Da ist ein Chor aus Schreien von einem der Fahrgeschäfte, und mein Magen krampft und frohlockt gleichzeitig, als Tom sich vorbeugt und wir uns küssen –

Nicht, sagte Jesse und schob mich weg.

Ich leckte mir über die Lippen. Tut mir leid, sagte ich. Ich wusste nicht, dass –

Ich auch nicht, murmelte er. Ich habe überhaupt nicht dran gedacht. Er zog seine Jeans an, dann kam er zurück auf die Pritsche. Sein Gesicht war gerötet. Hast du –, fing er an, dann stockte er. Hast du irgendwas bekommen?

Also erzählte ich ihm, was ich gesehen und gehört hatte, eine Art Jahrmarkt, ihn und Tom Hatch. Die Marktschreier und ihre Spielbuden, die Plüschtiere, die ihn mit ihren glasigen Augen angestarrt hatten, nachdem Tom beim Hau-den-Lukas gewonnen hatte.

Das war's?, fragte er.

Ich zuckte mit den Schultern. Das geht alles ganz schnell, erklärte ich. Es kommt mit einem Mal, überspült mich wie eine Strömung, und dann versiegt es wieder. Ich erwähnte nicht, dass ich ab jetzt danach suchen konnte, wann immer ich wollte. Dass es, dieser Teil von ihm, jetzt Teil von mir war. Ich schätze mal, das war, bevor es zwischen dir und Hatch schwierig wurde?, fragte ich stattdessen.

Er runzelte die Stirn. Schien über irgendetwas nachzugrübeln. Du hast keinen Einfluss darauf, was du bekommst, sagte er, und es war keine Frage, eher eine Schlussfolgerung.

Nein, sagte ich. Wie ich gesagt habe, je nachdem, was du gerade denkst –

Ich find das irgendwie ungerecht.

Wie meinst du das?

Damals, beim ersten Mal, da bekommst du ein bisschen von meinem Blut, und du findest die eine Sache raus, die mein Geheimnis bleiben muss. Was, wenn es andere Sachen gibt, die ich für mich behalten will? Persönliche Sachen? Du kannst mir über dich erzählen, was du willst, und ich könnte niemals sagen, was davon stimmt und was nicht. Aber du kannst alles über mich rauskriegen, was du willst.

So funktioniert das nicht, widersprach ich. Du könntest einfach – denk nicht an das, was ich nicht wissen soll.

Er warf mir einen Blick zu.

Ich würde dich jedenfalls nie anlügen, sagte ich.

Dabei lag sein Rucksack immer noch unter meinem Bett. Aber der Grossteil von seinem Geld war für die Startgebühren draufgegangen, jetzt musste ich ihm auch nicht mehr davon erzählen.

Das ist am Ende aber immer noch deine Entscheidung, sagte Jesse.

Okay.

Okay was?

Ich werde nicht deswegen herkommen. Nicht wenn du das nicht willst. Aber ich würde gern trotzdem kommen, wenn das okay ist. Einfach weil ich gern hier bin. Bei dir.

Ich spürte, wie die Anspannung aus seinen Muskeln wich, wie sein ganzer Körper sich entkrampfte. Ich legte meinen Arm um ihn und den Kopf auf seine Brust. Sein Herz pochte erst schneller, dann wieder langsamer. Das Blut strömte durch seine Adern, trug all die kleinen Teile mit sich, die ihn ausmachten, seine ganze Geschichte. All das direkt unter der Haut. Nah genug, um davon zu kosten.

Danke, sagte er.

Danach gab es keinen Grund zu gehen. Dad war an dem Abend bei Helen geblieben, und beide hatten am nächsten Tag die Frühschicht in der Krankenstation. Sie würden vor dem Nachmittag nicht zurück sein. Als das Feuer ausging, war Jesse eingeschlafen, er hatte einen Arm um mich gelegt. Die Luft um uns herum wurde kühl, und ich grub mich neben seinem warmen Körper in die Decken ein. Noch nie war ich jemandem so nah gewesen, und das nicht nur deswegen, wie wir uns ineinanderschmiegten, Haut an Haut, unsere Gliedmassen umeinandergewunden, bis er sich wie ein Mantel anfühlte, den ich tragen konnte. Mein Magen schwappte fast über, so voll fühlte ich mich. Und ich wusste, es war nicht das Blut, das meinen Hunger gestillt hatte, sondern was ich davon bekommen hatte.

Okay, hatte ich gesagt, wie aus der Pistole geschossen. Als wäre es leicht, ihn nicht verstehen zu wollen. Ich betrachtete sein Gesicht, weich in der Dunkelheit. Ich würde mir nicht nehmen, was er mir nicht geben wollte.

Aber ich hoffte, er würde sich nicht vor mir verstecken, nur weil er konnte.

Die einzige Ausnahme in den drei vollsten Monaten des Jahres war Ende Dezember. Vor Weihnachten fährt man mit den Hunden ein langsameres Tempo, man geht seine Listen und Pläne durch, alles, was man später in den Säcken für die Checkpoints braucht. Danach wartet noch ein Berg an Arbeit. Aber für ein paar Tage um Weihnachten herum gibt es eine Atempause. Alles läuft etwas ruhiger, und man geniesst einfach die Zeit auf dem Schlitten.

In dieser Weihnachtswoche lief alles sogar noch ruhiger als sonst. Old Su hatte die Tage kaum gefressen, und wenn sie auf einen Spaziergang mitkam, schien sie schnell müde zu werden. Am ersten Weihnachtstag rührte sie sich kaum von ihrem Platz vor dem Holzofen, nicht mal als wir ihren Napf mit Trockenfutter und etwas gekochtem Hackfleisch füllten, als Leckerei zum Fest.

Am nächsten Tag kam der Tierarzt. Er hörte ihr Herz ab, leuchtete ihr in die Augen und in die Ohren. Streichelte ihre Flanke, während er erklärte, dass er ein paar Blutuntersuchungen machen konnte, wenn wir sie in die Praxis bringen wollten, aber dass er, um ehrlich zu sein, den Verdacht hatte, dass alles mit ihr in Ordnung war, ausser dass sie einfach schon alt war.

Die Wände der Küche waren näher zusammengerückt, der Raum war viel zu voll mit mir und Dad und Scott und dann noch dem Arzt und Helen und Jesse, ganz zu schweigen von den beiden Rentnern, die bei bester Gesundheit unter dem Tisch lagen.

Homer ist viel älter als Su, wandte ich ein.

Der Tierarzt nickte. Ich konnte seinen Blick nicht ertragen.

Was können wir jetzt tun?, fragte Dad.

Es ihr angenehm machen, antwortete der Tierarzt. Dafür sorgen, dass sie sich zurückziehen kann, dass sie ihre Ruhe vor den anderen Hunden hat. Ihr könnt ihr Futter anbieten, aber wahrscheinlich wird sie es nicht nehmen.

Und Canyon auch, sagte ich. Gegen ihn ist Su quasi ein Welpe.

Dad legte mir die Hand auf die Schulter, ich schüttelte sie ab. Ich benahm mich nicht meinem Alter entsprechend, aber ich konnte nicht anders. Ich fühlte, wie Helen und Jesse mich ansahen. Schob mich an dem Tierarzt vorbei, um mich neben Su zu setzen, presste mein heisses Gesicht in ihr Fell.

An dem Abend schlief ich unten, eingerollt neben Su, wir hatten ihr Bett ins Wohnzimmer vor den Kamin getragen. Am nächsten Abend legte sich Scott zu uns, und so schnarchten wir alle drei, während das Feuer langsam ausging, bis entweder er oder ich aufwachte und ein Stück Holz nachlegte. Wir wechselten uns ab, um ihr beim Aufstehen zu helfen, damit sie aus ihrer Wasserschüssel trinken konnte. Wir bürsteten ihr Fell und streichelten ihren Bauch. Sie gab keinen Laut von sich, beobachtete uns nur aus ihren sanften braunen Augen.

Am dritten Tag stand sie nicht mehr auf, nicht mal mit unserer Hilfe.

Ich sagte zu Dad: Ich fahre mit ihr raus.

Er sah mich lange an. Dann nickte er.

Draussen schirrte ich ein kleines Gespann an, dann legte ich den Schlittensack mit Decken und Stroh aus.

Als ich wieder reinging, um Su zu holen, war Dad dabei, sie zu streicheln und mit leiser Stimme mit ihr zu sprechen. Ich ging rückwärts aus dem Zimmer und wartete beim Schlitten.

Nach ein paar Minuten trug Dad Su aus dem Haus. Gemeinsam banden wir sie im Schlittensack fest, auch wenn es unwahrscheinlich war, dass sie versuchen würde herauszuspringen. Ich pfiff, und die Hunde zogen uns in den Wald.

Ringsum trugen die Bäume den Schnee wie Kleider, ihre Stämme waren überpudert, ihre Äste umhüllt. Es war ein nasser, klebriger Schnee, wir kamen nur langsam voran und mussten erst die Spur brechen. Schneekristalle schwebten in der Luft, schienen nie am Boden anzukommen. Ich sprang von den Kufen und joggte nebenher, lief dabei in einer Wolke aus meinem eigenen Atem, der zu Eis an Wimpern und Haarspitzen wurde.

Als wir zum See kamen, konnte ich kaum fassen, dass er immer noch nicht überfroren war.

Ich liess die Hunde langsamer werden und warf den Schneeanker. Ich musste pinkeln.

Danach ging ich auf die Eisfläche, die den See umrandete, eine Schicht, die gerade dick genug war, um mich für etwa zehn Fuss zu halten, danach wurde das Eis dünner. Der restliche See war mit einer Ansammlung kleinerer Schollen bedeckt. Ich fummelte einen Stein aus meiner Tasche und warf ihn auf eine davon. Der Stein traf die Oberfläche, dann rutschte er ins Wasser. Die Schollen rundherum kamen durch die Bewegung des Wassers ins Wanken, dann beruhigten sie sich, und der See lag wieder still und gleichgültig da.

Zurück auf dem Schlitten, fuhr ich an der Stelle vorbei, wo der Fluss in einen Wasserfall mündete, dort ergoss er sich in den See, und hier fror das Wasser nie zu, egal wie kalt es wurde. Wir arbeiteten uns weiter rauf, bis wir einen breiten Vorsprung erreichten, von dem man den See überblicken konnte. Hier hatten wir über die Jahre einige unserer Hunde begraben und ihre Gräber mit Steinhaufen markiert.

Ich knotete den Schlitten an einem Baum fest und gab den Hunden etwas zu fressen. Dann machte ich Su los und hob sie heraus. Trug sie an den Rand des Vorsprungs, von wo man den See überblicken konnte. Sie wollte nicht sitzen, also legte ich sie auf die Seite, dann rollte ich mich um sie herum ein.

Das Wasser strömte gen Süden, vom See in den Fluss. Die Sonne wanderte über den Himmel.

Die Abstände zwischen Sus Atemzügen wurden immer länger.

Etwa als es anfing zu dämmern, setzte ich mich auf und wischte mir über die Augen. Ich betrachtete Su in der schnell herankriechenden Dunkelheit und wartete ab, ob ihre Flanke sich noch hob. Das tat sie, gerade so. Ich sagte ihren Namen, aber ihre Augen blieben geschlossen.

Den Schnitt machte ich nur ganz klein. Ich wollte ihr nicht weh tun, auch wenn sie schon fast nicht mehr bei mir war.

Ich trank. Ich nahm Su in mir auf, und dann hüpfte ich den schneebedeckten Trail entlang, und die Freude, die meinen Körper durchströmte, war überschäumend und vollkommen, reine, ungetrübte Glückseligkeit. Ich fühlte den Zug an meinem Geschirr, sah keinen Hund vor mir, spürte, wie alle Augen auf mir lagen, während ich vorwegzog. Ich schlang mein Fressen runter, schmeckte kaum etwas davon, und kratzte mir die Ohren, ich schlummerte vor dem Holzofen oder zusammengeknäuelt mit meinen Brüdern und Schwestern und Rudelkollegen. Ich sah dem weissen Schnee zu, wie er über eine schwarz-graue Welt fiel, und die eisige Luft durchzuckte mich wie ein Stromschlag, ich heulte, die einzige Art, wie ich meiner Sehnsucht Ausdruck verleihen konnte.

Danach wickelte ich Su in eine der Decken aus dem Schlittensack. Im Winter froren wir ihre Körper meistens ein und brachten sie dann im Frühling darauf unter die Erde, wenn der Boden taute, aber das Jahr war bis jetzt warm gewesen, es fiel mir nicht schwer, ein Loch zu graben, das gross genug war.

Den ganzen Weg zurück nach Hause rannte sie neben mir her, und als wir im Hof ankamen, war dort Jesse, der sich an seinem Trainingsrad zu schaffen machte. Er sah hoch, als ich an ihm vorbeifuhr, und unsere Blicke trafen sich. Oben im Haus stand Helen am Fenster, und Dad und Scott waren dabei, das Abendessen vorzubereiten. Ich warf den Schneeanker. Hinter mir konnte ich hören, wie Jesse zu mir rüberjoggte, um mir beim Ausspannen der Hunde zu helfen.

Wenn ich mir ein Ende aussuchen könnte und nicht auch noch den Rest erzählen müsste, dann würde ich genau hier aufhören. Ich würde den rauen Frost heraufbeschwören, der eh schon im Anmarsch war, und dann sollten Schnee und Eis uns genau so einfrieren, wie wir an dem Tag waren, an dem Tag, als mich das stille Gefühl durchströmte, dass ich glücklich war, oder besser: dass alles genau so *richtig* war, und ich hätte nicht sagen können, ob das mein eigenes Gefühl war oder das von Su oder von Jesse. Das Gefühl, an einen Ort zurückzukommen und zu wissen: Hier gehöre ich hin. Hier bin ich gewollt, hier werde ich geliebt.

13

Es gibt Dinge, über die redet man nicht, man redet höchstens um sie herum. Das hat mir Mom zwar nie so klar gesagt, aber beigebracht hat sie es mir trotzdem.

Zum Beispiel als ich von ihr wissen wollte, warum ich sie in meinem Kopf hörte, selbst wenn sie gar nicht in der Nähe war. Weil du mich kennst, sagte sie.

Aber das stimmt doch gar nicht, entgegnete ich.

Ihr Atem wurde zu einer Wolke und hing noch ein wenig zwischen uns in der Luft. Dann war er verschwunden.

Als du geboren wurdest, sagte sie, stand ich mitten in der offenen Tür vom Schuppen, zweiundzwanzig Hundeaugenpaare auf dich gerichtet. Du warst gross und schwer. Und hattest immer Hunger. Manche Frauen kriegen ihre Kinder nicht dazu, die Brust zu nehmen, aber das war bei dir nie ein Problem. Du warst unersättlich. Ich stillte dich, bis nichts mehr in mir war.

Sie sah mir in die Augen.

Und dann stillte ich dich weiter.

Mein Herz schlug so laut in meiner Brust, dass ich mich fragte, ob sie es auch hören konnte. Bin ich deswegen wie du geworden?, fragte ich.

Sie sah hoch in die Wolken. Die Luft war eisig und trieb ihr die Tränen in die Augen. Ich weiss es nicht, sagte sie.

Und was ist mit Scott?

Er war nie so hungrig wie du.

Ich starrte auf den Boden. Unsere Fussspuren im Schnee sahen fast exakt gleich aus, jemand anderes hätte sie nicht auseinanderhalten können. Aber ich wuchs ja noch, ich hätte grösser, meine Füsse länger werden können. Ich hätte ganz anders werden können als sie.

Du hast mir gesagt, dass es falsch ist, einen anderen Menschen zum Bluten zu bringen, sagte ich.

Sie nickte. Das stimmt. Aber du hast mich nicht zum Bluten gebracht. Ich habe es dir gegeben. Sie nahm meine Hand. Sie hatte ihre Handschuhe vergessen, meine Finger wärmten ihre. Manchmal tut es mir leid, sagte sie. Manchmal denke ich, wenn ich das nicht getan hätte, wärst du vielleicht nicht so, wie du bist. Sie drückte meine Hand. Aber manchmal tut es mir auch überhaupt nicht leid.

Weil das bedeutet, dass wir gleich sind?, fragte ich.

Wir hatten den Wald schon hinter uns gelassen, den Hof überquert, und jetzt waren wir wieder am Haus. Standen zusammen in der Auffahrt.

Weil das bedeutet, sagte sie, dass ich immer bei dir sein werde.

14

In den letzten Tagen vorm Junior wuchs meine Nervosität. Ich hatte meine Säcke mit Futter und Ersatzausrüstung für die Checkpoints beim grossen Rennen gepackt und verschickt, hatte am Iditarod-Rookie-Treffen teilgenommen, mit Dad über die Dinge gestritten, von denen er meinte, dass ich sie einpacken müsste, und ich dachte, dass ich sie nicht brauchen würde. Ich hatte mit meinen Hunden über die letzten paar Wochen hart, aber durchdacht trainiert, und jetzt, kurz vorm Junior, war es an der Zeit, dass sie ihre Kräfte sammelten, also absolvierten wir nur noch die kürzeren und langsameren Touren.

Ich war schon zweimal beim Junior gestartet, es war mir vertraut, also versuchte ich, solange es zum grossen Rennen noch eine Woche hin war, mich auf das zu konzentrieren, was direkt vor mir lag. Fünfundsiebzig Meilen vom Knik Lake bis zur Yentna Station, dort ein vorgeschriebener Zwischenstopp von zehn Stunden, danach denselben Weg wieder zurück, insgesamt eine Strecke von hundertfünfzig Meilen. Vier Tage nach dem Rennen würde ich achtzehn werden. Ab da könnte ich mir dann immer noch Sorgen ums Iditarod machen, fand ich.

Am Tag vor dem Junior war das Wetter klar und kühl, bei minus sieben Grad. Im Januar und Februar hatte es endlich angefangen, sich wie ein echter Winter anzufühlen. Es hatte ein paarmal ordentlich geschneit, und jetzt, wo der Schnee sich gesetzt hatte, würde der Trail angenehm fest sein. Ideale Bedingungen für ein perfektes Rennen.

Ich verbrachte den Morgen damit, meinen Schlittensack und die Ausrüstung, die ich mitnehmen wollte, noch ein letztes Mal zu überprüfen. Die Hunde merkten, dass etwas vor sich ging, sie bellten und hüpften und forderten mich zum Spielen auf, während ich die Reihen auf und ab ging und Leckerli an sie verteilte.

Danach traf ich im Zwingerschuppen auf Jesse. Nervös?, fragte er.

Nicht wegen dem jetzt, sagte ich. Aber nächste Woche – Ich schüttelte den Kopf. Keine Ahnung, wie das wird.

Aber Bill hat dir doch alles über das Rennen erzählt, sagte Jesse.

Schon. Aber er hat mir auch erzählt, dass keine zwei Musher je dasselbe Rennen gefahren sind.

Er runzelte die Stirn. Und das heisst?

Ich denke, das heisst, ich bin geliefert.

Für einen Augenblick machte sich unverstellte Überraschung auf seinem Gesicht breit. Ich wusste inzwischen, dass er sich normalerweise vor den meisten Leuten versteckte, weil er musste, aber in dem Moment wurde mir klar, dass er sich sogar vor mir überlegte, was er offenbarte und was nicht. Solange ich nicht von ihm trinken durfte. In den letzten paar Wochen hatte er mir von sich erzählt, hatte mir aus seinem Leben berichtet, als wäre es eine Abfolge von Abenteuern, Anekdoten voller schillernder Figuren, als würde er versuchen, die Schatten, die ich durch meine flüchtigen Kostproben gesehen hatte, mit ihnen zu übertünchen. Dass er für eine Zeitlang unten in Ketchikan auf einem Kutter angeheuert hatte, stimmte tatsächlich, genauso, dass er einen Monat in einer Fischfabrik in Homer gearbeitet hatte. Er erzählte mir davon, wie er auf einem Milchbauernhof aufgewachsen war, wie er seinem Vater am Rockzipfel gehangen, ihn angebettelt hatte, ihm zu zeigen, wie man eine Kuh melkt oder die Zündkerzen vom Traktor wechselt. Wie er gehofft hatte, eines Tages das Land von seinem Vater zu erben, damit er den Hof weiterbetreiben konnte. Vielleicht wäre es auch so gekommen, Geschwister hatte er keine.

Aber als er anfing, so zu leben, wie es für ihn richtig war, wurde alles anders. Er musste mir nicht erklären, woher er wusste, dass Wörter wie *Mädchen* und *sie* und *ihr* nicht auf ihn passten, egal was andere Leute sagten, oder warum es sich so gut angefühlt hatte, als er sich mit dreizehn selber einen Igel schnitt. *Du wirst lächerlich aussehen in deinem Osterkleid,* hatte seine Mutter gesagt, und ich fühlte, wie ihre Worte ihm einen Stich versetzten, wie die ganze Leichtigkeit und Freude aus ihm wich, als er die Enttäuschung in ihrem Gesicht sah.

Ich hatte mehr über ihn erfahren, als ich ohne sein Blut jemals für möglich gehalten hätte, und es reichte, um mir das Gefühl zu geben, dass ich fast alles wusste.

Seine Überraschung über meine Antwort verflog, und er lachte. Danach war er wieder er selbst. Die Version, die ich sehen sollte.

Trace!, rief Dad von draussen. Bist du dann so weit?

Ich hatte zwar gesagt, dass ich nicht nervös wäre, aber mein Magen sackte mir in die Kniekehlen. Ich verzog das Gesicht.

Jesse sah zur Schuppentür rüber, dann kam er einen Schritt näher und gab mir einen flüchtigen Kuss. Viel Glück, Tracy Sue.

Er wartete noch, bis ich den Hof überquerte, und als er dann rauskam, um uns zu helfen, die Hunde in den Truck zu verladen, fiel mir auf, dass er den Schuppen durch die Hintertür verlassen hatte, damit es so aussah, als wäre er vielleicht vom Trainingsrad oder aus dem Wald gekommen.

Als wir die Hunde eingeladen und den Schlitten auf dem Dach des Trucks festgezurrt hatten, ging es los. Dad steuerte die Auffahrt runter, und ich sah im Seitenspiegel, wie Scott, Helen und Jesse uns hinterherwinkten. Sie würden später nach Anchorage zur Startzeremonie vom Iditarod kommen, aber ich hatte ihnen gesagt, dass es besser für meine Nerven wäre, wenn ich und Dad beim Start vom Junior erst mal allein wären. Sie winkten und winkten, bis sie hinter der Kurve der Auffahrt verschwanden.

Wir kamen rechtzeitig für die letzten Untersuchungen durch den Tierarzt in Wasilla an, und am Abend gab es noch ein Treffen der Musher, ein Raum voller Jugendlicher und ihrer Familien, fünfzehn von uns hatten sich für das Rennen angemeldet. Ich erkannte ein paar Gesichter aus den letzten Jahren. Es gab Pizza, und Dr. Jayne hielt einen Vortrag darüber, wie man seine Hunde auf dem Trail richtig versorgt. Ein paar ältere, erfahrenere Musher sprachen über Geschwindigkeiten, wie man den Schlitten in Schuss hält und welche Kleidung man tragen sollte. Dann wurden endlich die Startnummern ausgelost. Weil ich mich erst so spät angemeldet hatte, konnte ich meine nicht selber ziehen, ich bekam einfach das Los, das am Ende noch übrig war. Es wurde die Nummer 3, was bedeutete, dass ich als Dritte an den Start gehen würde.

Drei, eine Glückszahl, sagte Dad später nach dem Treffen zu mir. Wir hatten unser Lager aufgeschlagen und die Hunde für die Nacht versorgt, danach etwas zu essen gemacht und mit heissem Kakao aus der Thermoskanne am Feuer gesessen. Wir hatten über die Art von Dingen gesprochen, über die man spricht, wenn es ringsum dunkel ist, das Feuer knackt und die Hunde im Schlaf seufzen. Solche Dinge, an die man sich später nicht mehr erinnert, nur das Gefühl davon bleibt, und der Klang, zwei gesenkte Stimmen im Schein des Feuers.

An die Unterhaltung später, als die Glut erloschen war und wir beide in unseren warmen Schlafsäcken lagen, an die kann ich mich noch erinnern.

Seine Stimme drang aus der Dunkelheit zu mir.

Trace?

Ja.

Wegen Helen. Er verstummte. Ich hab niemanden gesucht, der – ich meine, ich will nicht, dass du denkst – Dann schwieg er wieder.

Mache ich nicht, sagte ich nach einer Weile.

Was machst du nicht?

Ich seufzte und starrte in die Dunkelheit. Kein Wind, nicht mal eine Brise diese Nacht. Keine Wolke über uns, ein leerer Himmel, nur die Sterne, die auf uns herunterschienen, jeder von ihnen an seine einsame Stelle gepinnt. In den letzten zwei Monaten hatte ich mehr als ein Dutzend Nächte bei Jesse verbracht, hatte ihn draussen auf dem Trail getroffen, er kam aus der einen, ich aus der anderen Richtung, wir verabredeten uns so, dass wir uns im Wald finden konnten. Mehr als einmal war ich aufgewacht und hatte vergessen, dass er neben mir lag, dann erstarrte ich, mein Herz pochte, meine Hand tastete nach meinem Messer, bis mir klar wurde, dass er es war und dass er nur da war, weil ich es ihm erlaubt hatte. Aber genauso oft wachte ich auf und spürte seine Wärme neben mir, und dann schmiegte ich mich an ihn, wie wenn unsere Hunde sich im Schlaf enger umeinanderrollten.

Alle Tiere haben es gern warm. Und wenn man jahrelang neben einem warmen Körper aufwacht, dann kam es mir nur natürlich vor, dass man sich danach sehnt, diese Stelle irgendwie wieder warm zu kriegen, wenn sie plötzlich kalt wird.

Ich denke nicht, dass du auf der Suche nach jemandem warst, der Moms Platz einnimmt, sagte ich.

Einer der Hunde grummelte im Schlaf. Ein anderer stand auf, drehte sich auf seinem Bett und legte sich wieder hin.

Ich mag Helen, sagte ich.

Ich auch, sagte er. Ich konnte das Lächeln in seiner Stimme hören.

Und was magst du an ihr?, fragte ich.

Er drehte sich in seinem Schlafsack. Sie hat so etwas an sich, sagte er. Dass man sich in ihrer Nähe wohl fühlt. Sie ist so offen. Immer interessiert, etwas Neues auszuprobieren, immer bereit, ehrlich zu sagen, was sie denkt. Das mag ich.

Ging es dir bei Mom genauso?, fragte ich.

Er räusperte sich. Deine Mom war vieles. Aber sie war nicht gerade offen. Vor allem nicht in den Monaten vor ihrem Tod. Da ist sie still geworden. Verschlossen. Früher waren wir immer ziemlich ehrlich miteinander gewesen, aber zu der Zeit wusste ich, dass sie etwas vor mir geheim hält. Du weisst, dass sie nachts draussen rumgelaufen ist, stimmt's? Nicht nur das eine Mal, fast jede Nacht, eine ganze Zeitlang.

Ich dachte daran, wie ich im Flur gestanden hatte. Wie ich sie eingehüllt in ihren Mantel in der Auffahrt hatte stehen sehen. Neben ihr Old Su.

Sie dachte, ich weiss es nicht, sagte Dad.

Es hat dich geärgert. Dass sie so losgezogen ist.

Nicht geärgert, sagte er. Obwohl, vielleicht ein bisschen. Aber vor allem habe ich mir Sorgen gemacht.

Ich stellte mir vor, wie er sich in seinem Bett herumwälzte, ihre Seite neben ihm kalt. Wie er wach blieb, um auf sie zu warten. Sich fragte, ob sie zurückkommen würde. Und als sie dann zurückkam, als sie vorsichtig die Hintertür zuzog und die Treppe raufschlich, wollte er sie da genauso anbrüllen, wie er mich angebrüllt hatte, als ich weggelaufen war? Mir war der Gedanke vorher nie gekommen, dass seine Angst um mich damals deswegen so gross gewesen war, weil er mit ihr das Gleiche durchgemacht hatte.

Ich will damit nicht sagen, dass ich Helen mehr mag als deine Mom, sagte er. Oder dass Helen sie irgendwie ersetzen soll. Ich liebe deine Mom immer noch. Ich vermisse sie immer noch. Verstehst du, Kleines?

Ich nickte, dann wurde mir klar, dass er mich nicht sehen konnte. Aber mein Hals war zugeschnürt, meine Zunge gelähmt, mein ganzer Körper von Sorge erfüllt. Ich hatte noch nie etwas von Dad genommen, nicht einen Tropfen, aber in diesem Augenblick verstand ich ihn. Fühlte ihn bis auf die Knochen. Während ich in meinen Schlafsack eingewickelt war, sass ich auch über den Küchentisch gebeugt, meine Augen brannten vor Schlaflosigkeit, bei jedem Geräusch im Haus fuhr mein Kopf herum. Mein ganzes Ich von Angst und Sorge beschwert. In dem Moment hätte ich ihm sagen sollen, wie leid es mir tat. Dass ich ihm das niemals hatte antun wollen.

Stattdessen drehte ich mich zur Seite und rollte mich um dieses Gefühl wie einen kleinen Felsbrocken, den ich von nun an mit mir rumschleppen würde.

Hörte Dad zu mir sagen: Nacht, Trace.

Das Rennen sollte nicht vor zehn losgehen, aber ich wurde früh wach, machte gleich ein Feuer und fing an, das Frühstück für die Hunde vorzubereiten. Dad wachte auf, als ich sie fütterte, und machte Frühstück für uns. Wir assen und schwiegen, beobachteten, wie die Sterne verblassten. Ein weiterer klarer, klirrender Morgen, etwa minus zehn Grad. Ein guter Tag für ein Rennen.

An der Startlinie vom Junior herrscht nicht mal annähernd ein so grosses Treiben wie beim Iditarod. Schliesslich nehmen gar nicht so viele daran teil, in dem Jahr nur fünfzehn im Vergleich zu den fünfzig bis sechzig Mushern, die normalerweise beim grossen Rennen dabei sind. Aber immerhin, fünfzehn Jugendliche mit jeweils bis zu zehn Hunden, dazu noch die Eltern, Helfer, Freiwillige und Zuschauer, das ist auch ganz ordentlich.

Ich blendete das alles so gut aus, wie ich konnte. Konzentrierte mich auf meine Hunde, als ich ihnen die Schuhe anzog, sie am Geschirr griff und einen nach dem anderen zur Zentralleine führte. Beim Junior braucht man mindestens sieben Hunde, um an den Start zu gehen, bis zu zehn kann man haben, und es war eine gute

Idee, auch tatsächlich so viele mitzubringen, falls man später ein paar Hunde aus dem Rennen nehmen müsste. Aber schon in einer Woche würde ich mit hauptsächlich denselben das grosse Rennen fahren, und ich wollte fürs Iditarod so viele Hunde wie möglich noch frisch. Also hatte ich ein Gespann aus nur sieben Hunden zum Junior mitgenommen. Chug und Boomer für die Wheelsektion und davor Grizz und Marcey als meine Swingdogs. Ich hatte in den letzten Wochen beobachtet, dass Stella und Zip gut zusammen liefen, also spannte ich sie nebeneinander direkt hinter Peanut, meinen Leithund.

Ich spürte einen kleinen Stich in der Magengrube, als ich mein Gespann einschirrte, ich dachte an Flash und hoffte, der Musher, dem Dad sie geliehen hatte, erkannte, dass sie die geborene Leithündin war. Dann schob ich den Gedanken beiseite und konzentrierte mich auf meinen eigenen Hund an der Spitze. Ich kraulte Peanut und nordete ihn noch einmal ein.

Dad war gerade damit fertig, ein letztes Mal zu kontrollieren, ob der Schlittensack auch fest genug war.

Ein Knistern durchschnitt die Luft, ich zuckte zusammen, als der Lautsprecher anfing zu scheppern. Dann wurden die ersten Musher per Durchsage zur Startlinie gebeten.

Ich schätze, wir müssen los, sagte Dad.

Die freiwilligen Helfer waren schon auf dem Weg zu uns. Sie griffen die Hunde an ihrem Geschirr, und hinter uns hakte jemand eine Schneemaschine an meinen Schlitten, sie sollte dasselbe bewirken wie ein Zugwiderstandsschlitten, nämlich die Hunde ausbremsen und sie so lange auf Position halten, bis der Countdown zum Start heruntergezählt wäre. Über die Lautsprecher wurde Startnummer 1 vorgestellt, ein Musher aus Bozeman, Montana, und mein Gespann ruckte nach vorn, näher an den Start, als der erste Countdown begann.

Dad hielt Chug in der Wheelsektion fest, und ich dachte an Mom, wie sie all die Jahre an derselben Stelle wie Dad jetzt gestanden hatte, während er die letzten Sekunden bis zum Rennen abwartete. Er drehte sich zu mir um, und sein Gesicht schien fast zu bersten, so breit war sein Lächeln. Ich konnte nicht anders als zurücklächeln. Kurz wünschte ich mir, dass Scott hier wäre, und Jesse. Ich stellte mir vor, wie die beiden halfen, die Hunde zurückzuhalten, oder wie sie jubelnd an der Startlinie standen, so wie sie es höchstwahrscheinlich tun würden, wenn das grosse Rennen käme. Wärme durchströmte mich, und wenn ich am Morgen noch auch nur ein bisschen nervös gewesen war, war jetzt alle Anspannung verflogen. Mein Kopf war so ruhig, als wäre ich die letzten Stunden zu Hause durch unseren Wald gerannt. Ich atmete tief ein und stellte mich auf meine Kufen. Hielt mich an der Handlebar fest. Meine Hunde jaulten und tänzelten und versuchten, sich aus dem Griff der Helfer zu befreien.

Wieder knackten die Lautsprecher. Die Ansage verkündete: Startnummer 2 ist Rookie Quentin Trefon aus Bethel.

Seinen Countdown hörte ich kaum. Mein Gespann drängte vorwärts, und dann standen wir am Start.

Startnummer 3 ist die mehrfache Teilnehmerin Tracy Petrikoff, heute bei ihrem dritten Junior.

Dad zwinkerte mir zu.

Ich zwinkerte zurück, dann konzentrierte ich mich. Eine kleine Menge direkt hinter der Startlinie, verschwommene Gesichter, ein paar wedelnde Hände, die Leute lächelten, redeten, winkten. Ich erkannte Wendell Nayokpuk vom Laden aus dem Ort, und irgendwo dirigierte Steve Inga sein Tagesteam aus Freiwilligen.

Zehn, durch die Lautsprecher schepperte der Countdown.

Die Sonne stand jetzt über den Bäumen, ihr Licht wurde vom Schnee reflektiert und trieb mir die Tränen in die Augen. Ich wischte mir mit dem Handschuh über die Lider.

Neun, acht.

Ich zog die Hand wieder weg, und da war er.

Sieben, sechs.

Ganz am Ende der Menge stand er etwas abseits. Die Narben in seinem Gesicht leuchteten rot und grell auf seiner Haut, die in letzter Zeit nicht genug Sonne gesehen hatte.

Fünf, vier.

Alle Geräusche verstummten, in meinen Ohren pochte nur noch mein Herz, immer langsamer, immer lauter, ersetzte den Countdown, während ich an Dad vorbei in das Gesicht von Tom Hatch starrte.

Drei.

Dad, wie er lächelte. Hatch, wie er sich für einen Moment weg-, dann wieder zu mir drehte. Seine Augen landeten auf mir, er hob die Hände und fing an zu klatschen.

Zwei.

Der Schlitten ächzte unter dem Zug meiner sieben Hunde, die um jeden Preis vorwärts wollten. Mein ganzes Gewicht auf der Bremse. Ein Sturzbach aus Schweiss unter meinem Mantel, Dampf unter meiner Wollmütze. Hatchs Blick auf mir. Nagelte mich auf meinen Kufen fest. Mein ganzer Körper erstarrt, mein Herz ein panischer Vogel in einem Käfig.

Eins.

Los.

Wir schlingerten vorwärts. Ich war noch nicht von der Bremse gestiegen, aber die Hunde drängten nach vorn, kämpften, bis mir wieder einfiel, wie ich meine Beine benutzen musste, dann nahm ich den Fuss hoch, und wir schossen an Dad vorbei, er streckte die Hand aus, berührte mich an der Schulter. *Stolz auf dich, Trace,* seine Stimme drang von der Kante in den Abgrund zu mir, ich fiel, die Hunde stürmten vorwärts, aber ich stürzte, immer tiefer hinein in das Meer von Gesichtern an der Startlinie, bis ich bei Tom Hatch ankam. Ich rauschte abwärts an ihm vorbei, unsere Blicke trafen sich, und er lächelte mir zu.

Viel Glück, Musher!

Dann waren wir auf dem Trail. Ich sah über meine Schulter nach hinten. Das nächste Gespann stand schon in den Startlöchern, die Menge hatte Dad verschluckt, ich konnte ihn nirgends finden. Aber da war Tom Hatch. Und winkte immer noch.

15

Ich drehte mich um, da traf mich seine Hand. Ich taumelte, aber konnte nirgends hin, er hatte mich schon gepackt, das Einzige, was ich tun konnte, war, mein Messer in die Finger zu bekommen.

Diesmal wirft er mich nicht zur Seite. Ich mache einen Schritt nach vorn, und plötzlich liege ich auf dem Boden hinter der Scheune, Hatchs warmer Atem in meinem Gesicht. *Hör auf, Tom. Hör auf.* Aus dem Augenwinkel sehe ich die Harke.

Dann komme ich auf unserem Hof an, bin wieder bei mir. Mein Magen voll.

Die Sonne schien und warf sickernde Schatten über den Schnee. Ich hielt mich an meiner Handlebar fest, aber ich war gar nicht auf dem Schlitten. Ich war im Wald, hinter der Scheune, Hatch, wie er auf mich losgeht, auf Jesse, immer und immer wieder. Ich war ein Hase, ein Marder, kaute an meinem eigenen Bein, zerrte an der Schlinge um meinen Hals, wodurch sie sich nur immer fester zuzog. Ich drehte mich um, Hatch langte zu. Ich sah die Harke. Das Messer in meiner Hand. Der Hunger, der in mir aufstieg, und der Instinkt, mich selbst zu verteidigen, waren eine grosse Flutwelle, die mich ihm entgegenschwemmte. Und dann über mir zusammenschlug.

Es riss mich von den Beinen. Scheisse! Ich fluchte, mein Mund voller Schnee. Ich spuckte aus, hielt mich an meinen Kufen fest und schlitterte auf dem Bauch über die festgefahrene Spur, meine Füsse strampelten. Ich hielt meinen Kopf oben, winzige Eiskügelchen peitschten mir ins Gesicht. Ich sah, dass Grizz es irgendwie geschafft hatte, auf die andere Seite der Zentralleine zu Marcey zu kommen, und jetzt waren sie ineinander verheddert, während die restlichen Hunde davon unbeeindruckt einfach weiterrannten.

Ich versuchte gar nicht erst, noch mal zu rufen. Die Hunde würden nicht anhalten, egal wie oft ich *Whoa!* brüllen würde. Mit brennenden Armen zog ich mich auf die linke Kufe, versuchte, mich mit einem Knie darauf zu halten. Warf mein restliches Gewicht auf die Bremse.

Nachdem ich mein Gespann Stück für Stück zum Halten gebracht hatte, rappelte ich mich vom Boden auf und sah nach meinen Hunden, während die Startnummer 5 an uns vorbeirauschte. Ich versorgte meine Hunde mit etwas Futter, dann sah ich mich um. Während ich mit dem Kopf irgendwo im Wald und hinter der Scheune gesteckt hatte, hatten sie uns auf Kurs gehalten. Etwa zwanzig Fuss vor uns erspähte ich eine der orangefarbenen Markierungen, dann blinzelte ich gegen die Sonne, rechnete kurz nach und stellte fest, dass wir in ungefähr zwei Stunden fast fünfundzwanzig Meilen zurückgelegt hatten. Wenn wir in dem Tempo weitermachten, wären die Hunde schon lange vor dem Zwischenstopp in Yentna Station am Ende ihrer Kräfte.

Mein Plan war es gewesen, nach vier Stunden Strecke eine Pause einzulegen, aber mein Plan war auch gewesen, auf der Bremse zu stehen und mein Gespann, wenn es den ersten Energieüberschuss erst mal losgeworden wäre, in einem gleichmässigen Tempo von acht, neun Meilen die Stunde zu halten. Die Hunde mussten sich ausruhen. Ich kontrollierte ihre Pfoten, und dann liess ich sie in Ruhe, sie rollten sich zusammen und dösten, wurden nur munter, wenn ein anderer Musher oder ein Rennrichter auf einem Schneemobil vorbeikam.

Im ersten Moment lenkte ich mich ab, indem ich in meinem Schlittensack wühlte, nach irgendeinem Teil meiner Ausrüstung suchte, das ich nicht brauchte. Ich kaute auf einem Stück Trockenfleisch, das in meinem ausgedörrten Mund wie altes Leder schmeckte. Ich überlegte, etwas abseits vom Trail zu gucken, ob sich in der Nähe irgendein Tier auftreiben liess, ob es irgendeinen Weg gab, etwas Warmes in den Bauch zu kriegen und die Bilder von Hatch aus meinem Kopf zu verbannen. Aber wir standen mitten auf weiter Flur, die nächsten Bäume waren Punkte am Horizont, und ich wollte meine Hunde nicht allein lassen. Noch ein Gespann fuhr an uns vorbei, und dann noch eins, ein Musher winkte, der nächste rief zu mir rüber: Alles okay? Ich nickte, dann beobachtete ich, wie sein Schlitten sich immer weiter entfernte, bis er ganz verschwand.

Immer und immer wieder sah ich Hatch, erst, wie seine Hand nach mir griff, dann, wie seine Hand winkte, sah das Grinsen in seinem Gesicht, als er mich an der Startlinie entdeckte. Das Grinsen eines Jägers.

Ich lief auf und ab, während meine Hunde schliefen. Beim Start war es voll gewesen, aber es hatten sich auch keine Massen gedrängt. Hatte auch Dad Hatch gesehen? Und wenn, was spielte das für eine Rolle? Ich stellte mir vor, wie die beiden sich über den Weg liefen, wie Dad den Fremden, den er zur Krankenstation gefahren hatte, euphorisch begrüsste, ihn nach seiner Verletzung fragte. Ihm die Hand schüttelte und alles Gute wünschte. Wie

Hatch lächelte und nickte, sich bei Dad für seine Hilfe bedankte. Anschliessend in einen Truck stieg oder sich an die Strasse stellte, um per Anhalter Richtung Norden zu fahren, in der festen Überzeugung, wenn er bei mir zu Hause ankäme, dieses verlassen vorzufinden. Vielleicht war er gewieft genug, wie Jesse erst noch abzuwarten, aus der Deckung der Bäume den Hof lange genug zu beobachten, um herauszufinden, dass Scott und Helen zu Hause geblieben waren.

Warum er zurückgekommen war, konnte ich nicht wissen. War er auf der Suche nach Jesse? Wenn er schon eine Weile in der Gegend war, konnte er leicht im Ort aufgeschnappt haben, dass Bill Petrikoff jemanden eingestellt hatte, einen jungen Kerl, der eines Tages einfach aufgetaucht war. Oder vielleicht wusste er von dem Geld in Jesses Rucksack? Dem Geld, das ich mir genommen hatte.

Was auch immer er wollte, es war so oder so meine Schuld. Nachdem ich Tom Hatch niedergestochen hatte, hätte ich niemals mehr von zu Hause weggehen dürfen. Ich hätte immer auf der Hut bleiben müssen, denn ich war für ihn verantwortlich.

Stella wachte auf, als das nächste Gespann an uns vorbeizog. Wir waren schon fast eine Stunde hier, lange genug, dass die Hunde sich gestärkt fühlten. Stella streckte sich und gähnte, dann sah sie mich an, legte den Kopf schief, als würde sie mich fragen: *Und was jetzt?*

Eine Möglichkeit war, mich wieder nach vorn zu kämpfen, wie ich es geplant hatte. Von hier waren es noch etwa fünfzig Meilen bis Yentna Station. Aber dort müsste ich wie alle anderen Junior-Musher erst den vorgeschriebenen Zwischenstopp von zehn Stunden einlegen, bis ich wieder umdrehen und das Rennen beenden dürfte. Und das waren zehn Stunden, die ich nicht hatte. Erst zehn und dann noch mal mindestens acht bis zur Ziellinie, dann die Zeit, die es brauchen würde, die Hunde, den Schlitten und die Ausrüstung zu verladen, danach die Fahrzeit, und wenn wir endlich zu Hause ankommen würden, wäre Hatch längst über alle Berge. Aber was würden wir stattdessen vorfinden? Durch Jesse hatte ich gesehen, zu welcher Gewalt Hatch fähig war.

Wenn ich dagegen jetzt gleich umdrehen und die Hunde so schnell laufen lassen würde, wie sie wollten, dann könnte ich in weniger als zwei Stunden zurück an der Startlinie sein. Hatch hatte einen Vorsprung, aber der war nicht uneinholbar. Ich und Dad, wir könnten es schaffen. Nach Hause kommen, bevor er viel Schaden anrichten würde. Ich musste nur das Rennen abbrechen.

Mein Magen zog sich zusammen. Noch ein Gespann fuhr an uns vorbei, der Musher mit der Startnummer 15, er stand auf seinem Schlitten und hob eine Hand, ich grüsste zurück. Danach lag der Trail wie ausgestorben da. Um mich herum nur Leere, endloser weisser Raum, ein Berg in der Ferne. So was nennt man ein *Paradox,* wie diese Art Leere einen gänzlich ausfüllen kann. Sosehr es beim Schlittenrennen auch darum ging, die Hunde zu trainieren und sich um sie zu kümmern, Pläne und Strategien zu entwickeln, es ging auch um die Faszination für diesen Ort, darum, wie die Ebene sich vor einem hob und senkte, um ihre Kargheit, ihre Fülle.

Die Hunde spürten, dass es jeden Moment wieder losging, ein paar von ihnen waren aufgesprungen und bellten, konnten es nicht erwarten, wieder an die Arbeit zu gehen. Wir waren erst zwei Stunden unterwegs gewesen, mein Gespann war noch frisch, keiner der Hunde zeigte auch nur den Hauch von Widerwillen, sich zurück ins Rennen zu stürzen. Wir waren zwar im Moment Letzte, aber das Gespann direkt vor uns war gerade erst vorbeigezogen, wir konnten die anderen noch einholen. Ich kannte meine Hunde, und ich hatte das Gefühl, wenn wir uns diese Nacht ausruhen würden, hatten wir noch eine gute Chance, ein ordentliches Rennen zu fahren, vielleicht sogar uns an die Spitze zu setzen. Es war nicht völlig ausgeschlossen, dass wir noch gewinnen konnten.

Aber wenn ich weitermachen würde, dann wäre das ein Wettrennen, wie ein Hase rennt, wenn er den Wolf wittert, atemlos, fieberhaft, ein Rausch aus Schnee und Bäumen. Und nur ein Gedanke im Kopf: nach Hause finden, Zuflucht finden. Aber es gab keine Zuflucht mehr. Nicht, solange Hatch in der Nähe war.

Peanut winselte, als ich meinen Schlittensack aufmachte, anstatt mich auf die Kufen zu stellen und den Schneeanker zu ziehen. Ich musste mich durch zig Schichten von Ausrüstung und Futter und Extraklamotten wühlen, bis ich schliesslich fand, was ich suchte, auch wenn ich mir noch nicht eingestehen konnte, dass ich meine Entscheidung längst gefällt hatte. Aber ich musste mir ein Problem nach dem anderen vornehmen.

Das erste Problem war, mir zu überlegen, was genau schiefgegangen sein konnte. Man kehrt nicht einfach um und fährt zurück zum Start, weil man es sich anders überlegt hat, und ich hatte nicht vor, Dad zu sagen, dass ich wegen Hatch zurückgekommen war. Wenn ich wenigstens einen Tag überstehen würde, ohne ihm beichten zu müssen, was ich getan hatte, dann würde Dad die Wahrheit nie erfahren müssen. Also brauchte ich einen Grund, um das Rennen abzubrechen, den er verstehen würde.

Sieben Hunde hatte ich in meinem Gespann, mit mindestens fünf musste ich über die Ziellinie fahren, um nicht disqualifiziert zu werden. Wenn alles furchtbar schiefgehen würde, wenn ich drei Hunde in meinen Schlittensack nehmen müsste, weil sie verletzt oder krank wären, dann wäre es gerechtfertigt, genau hier umzukehren. Es kam nicht in Frage, dass ich irgendeinem meiner Hunde eine Verletzung zufügte, sie mussten fit für das grosse Rennen bleiben, und egal wie viele kleine Viecher ich schon eigenhändig hatte ausbluten lassen, ich glaube nicht, dass ich absichtlich einem Hund weh tun könnte, schon gar nicht einem meiner eigenen.

Stattdessen durchforstete ich hektisch meinen Schlittensack nach der Überraschung, die Dad für mich versteckt haben musste. Bei meinem ersten Junior war ich in den Yentna-Station-Zwischenstopp hineingerauscht, hatte Strohbetten für meine Hunde aufgeschüttet, sie gefüttert und umsorgt und dann zwischen meiner Ausrüstung nach meinem eigenen Abendessen gekramt, einer Plastiktüte mit gefrorenem Elcheintopf, den ich auf meinem kleinen Gaskocher aufwärmen würde. Tatsächlich fand ich nicht nur den Eintopf, sondern auch noch eine Süssigkeit: Mit Klebeband hatte Dad einen Riegel Bitterschokolade an die Tüte geklebt, dazu noch einen Zettel in seiner angeschrägten Handschrift. *Viel Glück, Trace, ich bin stolz auf dich. Streng dich an, und hab Spass!* Ich habe nie viel für Schokolade übriggehabt, egal welche Sorte, aber ich ass seinen Riegel, und der zartherbe Geschmack auf meiner Zunge war wie eine Erinnerung daran, wie hart Dad gearbeitet hatte, um mir dabei zu helfen, hierherzukommen, wie viel es ihm bedeutete, dass ich dieses Rennen fahren wollte, dass das etwas war, was uns verband.

Seitdem steckte Dad immer kurz vor einem Rennen, wenn ich nicht hinsah, einen Riegel Schokolade in meinen Schlittensack.

Dann fand ich ihn endlich, Dad hatte ihn in mein Paar Ersatzsocken gewickelt, einen Riegel dunkler Schokolade, ohne Füllung, ohne Nüsse, ohne irgendwas.

Die Hunde hatten zwar schon gefressen, aber Marcey war immer für alles Essbare zu haben, was man ihr gab, und im Zweifel auch für das, was man ihr nicht gab. Einmal hatten wir in der Küche einen Teller mit Burgerfleisch stehenlassen, als sie gerade Haushund war, und sie hatte es tatsächlich fertiggebracht, den Teller runterzureissen und alles bis auf das letzte Fitzelchen aufzufressen. Boomer war nicht ganz so unverschämt, aber würde auch so ziemlich alles vertilgen, ausserdem hatte er einen empfindlichen Magen. Ich brach den Schokoladenriegel in zwei Hälften und gab beiden jeweils ein Stück. Marcey schlang ihrs praktisch im Ganzen herunter, während Boomer sein Stück zwischen den Pfoten hielt und höchst vornehm lauter kleine Stückchen abbiss.

Sie waren beide schwer genug, die Menge an Schokolade, die ich ihnen gab, würde ihnen sicher keinen echten Schaden zufügen, sie würde ihnen nur nicht bekommen. Bis wir wieder an der Startlinie wären, würden sie wahrscheinlich anfangen zu zittern, zu hecheln, vielleicht auch sich zu übergeben. Erst mal aber sassen sie auf ihren Hinterläufen, leckten sich über die Lefzen und warteten ab, was ich als Nächstes tat.

Ich ging zu meinem Leithund. Als ich Ersatz für Flash brauchte, hatte ich mich für Peanut entschieden, weil er so einen guten Orientierungssinn hatte, er schien immer zu wissen, wo es langgeht, selbst wenn er den Weg noch gar nicht kannte. Aber er war auch nicht ohne. Widerspenstig und stur, richtig schwierig konnte er werden, wenn er wollte, von all unseren Hunden war er derjenige, der sich am ehesten aus seinem Halsband winden und davonschiessen würde, wenn ihn der Hafer stach. Es war nicht abwegig, sich vorzustellen, dass er auch schon in den ersten Stunden eines Rennens eine seiner Launen hätte und mir entwischen würde.

In dem Moment, als er hörte, wie ich sein Geschirr aufklinkte, sprang Peanut los, voll übersprudelnder Energie nach dem Futter und der Pause. Ich pfiff, und er rannte zu mir zurück, dann an mir vorbei in die richtige Richtung, in die, aus der wir gekommen waren. Guter Junge, rief ich ihm hinterher. Er blieb stehen und drehte sich mit hängender Zunge und gespitzten Ohren zu mir um. Als er sah, dass ich keine Anstalten machte, ihm direkt hinterherzukommen, bellte er und fegte los, ein entlaufener Hund.

Ich versuchte, mir Zeit damit zu lassen, erst Marcey, dann Boomer in meinem Schlittensack festzumachen. Es war unmöglich, zu sagen, wie lange genau es dauern würde, bis die Schokolade wirken würde, und ich brauchte den Beweis, dass ich auf keinen Fall hätte weiterfahren können. Aber ich konnte nicht aufhören, an Hatch zu denken, an ihn und die Minuten, die uns trennten, und es wurden immer mehr, bis Stunden zwischen uns lagen, er immer vor mir, während ich mich abmühte, ihn einzuholen. Meine Hände zitterten, als ich Grizz an Boomers Stelle in die Wheelsektion hakte, Stella und Zip übernahmen jetzt die Führung ganz vorne. Die Hunde hatten ziemlich viel Geduld bewiesen, während ich Marcey und Boomer verarztet hatte, aber als ich mich jetzt auf die Kufen stellte, explodierten sie, sie bellten und hüpften und zerrten an den Leinen. Ich zog den Schneeanker und liess sie lange genug nach Westen laufen, bis sie ihre Es-geht-wieder-los-Aufregung losgeworden waren. Dann suchte ich den Horizont ab und sah, dass ich alleine war, kein anderes Gespann, kein Rennrichter weit und breit.

Also rief ich: *Come gee!,* wir drehten um und fuhren zurück in die Richtung, aus der wir gekommen waren.

Die Sonne war aus dem Himmel verschwunden und zog eine rosa-orangefarbene Schleppe hinter sich her, bis nur noch ein dünnes Band aus Licht am Horizont zu sehen war, und ein Halbmond am Himmel. Der frühe Abend schien den Hunden einen zusätzlichen Adrenalinschub zu geben, mit überschwänglichem Elan zogen sie den Schlitten über den von Pfotenabdrücken und Schlittenspuren überzogenen Trail. Von Zeit zu Zeit hüpfte ich von den Kufen und rannte bergauf mit, und wenn ich dann wieder aufsprang, pochte mein Herz nicht nur von der kurzen Anstrengung, sondern von der Gewissheit, dass ich zu Hause immer näher kam. Der Wahrheit immer näher kam.

Zurück schien der Weg doppelt so lang wie heute früh. Bei jeder kleinen Erhöhung blinzelte ich in die Ferne und hoffte darauf, die Scheinwerfer eines Schneemobils zu erspähen, aber es dauerte mehr als eine Stunde, bis ich endlich einen Rennrichter entdeckte. Marcey und Boomer zitterten und hechelten inzwischen in meinem Schlittensack.

Ich warf meinen Anker und winkte.

Da hast du dich aber ganz leicht verfahren, oder, Musher?, fragte er, als er mit seinem Quad neben meinem Schlitten hielt.

Hast du einen Hund gesehen, der hier frei rumläuft?, fragte ich zurück. Mein Leithund ist mir stiften gegangen, und jetzt habe ich hier auch noch zwei Kranke auf meinem Schlitten.

Wie auf Kommando fing Marcey in dem Moment an zu würgen. Es klang wie ein trockenes Husten, es kam noch nichts, weckte aber die Aufmerksamkeit des Richters.

Deinen Ausreisser habe ich nicht gesehen, sagte er, aber ich gebe es an die anderen per Funk weiter. Bis dahin sollten wir mal zusehen, dass du zurück zum Start kommst, damit sich ein Tierarzt deine Hunde angucken kann.

Könnte auch jemand meinem Dad Bescheid geben?, fragte ich. Bill Petrikoff. Er hat sein Zelt in der Nähe vom Start aufgeschlagen.

Du bist die Tochter von Petrikoff? Er legte die Stirn in Falten und schüttelte den Kopf. Was für ein Pech, dass du hier abbrechen musst. Ihr habt für eine Familie nun wirklich genug durchgemacht, wenn man mich fragt.

Keine Bange, sagte ich. Nächste Woche starte ich beim grossen Rennen. Ab da geht es für uns wieder bergauf.

Er grinste. Na, das ist doch ein Wort. Dann komm mal mit.

Sein Funkgerät krächzte, als er sein Fahrzeug wendete. Ich gab meinen Hunden ein Pfeifsignal, und wir folgten dem Quad den Trail entlang, wenn auch in einem für meinen Geschmack viel zu langsamen Tempo. Ich fing auf meinen Kufen schon an zu hüpfen und wurde immer hibbeliger, je näher wir dem Start kamen.

Als wir endlich da waren, war der Start kein Start mehr, sondern ein Ziel. Freiwillige hatten schon den grossen Bogen mit dem Transparent aufgestellt, JUNIOR IDITAROD – ZIEL! stand in gigantischen, fetten Buchstaben darauf. Zum zweiten Mal an diesem Tag musste ich einer Welle von Enttäuschung standhalten. Ich stellte mir vor, wie am Nachmittag darauf die ersten Musher durch den Schnee gleiten würden, wie eine jubelnde Menge sie begrüsste. Eltern mit vor Stolz strahlenden Gesichtern. Ich beendete mein Rennen, indem Dad mir mit sorgenvoller Miene entgegenstürzte.

Geht's dir gut?, fragte er und nahm mich in den Arm.

Ich weiss nicht, was passiert ist, sagte ich, sie müssen irgendwas gefressen haben.

Ich zeigte auf Marcey und Boomer, beide hatten inzwischen Durchfall, mein Schlittensack war mit Scheisse verschmiert. Die Tierärztin war schon bei uns und nahm Boomer von der Leine.

Und dann Peanut –, sagte ich.

Der ist im Truck, entgegnete Dad. Steve hat mich gleich geholt, als Peanut vor einer halben Stunde hier aufgetaucht ist. Was war denn los?

Ich schüttelte den Kopf. Ich musste nicht spielen, dass

mir elend zumute war, wie ich so unter dem Zielbogen stand und zwei meiner Hunde von Tierarzthelfern weggetragen wurden, während vierzehn andere Musher inzwischen an der Yentna Station um ein Lagerfeuer sassen und sich fröhlich über das Rennen und die Strecke austauschten. Meine Augen wurden heiss, und in meinem Hals klemmte ein Stein, den ich nicht runterschlucken konnte.

Dad umarmte mich noch einmal. Wir haben uns Sorgen gemacht, Trace. Ich weiss, dass Peanut gern mal wegläuft, aber – Jetzt schüttelte er den Kopf.

Ich räusperte mich. Können wir einfach nach Hause?, fragte ich.

Es dauerte länger, als ich gehofft hatte. Die Tierärztin untersuchte Marcey und Boomer, dann gab sie ihnen etwas, damit sie erbrachen. Sie runzelte die Stirn, als sie das halbverdaute Trockenfutter auskotzten, fragte: An Schokolade können sie aber nicht rangekommen sein?

Dann räumten wir unser Lager, und ich überschlug mich so sehr, dass ich mein Zelt schon zusammengebaut und meinen Schlafsack saubergemacht und im Truck verstaut hatte, da hatte Dad noch nicht mal meinen Schlitten auf der Box für die Hunde festgebunden. Ich sass vorn im Truck, beobachtete, wie er mit Steve Inga redete, und versuchte ihn nicht anzuschreien, dass er sich beeilen soll. Endlich setzte er sich ans Steuer.

Weisst du, der Diner hat noch offen, sagte er. Wir könnten noch kurz halten, eine Kleinigkeit essen –

Nein! Ich schrie das Wort praktisch heraus. Ich meine, ich will wirklich einfach nur nach Hause. Wenn das okay ist.

Natürlich ist das okay, sagte er und schwenkte auf den Highway.

Zu Hause war jetzt schon zum Greifen nah, mit jeder Meile, die wir fuhren, näher, und trotzdem hatte ich das Gefühl, dass wir zu spät kamen. Zu viel Zeit war vergangen, mit Packen und Reden und dem Bruchteil eines Rennens vertrödelt, für das ich mich nie hätte anmelden sollen. Ich krallte mich an den Griff der Beifahrertür, bis meine ganze Hand weiss wurde. Ich konnte unser Haus sehen, bevor wir überhaupt da waren, ich sah es in verschiedenen Versionen. Wie alle Fenster dunkel waren und ein Schatten aus dem Wald kroch, immer näher und näher kam. Wie Tom Hatch an Scotts Bett stand, während er schlief, wie Hatch von Raum zu Raum schlich, auf der Suche nach Jesses Rucksack, wie er zusammenzuckte, als er Helens Stimme hörte, sie ihn fragte, was er hier zu suchen hatte. Blutüberströmte Leichen auf dem Boden, das Werk von Tom Hatch. Sah, wie er so lange an die Tür der Kate hämmerte, bis er sie aufgebrochen hatte, wie Jesse schreit, als Hatch sich auf ihn stürzt, endlich kriegt, wofür er in den Norden gekommen ist.

Als wir in die Auffahrt fuhren, riss ich meine Tür auf und sprang aus dem Wagen, bevor wir überhaupt standen.

Tracy!, hörte ich Dad mir hinterherrufen, aber ich rannte schon ums Haus herum zur Hintertür, riss sie auf und folgte den Schneespuren in die Küche. Homer und Canyon sprangen auf die Füsse und bellten, woraufhin Scott die Treppe runterkam, schon im Pyjama, Helen sah im Wohnzimmer von ihrem Buch auf und gab einen überraschten Laut von sich. Beide unbeschadet, unverletzt. Aufgeschreckt durch einen Eindringling, aber dieser Eindringling war ich, sonst war niemand da.

Wo ist er? Die Worte quollen aus meinem Mund, bevor ich sie zurückhalten konnte.

Wo ist wer?, fragte Helen. Sie legte eine Hand auf meine Wange. Du bist ganz rot im Gesicht. Geht es dir gut?

Jesse ist in der Kate, sagte Scott.

Aber Jesse war nicht in der Kate, er stand in der Tür, legte die Stirn in Falten und sah zu Dad. Ich habe den Truck gehört –, sagte er.

Ich schüttelte Helens Hand ab, drängelte mich an Jesse vorbei und stürmte nach draussen. Rannte in die Mitte von unserem Hof, jetzt war ich doch der gehetzte Hase. Ich drehte mich, suchte den Waldrand ab. Versuchte, über mein eigenes Keuchen hinweg zu hören, ob da jemand war.

Tracy!, rief Dad mir hinterher.

Der Zwingerschuppen. Ich musste an die Nacht denken, in der wir Jesses Fussspuren vor der Tür gefunden hatten, es war der perfekte Ort, um sich bis tief in die Nacht zu verstecken, wenn niemand einen Besucher erwartet. Ich sprintete über den Hof und stiess die Tür mit so viel Wucht auf, dass sie gegen die Schuppenwand knallte und mir wieder entgegenkam. Ich hielt den Atem an und lauschte, schlich durch den Raum, lauschte, ob hier irgendwo jemand atmete, der Holzboden knarrte, irgendetwas, ging von Winkel zu Winkel, aber alle waren leer.

Verrätst du mir vielleicht, was los ist?, fragte Dad hinter mir.

Jesse stand in der Tür. Sie starrten mich beide an, warteten auf eine Antwort, die ich nicht geben konnte.

Ich –, setzte ich an, und plötzlich wurde mir ganz schwindlig. Ich schwankte. Helen, die Dad gefolgt war, stürzte zu mir und hielt mir noch einmal die Hand an die Stirn.

Du hast ja Fieber, sagte sie und legte den Arm um mich. Seid ihr deswegen früher nach Hause gekommen?, fragte sie Dad, dann sagte sie: Na, komm, gehen wir ins Haus und stecken dich ins Bett.

Ich liess mich von ihr zum Haus führen, verwirrt und erschöpft. Verfiel in eine Art Angststarre, wie sie in seinen letzten Momenten ein Tier überkommt, wenn es dein Messer sieht, du deine Hand um seinen Hals legst und ein Teil von ihm versteht, dass bald alles vorbei ist.

Als wir auf der Höhe der Kate waren, setzte Jesse sich ab. Ich lief ihm nach, hatte plötzlich eine Eingebung.

Ich habe den Mann vom Jahrmarkt gesehen, sagte ich zu ihm.

Jesse sah genauso ratlos aus wie Dad.

Der Mann, der den Lukas gehauen hat, versuchte ich es noch einmal.

In seinen Augen flackerte die Erleuchtung.

Wovon spricht sie?, fragte Dad.

Jesse schüttelte den Kopf.

Aber als ich mich von Dad und Helen zum Haus bringen liess, warf ich ihm noch einen Blick zu. Seine Lippen waren zusammengepresst. Meine Nachricht war angekommen.

Oben gab Helen mir, nachdem sie Fieber gemessen hatte, ein paar Pillen aus dem Arzneischrank. Ich versuchte, ihr zu erklären, dass ich unten helfen musste, die Hunde aus den Transportboxen zu holen, bemühte mich aber auch nicht zu sehr, denn in Wahrheit bekam ich kaum noch einen geraden Satz heraus, so erschöpft war ich von dem Tag, der Panik und der merkwürdigen Enttäuschung darüber, nach Hause zu kommen und alle und alles exakt so vorzufinden, wie ich es verlassen hatte. Dad werde sich um die Hunde kümmern, versicherte mir Helen. Was ich jetzt brauchte, war Schlaf. Also kriegte ich den.

Vor dem nächsten Mittag wachte ich nicht auf. Im Haus war alles still, kein Geräusch bis auf das Radio, das jemand angelassen hatte. Ich blieb im Bett, sah zu, wie der Schnee vor meinem Fenster fiel, lange genug, um zu hören, dass das Junior heute kurz vor elf zu Ende gegangen war, ein siebzehnjähriger Musher aus Big Lake war als Erster durchs Ziel gefahren, den zweiten Platz belegte der Rookie aus Bozeman, und ein Mädchen aus Nome wurde Dritte. Ich hatte gedacht, diese Nachricht würde mir einen Stich versetzen, aber zu meiner Überraschung liess sie mich völlig kalt.

Gegen eins kroch ich schliesslich aus dem Bett. Als ich in den Spiegel sah, war mein Gesicht immer noch rot, es fühlte sich gar nicht warm an, bis ich es anfasste, meine Hände waren feucht. Bevor ich zum Junior gefahren war, hatte ich zwei Eichhörnchen gefangen, eigentlich genug, um über ein paar Tage zu kommen, bevor ich wieder etwas Warmes bräuchte. Ich fühlte mich krank, aber nicht auf die Art, wie ich mich fühlte, wenn ich nicht getrunken hatte. Ich spritzte mir Wasser ins Gesicht und putzte mir die Zähne, dann ging ich nach draussen und sah, dass Dads Truck weg war.

Ich klopfte an Jesses Tür und machte auf, als keine Antwort kam. Auch er war weg, sein Bett gemacht, und auf seinem kleinen Tisch lag ein aufgeschlagenes Buch, das er sich ausgeliehen hatte, mit den Seiten nach unten. Der Ofen war aus, aber fühlte sich noch warm an.

Ich ging wieder nach draussen in den Schnee, der inzwischen in dickeren Flocken runterkam, handtellergross schwebten sie aus dem Himmel. Der Hof gespenstisch ruhig.

Jetzt, dachte ich. Eine stille Nachricht von mir an Tom Hatch. Komm jetzt, wenn wir beide allein sind.

Der Gedanke liess mich fast wieder in Panik verfallen. Auch wenn ich wusste, dass er nicht weit war, sass er doch am längeren Hebel. Aber ich hatte meine Tricks. Meine Wege. Jahre an Leben, die ich in mir aufgenommen hatte, alles, was die Tiere, die ich erlegt hatte, mir beigebracht haben. Hatch hatte nichts davon. Ich atmete tief ein. Verlangsamte meinen hämmernden Herzschlag.

Ich watete durch den fast knietiefen, frischen Schnee. Die nächste Falle war nur etwa eine Meile den Trail rauf, und mit ein bisschen Glück würde ich darin etwas finden.

Die Berge an Schnee dämpften den Tag, sie klebten an den Stämmen der Bäume und schluckten den Himmel. Aber in meinem Kopf dröhnte ein mahlendes Geräusch, wie Metall, das über Metall schleift, eine Art Krächzen, das es mir schwermachte zu denken. Ich versuchte, Hatchs Gesicht aus meinen Gedanken zu vertreiben. Wie er lächelnd die Hand hob und winkte. *Viel Glück, Musher!* Wie ich seinen Augen abgelesen hatte, dass er mich erkannt hatte, als er in unserem Hof gestrandet war. Seine Brauen zusammengezogen, sein Gesicht zu nah, um es genau zu sehen, als er seinen Körper gegen Jesse presste.

Ich versuchte, Jesse zu sein. Suchte in mir nach dem, was ich von Hatch wusste, nach Anhaltspunkten, was für ein Mann er war. Gewieft. Geschickt. Geduldig, bis er es eben nicht mehr war. So hatte er Jesse erst umgarnt, aber dann war alles aus dem Ruder gelaufen, die Geduld war ihm ausgegangen, und etwas anderes hatte die Oberhand gewonnen, bis sie schliesslich hinter der Scheune gelandet waren. Später waren sie beide in den Norden gekommen, zuerst Jesse, Hatch ihm nach. So viel konnte ich mir zusammenreimen. Dann trat ich auf den Plan, mit meinem Messer in der Hand, während eine Welle aus Blut die Gedanken in meinem Kopf auslöschte.

Fast fünf Monate hatte Hatch sich in der Gegend rumgetrieben, seit Dad ihn zur Krankenstation gebracht hatte. Mindestens einen Teil davon hatte er in Fairbanks verbracht, solange er sich von seiner Verletzung erholte. Zeit, in der er darüber nachgegrübelt hatte, wo Jesse hin sein mochte. Und danach? War er zurück ins Dorf gekommen, hatte er angefangen, sich im Diner und bei der Post herumzudrücken, mit den Leuten über alles und nichts zu plaudern, bis es niemandem mehr seltsam vorkam, wenn er nach der Familie fragen würde, in deren Hof er zusammengebrochen war? Er hatte genug rausgefunden, um beim Junior aufzutauchen. Und wenn er irgendwas über meine Familie wusste, dann wusste er, wer Dad war, und höchstwahrscheinlich konnte er sich denken, dass die Chancen ziemlich gut standen, dass der ehemalige Iditarod-Sieger Bill Petrikoff Junior am ersten

Samstag im März in Anchorage sein würde, zusammen mit seinen Kindern, um sich auf seinen Start beim grossen Rennen vorzubereiten. Dass also zu dem Zeitpunkt niemand zu Hause wäre. Dass, wenn irgendwer dageblieben wäre, um auf das Grundstück aufzupassen, es sicher der junge Kerl wäre, den Petrikoff eingestellt hatte, der, der nicht viel redete und hinten in der Kate wohnte.

Meine Falle war leer, also versteckte ich mich im Gebüsch und wartete, die Gedanken in meinem Kopf mahlten und polterten so laut durcheinander, dass ich sicher war, sämtliche Tiere im ganzen Wald müssten sie hören und deswegen wegbleiben. Aber nach einer Weile kam ein Fuchs zwischen den Bäumen hervor. Etwa zehn Fuss vor dem Bach blieb er abrupt stehen. Schnupperte am Boden, dann kreiste er um eine Stelle im Schnee, die sich durch nichts von ihrer Umgebung unterschied. Ich hielt den Atem an. Seine Ohren, beide tellergross, waren nach vorne gerichtet. Er blieb stehen und senkte den Kopf. Wartete. Dann schoss er in die Luft und kam in einem Bogen wieder runter, verschwand kopfüber im Schnee, nur noch die Hinterläufe und der Schwanz waren zu sehen, bis er mit einer Maus zwischen den Zähnen wieder auftauchte.

Ich hätte mir den Fuchs fangen sollen. Ich hatte Hunger, mir war kalt, ich fühlte mich fiebrig, und wenn ich noch viel länger durchhalten müsste, ohne etwas Warmes zu finden, würde es mir immer schlechter gehen. Aber ich sass da und beobachtete, wie der Fuchs die Maus zwischen seinen Zähnen zermalmte, und sein rotorangenes Fell erinnerte mich an Moms Mantel, den einzigen leuchtenden Fleck in all dem Weiss, wenn sie in der Auffahrt stand. Bis sie sich umdrehte und wieder ins Haus kam. Nie am Haus vorbei in den Wald ging, wie ich es getan hätte.

Als der Fuchs davonschlich, stand ich auf, steckte mein Messer ein und machte mich auf den Weg nach Hause, und während mein Magen schlimmer rebellierte als jemals zuvor, hatte ich meinen Entschluss gefasst.

16

Manchmal ertappte ich Mom dabei, wie sie mich beobachtete. Dann sah ich von den Hundeschuhen hoch, die ich gerade flickte, oder von der gefrorenen Pisse, die ich von den Hütten abhackte, und da stand sie, mit den Händen in den Manteltaschen, ihrem Blick auf mir. Ein seltsamer Ausdruck in ihrem Gesicht oder auch gar kein Ausdruck. Wenn Dad sich über sie ärgerte, dann nannte er sie *launisch, unberechenbar,* und das waren Wörter, die sie rasend machten, aber eigentlich hiessen sie nichts anderes, als dass man schwer voraussehen konnte, in welcher Stimmung sie gerade war.

An anderen Tagen sagte sie: Komm, setz dich zu mir, und dann hockte ich mich neben sie auf die Sofakante, bis sie den Arm um mich legte und mich zu sich heranzog. Ich beisse nicht, flüsterte sie mir ins Ohr. Hunderte Male hatte ich sie so mit Scott gesehen, wenn ich ins Wohnzimmer kam, an derselben Stelle aneinandergeschmiegt, und dann lasen sie zusammen, oder sie erklärte ihm, wie man ihre kompliziert aussehende Kamera benutzte. Zwischen ihnen war etwas, das wusste ich, unsichtbare Fäden, die sie zusammenhielten, dagegen verband mich mit Mom, wenn es da überhaupt irgendwas gab, höchstens, dass sie verstand, dass ich anders war als Scott, dass ich andere Dinge brauchte als er. Zumindest habe ich das lange gedacht.

Erzähl mir von deinem Tag, sagte sie, wenn ich stundenlang im Wald gewesen war und noch nach Schnee und nasser Wolle roch. Also beschrieb ich ihr den windstillen

Nachmittag, die von Raureif bedeckten Bäume, wie die flüchtige Sonne an dem Tag Diamanten im Schnee gefunden hatte, und sie hatten so laut geglitzert wie ein Chor im lautlosen Wald.

Sie strich mir über die Haare, während ich erzählte. Du bist so warm, flüsterte sie.

Ihre Stimmung hielt immer für ein paar Tage, manchmal Wochen. Dann wurde sie blasser als normalerweise und blieb fast bis mittags im Bett, und Dad fragte sie, ob alles in Ordnung wäre. Und dann, eines Nachts, wachte ich wieder auf und sah, dass sie nicht mehr da war, sah sie vom Fenster aus in der Auffahrt stehen, sah, wie ihr roter Mantel in der Dunkelheit schwebte.

Bis zur Startzeremonie des Iditarod blieben mir nur noch ein paar Tage, aber ein paar Tage reichten völlig. Der Trick ist, lange genug, aber nicht zu lange auszuhalten. Schon am nächsten Tag gähnte und japste mein Magen, wie wenn ein Fisch auf einer Sandbank nach Luft schnappt. Am Nachmittag dann ballte er sich zusammen wie eine Faust, und als am Abend die ganze Familie zusammen beim Essen sass, Dad Jesse Komplimente machte, weil seine Burger so zart und saftig geworden waren, pappte mir das Fleisch im Mund zusammen, trocken wie Sägespäne. Als ich es endlich runterbekam, drehte sich mir der Magen um, und ich sprang auf und rannte ins Bad.

Als ich nicht wieder rauskam, klopfte Dad an die Tür und fragte: Trace? Ist alles in Ordnung?

Der Geschmack von Erbrochenem lag schwer auf meiner Zunge. Ich spülte, dann lehnte ich mich gegen das Waschbecken, spritzte mir Wasser ins Gesicht und trank aus der hohlen Hand. Sah mir im Spiegel an, was Dad sehen würde, wenn ich die Tür aufmachte.

Um Himmels willen, Kleines, sagte er und legte mir die Hand auf die Stirn.

Ich hab kein Fieber, sagte ich.

Du siehst aus wie eine wandelnde Leiche.

Danke, sagte ich und lächelte schwach.

Der Wald bleibt morgen tabu, in Ordnung?, sagte er. Ich glaube, du musst einen Tag im Bett bleiben.

Mir geht es gut, sagte ich. Ich muss nach meinen Fallen sehen.

Das kann Jesse für dich übernehmen.

Aber –

Hör auf mich. Er schlang die Arme um mich und legte seine Wange auf meinen Scheitel. Ich machte die Augen zu und liess mein ganzes Gewicht in ihn einsinken.

Na hopp, geh schon, sagte er. Ruh dich aus. Du willst doch dein grosses Rennen nicht verpassen.

Zu Befehl.

Wie er mich ansah, als ich die Treppe hochstieg. Für einen Moment überlegte ich mir alles anders. Ich wollte meinem Magen nicht mehr dabei zuhören, wie er mir die Gedärme zernagt. Ich wollte an Dad vorbei in den Wald stürmen und mich an dem ersten Tier gütlich tun, das ich in die Finger kriegen konnte. Wollte meine Hunde anspannen und mit ihnen los, ich hatte schliesslich ein Rennen, für das ich trainieren musste. Ich wollte nach hundert Meilen in unseren Hof einfahren und von Dads Lächeln begrüsst werden; wie er immer eine Hand hob, nicht um zu winken, sondern als würde er sagen: Hier bin ich, und ich werde immer auf dich warten. In den letzten paar Monaten hatte er genauso hart wie ich dafür gearbeitet, dass ich für mein erstes Iditarod gut vorbereitet wäre, und auch wenn ich wusste, dass er verstehen würde, wenn ich nicht starten könnte, weil ich krank war, wusste ich auch, dass zumindest ein kleiner Teil von ihm dann enttäuscht wäre.

Während ich mich die Treppe hochschleppte, sah ich noch einmal runter in die Küche, wo Scott und Jesse mich dabei beobachteten, wie ich um sieben ins Bett ging. Mein Blick traf den von Jesse. Sorge auf seinem Gesicht, Sorge um mich. Als ich oben ankam, hörte ich ihn Dad fragen: Ist alles in Ordnung?

Nein, dachte ich. Aber bald ist es das. Dafür würde ich sorgen.

Am nächsten Tag stieg ich nicht aus dem Bett, bis Helen kam. Sie nahm mich in Augenschein und wurde zu der Krankenschwester, die sie war, kam mit dem Fieberthermometer und scheuchte mich zurück ins Bett, begrub mich unter einem Stapel Decken und gab mir etwas zum Einreiben, dann noch etwas, was man mit Wasser schlucken musste. Als ich hörte, wie sie zu Dad sagte, dass sie es für das Beste hielt, wenn er mich auf die Krankenstation brachte, schlug ich meine Decken zurück und schleppte mich ins Bad, in meiner Hand mein Messer. Ich setzte einen winzigen Schnitt in meiner Armbeuge. Beobachtete danach im Spiegel, wie die Farbe zurück in meine Wangen kroch, das Glasige aus meinen Augen verschwand. Zog meinen Ärmel über die Schnittwunde.

Als ich die Tür aufmachte, wollte Helen gerade klopfen.

Ich wollte nur sehen, wie es dir geht, sagte sie. Ist dir schlecht? Schwindlig?

Tatsächlich fühle ich mich wieder ganz gut, antwortete ich.

Du siehst auf jeden Fall besser aus.

Sie legte ihre Hand auf meine Wange. Ich wusste, dass sie nur meine Temperatur fühlen wollte, aber mir wurde flau im Magen, als sie mein Gesicht berührte. Ihre Finger fühlten sich anders an als die breite, schwielige Hand von Dad. So anders als die von Jesse, wenn sie rastlos über meinen Körper wanderte, und so sanft, wie seine Berührungen waren, waren sie doch gleichzeitig immer auch auf etwas aus. Helen legte ihre Hand auf meine Wange, und ich musste an all die Male denken, die Mom dasselbe getan hatte.

Es geht mir gut, sagte ich.

Ich weiss, du kannst es wahrscheinlich gar nicht erwarten, wieder auf einen Schlitten zu kommen, sagte Helen. Aber bitte tu mir den Gefallen, und geh heut nicht nach draussen. Nimm dir einen Tag, um dich zu erholen.

Ich nickte. Kann ich dir bei irgendwas in der Küche helfen?

Sie lächelte. Klar. Das ist sehr lieb von dir.

Ich setzte mich an den Tisch und sah mehr zu, als dass ich mithalf, Helen liess mich Gemüse für den Salat schnippeln, während sie das Abendessen vorbereitete. Wie ein Vogel bewegte sie sich durch die Küche, liess sich an einer Stelle nieder, und dann schwebte sie durch den Raum, um etwas aus der Speisekammer zu holen. Als Dad ins Haus kam, nachdem er die Hunde gefüttert hatte, strahlten sie sich an wie zwei Teenager. Eine warme Woge überkam mich, obwohl niemand daran gedacht hatte, für den Abend den Holzofen anzuheizen. Als

Helen nach dem Essen nach Hause fuhr, winkte ich ihr hinterher, während sie in ihrem Jeep die Auffahrt runterrollte, ich war traurig, sie fahren zu sehen, obwohl es für mich alles nur komplizierter machte, wenn sie da war.

Ein kleiner Schluck von meinem eigenen Blut war nicht viel, am nächsten Morgen fühlte ich mich benommen und war blass genug, um nicht spielen zu müssen, wie krank ich war. Als ich nicht zu meiner typischen Zeit aufstand, kam Dad, um nach mir zu sehen.

Wie fühlst du dich, Tracy Sue? Er strich mir die verschwitzten Haare aus dem Gesicht. Da sah es erst so aus, als würde es dir bessergehen, und jetzt das.

Mir geht's gut, sagte ich. Morgen früh stehe ich wieder auf dem Schlitten.

Er seufzte. Liess den Blick durch mein Zimmer schweifen: der gedämpfte Schein der Lampe in der Ecke, die Bücherregale, die er für mich gezimmert hatte, zum Grossteil mit Büchern gefüllt, von denen er mir entweder erzählt oder die er mir gegeben hatte, wenn ich etwas Neues lernen wollte, der Schaukelstuhl, den er für Mom gebaut hatte, als sie schwanger mit mir war. Sie hatte auch in ihm gesessen, als Scott dann da war, und danach war er irgendwann ins Wohnzimmer gewandert, aber nach ihrem Tod schleppte ich ihn in mein Zimmer. Manchmal sass ich darin, schaukelte vor und zurück und stellte mir sie mit einem Baby auf dem Arm vor. Wie sehr sie sich um mich gesorgt haben musste, um Scott. *Manchmal denke ich, wenn ich das nicht getan hätte, wärst du vielleicht nicht so, wie du bist.* So hatte sie es zu mir gesagt. Wie laut ich geschrien haben musste, um sie so weit zu bringen, dass sie tat, was sie tat.

Dad zog meine Decken zurecht und schüttelte eins meiner Kissen auf. Er wirkte abgelenkt, zögerlich, und als er länger als eine Minute nichts sagte, fragte ich schliesslich: Was ist?

Er seufzte noch einmal. Ich will dir nicht sagen, dass du dein Rennen nicht fahren kannst, sagte er. Aber –

Ich weiss, unterbrach ich ihn, weil ich auch nicht hören wollte, wie er es mir sagte. Ich weiss, dass ich zu krank für das Rennen bin. Meine Stimme bröckelte. Es war albern, wie sehr meine Augen brannten, wo ich doch die Entscheidung selber getroffen hatte. Aber sie laut auszusprechen liess alles so real werden.

Es tut mir leid, Kleines. Dad strich mir über die Haare.

Ist schon gut, entgegnete ich und schluckte den Schluchzer runter, der aus mir rausquellen wollte.

Wir sassen für eine Weile in der Dunkelheit, ohne dass einer von uns etwas sagte. Dann räusperte ich mich. Du solltest starten, sagte ich. Und bevor Dad davon anfangen konnte, dass das gegen die Regeln verstösst oder dass er noch nicht so weit war, fuhr ich fort: Ich habe in den Regeln nachgelesen, und wenn es sich um einen Notfall handelt, dann kann der oberste Rennrichter einen Ersatzmusher zulassen. Die Startgebühr ist bezahlt, die Hunde sind bereit, und die Leute wollen dich eh wieder auf dem Schlitten sehen.

Trace –

Und Steve Inga ist doch mit quasi jedem ganz dicke, der jemals irgendwas mit dem Rennen zu tun hatte. Er kann den Richter locker überreden, sein Einverständnis zu geben.

Dad schüttelte den Kopf. Selbst wenn Steve das irgendwie deichseln könnte, das Problem ist die Zeit. Das Auftakttreffen ist Freitag –

Und? Heute ist Mittwoch. Das Futter für die Checkpoints haben wir schon vor dem Junior verschickt. Du musst nur noch deinen Schlittensack packen und fahren.

Dad runzelte die Stirn, aber ich konnte sehen, wie seine Augen glänzten. Er suchte nach Gründen, nein zu sagen, aber es gab genauso viele Gründe, ja zu sagen. Ich wusste, er brauchte nur einen Schubs.

Seit Mom tot ist, ist kein Petrikoff mehr beim grossen Rennen gestartet. Ich war noch nicht alt genug, und du warst gesperrt. Aber jetzt sind wir beide teilnahmeberechtigt. Wenn Mom hier wäre –

Ich musste den Satz nicht beenden. Ich konnte es in seinem Gesicht sehen, in der Art, wie sein ganzer Körper sich veränderte, seine Muskeln schienen sich zu entspannen, gleichzeitig ging ein aufgeregtes Kribbeln von ihm aus.

Bitte?, sagte ich, um die Sache zu besiegeln.

Er hob eine Hand. Wenn ich starte, dann heisst das, dass Helen herkommt, um nach dir zu sehen. Ich werde mit ihr sprechen, ob sie vielleicht sogar ganz hierbleiben kann, solange du dich nicht fühlst.

Einverstanden, sagte ich und liess mich erschöpft und erleichtert zurück in meine Kissen fallen.

Dad lächelte mich an. Dann werde ich mal anfangen zu packen, was? Willst du noch Frühstück, bevor ich fahre?

Ich schüttelte den Kopf. Ich denke, ich werde eher noch ein bisschen schlafen.

Er gab mir einen Kuss auf die Stirn, bevor er aus dem Zimmer ging. Danach schlief ich tatsächlich, und zwar nicht nur ein paar Minuten, sondern den ganzen Tag. Als ich wieder aufwachte, war längst die Sonne untergegangen, und das Haus lag still da. Ich zitterte, während ich mich anzog, meine Haut war kalt und mein Kopf schwummerig. Ich wünschte mir nichts mehr, als in den Wald zu gehen, irgendeinem warmen kleinen Getier die Pulsader aufzuschneiden. Aber es lag noch Arbeit vor mir.

Jesse war schon ins Bett gegangen. Der Schein meiner Taschenlampe hüpfte über die Wände seiner Kate, als ich meine Stiefel abstreifte und mich neben ihn auf die Pritsche legte. Er schreckte hoch, dann entspannte er sich, als er sah, dass ich es war.

Du bist ja ganz kalt, sagte er. Seine Stimme klang dünner in der Dunkelheit.

Ich schmiegte mich an ihn. Ich war schon eine Weile nicht mehr zu ihm in die Kate gekommen, auch schon bevor ich zum Junior gefahren war, war ich oft zu beschäftigt gewesen, meist war ich am Ende eines Tages einfach in mein eigenes Bett gefallen und nicht mehr aufgewacht, bis Dad den Kopf durch meine Tür steckte, um mir zu sagen, dass der Kaffee fertig war. Ich hatte die Kate vermisst, hatte vermisst, wie das orangefarbene Glühen vom Holzofen den Raum erfüllte, wie zusammengerückt hier alles war. Wie ich neben Jesse aufwachte. Bald würde ich ihn wieder vermissen, aber wenn mein Plan aufging, dann nicht für lange.

Was ist passiert?, fragte er.

Wir hatten keine Gelegenheit gehabt, uns unter vier Augen zu unterhalten, seit ich mich mitten im Junior von Dad hatte nach Hause fahren lassen und, in der Erwartung, Hatch hier vorzufinden, ins Haus gestürmt war.

Ich brauchte einen Moment, bis ich begriff, dass Jesse mich nach dem Satz fragte, den ich an dem Abend zu ihm gesagt hatte. *Ich habe den Mann vom Jahrmarkt gesehen, der den Lukas gehauen hat.*

Hatch ist beim Start gewesen, sagte ich jetzt. Er hat mir zugewinkt. Ich war ganz sicher, er würde hierherkommen, solange ich und Dad nicht da wären. Ist er aber nicht. Oder vielleicht doch, und er hat euch drei gesehen und beschlossen abzuwarten.

Jesse runzelte die Stirn. Du denkst, dass er bis zum Iditarod wartet, um dann wiederzukommen und – was genau zu tun?

Sag du es mir, antwortete ich. Du kennst ihn. Warum sollte er so lange in Alaska bleiben, wenn er längst wieder gesund ist?

Im Dunkeln musste ich nicht die Augen schliessen, um zu sehen, wie Hatch mich so anguckt, wie er Jesse angeguckt hatte. Oder um seine Hand in meiner zu fühlen. Oder sein Gewicht auf mir, seinen Atem in meinem Ohr, die Harke eine Armlänge entfernt, meine Finger, wie sie sich nach dem Griff strecken. *Ich bin hierhergekommen, um ein neues Leben anzufangen. Ich hatte nicht damit gerechnet, dass das alte mir hinterherkommt,* das hatte Jesse darüber gesagt, dass Hatch ihm in den Norden gefolgt war. Ich konnte mir nicht vorstellen, warum ein Mann einem anderen Tausende von Meilen hinterherjagt, wenn der ihn nicht will. Aber ich kannte den Mann ja auch nicht. Nicht wie Jesse ihn kannte.

Du hast recht, sagte er. Er geht davon aus, dass Bill beim Rennen startet, nicht zu Hause ist, und er wird denken, dass du, Scott und Helen mit ihm nach Anchorage fahrt. Vielleicht war er deswegen beim Junior – um hier erst mal alles auszuspähen.

Um zu sehen, ob du noch hier wohnst oder schon weitergezogen bist, sagte ich.

Und jetzt denkt er, wenn Bill weg ist, dann bleibe ich hier. Alleine, sagte Jesse. Er wandte seinen Blick von der Decke, um mich anzusehen. Fährst du deswegen nicht zum Rennen?

Ich bin krank, entgegnete ich.

Er verdrehte die Augen. Dann sagte er: Also gut. Dann warten wir auf ihn. Und wenn er kommt, sind wir gewappnet.

Bin ich gewappnet, sagte ich.

Was?

Du darfst hier nicht bleiben, erklärte ich. Ich kann nicht tun, was ich tun muss, und auch noch auf dich aufpassen.

Er setzte sich auf. Was du tun musst?

Ich antwortete ihm nicht, sah nur ins Feuer, das schon fast erloschen war, kein knackendes Holz mehr, nur noch die Glut war übrig. Kein Geräusch von den Hundehütten draussen. Die Stille zwischen uns wurde immer dichter, wurde so bleiern, dass die eine Silbe sie kaum durchbrach.

Oh, sagte er.

Dann küsste ich ihn. Ich war es leid zu reden, leid, zu grübeln und zu überzeugen. Ich hatte noch einiges an Arbeit vor mir, aber jetzt wollte ich erst mal nur ein bisschen neben seinem warmen Körper schlafen.

Aber er war noch nicht so weit. Wenn einer von uns hierbleibt, um die Sache mit Tom zu regeln, sagte er, dann ich. Ich kann mit ihm reden. Ihn dazu bringen, ein für alle Mal zu verschwinden.

Weil das sonst auch immer so gut geklappt hat?, sagte ich. Jedes Mal, wenn er dich auf deinem Weg nach Norden aufgespürt hat. Da hast du einfach mit ihm geredet, und er hat Ruhe gegeben?

Er wurde rot. Nein, aber –

Er verstummte. Ein Licht in seinen Augen, wie sein Verstand versuchte, etwas zu lösen. Seine Gedanken überschlugen sich, ich konnte fast hören, wie es in seinem Kopf klickte und surrte wie in einer gutgeölten Maschine.

Meinetwegen, sagte er nach einer Weile. Aber trotzdem sollte ich derjenige sein, der – ihn loswird.

Ich seufzte. Dann machte ich einen Satz, wand meine Beine um seine und drückte seine Arme auf die Matratze, presste meine Zähne gegen die weiche Haut an seinem Hals, an die Stelle, wo eine Ader puckerte. Ich spürte unter meiner Zunge, wie sein Puls schneller schlug. Er versuchte, sich aus meinem Griff zu befreien, aber ich hielt ihn noch für ein paar Sekunden fest, damit klar wurde, worauf ich hinauswollte.

Ich habe seit Tagen nicht getrunken, sagte ich, als ich ihn losliess. Ich fühle mich elendig, aber das kriege ich immer noch hin. Und Hatch ist auch stärker als du. Aber ich kann es wenigstens mit ihm aufnehmen. Wenn einer von uns mit ihm fertig wird, dann ich.

Ich merkte, dass Jesse nicht gerade begeistert war, es aber auch nicht mehr viel brauchte, damit er einlenkt. Mir gefällt das nicht, sagte er noch.

Muss es ja auch nicht, entgegnete ich. Aber nur einer

von uns muss sich das aufs Gewissen laden, und das kann genauso gut ich sein, schliesslich bin ich auch diejenige, die ihn fast umgebracht hat.

Er kaute auf seiner Lippe, wollte protestieren. Aber dann sagte er: Wenn du meinst, dass es so das Beste ist.

Ich schloss die Augen und wickelte mich in seine Decken. Die Matratze knarzte, als er sich wieder hinlegte. Ich war schon fast eingeschlafen. Aber eins musste ich noch sagen.

Bleib in Anchorage. Zumindest erst mal. Helen wird Scott nach dem Start nach Hause fahren, aber du sagst ihr, dass du für den Rest des Rennens als Freiwilliger bei Steve bleibst. Und dann kommst du nicht nach Hause, bis Dad im Ziel ist.

Aber –

Versprich es mir, sagte ich.

Draussen heulte einer der Hunde. Ein anderer stimmte mit ein, und dann noch einer. So sangen sie für einen langen Augenblick, bellten keinen Mond an, sondern gaben einander nur ein kurzes Lebenszeichen, kamen für einen Moment zusammen, dann verstummten sie wieder.

In Ordnung, sagte Jesse, und damit war es beschlossen, die Hunde fingen wieder an zu singen, ich liess mich auf ihren Stimmen treiben und hob ab, stieg hinauf in die Nacht und sank immer tiefer in den Schlaf.

Als sie am Morgen abfahrbereit waren, packte ich mich warm ein und ging nach draussen, um Dad dabei zuzusehen, wie er ein letztes Mal überprüfte, ob sein Schlitten auf der Transportbox gut verschnürt war. Die Hunde waren schon verladen, wahrscheinlich hatten sie sich längst eingerollt und schlummerten, sie waren an die langen Autofahrten vor den Rennen gewöhnt.

Helen trat auf die Hintertreppe und legte einen Arm um mich. Nach dem Start komme ich gleich zurück, sagte sie. Oder soll ich vielleicht doch lieber hierbleiben? Wie fühlst du dich?

Fahr mit, sagte ich. Sonst muss Dad Steve als Begleitung zum Willkommensessen mitnehmen.

Sie grinste und drückte mich. Bald war alles eingeladen, Jesse sass mit Scott auf dem Beifahrersitz hinter dem Steuer des einen Trucks, in dem anderen wartete Helen.

Dad kam noch einmal zu mir. Wie fühlst du dich?, fragte er.

Stinksauer bin ich.

Er lachte, dann wurde er ernst. Ich weiss. So hatte ich mir den Tag nicht vorgestellt.

Mein Magen krampfte, ich zuckte zusammen.

Ich weiss auch nicht, ob ich wirklich fahren sollte. Du bist schon so lange so krank.

Er nahm seinen Hut ab, und plötzlich war ich mir sicher, gleich würde er auch seinen Mantel ausziehen, Jesse sagen, dass er den Schlitten abladen und die Hunde rauslassen soll. Ich war so weit gekommen, so krank geworden, und jetzt würde er nicht fahren.

Wenn es mir nach dem Wochenende nicht bessergeht, sagte ich, dann lasse ich mich von Helen zur Krankenstation fahren. Einverstanden?

Versprochen?

Auf jeden Fall, sagte ich.

Wenn ich am ersten Checkpoint ankomme, rufe ich Helen an. Und dann sollte sie mir besser berichten, dass du entweder wieder ganz gesund bist oder dass eine Rechnung vom Doktor auf mich wartet. Eins von beiden.

Aye, aye.

Na gut, sagte er, und dann erstarrte er plötzlich. Ach du meine Güte. Trace! Jetzt hätte ich's fast vergessen! Alles Gute zum Geburtstag.

Mir entfuhr ein Lachen. Seit Monaten hatte ich all meine Hoffnung auf diesen Geburtstag gesetzt, er war der ganze Grund, warum ich mich überhaupt fürs grosse Rennen hatte anmelden können. Aber ich war so beschäftigt mit Hatch und Jesse gewesen und damit, Dad zu überzeugen, an meiner Stelle zu starten, dass ich den völlig vergessen hatte.

Ich habe dir nicht mal einen Kuchen gebacken, sagte Dad.

Wie wär's, wenn du einfach das Rennen gewinnst?, entgegnete ich. Das wäre ein ziemlich gutes Geschenk.

Ein Sieg für Tracy, antwortete er und umarmte mich. Ich geb mein Bestes.

Dann drehte er sich um, und ich blieb, wo ich war. Dad stieg in seinen Truck, der Motor lief schon, damit es drinnen warm blieb. Jesse kurbelte sein Fenster runter und streckte den Kopf raus, er sah mich an. Setzte an, etwas zu sagen, aber dann überlegte er es sich anders. Was immer es war, vor Scott musste er es sich wahrscheinlich eh verkneifen.

Ich winkte noch einmal, und dann, bevor die Trucks die Auffahrt runtertuckerten, stürmte ich ins Haus, durch die Küche, die Treppe hoch in mein Zimmer. Selbst von drinnen konnte ich hören, wie das Brummen der Motoren immer leiser wurde, während meine Familie sich weiter entfernte. Ich sah vor mir, wie sie davonfuhren. Erst Dads Truck, dann der, in dem Jesse sass. Das alles konnte ich klar genug von meinem Bett aus sehen, mit den Decken über meinem Kopf und geschlossenen Augen. Weder musste noch wollte ich mir das in echt angucken.

Als ich aufwachte, war Freitag. Ich tastete auf meinem Nachttisch nach meinem Messer. Zog einen Schnitt über meine Handfläche und leckte sie ab. Genug, damit ich wach wurde und mich zum ersten Mal seit Tagen zu mehr in der Lage fühlte, als mich nur von meinem Bett ins Bad zu schleppen und wieder zurück. Ich zog Stiefel und einen Pullover an, stopfte meine Haare unter eine Wollmütze, und dann sprintete ich über den Hof zum Trail. Jesse und Dad hatten meine Fallen zwar noch kontrolliert, sie aber nicht wieder aufgebaut, weil ich zu krank war, um mich um sie zu kümmern. Ich machte mich also auf die Jagd, fühlte mich immer noch wie benebelt, bis mir am Vormittag ein kleiner Marder in die Schlinge ging, der sich gern an einer Stelle ausruhte, wo Eichhörnchen ihre Vorräte auftürmten.

Ab dem Moment, in dem ich etwas Warmes in mir hatte, gab es nicht mehr viel zu tun, ausser zu warten, nachzudenken.

Am nächsten Morgen sah ich mir die Eröffnungszeremonie im Fernsehen an, schleifte mein Messer, während Dads Startnummer angesagt wurde und die Menge klatschend jubelte, als sein Gespann die Fourth Avenue entlangglitt. Der echte Start war erst am nächsten Tag, mit weniger Kameras und ohne Fernsehübertragung, nur die Musher und ihre Familien, Helfer, Freiwillige. Ein paar Stunden Trubel, solange die Schlitten einer nach dem anderen die Startpiste verliessen, dann liefen alle auseinander.

Helen wollte noch am selben Abend, nach dem offiziellen Start, zurückfahren, und Scott übernachtete bei ihr, damit sie ihn am nächsten Tag zur Schule bringen konnte. Am späten Montagnachmittag dann rollte ihr Jeep unsere Auffahrt rauf, während ich gerade einen kleinen Holzstapel abarbeitete.

Scott sprang aus dem Wagen und fing übergangslos an, mir alles zu erzählen, vom Start, von den Mushern, die er getroffen hatte, von dem Film, den er und Helen im Kino gesehen hatten, als sie in der grossen Stadt waren. Erst als sein Magen sich so laut beschwerte, dass wir alle drei es hören konnten, rannte er ins Haus, um sich einen Snack zu organisieren, und Helen und ich waren allein.

Ich spaltete ein Holzscheit, und die beiden Hälften fielen auf den Boden.

Dir scheint's ja deutlich besserzugehen, sagte Helen.

Wenn's erst mal vorbei ist, komme ich schnell wieder auf die Füsse, antwortete ich.

Was du nicht sagst.

Ich stellte das nächste Scheit auf den Klotz.

Jesse hat sich gestern Abend aus Skwentna bei mir gemeldet, sagte Helen. Er wollte dich nicht wecken, deswegen hat er nicht hier angerufen, aber er hat mich gebeten, dir auszurichten, dass Bill als einer der Ersten dort angekommen ist.

Ich runzelte die Stirn. Was macht Jesse in Skwentna?

Skwentna lag nur dreiundachtzig Meilen von Anchorage entfernt und war einer der betriebsamsten Checkpoints der Strecke, weil die meisten Gespanne ihn noch in der ersten Nacht erreichten. Ich stellte mir dort einen nervösen Jesse vor, wie er sich fragte, was hier zu Hause passierte, ob Tom Hatch schon aufgetaucht war.

Helen winkte ab. Na ja, wer weiss, wo er inzwischen ist. Steve schickt ihn den ganzen Trail rauf und runter. So, wie das klang, kann Jesse das ganze Rennen aus der ersten Reihe mitverfolgen.

Ich hackte weiter mein Holz, um meine Erleichterung zu verbergen.

Helen fuhr fort: Ich soll dir auch berichten, dass Bill am Checkpoint eine sechsstündige Pause eingelegt hat. Er fährt die Tracy-Strategie, hat Jesse gesagt.

Als ich das hörte, musste ich lächeln. Dad hatte geplant, am ersten Checkpoint möglichst schnell die tierärztlichen Untersuchungen hinter sich zu bringen, seine Futtersäcke abzuholen und weiterzufahren. Seine Strategie war, früh das Tempo anzuziehen und so viel Vorsprung rauszuholen, wie er konnte.

Aber ich hatte mir vorgenommen, mein Rennen langsam und gleichmässig zu fahren. Weil es mein erstes Jahr gewesen wäre, wäre es nicht darum gegangen, zu gewinnen, sondern darum, die Strecke kennenzulernen, das Rennen gut zu Ende zu bringen und mich aufs nächste Jahr zu freuen, wenn ich mit mehr Erfahrung starten würde. Ich hatte gelesen, dass Langstreckenläufer sich ihre Kräfte einteilen, die erste Hälfte eines Rennens langsamer angehen, damit sie noch genug Energie haben, um später an Tempo zuzulegen, und ich dachte, diese Methode könnte auch bei einem Gespann aus Hunden funktionieren. Ich hatte das beim Iditarod ausprobieren wollen, nur um es mal zu versuchen. Schon vor Wochen hatte ich Dad gefragt, was er darüber dachte. Könnte klappen, hatte er gesagt. Und dann hinzugefügt: Jeder Musher muss seine eigene Art finden, das Rennen zu fahren. Und jetzt hatte er beschlossen, auf mehr als eine Weise mein Rennen für mich zu fahren.

Helen zog ihren Mantel aus und legte ihn auf die Motorhaube ihres Jeeps. Dann fing sie an, meine Holzscheite aufzusammeln, stapelte sie auf dem Schlitten, bis er voll war, und zog ihn rüber zum Holzschuppen. Als sie zurückkam, schwang ich meine Axt und sagte: Ich weiss das wirklich zu schätzen, dass du Scott von der Schule abgeholt hast. Ich glaube, morgen früh kann ich ihn dann hinbringen.

Mach dir darüber mal keine Gedanken, Trace, sagte sie. Den Nachmittag bleibe ich noch, habe ich mir überlegt. Ich habe heute Nachtschicht in der Krankenstation, aber danach, dachte ich, komme ich für ein paar Tage her. Du kannst doch ein bisschen Gesellschaft vertragen. Ausserdem bist du krank gewesen –

Es geht mir wieder gut.

Sie nickte. Auf jeden Fall besser. Aber hier im Haus alles zu schmeissen und Scott hin- und herzufahren, solange dein Dad und Jesse weg sind, ist vielleicht ein bisschen viel.

Ich weiss das wirklich zu schätzen, sagte ich noch einmal, aber ich krieg das hin.

Mir macht das wirklich nichts aus –

Mir aber.

Sie steckte die Hände in die Taschen. Ich sah sie weiter an, wartete darauf, dass sie den Blick abwendete, aber das tat sie nicht.

Ich habe deinem Dad versprochen, dass ich nach dir sehe, sagte sie. Ich weiss, du bist alt genug, um alles allein hinzukriegen, aber das musst du doch gar nicht, Tracy. Ich denke wirklich, ich sollte hierbleiben. Ich würde gern.

Sie schlug direkt vor meinen Augen Wurzeln, und mit jeder Sekunde, die ich sie reden liess, wuchsen sie tiefer in den Boden. In Wahrheit wollte ich, dass sie blieb. Etwas Wildes, Unbändiges überkam mich, liess die Worte gegen meine Lippen hämmern, sie wollten raus, sich Gehör verschaffen, wollten Helen in meine Geheimnisse einweihen, und zwar in jedes einzelne. Tom Hatch, Jesse, wie und warum es die beiden hierherverschlagen hatte. Was ich war, wozu ich in der Lage war.

Stattdessen dachte ich an Hatch. Beschwor die Bilder herauf, die mich in Panik versetzt hatten, als ich ihn beim Junior gesehen hatte. Ein Messer in seiner Hand, ein Gewehr, auf Scott und Helen gerichtet. Ich fand etwas Hartes in mir, eine Mauer, und stellte mich dahinter.

Es spielt keine Rolle, was du gern würdest, sagte ich. Tatsache ist, du bist nicht meine Mutter, Helen. Ich bin achtzehn. Ich brauche keine Mutter. Und dich brauche ich auch nicht.

Der Anflug eines Lächelns in ihrem Gesicht, während sie mir weiter zusah. Ich stapelte die restlichen Scheite auf dem Schlitten, wartete darauf, dass sie sich rührte, und betete, dass sie endlich gehen würde. Auf meinen Lippen eine Entschuldigung, die ich nicht aussprechen durfte.

Schliesslich zog sie ihren Mantel wieder an. Öffnete die Tür ihres Jeeps. Und sagte, bevor sie einstieg: Na schön. Ich bring dir morgen früh Bills Truck, und dann kannst du mich in den Ort mitnehmen, wenn du Scott zur Schule fährst.

Ich griff nach meiner Axt.

Ruf mich an, wenn du irgendetwas brauchst, Tracy.

Ich sah ihr nicht hinterher, ich lauschte nur, wie ihre Reifen über den weichen Schnee knirschten.

Als mich Scott am zweiten Tag des Rennens nach der Schule anrief und fragte, ob er bei dem Jungen der Lesters übernachten durfte, war ich sofort einverstanden. Und dann gab ich mir Mühe, nicht allzu erpicht zu klingen, als ich hinzusetzte: Meinst du, seine Mom würde vielleicht sogar erlauben, dass du gleich ein paar Tage dableibst? Ich fühle mich wieder nicht so besonders, und ich will nicht, dass du dir was einfängst.

Klar, sagte Scott. Ich kann auch einfach zu Helen –

Nein!, blaffte ich. Wenn Helen Wind davon bekäme, dass ich wieder krank war, würde sie auf jeden Fall herkommen, egal wie unmöglich ich vorher zu ihr gewesen war. Ich meine nur, sagte ich, Helen hat so viel um die Ohren, und sie hat schon so viel für uns getan. Vielleicht sollten wir ihr eine Pause gönnen, meinst du nicht?

Okay. Dann frag ich Chris' Mom gleich mal.

Ich sah Homer und Canyon, den beiden einzigen Hunden, die mit mir zu Hause geblieben waren, dabei zu, wie sie durch die Küche tigerten, und wartete darauf, dass Scott wieder ans Telefon kam. Konzentrierte mich auf das Klacken ihrer Krallen auf den Dielen, zählte ihre Schritte, um mich selbst zu beruhigen. Schliesslich hatte ich Scott wieder am Ohr, und er erklärte, dass Mrs Lester gesagt hatte, er kann so lange bleiben, wie es gut für uns wäre, und ob es sonst noch irgendetwas gab, was sie für uns tun konnte.

Nein, danke, antwortete ich Scott. Benimm dich anständig.

Und so war ich auf einen Schlag allein. Zumindest bis Hatch auftauchen würde. Und so lange hatte ich nichts anderes mehr zu tun, als mich bereitzuhalten.

17

Ein beissender Wind kam auf und pfiff um die Ecken vom Haus. Ich ging auf die Jagd und kontrollierte meine Fallen, aber bei dem scharfen Wind und ohne Hunde, die mich mit dem Schlitten sonst ruck, zuck über den Trail gezogen hätten, kam ich Dienstag nicht weit, und so blieb ich Mittwoch gleich ganz zu Hause. Ich versuchte zu lesen, aber mein Blick schweifte immer wieder ab, und ich lauschte darauf, ob irgendjemand in der Nähe war. Ich liess das Radio an, damit ich das Rennen mitverfolgen konnte. Wenn Hatch schlau wäre, dann würde er das Gleiche machen. Dann würde auch er wissen, dass Dad ein paar Plätze zurückgefallen, aber trotzdem durch den Finger-Lake-Checkpoint weiter zum Rainy Pass gerauscht war. Aber die nächste Etappe des Rennens, vom Rainy Pass nach Rohn, war tückisch, weil das spiegelglatte Eis einem dort die Sicht nehmen konnte. Dann kam noch der Dalzell Gorge, wo es zweihundert Fuss steil bergab ging, bevor der Trail eine ganze Weile im Zickzack über einen halbzugefrorenen Fluss führte. Und wenn Dad das überstanden hätte, müsste er sich als Nächstes mit dem Farewell Burn abplagen, wo nichts als Schotter und Sandbänke auf ihn warteten. Drei heikle Etappen, dreimal die Gefahr, dass Dad Pech haben, aus dem Rennen ausscheiden und früher nach Hause kommen könnte. Hatch würde es nicht riskieren können, noch viel länger zu warten.

Donnerstagmorgen zog ich Trampelpfade über den Hof, während ich vom Haus zum Schuppen zur Kate und zu den Hundehütten durch den Schnee stapfte. Ich war unruhig, es zog mich in den Wald. Ich lief bis zu meiner ersten Falle den Trail rauf, und als ich dann, so schnell ich konnte, zurückkam, lag der Hof immer noch verlassen da. Ich nahm Dads Schrotflinte aus dem Schrank, kontrollierte, dass sie geladen und gesichert war, und stellte sie in der Küche in eine Ecke. Wetzte mein Messer.

Am Nachmittag rief Jesse vom Checkpoint in McGrath an, um mir zu berichten, wie er gehört hatte, dass Dad etwa gegen ein Uhr morgens durch Nikolai gefahren war, kurz bevor ein leichter Schnee einsetzte. Dad hielt sich wohl immer noch im Mittelfeld, aber er hatte vor, seinen Vierundzwanzig-Stunden-Zwischenstopp in McGrath einzulegen, um Kraft zu tanken und damit die Musher vor ihm die Spur brechen konnten. In Rohn hatte er Fly am Checkpoint lassen müssen, weil sie nicht mehr konnte, aber der Rest seines Gespanns lief noch mit voller Kraft.

Was ist mit dir?, fragte Jesse. Alles in Ordnung?

Wenn du wissen willst, ob ich schon Besuch bekommen habe, dann lautet die Antwort: nein, sagte ich.

Er schwieg für eine Weile. Dann: Vielleicht kommt er gar nicht.

Oder vielleicht lauerte Hatch schon in genau diesem Moment im Wald und spähte das Haus aus. Oder schlich sich mit einem Knurren in der Kehle über den Trail an. Dachte ich, sagte es aber nicht.

Der Wind wurde immer stärker, es heulte durch den Hof. Homer und Canyon, die normalerweise vier-, fünfmal am Tag den Aufstand probten, damit wir sie rausliessen, kringelten sich auf dem Sofa ein und schienen nicht sehr interessiert daran, sich weiter vorzuwagen als bis zu ihren Futterschüsseln. Ich strich durch die Zimmer wie ein Steppenläufer. Machte das Feuer im Holzofen an, dann das im Kamin, einfach weil ich nicht wusste, was ich sonst tun sollte. Ich setzte mich vor die Flammen und schleifte mein Messer, im nächsten Augenblick stand ich wieder auf, weil ich meinte, ich hätte draussen was gehört.

Scott rief an, um vorzufühlen, ob er langsam nach Hause konnte. Er sagte es nicht, aber man merkte, dass er genug von seinem Freund hatte, er wirkte unleidlich und mürrisch, war bereit für sein eigenes Bett, seine Bücher und die Hunde.

Gib mir noch eine Nacht, sagte ich und hoffte, dass die reichen würde.

Ich versuchte zu lesen.

Ich taute etwas Eintopf fürs Abendessen auf.

Ich schnitzte ein wenig und grübelte darüber nach, was ich mit Scott machen würde, wenn Hatch an dem Abend nicht auftauchen würde. Liess die Holzkringel auf den Boden rieseln.

Fegte den Boden.

Gegen halb neun machte ich die Tür auf, um die beiden Hunde rauszulassen, der Wind riss an mir, feuerte den Schnee wie glühende Asche gegen meine Wangen. Die Hunde winselten und versteckten sich im Vorraum, bis ich es schaffte, sie zur Tür zu bugsieren. Raus mit euch!, brüllte ich, aber der Sturm schluckte meine Stimme.

Ich zog die Tür zu und wartete, legte im Ofen ein Stück Holz nach, dann machte ich die Tür wieder auf und pfiff. Canyon sprang ins Haus und liess sich auf den

Boden fallen, als hätte er gerade mindestens das Iditarod hinter sich, aber von Homer keine Spur.

Mist verdammter, murmelte ich und zog mir einen Mantel über.

Der Wind peitschte auf den Schnee ein und verwirbelte ihn zu einem dichten Vorhang, durch den man unmöglich hindurchsehen konnte. Ich schob meinen Fuss nach vorne, tastete nach der ersten Stufe der Hintertreppe, streckte die Hand aus. Als sich für einen kurzen Augenblick der Wind legte und die Luft klarer wurde, entdeckte ich Homer, wie er in der Auffahrt stand.

Homer!, schrie ich, aber der Wind trug meine Stimme weg.

Ich bewegte mich in seine Richtung und hoffte, er würde nicht auf die Idee kommen zu türmen. Falls doch, wäre er auf sich allein gestellt. Bei dieser Sicht wäre es unmöglich, nach ihm zu suchen.

Natürlich hätte ich, noch bevor ich bei ihr war, wissen müssen, welcher Hund da wirklich stand. Hätte wissen müssen, dass, wenn ich versuchen würde, ihr übers Fell zu streichen, meine Hand direkt durch sie hindurchgleiten würde.

Als ich bei Old Su ankam, sah sie zu mir hoch, bellte, dann trabte sie weiter die Auffahrt entlang. Ich blinzelte und dachte, sie würde verschwinden oder sich zumindest im Schneegestöber verlieren, aber ich konnte sie immer noch erkennen, hin und wieder liess der Schnee nach, und dann sah ich sie, zwanzig Fuss vor mir, vierzig, und irgendwann fast an der Stelle, wo sich der Zufahrtsweg zwischen den Bäumen verlor.

Ich rannte ihr nach.

Zwischen den Bäumen hatte ich für etwa eine Viertelmeile eine Atempause vom Sturm, dann kam ich ans Ende der Zufahrt und stand auf dem Seitenstreifen des Highways. Der Wind pfiff durch meinen Mantel.

Und da war Su, vielleicht zwölf Yard von mir entfernt, sie lief am Rand der Strasse Richtung Ort. Nur dass sie nicht alleine war. Selbst in der Dunkelheit, mitten im Schneetreiben, ohne Licht und ohne Mond am Himmel, erkannte ich Moms roten Mantel.

Ich folgte ihr. Ein Auto rollte vorbei, langsam, und für einen langen Moment erleuchteten seine Scheinwerfer die Strasse. Moms Umriss blieb auf dem Seitenstreifen stehen, wartete, bis das Auto vorbeigefahren war.

Sie hatte nie viel darüber gesprochen, wie sie auf die Jagd ging, als sie ein kleines Mädchen war. Sie hatte mir erzählt, wie sie vogelwild durch die Wälder gerannt, stunden- oder sogar tagelang verschwunden war, wie sie mit struppigen Haaren und voller Dreck nach Hause kam. Wahrscheinlich auch voller Blut, obwohl sie dieses Detail nie erwähnt hatte. Sie hatte nur gesagt, dass sie ein Wildfang war. Bis sie beschloss, sich selbst zu zähmen.

Sie ging noch ein paar Schritte, dann blieb sie plötzlich stehen. Hockte sich hin. Ob inzwischen Minuten vergangen waren oder Stunden, hätte ich nicht sagen können. Der Abend hatte seine Schlinge fester zugezogen, der Schnee konnte nirgends mehr hin, er verklebte mir die Augen und verschluckte alles ausser sie.

All die Fragen, die ich ihr hätte stellen sollen. All die Fragen, die ich ihr gestellt hatte, denen sie aber nur ausgewichen war. Warum hatte ich nicht auf eine Antwort bestanden, als ich wissen wollte, wie sie es angestellt hatte, mit dem Trinken aufzuhören? Oder warum Menschen sich so sehr von den Tieren unterscheiden und woher sie das wusste. Was mit dem Jungen passiert war, der sich im Wald verlaufen hatte, als sie klein war. Warum sie nie allein in den Wald ging. Wohin sie wollte, wenn sie sich nachts rausschlich. Ich dachte daran, wie ich all diese Fragen zurückgehalten hatte, wie gross meine Angst gewesen war, ich könnte sie verschrecken, und dann wäre sie weg, würde mich nicht mehr an sich ranlassen.

Sie kniete am Strassenrand. So weit ausserhalb vom Ort, bei diesem Wetter und bei der Dunkelheit musste sie sich nicht verstecken.

Warum der Mülleimer in ihrem Bad so oft von rotdurchtränkten Taschentuchfetzen überquoll.

Warum sie so oft krank war und es ihr danach so schnell wieder besserging.

Wenn ich daran dachte, wie sie gestorben war, hatte ich mich immer gefragt, was ihr durch den Kopf gegangen war, als der Truck sie erwischte. Ob die Zeit plötzlich langsamer lief, während sie durch die Luft flog und die Schneeflocken um sie herumwirbelten, als würde sie in einem Meer aus Eis treiben. Und dann hatte ich mich gefragt, was sie mitten in der Nacht da draussen am Rand des Highways zu suchen hatte.

Sie beugte sich über den toten Körper. Oft lagen sie, nachdem sie beim Überqueren des Highways ihr Ende gefunden hatten, platt gewalzt mitten auf der Strasse, oder jemand hatte sie auf den Seitenstreifen geworfen. Lange tot. Lange kalt.

Ich hatte den Wald schon tagelang durchstreift, ohne auf Beute zu stossen. Ich wusste, was es heisst, ohne auskommen zu müssen. Ab wann du so verzweifelt bist, dass du alles nehmen würdest, was du kriegen kannst. Wie du dir deine Arme ansiehst, die Schnittwunden, die du dir zugefügt hast, wie dir vom Blutverlust schwindlig ist und dir klar wird, dass du schon zu viel genommen hast. Alles, was du willst, ist etwas Warmes. Und wenn da nichts Warmes ist, dann gibst du dich mit allem zufrieden, was das Verlangen in dir endlich stillen kann.

Ich hatte nicht gemerkt, wie mir die Tränen gekommen waren, bis mir ein Schluchzer entfuhr. Ich legte mir die Hände aufs Gesicht und weinte, ich vermisste sie. Sehnte mich nach ihr. Sie war nur ein paar Schritte von mir entfernt, so nah, dass ich sie alles hätte fragen können, aber ich hatte keine Fragen mehr. Ich wollte ihr nur noch sagen, dass sie bleiben soll. Sich nicht verstecken muss.

Aber als ich meine Hände wieder wegnahm, war sie schon verschwunden.

Kein Mond, kein Scheinwerferlicht von der Gegenfahrbahn, als ich mich umdrehte und nach Hause ging. Nichts als Schnee, so dick wie eine Mauer. Die Zufahrt weich und flockig aufgetürmt. Wenn der Sturm mir nicht die Sicht genommen hätte. Wenn in meinem Kopf noch für etwas anderes Platz gewesen wäre als nur für die Sehnsucht nach ihr. Wenn meine Augen gesehen hätten, was vor mir und nicht was in mir war, dann wären mir vielleicht die frischen Reifenspuren aufgefallen, die zum Haus führten.

Manchmal denke ich, dass dieser Truck sie vielleicht nie erwischt hat. Ich war bei ihrer Beerdigung, ich weiss sehr wohl, dass sie nichts anderes mehr ist als ein Haufen Asche, den Dad über den Hochbeeten verstreut hat, wo sie ihren Garten angelegt hatte. Aber manchmal stelle ich mir vor, dass sie uns allen nur etwas vorgemacht hat, dass, wessen Asche auch immer das gewesen sein mochte, es nicht die meiner Mutter war. Dass meine echte Mutter die ganze Zeit geplant hatte, sich in dieser Nacht in den Wald zu schlagen. Dass sie nicht wie sonst zum Highway gelaufen war, sondern den Trail rauf, bis sie inmitten der Büsche und Felsen und des Schnees an eine Lichtung kam, und dort konnte sie die ausgewellte Landschaft und die Berge vor sich sehen und liess sich immer tiefer hineinziehen, in die Wildnis. Sie kletterte runter, dann rauf, und jeder Schritt führte sie weiter weg von ihrem alten Leben. Führte sie zu dem, wovon sie immer wusste, dass sie es war. Wovon sie wusste, dass sie es immer sein würde. Wovon sie mir wieder und wieder gesagt hatte, dass ich ihm den Rücken kehren könnte, wenn ich mich nur dafür entscheiden würde, wenn ich nur einen triftigen Grund hätte, und das, obwohl sie die ganze Zeit wusste, was ich jetzt weiss, nämlich dass du davor nicht wegrennen kannst, vor der Wildheit in dir.

Als ich in der Biegung der Auffahrt die Rücklichter sah, erstarrte ich. Zwei rote Augen, die im wehenden Schnee in der Dunkelheit flimmerten, bevor sie plötzlich erloschen, und ich hörte, wie sich eine Autotür öffnete und wieder schloss. Ich stolperte, überschlug mich fast, als meine Füsse die Richtung änderten, weg vom Haus und hin zum Zwingerschuppen. Ich hatte ihn auf der Strasse nicht gesehen, der Schnee, der mich jetzt vor ihm verbarg, hatte auch seine Scheinwerfer verschluckt, oder vielleicht war ich auch zu beschäftigt mit meinen Gespenstern gewesen, um sie zu bemerken. Und jetzt stand er vor meiner Tür oder bahnte sich auf der Suche nach der Kate seinen Weg ums Haus. Lautlos, dankbar für den heulenden Wind, der sein Eindringen übertönte.

Ich kam am Zwingerschuppen an, und als ich die Tür hinter mir zuzog, setzte das Dauerrauschen aus, die Wände um mich herum dämpften den tosenden Wind, und für einen Moment war es, als wäre ich taub geworden. Ich hörte mein Herz in meiner Brust hämmern.

Ich musste weitermachen, aber ich war wie festgenagelt. Es zog mich in so viele Richtungen gleichzeitig, dass ich mich gar nicht mehr rühren konnte. Meine Gedanken wie eine Motte in einer geballten Faust. Es scheint widersprüchlich, wie manche Tiere erstarren, wenn ein Raubtier sich ihnen nähert, dass sie nicht weglaufen oder sich verstecken oder sich wehren. Aber jetzt konnte ich es verstehen, dieses Gefühl, wenn jeder mögliche Schritt wie ein Fehler scheint und man sich am Ende für überhaupt nichts mehr entscheidet.

Ich schüttelte den Kopf, wie um ihn freizukriegen. Das war nicht ich. Ich war im Vorteil, Hatch dachte, ich wäre im Haus. Ich konnte ihn von hinten überrumpeln, bevor er überhaupt wusste, wie ihm geschah. Aber Dads Schrotflinte stand noch in der Küchenecke, in der ich sie gelassen hatte. Mein Blick schweifte durch den Schuppen. Dads Werkbank mit der grossen Säge. Dutzende von Geschirren, an Nägeln aufgehängt. Äxte, Hämmer, sogar die Schraubenschlüssel und Schraubenzieher in Dads Werkzeugkiste, der ganze Schuppen quoll über von

Dingen, die man als Waffe einsetzen konnte, aber nichts war eine sichere Bank. Ich war stark, ich hatte Jesse überwältigen können, als ich mehr tot als lebendig gewesen war, und jetzt, nachdem ich mehrere Tage hintereinander gejagt und getrunken hatte, strotzte ich vor Kraft. Aber ich war immer noch ein Mädchen. Stärker als die meisten, aber ich war mir trotzdem nicht sicher, ob ich es mit einem erwachsenen Mann aufnehmen konnte, wenn es zu einem echten Zweikampf kommen würde. Ich brauchte Abstand, um Hatch zu töten, und ich brauchte Sicherheit. Ich brauchte die Schrotflinte.

Mit einem Mal legte sich der Wind, eine Flaute mitten im Sturm. Ich verharrte regungslos, meine Ohren taten schon weh, so sehr strengte ich sie an. Draussen die Stille. Es war nicht ausgeschlossen, dass er inzwischen im Haus war, oder in der Kate. Er konnte überall sein.

Ich wartete, bis der Wind wieder auffrischte, dann trat ich nach draussen. Eine Böe verfing sich in der Tür und riss mir fast die Klinke aus der Hand. Ich packte fest zu und stemmte meinen ganzen Körper gegen die Tür, um sie wieder zuzukriegen. Dann stand ich da, der Wind zerrte an mir, Schnee und Eis peitschten mir ins Gesicht. Ich drehte mich um. Liess mich von meinem Instinkt und meiner Erinnerung Richtung Haus führen, das im stöbernden Schnee unsichtbar geworden war. So wie alles andere auch.

Ich liess die Gedanken aus meinem Kopf weichen, fühlte, wie sich meine Sinne schärften. Ich versuchte mir vorzustellen, Tom Hatch wäre ein Tier, das ich jagte. Versuchte, ihn zu spüren, wo auch immer er da draussen war. Eine Beute wie jede andere auch.

Ein Hund fing an zu bellen. Homer.

Schritt für Schritt kämpfte ich mich vorwärts, vorbei an den Hundehütten, zumindest vermutete ich das. Ich konnte weder das Licht der Laterne sehen noch fühlen, ob der Boden unter mir Schnee oder Eis war. Ich hätte nicht sagen können, ob Hatch auf der anderen Seite des Hofs stand oder nur eine Armlänge von mir entfernt. Ich streckte die Hände aus, war mir sicher, jeden Moment würde ich in ihn hineinrennen, zuckte schon bei dem Gedanken daran zusammen. Der Wind drehte sich, schob mich wie mit einer flachen Hand vorwärts. Dann gab irgendetwas in mir nach, und ich rannte los, in der Hoffnung, dass es die richtige Richtung war. Blind stürzte ich durch den Schnee. Hin zum Haus, hin zur Waffe. So schnell ich konnte, bis ich Hatch schliesslich direkt in die Arme lief.

Seine Hände griffen nach mir, die eine legte sich um meinen Arm, die andere hielt mich am Mantel. Ich glaube, er brüllte etwas. Aber seine Stimme wurde vom Wind weggetragen. Ich versuchte, mich loszureissen, aber er hielt mich fest, seine Finger gruben sich in meinen Arm. Er türmte sich vor mir auf, sein Gesicht schien meilenweit über mir, zu weit weg, um in der Dunkelheit und dem Sturm etwas zu erkennen. Er presste seinen Körper gegen meinen, genauso wie damals, als er Jesse hinter der Scheune angefallen hatte.

Meine freie Hand in meiner Tasche, tastend.

Seine suchenden Hände. Sein Handschuh plötzlich rau auf meiner Wange. Sein heisser Atem auf meiner Haut.

Ich zog mein Messer, wand meinen anderen Arm aus seinem Griff. Klappte die Klinge auf. Mir war, auch ohne gross nachzudenken, klar, dass sie nicht lang genug war, um durch all die Schichten an Kleidung zu kommen und trotzdem noch die Haut zu durchstossen.

Tracy? Eine dünne Stimme im Wind.

Nein!, hörte ich Jesse rufen, seine Stimme dröhnte durch meinen Kopf.

Mein Messer das einzige Glänzen in all dem Weiss und all dem Schwarz. Es leuchtete hell, als ich ihm eine gerade Linie durch die Kehle schnitt, und sein Hals öffnete sich wie ein Mund.

Tracy, sagte Helen.

Sie fiel nicht. Ihre Arme sackten herunter, dann hob sie eine Hand und legte sie sich an den Hals. Für einen Augenblick sah ich sie ganz klar vor mir, und sie sah mich. Dann nahm der Wind wieder zu, und der Schnee verschluckte sie, also muss ich mir die Erinnerung daran, wie sie auf ihre Hand runtersieht und beobachtet, wie das Blut aus ihr herausfliesst, nur eingebildet haben, das weiss ich. Hundert Hälse hatte ich schon aufgeschlitzt, unzählige Tiere ausbluten lassen, ich wusste genau, wo ich den Schnitt setzen musste. Es ist eine schnelle Art zu töten, eine Sache von Sekunden, das Blut dringt nicht mehr ins Gehirn vor, das Tier stirbt auf der Stelle. Keine Zeit für Helen, mich mit fragendem Blick anzustarren.

Aber reichlich Zeit für mich, um zu verstehen, was ich getan hatte.

Ich beugte mich vornüber, ein Strahl von Erbrochenem schoss aus mir heraus, spritzte auf meine Stiefel und verfärbte den Schnee gelb. In mir wanden sich meine Gedärme, alles Feste fing an zu fliessen, und die Erde erhob sich, der Boden wellte sich und wurde brüchig, tat sich unter mir auf und verschlang mich. Zumindest wünschte ich mir genau das.

Sie war nur ein Umriss auf dem Boden. Ihre Augen voller Schnee. Eine dunkle Lache unter ihr.

Ich sage mir, was ich als Nächstes getan habe, habe ich getan, weil ich ihr etwas schuldig war. Ich hatte ihr das Leben genommen, und jetzt musste ich sie mit mir tragen, wie ein Kreuz.

Ich kniete mich neben Helens Umriss. Beugte mich über sie.

Trank.

18

Ich bin in einer kühlen, dunklen Scheune, meine Finger legen sich um das Kuheuter, die Hand von meinem Pa auf meiner, sein Atem kitzelt mich im Ohr, als er sagt: *Und jetzt zudrücken, am Anfang dauert es, bis die Milch kommt, so ist's recht* – Der angenehm herbe Geruch der Scheune, die kräftige Flanke der Kuh, wie die Milch mit einem metallischen Zischen in den Eimer schiesst, und Pa loslässt, er lächelt nicht oft, aber jetzt muss er grinsen, und mich durchströmt ein heisses Glücksgefühl, dass mir fast mir die Beine wegsacken.

Die untergehende Sonne über den Feldern von Heu hinter dem Haus meiner Familie, wie sie alles in ein gelb-oranges Licht taucht, und die seltsame Sehnsucht, mit der sie mich erfüllt, unerklärlich, aber doch spürbar.

Meine Geschwister, die durchs Haus brüllen, zetern oder lachen, der Mief im Zimmer von meinem grossen Bruder, feucht und säuerlich, wie schmutzige Socken und Schweiss und irgendwas, das ich nicht einordnen kann. Eine kühle Brise in der brütenden Hitze, wir fünf nebeneinander in der von Fliegengittern abgeschirmten Veranda, wie wir versuchen zu schlafen, aber uns gegenseitig mit Kneifen, Pupsen, Kichern wach halten, bis Ma ihren Kopf durch die Tür streckt und uns ermahnt: *Jetzt wird geschlafen,* ihre Stimme in ein strenges Gewand gekleidet, aber darunter doch amüsiert.

Das Kribbeln in meinem Bauch, als der Junge mit den schwarzen Haaren mir auf dem Flur in der Schule begegnet. Das Prickeln untenrum, wie alles feucht wird, wenn ich mich da unten anfasse und an ihn denke.

Ein Gewitter, das mir die Nackenhaare aufstellt, Mas Arm um mich herum.

Andere Sachen, alles. Ein Fisch, der auf einer Rasenbank zappelt, Stolz und Bedauern über den Schuss, mit dem ich mein erstes Reh erlegt habe, der warme Geschmack von Bier auf meiner Zunge, mein von Kaffee aufgepeitschter Körper, wie die Wörter in meinen Krankenschwesterbüchern vor meinen übernächtigten Augen verschwimmen. Wie ich einem Mann meine Hand auf die Brust presse, seine Blutung stoppe, und der Geruch von Mottenkugeln in dem Schrank, in dem ich mich verstecke, um für einen Augenblick meinen Tränen freien Lauf zu lassen, als zum ersten Mal einer meiner Patienten stirbt.

Ich muss auch weinen, bin überwältigt, als ich zum ersten Mal Alaska sehe, die Berge hier gewaltiger als alles, was ich jemals zu Hause gesehen habe.

Und dann mache ich das Bett, in dem ich geschlafen habe, es ist nicht mein Bett, fühlt sich aber längst so an. Stimmen dringen durch die Dielen, Kinder, die nicht zu mir gehören, mir aber etwas bedeuten, mir ans Herz gewachsen sind, der Junge so freundlich und sanft und unkompliziert, das Mädchen vorsichtig, aber auch schnell, und die Sehnsucht nach der Mutter kann man ihr am Gesicht ablesen. Und dann betritt er das Zimmer, mein Puls schlägt schneller, und am liebsten würde ich hierbleiben, in diesem Zimmer, für immer Teil dieser Familie sein, wenn sie mich denn lassen.

Tage und Monate und Jahre voller Liebe und Hass und Verlangen und Langeweile und Angst und Zufriedenheit. Ein ganzes Leben mit nur einem Schluck. Der letzte Schluck, ihr letzter Herzschlag. Ihr Leben, das jetzt nicht mehr sie durchströmte, sondern mich, während um uns herum der Schnee über das Land fegte und heulte wie ein waidwunder Hund.

19

Am nächsten Morgen weckte mich ein Hundefiepen. Ich setzte mich auf, jeder Knochen tat mir weh, und Schnee rieselte an mir herunter. Auch Homer erhob sich, leckte mir übers Gesicht, er hatte sich in der Nacht neben mir eingerollt.

Der Himmel war wolkenlos und blau, an dem matten Licht und der Position der Sonne knapp über den Bäumen sah ich, dass es noch morgens, aber schon spät war, bestimmt fast zehn. Irgendwann in der Nacht hatte sich der Wind endlich gelegt, vor dem Zwingerschuppen hatten sich Verwehungen aufgetürmt, bestimmt drei Fuss hoch, die Hundehütten waren unter ihnen fast vollständig begraben. Ich hatte Glück gehabt, die Schneewehe, die sich über mir und Homer aufgeschichtet hatte, hatte sich wie eine Decke über uns gelegt und uns in der Nacht warm gehalten.

Unter dem frisch gefallenen Schnee war auch Helen fast verschwunden. Das Einzige, was man noch sah, waren ihre Augen, offen eingefroren. Das Licht in ihnen erloschen.

Zuerst war ich wie mit dem Boden verwachsen, ich wollte meinen Blick von ihr lösen, aber konnte nicht. Eine Welle rollte auf mich zu, türmte sich vor mir auf und mit ihr Helens unumkehrbar toter Körper neben mir, mein in ihr Blut getränktes Messer, Dad, nichtsahnend auf dem Trail, und Scott, der jetzt in der Schule war, aber um halb fünf nach Hause kommen würde. Das Loch, das ich in ihr Leben gerissen hatte. Eine Welle, die grösser und grösser wurde, bald würde sie über mich hereinbrechen, und wenn es so weit wäre, dann würde ich nicht dagegen anschwimmen können, sie würde mich einfach wegschwemmen, nutzlos, wie ich war, egal wie wild ich um mich schlagen würde.

Aber noch konnte ich etwas tun. Bevor sie zusammenschlug. Ich konnte nicht wiedergutmachen, was ich getan hatte, aber ich konnte mich bewegen.

Ich raffte mich vom Boden auf und brachte Homer ins Haus, dann gab ich ihm und Canyon zu fressen. Danach zog ich einen Schlitten nach draussen, den, mit dem ich dieses Jahr meine Rennen gefahren wäre, und holte die Leinen, die ich brauchte, wenn ich nur zwei Hunde anspannen wollte. Zwei Rentner, die schon seit Ewigkeiten keinen Schlitten mehr gezogen hatten, aber die Erinnerung war in ihren Knochen lebendig, und sie hatten immer noch Kraft.

Ich ging wieder ins Haus und zwang mir eine Art Frühstück runter, ein kaltes Stück Wapitifleisch, das noch übrig war und mir fast im Hals stecken blieb. Dann stapfte ich mit den beiden Hunden nach draussen, hakte sie an die Leine, und sofort fingen sie an zu bellen und am Schlitten zu zerren. Ich drehte mit ihnen ein paar Runden auf engstem Radius, damit sie die erste Aufregung aus den Beinen kriegten, dann lotste ich sie zum Haus und steuerte in die Mitte des Hofs, wo Helen auf uns wartete.

Ich kniete mich hin und zwängte meine Finger unter sie. Sie gab nicht nach. Ihr Körper starr, ihre Kleidung am Boden festgefroren. Ich spannte all meine Kraft an und fühlte, wie etwas in meinem Rücken zog. Dann plötzlich hatte ich sie los, und weil sie mir mit einem

Mal entgegenkam, fiel ich nach hinten um und schlug mit dem Kopf gegen den Schlitten.

Ihre Augen voller Himmel. Die Freundlichkeit war aus ihrem Gesicht gewichen, alles war gewichen. Ich dachte daran, was meine letzten Worte vor ein paar Tagen gewesen waren. *Du bist nicht meine Mutter. Ich brauche keine Mutter. Und dich brauche ich auch nicht.*

Ein Schluchzer stieg in mir auf. Ich schluckte ihn runter, bevor er sich den Weg nach draussen bahnen konnte.

Ich zog meinen Handschuh aus und versuchte, ihr die Augen zu schliessen, aber die Lider wollten nicht unten bleiben. Also holte ich eine alte Decke aus dem Zwingerschuppen und deckte sie damit zu. Wickelte sie so vorsichtig darin ein, wie ich konnte.

Aber auch nachdem ich sie so eingepackt hatte, war es fast unmöglich, sie zu bewegen. Wie viel auch immer sie zu Lebzeiten gewogen haben mochte, ihr Tod hatte ihr Gewicht verdoppelt. Ich keuchte, während ich sie hinter mir herschleifte, meine Fäuste krallten sich in die Decke. Ich zerrte sie auf den Schlitten, dann stemmte ich meine Hände auf die Knie und japste nach Luft. Ging um den Schlitten herum und hievte ihre Beine hoch, drehte Helen auf den Rücken, bis sie zum grössten Teil auf der Ladefläche lag. Ich mühte mich mit den Knoten ab, als ich ihren Körper mit den Seilen verschnürte, mit denen wir normalerweise unsere Ausrüstung festmachten. Auf eine perverse Weise war ich froh, dass es so eine Plackerei war. Ich hatte es verdient, mich abzuquälen. Jemanden zu töten sollte kein Spaziergang sein.

Auf dem Trail konnte ich mir fast weismachen, dass es eine Tour wie jede andere auch war. Nur dass der stille

Wald diesmal keine Ruhe in meinem Kopf einkehren und mein Herz nicht höherschlagen liess. Ich dachte an Hatch, daran, wie er sich womöglich hier irgendwo herumtrieb, und wartete darauf, dass meine Nackenhaare sich aufstellten. Aber die Bedrohung durch ihn schien plötzlich weit weg. Irrelevant. Kein Wort aus meinem Vokabular, sondern aus Helens. Ich hörte nur noch ihre Stimme –

Tracy?

– fühlte nur noch die Sorge, von der sie erfüllt war, als sie, trotz des schlechten Wetters und obwohl ihr Truck immer wieder ins Schlingern geriet, zu uns rausfuhr, um nach mir zu sehen, ihr ungutes Gefühl, als sie das Haus verlassen vorgefunden hatte, ihre Eingebung, in der Kate nachzusehen, die Ahnung, dass sich zwischen mir und Jesse etwas anbahnte, und mit ihr ein leises Lächeln und die warme Erinnerung an ihre eigene erste Schwärmerei.

Ich schüttelte meinen Handschuh ab und versenkte die Zähne in meiner Handfläche, tief genug, dass Blut kam. Ein stechender Schmerz zuckte meinen Arm hinauf. Ich durfte mich jetzt nicht in Helen verlieren. Zu viel Arbeit lag noch vor mir.

Der Schlitten ratterte auf den See, die Hunde zogen mich übers Eis, und mir blieb die Luft weg. Eis, massiv, so fest wie Stein, meine Gedanken wie ein aufgescheuchter Vogel, der immer wieder gegen eine Wand flattert. Keine Chance, dass der Schlitten einbrechen würde. Kein Werkzeug in meinem Schlittensack, um die bestimmt zwei Handbreit dicke Eisschicht aufzuhacken. Ich hatte nicht daran gedacht, wie kalt es geworden war, nachdem erst so ungewöhnlich warme Tage den Winter eingeläutet hatten, und ich war seit Ewigkeiten nicht mehr beim See gewesen, die letzten Monate hatte ich in anderen Teilen des Waldes gejagt und trainiert. Ich hatte mir vorgestellt, dass das Wasser Helen verschlingen würde wie ein Abgrund, dass die Eisschollen sie unter der Oberfläche halten würden, bis im Frühjahr alles tauen würde. Bis ich einen Weg finden würde, Dad zu sagen, was ich getan hatte.

Ich lenkte mein Zweiergespann über das Eis Richtung Norden, mehr aus Gewohnheit als aus Hoffnung. Ich erinnerte mich, wie ich an dem Tag, als Old Su gestorben war, einen Stein ins Wasser geworfen und die Bewegung der Wellen die Schollen in Aufruhr versetzt hatte. Ich lotste die Hunde zurück in die Mitte des Sees und suchte nach einem Riss oder einem dunklen Fleck an einer Stelle, wo das Eis vielleicht dünn genug war, um es aufzuschlagen. Ich erinnerte mich auch an die Form des Werkzeugs, das mein Dad, Helens Dad, immer benutzt hatte, um ein Loch ins Eis zu bohren, wie unsere Hände sich um die warmen Becher legten, während wir wartend daran nippten, erinnerte mich an den Ruck der Schnur, wenn ein Fisch angebissen hatte. Ich kniff meine Augen zusammen und schüttelte den Kopf. Versuchte, Helens Leben auszublenden, das sich weiter in mir entfächerte.

Wir fuhren Richtung Süden, die Hunde waren frisch und voller Energie.

Das Geräusch von Schlittschuhkufen auf dem Eis, die schneidende Luft in meinem Gesicht, als ich herumwirbele, strauchle, hart aufkomme, meine Brüder, die mich auslachen.

Wieder nach Norden.

Während die Hunde mit hängender Zunge Runde um Runde im Kreis galoppierten, versuchte ich hinten auf dem Schlitten nicht in Panik zu verfallen, alles auszublenden, was ich von Helen bekommen hatte, jede ihrer Erinnerungen an Eis. Festes Eis überall um mich herum.

Schliesslich brachte ich die Hunde nicht weit vom Westufer des Sees zum Halten. Lehnte mich auf die Handlebar und schlang meine Arme um den Kopf. Ohne das Geräusch der Kufen oder das Knirschen der acht Pfoten auf dem Eis wurde in mir alles noch lauter, die Erinnerung an Helens lachende Brüder, das Zischen ihrer Schlittschuhe. Wie sie rief: *Hey, Pa, guck mal!,* und ich konnte fühlen, wie sich die Spitze ihres Schlittschuhs im Eis verfängt, ihr Kopf, mein Kopf, sich dreht, bevor der Körper nachkommt, wie ich plötzlich herumwirbele. Ich schüttelte mich noch einmal, steckte mir die Finger in die Ohren.

Schluss jetzt!, schrie ich.

Meine Stimme prallte gegen das Eis, dann lag der Tag still da. Ich machte die Augen auf, sah, wie meine Hunde mich über die Schulter hinweg anguckten. Hörte das Strudeln von Wasser. Dann ein Rauschen. Als ich endlich wieder klar denken konnte, sah ich schliesslich den See vor uns und nicht den in Montana aus Helens Erinnerung. Kein Gelächter, kein Rufen mehr in meinen Ohren. Stattdessen hörte ich das Tosen des Wasserfalls, westlich von hier. Die kleine Bucht, wo der Fluss sich in den See ergoss. Dort fror das Wasser nie ganz zu, egal wie kalt es wurde.

Auf geht's!, rief ich. Die Hunde schossen vorwärts, und wir folgten dem Geräusch.

Es dauerte nicht lange, bis wir den Wasserfall erreichten, an seinem Fuss klaffte inmitten der zerklüfteten Eisdecke ein Loch, etwa zwei Fuss breit. Ich band die Seile los, die Helen auf dem Schlitten hielten, und zog die Decke zur Seite. Krallte meine Hände in den Stoff ihres Mantels und wuchtete sie von der Ladefläche. Sie kam hart auf, ihr Kopf prallte aufs Eis, mir entfuhr ein Schrei.

Homer und Canyon beobachteten mich, während ich Helen an den Füssen Richtung Wasser zog. Ihr Hundeatem kondensierte in der Luft. Helen über das Eis zu ziehen war nicht leichter, als sie durch den Schnee zu zerren, ich hustete und schnaufte. Sie klebte an der Oberfläche des Sees, ich hievte sie zu mir heran. Machte einen Schritt rückwärts, auf das Loch zu.

Das Eis unter mir knackte, dann gab es nach.

Mich packt die Kälte, ich japse, alles in mir wird zu Eis, ich schiesse an die Oberfläche, ich spucke, schlucke Luft, strampele mit Armen und Beinen, schlage um mich, das Wasser und die Kälte wie ein Schraubstock, der mir die Brust zerquetscht. Mein ganzer Körper ein Herz, das rast, aber nicht wegkann. Ich reisse den Kopf nach hinten, um ihn über Wasser zu halten. Sehe den Himmel. Einen Vogel über mir. Wie er durch die Stille des Tages gleitet, bis diese Stille von einem japsenden und strampelnden Mädchen gestört wird, das jeden Moment entweder ertrinkt oder erfriert.

Der Gedanke lässt mich so ruhig werden, dass ich aufhöre zu kämpfen. Ich sinke hinab, ich bin müde, unter mir das Nichts, es wäre so leicht, einfach unterzugehen und nicht mehr hochzukommen. Leichter, als Dad zu gestehen, dass Helen tot ist, dass ich sie umgebracht habe.

Zentnerschwere Stiefel an meinen Füssen, Kleidung, die bleiern an mir zerrt. Alles still jetzt für den Vogel. Für mich. Helen liegt auf dem Eis, blickt mit starren Augen in den Himmel und wartet darauf, dass ich auch dahin komme, wo sie jetzt ist.

Aber stattdessen strampele ich. Tauche wieder auf, greife nach dem Rand des Eises. Es bricht mir in den Händen weg. Ich strampele weiter, bis ich mich auf den Bauch hieven kann, meine Unterarme auf dem Eis liegen, meine Mantelärmel an der Seeoberfläche festfrieren. Ich reisse sie ab, strampele weiter, kämpfe mich Stück für Stück auf die Eisdecke, meine Wange, meine Schultern jetzt auf dem See. Unter mir knackt es. Bin halb aus dem Wasser. Nur nicht nachlassen. Ich strampele noch kräftiger, hefte meinen Blick an Helens Schulter. Meine Fingerspitzen streifen ihren Scheitel. Ich strampele. Und strampele. Halte den Atem an. Atme aus. Werfe den Arm nach vorne. Kralle mich in Helens Mantel. Ziehe mich übers Eis, bis ich neben ihr liege.

Verrückt, wie warm mir plötzlich war. Wie weit weg alles schien. Die Hunde bellten, mir wurde klar, dass sie die ganze Zeit, die ich im See war, Krawall geschlagen hatten. Sie wären es auch, die Dad in ein paar Tagen zu mir führen würden, wenn er ihrem hungrigen Gebell zum See folgen würde.

Helens Augen gen Himmel, ohne dass sie der Bahn des Vogels folgen konnten. Er war inzwischen weit weg.

Es tut mir leid, presste ich zwischen klappernden Zähnen hervor.

Ich stemmte mich hoch. Zitterte nicht, sondern schlotterte, mein ganzer Körper zuckte und bebte, während ich vom Wasser wegrobbte, dann Helen zu mir wuchtete, bis wir auf dickerem Eis waren. Eine Stunde, zwei, ein ganzer Tag, so kam es mir vor, bis ich sie aus ihrem Mantel, der Hose, den Socken und Stiefeln befreit hatte. Ein weiterer Tag, bis ich mich selber ausgezogen hatte, eine Woche, bis ich in ihre Klamotten gekrochen war, die zwar nicht wärmer als meine durchnässte Montur waren, aber wenigstens trockener. Diese Sache. Diese eine Sache noch, und dann kannst du nach Hause gehen. Als ob das alles nie passiert wäre. Nur dass es passiert ist. Wieder und wieder passieren würde. Für immer.

Ich gab ihren nackten Füssen einen Stoss, und wie eine Holzplanke schlitterte sie kopfvoran Richtung Wasser, bis das Eis unter ihr brach. Ich kroch zurück zu meinem Schlitten. Für einen langen Augenblick trieb sie an der Oberfläche. Dann fing sie an unterzugehen, die Füsse zuerst. Ihre Augen das Letzte, was zu sehen war, bis sie unter Wasser verschwand.

Meine Zähne klapperten so hart aufeinander, als würde mir gleich der Schädel zerspringen. Meine nackten Hände klebten am Eis, ich schälte sie ab, eine nach der anderen, während ich zum Schlitten robbte. Das Eis knackte, Panik schnürte mir den Atem ab, bis mir klar wurde, dass es nur der normale Singsang eines überfrorenen Sees war. Meine Arme und Beine taub, zentnerschwer. Ich tastete nach dem Schlitten, hievte mich auf seine Ladefläche. Unter die Decke, in die ich Helen eingewickelt hatte.

Vielleicht bin ich dann eingeschlafen. Vielleicht hatte ich vorher noch einen Pfiff aus mir herausgepresst, irgendetwas, um den Hunden ein Zeichen zu geben, dass es Zeit war, nach Hause zu gehen. Denn genau das taten sie, sie liefen über den Trail, ohne dass ich sie auf Touren brachte oder sie anfeuerte. In der funkelnd hellen Mittagsstunde schossen sie unter schneeverkrusteten Zweigen durch den Wald, es war ein Tag, wie man ihn einfach draussen verbringen will. Ich starrte in die Fetzen von Himmel, versuchte krampfhaft, die Augen offen zu halten. Hatte zu grosse Angst, was ich sehen würde, wenn ich sie schliesse. Aber ich konnte meine Lider nicht mehr oben halten, und als ich endlich wegdämmerte, sah ich überhaupt nichts. Es war nichts mehr übrig.

Zurück im Hof, war immer noch so viel zu tun. Ich liess die Hunde angeschirrt und machte sie an einem Baum fest, damit sie nicht wegkonnten, dann schleppte ich mich nach drinnen und stieg aus Helens Klamotten unter die Dusche. Das lauwarme Wasser zuerst wie tausend Nadeln auf meinem Körper, dann wurde meine Haut langsam warm, und ich hörte endlich auf zu zittern. Ich hatte Glück, dass ich keine Erfrierungen davongetragen hatte.

Unten machte ich im Holzofen ein Feuer an, stocherte in der Glut, dann gab ich Helens Kleidung hinein, Stück für Stück. Ihre Carhartt-Hose verbrannte nur langsam, während ihre Wollsocken sofort in Flammen aufgingen. Ihre Stiefel würde ich in die Feuertonne geben müssen, sie würden fürchterlich qualmen. Ich hielt ihr Shirt an mein Gesicht, dachte daran, wie ich, nachdem Mom gestorben war, mich manchmal in dem Schrank versteckt hatte, wo immer noch ihre Blusen und Pullover hingen, und dann hatte ich mein Gesicht in dem Stoff vergraben, um noch einmal ihren Duft einzusaugen, der wie ein Gespenst an ihren Sachen hing. Helens Shirt roch leicht nach Schweiss, nach metallisch kalter Luft, nach Hund und Weichspüler und etwas Gebackenem. Als ich es aus meinem Gesicht nahm, war es feucht, und ich warf es ins Feuer.

Ging nach draussen, um die Hunde auszuspannen. Ich liess den Schlitten vor dem Zwingerschuppen stehen und die Zentralleine über den Schnee gespannt, während ich den Hunden noch einmal zu fressen gab, ihnen die Pfoten massierte und ihre Ballen nach Verletzungen absuchte, nachdem ich mir vorher nicht die Zeit genommen hatte, ihnen Schuhe anzuziehen.

Da, wo Helen die ganze Nacht gelegen hatte, war der Boden von ihrem Blut rostig verfärbt. Keine Lache, ich hatte den Schnee zu sehr aufgewühlt, als ich Helen auf den Schlitten gezerrt hatte. Aber da waren genug rote Flecke, um zu erkennen, dass etwas hier Blut verloren hatte.

Ich holte eine Harke aus dem Schuppen und versuchte, nicht daran zu denken, dass das genauso eine war, wie ich sie durch Jesses Augen gesehen hatte. Kämmte mit ihr das Rot aus dem Schnee.

Erschöpfung überkam mich, nicht mehr lange, und sie würde mich niederstrecken wie einen gefällten Baum. Aber der Nachmittag war angebrochen, in ein paar Stunden würden die Lesters Scott von der Schule nach Hause bringen, und eine letzte Sache musste ich noch erledigen.

Ich stieg in Helens Jeep und fand ihren Schlüssel, wo sie ihn immer liess: Er steckte, als dürften alle sich ihr Auto jederzeit nehmen, wenn sie es mal brauchten. Ich wendete den Wagen, steuerte ihn auf den Highway und fuhr. Nach einer halben Stunde Richtung Süden hielt ich am Strassenrand, stieg aus, liess den Schlüssel stecken und verriegelte die Tür. Früher oder später würde ein Village Safety Officer oder ein State Trooper auf den Wagen stossen und sich fragen, wem er gehörte. Ich nahm an, bis dahin würde Dad Helen als vermisst gemeldet haben. Leute würden nach ihr suchen, die Polizei, ihre Kollegen von der Krankenstation, Nachbarn aus dem Ort, sie war beliebt. Irgendwann würde man sie finden. Aber nicht bis zum Frühjahr.

Ich rannte nach Hause.

Dann kroch ich endlich ins Bett. Ich war mir sicher, ich würde sofort in Schlaf versinken, jeder Knochen und Muskel und jede Faser meiner Haut zerschunden. Aber sobald ich die Augen schloss, fand ich Helen. Statt Schlaf fand ich ihr Leben, durchlebte es Moment für Moment und alles auf einmal. Ich starrte an die Decke und sah Helen, und da war kein Atemzug, kein Herzschlag mehr in ihr, nur zwei Augen unter Eis.

Zuerst dachte ich, es wäre ein Traum. Hunger zerrt an meinem Magen, der Gang zum Kühlschrank blinde Gewohnheit, nicht überlegt, sondern ganz automatisch. Dann eine Liste in meinem Kopf, ein Vorhaben nach dem anderen, ein Abend voller Pläne: Etwas essen. Hausaufgaben. Zeichnen. Irgendwas Spannendes heute im Fernsehen? Abendessen, vielleicht sollte ich anbieten, heute zu kochen, damit ich nicht essen muss, was Tracy zusammenrührt –

Ich setzte mich im Bett auf, mein Kopf dröhnte. Gedanken, die wie Blasen an die Oberfläche steigen, zerplatzen, mir offenbaren –

Scott?, brüllte ich.

Seine Schritte auf der Treppe, Ärger kribbelt ihm über die Haut, wie er Schreien hasst, warum können die Leute nicht einfach in normaler Lautstärke miteinander reden?

Ich griff mir an den Kopf. Das waren nicht meine Gedanken, aber es konnten auch nicht seine sein. Ich suchte ja gar nicht nach ihnen, und es war Ewigkeiten her, dass ich von Scott getrunken hatte. Ausserdem waren die Gedanken, die ich sonst aufgeschnappt hatte, nicht so wie die jetzt, laut und klar und unmittelbar in mir, wenn er sie hatte.

Was gibt's?, fragte er, als er den Kopf durch meine Tür streckte.

Sorge, denn meine Schwester sieht schon wieder krank aus. Überdruss, immer ist irgendwas mit Tracy, ständig gibt es Ärger. Hunger, der immer noch seine Krallen in meinen Magen schlägt, mein Hemd zu eng an den Achseln, keine Ahnung, warum ich das heute angezogen habe, und ein verwaschenes Gefühl, alles, was ich will, ist, mich für eine Weile in meinem Zimmer zu verschanzen und in Ruhe zu zeichnen oder zu lesen, zu lange bin ich jetzt weg von zu Hause gewesen, und zu viel Zeit habe ich mit einem Freund verbracht, bei dem mir klargeworden ist, dass ich ihn eigentlich eher nur okay finde.

Nichts, keuchte ich und stand auf, drängte mich an ihm vorbei und schloss mich im Bad ein.

Mit dem Abstand wurde Scott blasser, aber er war nicht verschwunden. Ich konnte ihn immer noch finden, nur war *finden* nicht das richtige Wort, er war einfach da, war in mir, ohne dass ich ihn heraufbeschwören musste, und seine Gefühle und Gedanken, was er wollte und erlebte, all das war nicht alt, sondern neu, es war von *jetzt.* Das ergab alles keinen Sinn. Der Schluck, den ich von Scott genommen hatte, als wir Blutsbrüderschaft geschlossen haben, war wie der Schluck von meinem ersten selbstgefangenen Tier, dem Streifenhörnchen, das sich aus meiner Hand freigestrampelt und mich gebissen hatte. Als ich es hatte ausbluten lassen, hatte ich nur flüchtige Eindrücke aufgeschnappt, eine winzige Kostprobe von seiner Angst und dem Instinkt, sich zu wehren. Ein Schluck gibt dir nur Momente. Ich hatte auch von Menschen Momente aufgeschnappt, Gedanken und Erinnerungen, die ihnen im Kopf rumgingen, wenn ich trank. Von Aaron, von Scott. Von Jesse. Manchmal konnte ich, auch ohne zu trinken, erahnen, was ihm durch den Kopf ging, so nah waren wir uns, aber noch nie hatte ich seine Gedanken laut und ungehemmt in meinem eigenen Kopf gehört. Ich hatte von Hunderten Tieren getrunken, während sie in meinen Händen starben, noch warm waren, hatte all ihre Leben gelebt. Aber ihre Leben hatten mir nicht Tür und Tor zu allem geöffnet, was im Wald kreuchte und fleuchte.

Ich darf niemals einen anderen Menschen zum Bluten bringen, das hatte Mom mir gesagt, das hatte ich ihr versprochen.

Ich hatte dieses Versprechen mehr als einmal gebrochen. Aber ich hatte noch nie von jemandem getrunken, der im Sterben lag. Bis Helen kam.

Ich sackte auf den Boden, als Scott klopfte und fragte: Alles in Ordnung, Trace?

Geh weg, rief ich und schloss die Augen.

Er ging weg, die Dielen knarzten unter seinen Schritten, und die Tür zu seinem Zimmer ächzte. Trotzdem war er noch da. In mir. So nah, wie ich jemandem nur sein konnte, ich hörte seine Stimme in meinem Kopf, fühlte die Erleichterung, als ich das zu eng anliegende Hemd auszog und mir stattdessen einen Pullover überstreifte. Er war da, ein ganzes Zimmer weiter, und doch lauter als meine eigenen Gedanken.

20

Dad hatte in diesem Jahr das Iditarod nicht gewonnen, sich aber gut geschlagen, mit einem fünfzehnköpfigen Gespann kam er als Achter ins Ziel, nach Rohn hatte er keinen Hund mehr aus dem Rennen nehmen müssen. Er schaffte die Strecke in neun Tagen, vierzehn Stunden, einundzwanzig Minuten und drei Sekunden. Er erzählte mir nicht, wie das Rennen die Erinnerung an Mom wachgerufen hatte, auf schmerzhafte und tröstliche Weise zugleich, wie durch den Abstand der Monate und all die Veränderungen, die diese Zeit mit sich gebracht hatte, ihr Verlust nicht unbedingt einfacher, aber zumindest erträglicher geworden war. Er erzählte es mir nicht, weil er das gar nicht musste.

Am Tag seiner Rückkehr stürzte sein ganzes Ich auf mich ein, bevor er überhaupt im Haus war. Ich stand an der Spüle, schrubbte minutenlang einen Teller, den ich längst sauber hatte, konzentrierte mich darauf, Scott nicht zu fühlen, der im Wohnzimmer die Asche aus dem Kamin schippte. Und war nicht darauf vorbereitet, wie die angenehme Erschöpfung und die Freude, nach Hause zu kommen, auf mich einprasseln würden, bevor Dad überhaupt durch die Tür war.

Ich schwankte, liess den Teller in die mit Wasser gefüllte Spüle fallen und hielt mich an der Kante der Arbeitsplatte fest.

Hoppla, rief Dad, als er sah, wie meine Beine wegsackten. Es geht dir doch nicht immer noch schlecht, Trace?

Sorge greift wie zwei Hände nach mir, Ziffern rattern durch seinen Kopf, nie kann er sich merken, ob die Nummer der Krankenstation auf 8 oder 9 endet. Und dann eine Lücke, die an ihm zerrt.

Ist Helen heute Morgen weggefahren?, fragte er, als er mich zum Tisch führte.

Ich liess mich auf einen Stuhl fallen, mein Magen zog sich zusammen. Ich war froh, dass die Schleuse nicht in beide Richtungen offen war, dass er nicht in meinen Kopf hineinsehen konnte, denn zum einen nagten die Schuldgefühle an mir, und es graute mir davor, wie er rausfinden würde, dass Helen verschwunden war, aber zum anderen wurde mir jetzt auch klar, dass ich nicht nur meine Reue, mein Entsetzen darüber, was ich getan hatte, meinen eigenen Schmerz fühlen würde. Sondern auch seinen.

Es ergab keinen Sinn. Dad und ich, wir waren uns immer nah gewesen, wie zwei Menschen sich nah sind, die zusammenarbeiten und die gleichen Dinge mögen. Die Hunde, die Rennen, der Wald hatten uns verbunden, auch die Male, die er mir gezeigt hatte, was er über das Jagen oder das Bauen von Unterschlüpfen wusste. All das hatte uns zusammengeschweisst, aber nicht so, wie das Trinken es getan hätte. Und doch war ich ihm jetzt so nah, wie es überhaupt nur ging. Hatte plötzlich den gleichen Zugang zu ihm wie zu Scott.

Sie ist gar nicht hier gewesen, antwortete Scott. Ich habe sie noch nicht gesehen, seit Chris Lesters Mom mich am Freitag hergebracht hat. War sie noch mal da, nachdem du wieder krank geworden bist?, fragte er mich.

Das hab ich ihr nicht erzählt, murmelte ich, dann sagte ich noch, dass ich mich nicht so gut fühlte, dass ich versuchen würde, mich ein bisschen hinzulegen, und dann stolperte ich die Treppe hoch, liess Scott und Dad sich unten weiter wegen Helen wundern. Während ihre unausgesprochenen Gedanken und Gefühle hinter mir herwaberten wie Schwaden von Rauch.

Ich ging erst noch ins Bad. Am Abend zuvor war Schlafen der einzige Weg gewesen, Scott aus meinem Kopf zu bekommen. Jetzt war ich hellwach, auch wenn ich mich fühlte, als hätte jemand meine Eingeweide durch den Fleischwolf gedreht. Ich wühlte in unserem Arzneischrank, bis ich ein altes Tablettenglas fand, verschreibungspflichtig, auf der einen Seite ein Bild von einem durchgestrichenen Truck. *Kann zu Müdigkeit führen. Nicht zusammen mit Alkohol einnehmen. Besondere Vorsicht beim Autofahren oder Bedienen gefährlicher Maschinen.* Ich schluckte zwei von den Kapseln ohne Wasser, dann warf ich mich aufs Bett und blieb auf der Decke liegen.

Meine Träume waren meine eigenen, von niemandem sonst. Das weiss ich, weil ich von Helen geträumt habe, weil ich geträumt habe, wie ihr Körper langsam im eisigen Wasser versinkt. Ihre Augen voller Schnee.

Ich liess das Abendessen aus, obwohl ich wach genug wurde, um zu hören, wie Dad Scott vom Rennen erzählte. Er schilderte ihm jede einzelne Etappe von Willow nach Nome, auch wenn er dabei nicht so enthusiastisch klang wie sonst. Er war nicht bei der Sache, Sorge nagte an ihm, zerrte und zupfte wie Finger, die nicht stillhalten konnten. Bis er schliesslich mitten im Satz aufstand und zum Telefon ging. Sein fünfter Anruf bei Helen an diesem Tag. Ich hörte durch seine Ohren das Klingeln, bis ihr Anrufbeantworter ranging. *Hallo, hier ist der Anschluss von Helen Graham. Ich kann gerade nicht ans Telefon kommen …*

Ich glaube, ich fahr hin, sagte er zu Scott.

Kann ich mitkommen?

Das ganze Haus wurde von ihrer Bekümmerung durchflutet. *Bekümmerung.* Ich wälzte das Wort in meinem Kopf herum, es war keins, das ich normalerweise benutzen würde, es war ein Helen-Wort, ein Wort, das ich von ihr bekommen hatte. Ich machte die Augen zu und vergrub mein Gesicht in meinem Kissen, machte keinen Mucks, als Dad an meiner Tür klopfte, und wie Scott und er nicht wiederkamen, ging ich nach unten und fand den Zettel, den sie mir auf den Tisch gelegt hatten. *Fahren zu Helen, kommen bald wieder. Haben dich lieb.*

Endlich war mein Kopf für einen Moment wieder mein eigener. Frei. Die Gedanken darin nur meine. Meine Arme und Beine schlaff vor Erleichterung. Ich rüttelte sie wach, fuhr mit den Füssen in meine Stiefel und ging nach draussen. Zum ersten Mal seit meiner Fahrt zum See zog es mich auf den Trail. Ich schlug mich in die Bäume.

Ich musste einen Weg finden, um meine Verbindung zu Dad und Scott zu kappen.

Ich trieb mich noch im Wald herum, als ich schon längst zu Hause hätte sein sollen, als Erstes ging ich jagen, stellte meine Fallen auf, dann wartete ich in der unvergleichlichen Stille des Waldes und schwelgte in ihr. Kurz vor Mitternacht fing es an zu schneien, weiche Flocken, die langsam zu Boden schwebten. Sie verdeckten die Spuren der Tiere und dämpften die Geräusche, die aus ihren Bauten kamen. Dann raffte ich mich endlich auf und tauchte tiefer in die Wildnis, suchte meine Fallen ab. Ich fand eine, die ausgelöst hatte, dann noch eine, die Tiere darin waren schon tot, aber ich trank trotzdem von ihnen. Füllte meinen Kopf mit zufälligen Momenten aus ihrem Leben. Mein Hunger war schnell gestillt, aber ich rannte weiter, suchte, und als eine Wühlmaus über den Trail huschte, war ich schnell genug, dass ich sie erwischte, bevor sie im Unterholz verschwinden konnte. Ihr ganzes kurzes Leben strömte durch mich hindurch. Dann wieder der stille Wald, und die Stille in meinem Kopf. Eine Atempause.

Als ich nach Hause kam, sah ich, dass Dad und Scott nicht alleine waren. Der Wagen des Village Safety Officers parkte draussen, sein Motor lief noch wegen der heraufkriechenden Kälte. Es hatte aufgehört zu schneien.

Das Haus zu betreten war, wie drei Radios gleichzeitig einzuschalten, bei jeweils voller Lautstärke. Drei Existenzen, Scotts, Dads, die vom Officer, freigelegt. Widerwillig watete ich durch den Strom ihrer Gedanken.

Da bist du ja, sagte Dad, und da war Erleichterung, dass ich zu Hause war, und Ärger darüber, dass ich losgezogen war, ohne ihm Bescheid zu geben. Sorge um Helen, die jetzt noch schwerer wog, seit er wusste, dass sie auch nicht zur Arbeit gekommen war, das hatte ihm der Officer gesagt, dessen Aufmerksamkeit wiederum war wie eine Spiegelkugel, jede ihrer Facetten fing ein Detail ein, einen Fetzen an Information, ein Gesicht, mein Gesicht, das er als unbekannt abspeicherte, und er merkte sich schon mal vor, dass er sich Zeit würde nehmen müssen, um mich zu befragen, so wie er es mit Scott getan hatte, dessen Angst sich inzwischen zugespitzt hatte, auch wenn er versuchte, sie zu zügeln, ein Junge, der auf dem Deckel eines Käfigs sitzt, und in dem Käfig tobt ein tollwütiger Bär, und der würde nichts lieber tun, als den Jungen im Ganzen zu verschlingen.

Schluss jetzt, schrie ich. Oder flüsterte ich, denn keiner von ihnen nahm Notiz von mir.

Wir haben ihren Jeep etwa fünfunddreissig Meilen südlich von hier gefunden, abgestellt am Strassenrand, sagte der Village Safety Officer zu Dad. Das war, nachdem jemand von der Krankenstation bei ihr zu Hause nach ihr sehen wollte. Sie hat – Er warf einen Blick in das kleine Notizbuch in seiner Hand. Sie hat zwei Schichten verpasst. Ihre Kollegen sagen, das sieht ihr nicht ähnlich.

Dad schüttelte den Kopf. Nein.

Wir haben einen Suchtrupp losgeschickt, falls sie mit ihrem Wagen liegengeblieben ist und sich dann verlaufen hat.

Sie wäre beim Highway geblieben, sagte Dad.

Der Officer nickte. Einen Versuch ist es wert. Bisher fehlt aber jede Spur.

Und was jetzt?

Ich hatte mich durchs Zimmer geschlichen, fast bis zur Treppe, aber jetzt spürte ich, wie alle Spiegelfacetten des Officers sich zu mir drehten, ihr gleissendes Licht heiss wie die Sonne.

Was hast du noch mal gesagt, wann du Ms Graham zuletzt gesehen hast?

Ich schluckte. Zuckte unter all der Aufmerksamkeit zusammen, alle drei klammerten sie sich an mich, als wäre ich eine Hand, die sie gleich von der Felskante hochzieht. Ich holte tief Luft.

Letzten Montag hat sie Scott nach Hause gefahren,

sagte ich langsam, während ich durch ihre Gedanken watete, um meine eigenen zu finden. Dann habe ich sie Dienstag früh in den Ort mitgenommen, als ich Scott zur Schule gebracht habe, weil sie den Truck hier abgestellt hat. Ich glaube, das war das letzte Mal.

Und sie ist nicht noch mal hergekommen?

Nicht nach Dienstag.

Und sie hat dich nicht angerufen, um sich nach dir zu erkundigen?

Nein, Sir.

Seine braunen Augen liessen nicht von meinem Gesicht ab, und ich versuchte keine Miene zu verziehen. Fühlte den Verdacht mir wie tausend Spinnenbeine über die Haut kriechen. Dann nickte der Officer.

Na schön, wenn dir noch irgendwas einfällt, dann sagst du es mir. Oder deinem Dad.

Mache ich.

Dads Hand griff nach meiner, sein Arm legte sich um meine Schulter, und er drückte mich. Geht ruhig nach oben, sagte er. Und versucht, euch nicht zu viele Sorgen zu machen. Officer Chappel hier wird uns helfen. Wir finden sie.

Seine Hoffnung war genauso mit Händen zu greifen wie sein Zweifel. Ich senkte den Kopf, als er mich auf den Scheitel küsste, wollte, konnte ihm nicht in die Augen sehen.

Sie hat wirklich nicht angerufen?, fragte mich Scott flüsternd, als wir oben ankamen. Das kann ich mir gar nicht vorstellen. Sie ist doch Krankenschwester. Sie hat sich Sorgen um dich gemacht.

Tja, sie hat aber nicht angerufen, sagte ich.

Er kam mir hinterhergelaufen, ich versuchte, ihn zu ignorieren, aber seine Worte zogen und zerrten an mir. Warum sollte sie ihren Jeep stehenlassen? Wo kann sie hingegangen sein? Sie war nicht weit weg von hier – warum ist sie nicht nach Hause gekommen, wenn sie Hilfe brauchte? Glaubst du, sie ist verletzt?

Mein Kopf rasend.

Wie kannst du so ruhig bleiben?

Ich fuhr herum. Sei still! Sei endlich still!

Er blinzelte. Die Farbe war aus seinem Gesicht gewichen, wo sich eben noch Sorge breitgemacht hatte, braute sich jetzt ein Unwetter zusammen. Kein Gewitter, sondern ein Wolkenbruch. Weiche Tropfen, die nirgends aufkamen, nur in einen bodenlosen Krater fielen.

Es tut mir leid, sagte ich. Ich habe nur – Angst. Ich bin wirklich überhaupt nicht ruhig. Ich weiss nur nicht, was ich machen soll.

Sein Gesicht wurde weicher. Er wollte, dass ich bei ihm bleibe, in seinem Zimmer sitze, bis er einschlafen würde, so wie ich das manchmal gemacht hatte, kurz nachdem Mom gestorben war, wenn er aus einem Albtraum aufgewacht war und nach mir gerufen hatte. Das war schon lange her. Ich hatte angenommen, dass er keine Albträume mehr hatte. Alles an ihm klammerte sich jetzt an mir fest, grub stumpfe Krallen in mich hinein, wollte, dass ich ihn tröste. Aber von unten zogen auch noch Dad und der Officer an mir. Es war klar, dass Dad an mich dachte, ich fühlte, wie die Sorge um mich in den Winkeln seines Inneren an ihm nagte, die nicht mit Helen beschäftigt waren. Aber ich liess auch dem Officer keine Ruhe. Er sah in mir eine unnötige Ablenkung, versuchte, mich aus seinen Gedanken zu verscheuchen wie eine lästige Mücke. Es machte mich wahnsinnig, dass er mich noch nicht beiseitegeschoben hatte. Als würde ein Suchscheinwerfer die Dunkelheit nach mir durchkämmen und immer näher rücken.

Scotts Gedanken voll flehentlicher Hoffnung, dass ich ihn nicht allein lassen würde.

Nacht, Scott, sagte ich, und die Enttäuschung, von der ich mich abwandte, musste ich nicht fühlen, so deutlich stand sie ihm ins Gesicht geschrieben.

Ich zog meine Tür zu, dann knüllte ich eine Decke zusammen und stopfte sie in die Ritze zwischen der Tür und dem Boden. Das schien ein wenig zu helfen.

Ich hatte die Tabletten aus dem Bad unter meinem Kissen versteckt. Diesmal nahm ich drei und hoffte, das würde reichen. Dann starrte ich aus trockenen Augen in die Schatten und wartete auf den Schlaf.

Als ich aufwachte, war es noch Nacht. Das Haus still, mein Kopf still. Mom still, während sie, federleicht, auf meiner Bettkante sass. Hier drinnen nicht in ihrem roten Mantel, sondern in dem flauschigen weissen Morgenrock, ihre Haare waren nass.

In deinem Alter war ich genau wie du, sagte sie, ohne die Lippen zu bewegen.

Ich musste an den Tag denken, als sie in mein Zimmer gekommen war, um mich vor Fremden zu warnen, nicht weil die Fremden gefährlich waren, sondern weil sie sich Sorgen machte, dass ich es sein könnte. Wanderer, Jäger, Menschen, die sich verirrt hatten. Es verirren sich ständig Leute im Wald, hatte sie gesagt. Wie der Junge, der damals verschwunden war, als sie noch klein war. *Sogar ich habe nach ihm gesucht,* hatte sie zu mir gesagt.

Warst du es, die ihn gefunden hat?, fragte ich sie jetzt.

Sie griff in die Tasche ihres Bademantels. Ihre Faust war geballt, als sie sie wieder herausnahm, dann liess sie ein Messer auf mein Bett fallen. Kein Taschenmesser wie das, das ich hatte, sondern ein Küchenmesser, ein kleines Exemplar mit gezackter Klinge, wie man es nimmt, um sein Steak zu schneiden.

Sie zog ihre Hand weg, eine Kinderhand, und die Mom mit tropfnassen Haaren, die gerade aus der Dusche kam, war verschwunden, an ihrer Stelle sass jetzt ein Mädchen, jünger als ich, mit nackter Brust, einer kurzen Jungshose, sonst nichts, ihre Haare ein struppiger Wirrwarr, ihre Fingernägel von getrocknetem Blut verkrustet. Ihre Lippen davon noch verschmiert. Ein Wildfang.

Du hast von ihm getrunken?, fragte ich und merkte, dass es keine Frage war, weil ich die Antwort schon kannte. Du hast es gemacht, als er gestorben ist.

Sie pfriemelte an dem Messer herum und sah mir nicht in die Augen.

Und danach?, fragte ich. Du kanntest dann ihn, aber kanntest du auch – alle?

Sie war wieder sie selbst, sah blass und zerbrechlich aus. Zu müde, um die Augen offen zu halten. Ich dachte an all die Male, die sie den ganzen Tag im Bett verbracht, sich von allen zurückgezogen hatte. An die Tabletten, die ich im Arzneischrank gefunden und die ich selber genommen hatte, um in den Schlaf zu sinken. Den Gedanken all der anderen zu entkommen.

Ich dachte an all die Jahre, die sie mit anderen Leuten im Kopf gelebt haben musste.

Jetzt hatte sie ihren roten Mantel an. Auch ihre Lippen waren rot, Blut verschmierte ihr Gesicht. Sie wischte mit dem Handrücken darüber.

Ich fühlte, wie es mir hochkam. Schluckte es runter, mein Magen brannte.

Scott war wach. Das wusste ich, nicht weil ich hören konnte, wie er aufstand und durch den Flur ins Bad ging, oder weil das Licht in seinem Zimmer anging, sondern weil ich fühlen konnte, wie seine Blase drückte, wie das dumpfe Raunen seines Hirns schlaftrunken an den letzten Resten seines Traums festhielt, irgendwas von einem Luchs, der vor Helens Haus lauerte.

Meine Augen wurden heiss, und ich kniff sie zusammen.

Hört es wieder auf?, fragte ich Mom, und meine Stimme wurde brüchig.

Aber ich wusste, sie würde verschwunden sein, noch bevor ich meine Augen wieder öffnete.

Jesse kam am nächsten Tag nach Hause, noch dünner als sonst, aber glücklich und voller Geschichten von den Checkpoints, an denen er gearbeitet hatte. Er war mit Steve Inga mitgefahren, der jetzt noch zum Abendessen blieb, und die Küche war von Gesprächen erfüllt, sogar noch erfüllter, wenn man auch hören konnte, was nicht gesagt wurde, den stillen Tumult im Kopf von jedem Einzelnen. Manches, was gesagt und gedacht wurde, drehte sich um das Rennen, aber das meiste kreiste um Helen. Sie legten ihre Informationen und Erinnerungen wie Teile eines Puzzles aus, versuchten, sie zu einem Bild zusammenzusetzen, das ihnen verraten könnte, was passiert war.

Ich blieb in meinem Zimmer, stellte mich immer noch krank. An dem Abend nahm ich vier Tabletten und sank in einen schweren Schlaf.

Am nächsten Morgen, fast Vormittag, holte Dad mich aus dem Bett.

Auf geht's, sagte er. Pack deine Tasche. Wir gehen zelten.

Ich hätte mich darüber wundern können, wenn ich nicht die ziellose Verzweiflung in ihm gespürt hätte, das Bedürfnis, irgendetwas zu tun, aus dem Haus zu kommen. Ich kramte in meinem Zimmer, klaubte zusammen, was ich für ein, zwei Nächte auf dem Trail bräuchte. Stopfte Kleidung und Utensilien in meinen Rucksack, bis ich ihn mir umhängen wollte und dabei merkte, dass einer der Riemen gerissen war. Mist, murmelte ich. Steckte den Kopf unter mein Bett und entdeckte Jesses Rucksack, den, von dem ich ihm immer noch nicht erzählt hatte, dass ich ihn gefunden hatte, bevor ich überhaupt wusste, dass Jesse existierte.

Ich hatte mir alle Mühe gegeben, nicht an Tom Hatch zu denken. Wobei mir das nicht allzu schwerfiel, jetzt, wo die meisten meiner Gedanken bei Helen waren, und was dann noch an Platz in meinem Kopf war, wurde von anderen gefüllt. Es war nicht ausgeschlossen, dass Hatch sich immer noch hier herumtrieb, dass er immer noch vorhatte, irgendwann vor unserer Tür aufzutauchen. Aber mit jedem Tag, der verstrich, schien die Wahrscheinlichkeit dafür kleiner. Im Schatten von Helens Tod schien alles klein.

Ich packte meine Sachen in Jesses alten Rucksack, dann machte ich ihn auf dem Schlitten fest, den Dad schon aus dem Schuppen gezogen hatte. Breitete eine Plane darüber aus, als Jesse auf der Bildfläche erschien und in meine Richtung kam.

Brauchst du Hilfe?

Er folgte mir, als ich Boomer holte und ihn zu den Leinen brachte, die schon im Schnee ausgelegt waren. Obwohl ich von mehr Tieren im Moment ihres Todes getrunken hatte, als ich zählen konnte, ganz zu schweigen von Old Su, die in meinen Armen gestorben war, schallten keine tausend Hundestimmen durch meinen Kopf. Aber um Jesse zu fühlen, musste ich nicht mal suchen. Seine Stimme klang beiläufig, aber seine Gedanken waren zittrig vor Angst und Ungewissheit, unsichtbare Finger, die nach mir tasteten, gierig auf Informationen.

Er ist nicht aufgetaucht, sagte ich.

Jesse schüttelte den Kopf. Ich wollte dich fragen, ob es dir bessergeht, sagte er.

Nur weil du nicht willst, dass ich denke, dass du dir mehr Sorgen wegen Hatch machst als um mich.

Hey, sagte Jesse und fasste mich am Arm, behutsam, aber entschieden. Warum sagst du so was?

Ich starrte auf den Boden, versuchte aus seiner Suppe herauszuwaten. Er war viel zu nah.

Klar mache ich mir Sorgen wegen Tom, sagte Jesse leise. Aber entweder ist er hier aufgetaucht und wieder verschwunden, oder er ist hier aufgetaucht, und – du hast dich darum gekümmert.

Die unausgesprochene Frage nicht nur in seinen Augen und seinem Tonfall, sondern in der Luft zwischen uns, ein schwebendes, greifbares Etwas.

Dad kam zu uns, er führte Marcey an ihrem Geschirr. Sie hatte sich schon lange von ihrer Schokoladenüberdosis erholt und schlang wieder alles herunter, was man ihr vorsetzte. Sie lächelte mit hängender Zunge, tänzelte auf den Hinterläufen, und ich wünschte mir mit allem, was ich hatte, dass ich auch so einfach gestrickt sein könnte wie sie. Begierig, zu laufen, ohne gross an etwas anderes zu denken.

Ich schätz mal, zwei vor jedem Schlitten reichen, sagte Dad, als er Marcey an der Zentralleine einhakte. Wir fahren nicht lange.

Ich bin so weit.

Was kann ich tun? Jesses Stimme nur noch ein Flüstern, als Dad auf seinen Schlitten stieg.

Ich wusste, dass Jesse meinte: Was kann er tun, um mir zu helfen. Um die Dinge zwischen uns wieder einzurenken, denn er spürte, dass etwas nicht stimmte. Aber selbst mit dieser Sorge noch schimmerte an seinen Rändern Hoffnung, wie das Licht an den Rändern einer Tür in einen dunklen Raum kriecht. Jetzt, wo Tom aus seinem Leben verschwunden war und er eine Art neue Familie hier hatte, fing Jesse langsam an, daran zu glauben, dass er vielleicht doch finden würde, wonach er suchte, seitdem er Oklahoma verlassen hatte. Wenn nicht schon viel länger.

Aber tief in ihm ein Kästchen, dessen Deckel fest verschlossen blieb. Ein Teil von ihm, zu dem ich immer noch nicht vordrang.

Ich rieb mir die Stirn und kniff für einen kurzen Moment die Augen zusammen. Dad stiess einen Pfiff aus, seine Hunde schossen vorwärts und zogen ihn Richtung Trail.

Nichts, antwortete ich Jesse und versuchte, zu klingen wie immer. Es ist alles in Ordnung. Wir reden, wenn ich wieder da bin.

Ich sprang auf meine Kufen und rief Marcey und Boomer ein *Auf geht's!* zu, bevor Jesse noch irgendwas sagen konnte. Folgte Dad auf den Trail, musste mich nicht umdrehen, um zu wissen, dass Jesse mir hinterhersah, bis ich verschwunden war.

Je tiefer wir in den Wald tauchten, desto stiller wurde es in meinem Kopf. Der Wald schloss sich um mich herum, und die Kufen meines Schlittens rauschten über den Schnee und durch den Atem der Hunde, ihre Füsse flogen, unter den tiefhängenden Ästen der Bäume und dem heller werdenden Himmel des aufkeimenden Tages stoben wir durch eine Wolke aus unserem eigenen Atem. Auch in Dads Kopf war es still, die Fülle und die Leere der Wälder hatten auf uns beide denselben Effekt, unsere Sorgen lösten sich nicht in Luft auf, aber sie waren wie die Landschaft nach einem dichten Schneefall, alles liegt begraben, man kann die Dinge noch an ihrer Form erkennen, aber ihre scharf umrissenen Ränder sind jetzt abgerundet.

In meinem Mantel und mit meiner Mütze war ich warm eingepackt, aber als wir den See erreichten und seine vereiste Oberfläche überquerten, überkam mich eine Eiseskälte. Ich zitterte fast so heftig wie an dem Tag, als ich Helen ins Wasser gestossen hatte. Ich krallte mich an meinem Schlitten fest und war froh, dass Dad vor mir fuhr und nicht sehen konnte, wie schlimm ich schlotterte.

Nach Einbruch der Dunkelheit schlugen wir unser Lager auf. Dad schwieg, während wir am Feuer assen, jetzt, wo wir nicht mehr auf dem Trail waren, kreisten seine Gedanken wieder um Helen. Er wusste nicht, was er tun sollte, nagte an diesem Nichtwissen, einem Knochen, den er weder durchbeissen noch liegen lassen konnte.

Was ist das Weiteste, das du von hier mal gekommen bist?, fragte ich schliesslich.

Mmh? Sein Gesicht tauchte aus dem Schatten hervor, als er sich in den Schein des Feuers beugte.

Wenn du hier draussen alleine trainiert hast, sagte ich. Wie weit bist du da gekommen?

Er nippte an der heissen Schokolade aus seiner Thermoskanne, seine Gedanken waren für einen Moment abgelenkt, während er über die Frage grübelte. Wie ich gehofft hatte. Nach dem Rennen waren seine Wangen immer noch vom Wind verbrannt, seine Haare zottelig. Zum ersten Mal fiel mir auf, dass sie langsam anfingen, grau zu werden, das Weiss in seinem Bart kam nicht vom Frost.

Vor Ewigkeiten bin ich mit einem kleinen Gespann den ganzen Weg durch die Berge gefahren, sagte Dad. Du kennst doch die zwei Gipfel, die ein bisschen aussehen wie zwei frei stehende Zähne?

Ich nickte.

Ich bin dem Pass gefolgt, der direkt zwischen ihnen durchführt. Und auf der anderen Seite rausgekommen. Aber der einzige Weg runter, den ich finden konnte, war ein Abstieg, gegen den der Dalzell Gorge wie eine Kinderrutsche aussieht. Weiter in den Norden bin ich von hier nie gekommen. Du warst damals vielleicht vier oder fünf. Mit zwei kleinen Kindern zu Hause war ich nicht wild darauf, kopfüber einen Berg runterzurauschen.

Die Flammen des Feuers taten sich an der Nacht um uns herum gütlich. Noch war alles pechschwarz, aber am Morgen würde die Sonne so früh aufgehen wie die ganze Zeit nicht, wir würden immer mehr an Licht gewinnen, und in zwei Monaten würden die Tage wärmer und der Schnee weicher werden, die Bäume würden knospen und das Gras grün werden, und für eine Weile wäre es leichter, draussen allein zurechtzukommen. Dann würden Schnee und Eis zurückkehren. Wasser zu finden, etwas Essbares aufzutreiben, sich warm zu halten würde schwieriger werden, wenn man nicht wusste, was man tat.

Dad steckte seine Thermoskanne in den weichen Schnee und hielt die Hände ans Feuer. Weisst du, sagte er, bevor Scott kam, auch bevor du auf der Welt warst, hatte ich mir immer vorgestellt, wie ich ein, zwei Söhne hätte, mit denen ich das mit den Hunden gemeinsam machen würde. Ich hatte es mir genau ausgemalt. Wir hätten einen grossen Zwinger, zweihundert Hunde. Und würden zu dritt oder auch zu viert zusammen unsere Rennen fahren.

Bist du enttäuscht, dass es nicht so gekommen ist?

Er schüttelte den Kopf.

Kein bisschen. Auf einmal warst du da, und du hast das von Anfang an so gut mit den Hunden gemacht, als könntest du ihre Gedanken lesen. Du warst ein Naturtalent. In meinen wildesten Träumen hätte ich mir ein Mädchen wie dich nicht ausdenken können, Trace. Es war dann auch nicht mehr schlimm, dass Scott, als er älter wurde, offensichtlich nicht so versessen darauf war, Musher zu werden. Versteh mich nicht falsch, wenn er sich mehr dafür interessiert hätte, hätte ich es ihm auch beigebracht. Aber man lernt ziemlich schnell, dass Kinder sich für ihre eigenen Sachen begeistern. Und das ist auch okay, solange sie glücklich sind. Ich schätze, Scott geht irgendwann aufs College, wenn er mit der Schule hier fertig ist. Vielleicht studiert er Fotografie, vielleicht Literatur. Vielleicht schreibt er irgendwann für eine Zeitung oder ein Magazin. Ich kann mir gut vorstellen, wie er eines Tages nach Hause kommt, um von dem grossen Rennen zu berichten, an dem du teilnimmst.

Die Hunde waren im Stroh eingerollt, das wir für sie aufgeschüttet hatten. Jetzt stand Zip auf, sie streckte sich, dann schlenderte sie zu uns herüber und legte ihren Kopf in meinen Schoss. Ich streichelte ihr das Fell über den Augen, die samtig weichen Ohren.

Was ist mit mir?, fragte ich. Was hast du dir für mich vorgestellt?

Dad nahm einen Stock und stocherte damit im Feuer, bis die Glut aufflackerte.

Ich schätze, ich sehe dich immer auf einem Schlitten, sagte er. Wahrscheinlich wirst du irgendwann den Hof übernehmen. Einen richtigen Zwinger führen, so wie ich das vorgehabt hatte. Vielleicht wirst du eines Tages mit deinen Söhnen und Töchtern zusammen Rennen fahren. Und hundert Hunden.

Ich nickte.

Wer weiss?, sagte er.

Ich legte den Kopf zurück. Der Himmel endlos, leer. Eine sternenlose Nacht.

Wer weiss, wiederholte ich.

Als das Feuer langsam ausging, legten wir uns hin. In Dads Kopf kehrte noch keine Ruhe ein, auch wenn die Ränder seines Denkens immer mehr verschwammen, je näher er dem Schlaf rückte. Trotzdem wusste ich, was er mich fragen würde, noch bevor er es ausgesprochen hatte.

Trace?

Ja.

Und du bist sicher, dass Helen nicht noch mal nach dir gucken gekommen ist?

Da hätte ich ihm alles erzählen können. Von Tom Hatch, dass es ein Fehler gewesen war, ihn niederzustechen, dass ich da alles hätte beenden können, wenn ich nur nicht zurück in den Wald gegangen wäre und einen Rucksack voller Geld gefunden hätte. Einen Rucksack, von dem ich dachte, dass er Hatch gehörte, deswegen war es leicht gewesen, das Geld mitzunehmen. Nur dass das nicht der echte Grund war, warum ich das Geld behalten hatte. Ich hatte es behalten, weil ich dachte, dass ich es bräuchte, weil das Einzige, was mir wirklich was bedeutete, meine Rennen waren und ich mit dem Geld meine Startgebühren bezahlen konnte. Aber damit hatte ich auch eine Verpflichtung Jesse gegenüber, und als Hatch dann wieder auftauchte, ging es nicht nur darum, zu Ende zu bringen, was ich an dem Tag im Wald angefangen hatte. Es ging auch darum, dass ich Jesse etwas schuldig war. Ich war es ihm schuldig, ihn zu beschützen. Nicht nur schuldete ich es ihm, ich wollte es auch, ich wollte ihn beschützen, ihn in der Nähe haben. Bei mir. Ich konnte nicht zulassen, dass irgendjemand ihm weh tat, denn er gehörte zu mir.

Und so gab ich vor, krank zu sein, ich überzeugte Dad, mein Rennen zu fahren, versteckte Scott bei seinem Freund. Ich schmiedete meine Pläne und wartete, ich sorgte dafür, dass alle, die mir etwas bedeuteten, in Sicherheit waren, und dann brachte ich zu Ende, was ich angefangen hatte. Und dann rief Helens Stimme meinen Namen im Sturm, und ihre Augen fanden mich im Schneetreiben. Ihr Blut spross rot zwischen ihren Fingern.

Trace?

Ich räusperte mich. Ich bin mir sicher, sagte ich.

In der Mauer, die ich mein ganzes Leben zwischen uns gebaut hatte, war das der letzte Stein. Fest verfugt, ich würde ihn nie wieder rausbekommen. Ich fühlte meine eigene Reue. Mein eigenes Entsetzen darüber, was ich getan hatte. Und schlimmer, ich fühlte seine Verzweiflung. Seine Angst, dass etwas Schreckliches passiert war. Und es war ja auch etwas Schreckliches passiert. Davon würden wir uns nie erholen.

Er seufzte. Verstehe, sagte er, seine Stimme klang dünn durch die Dunkelheit. Gute Nacht, Kleines. Hab dich lieb.

Das hatte er. Es war eine Liebe wie ein Flächenbrand, wie ein Monsun, wie ein Tsunami, eine Liebe, die ihn verzehrte, die da war wie etwas, was man greifen konnte, mit einer Breite, mit Tiefe, einem Gewicht. Ich konnte sie fühlen, wenn er nah bei mir war, es war eine andere Liebe als die für Helen oder Mom. Es war die Art von Liebe, die du zu etwas hast, was du erschaffen hast, was immer noch ein Teil von dir ist. Sie war überwältigend, grenzenlos, so tief, dass ich es nicht ertragen konnte. Und doch hatte ich Angst, dass sie verschwinden könnte, wenn er erfahren würde, was ich getan hatte.

Genauso ist das, das Leben ist nichts anderes als ein gieriger Geier. Ich habe mal gelesen, dass Geier fressen und fressen, egal wie voll sie sind, sie verschlingen, was auch immer sie vor sich haben. Das Leben verschlingt eine Sache und wird danach nur gieriger, also fängt es an sich auch noch andere Sachen einzuverleiben. Zuerst Mom. Sie läuft in die Nacht und kommt nie wieder raus. Danach die Hunde, werden uns einer nach dem anderen genommen. Dann unsere Art zu leben. Dann Dad, oder besser gesagt wie es früher zwischen uns war. Und wenn du denkst, man kann sich irgendwie an diese Art Verlust gewöhnen, dann musst du nur lange genug leben. Nichts bleibt.

Ich habe es am nächsten Morgen gefunden. Auf der Suche nach meinem kleinen Feuerstein, den ich brauchte, um mit meinem Messer ein Feuer zu machen, kramte ich in den fremden Taschen von Jesses Rucksack und dachte ohne viel Elan darüber nach, wie ich meinen eigenen Rucksack flicken müsste, wenn ich wieder nach Hause kommen würde. Ich räumte ihn aus, dann fluchte ich. Drehte ihn um und schüttelte, und was dann auf den Boden fiel, war nicht mein verlorengegangener Feuerstein, sondern ein Messer.

Die Blechtasse und den Beutel Reis, alles, was in dem Rucksack gewesen war, hatte ich rausgenommen und in meinem Zimmer gelassen. Aber das Messer muss die ganze Zeit in einer der Falten gesteckt haben. Ein schönes Taschenmesser mit einem hübsch gemaserten Griff. Ich runzelte die Stirn. Hob es auf, drehte es in der Hand.

Und erinnerte mich, wie ich es zwischen den billigen Plüschtieren an dem Stand vom Hau-den-Lukas entdeckt hatte, *Gewinn garantiert, du da drüben, du bist doch ein kräftiger Bursche, komm doch mal rüber.* Das Schrillen der Glocke, dann Tom, wie er sagt, ich soll mir was aussuchen, er hat den Preis für mich gewonnen. Und ich gucke mit Jesses Augen an den Stoffhasen und -bären vorbei zu dem einzigen Gegenstand, der hier irgendetwas wert ist, einem Taschenmesser mit gemasertem Griff. Da ist ein Chor aus Schreien von einem der Fahrgeschäfte, und mein Magen krampft und frohlockt gleichzeitig, als Tom sich vorbeugt und wir uns küssen –

Ich wischte mir mit dem Ärmel meines Mantels über meine laufende Nase. Dann klappte ich das Messer auf. Die Klinge war scharf, aber mit rostbraunen Flecken besudelt, er hatte es nicht mehr saubergemacht, wahrscheinlich weil er es eilig gehabt hatte. Der Name des Herstellers prangte auf der Klinge, es wäre mühsam gewesen, das Blut aus den eingravierten Buchstaben zu kratzen. GOODWIN KNIFE CO.

Ich liess das Messer fallen, sein Umriss im Schnee.

Ich hatte mir nicht erlaubt, länger über den Tag, an dem ich Hatch niedergestochen hatte, nachzudenken als unbedingt nötig, aber jetzt suchte ich nach genau dieser Erinnerung. Da war das Fiepen des Eichhörnchens, als das Leben aus dessen Körper wich.

Da war der blutige Abdruck der Hand auf dem Baumstamm, und das Gras, mit Blut benetzt.

Da war Hatch, seine Hände schon auf mir, als ich mich umdrehte.

Und hier rannte ich jedes Mal gegen eine Mauer, Dunkelheit hüllte mich ein, sobald Hatch mich zur Seite stiess und mein Kopf auf die Wurzel prallte, die aus dem

Boden ragte. Ich hatte in mir nach ihm gesucht, nach irgendeinem Teil von ihm, den ich in mir aufgenommen hatte, aber ich hatte nichts gefunden.

Weil da nichts war.

Anstatt meine Kraft damit zu vergeuden, nach Hatch zu suchen, verwendete ich sie jetzt auf das, was ich an dem Tag auch tatsächlich gesehen hatte. Wie das Blut. Es hatte schon auf den Grashalmen geschimmert, war schon über dem Baumstamm verschmiert gewesen, bevor ich mich umdrehte. Hatte an Hatchs Hand geklebt, als er sie nach mir ausstreckte. Hatch blutete schon, als er auf mich zukam. War schon geschwächt. Zu geschwächt, um ein Mädchen umzustossen, das zwar klein war, sicher, aber auch muskulös und schwer. Er hatte sich nicht auf mich gestürzt, er war gestrauchelt. Er hatte mich nicht packen, sondern sich an mir festklammern wollen, hatte Hilfe gebraucht. Weil er schon in Schwierigkeiten steckte, bevor wir aufeinandertrafen.

Ich kniete mich hin, grub das Messer aus dem Schnee aus. Klappte es wieder zusammen.

Bereit für den Heimweg?, fragte Dad, als er hinter den Bäumen auftauchte, wo er zum Pinkeln hingegangen war.

Ich nickte. Meine Kehle zu trocken, um ihm zu antworten. Ich war bereit.

Ich steckte das Messer in meine Tasche. Jetzt hatte ich zwei Messer bei mir. Nicht mehr nur meins, sondern auch das, mit dem alles angefangen hatte.

21

Kurz bevor es dämmerte, kamen wir nach Hause, es war nicht schwer, mich erst länger bei den Hunden aufzuhalten, dann zu behaupten, dass ich schrecklich müde wäre, und mich für den Rest des Abends in meinem Zimmer zu verschanzen. Jesse kam zum Abendessen mit Scott und Dad ins Haus, die drei sprachen kaum ein Wort, ihre Gedanken kreisten um Helen. Der Village Safety Officer hatte angerufen, um uns auf den neusten Stand zu bringen, auch wenn es nichts wirklich Neues gab. In ihrem Haus nichts, was darauf hinwies, dass sie vorhatte, sich etwas anzutun, oder dass sie nur auf eine Spritztour wollte. Keine Anzeichen dafür, dass irgendwer sie gezwungen hätte, das Haus zu verlassen. Jesse, Scott und Dad kauten und starrten auf ihre Teller, und ihre Gedanken schienen durch die Dielenritzen wie Strahlen von Licht. Scott machte sich Sorgen, weil er seine Kamera bei Helen gelassen hatte, dann zuckte er zusammen, schämte sich, dass ihn eine so kleine Sache beschäftigte, während Helen vermisst wurde. Durch Dads Kopf spukten grauenhafte Bilder, Helen, wie sie von Wölfen in Stücke gerissen wurde, im Wald erfror, von einem Fremden ermordet wurde, ihre blutigen Überreste über den Rand eines Highways verteilt, irgendwo meilenweit von uns entfernt. Manchmal war es nicht Helen, an die er dachte, sondern Mom, wie eine schmerzhafte Spiegelung, ein Leben voller Schicksalsschläge, etwas, was an den Nähten zerrte, die ihn zusammenhielten.

Ich machte die Augen zu und konzentrierte mich.

Sah mich selbst in Jesses Gedanken. Die Nächte, die wir zusammen verbracht hatten, die Teile von mir, die im Dunkeln lagen, wie er sich fragte, was ich über ihn wusste, was ich wissen konnte. Eindrücke von seiner Zeit mit Steve Inga, als sie auf ihren Schneemobilen von einem Checkpoint zum nächsten gerauscht waren. Er mochte Steve, er hatte ihn ein bisschen an Tom erinnert, wie er bereit war, überall mit anzupacken, wie gut er mit Werkzeug umgehen konnte. In Jesses Innerem immer noch dieses festverschlossene Kästchen. Dinge, an die er sich nicht erlaubte zu denken, Dinge, die er sogar vor sich selbst verborgen hielt.

Ich konnte mich in seine Gedanken einfühlen, aber ich konnte ihn nicht dazu bringen, an Dinge zu denken, an die er nicht denken wollte. Aber das war unwichtig. Es gab andere Wege, rauszukriegen, was ich wissen musste.

Ich sass mit angezogenen Knien in dem Schaukelstuhl, der früher Mom gehört hatte, und lauschte auf das Rauschen, das von unten aus der Stille stieg.

Dad steckte seinen Kopf in mein Zimmer, bevor er ins Bett ging, es war spät, lange nach seiner normalen Zeit. Er sah immer mehr so aus wie kurz nach Moms Tod, seine Augen eingesunken und blutunterlaufen.

Mach nicht mehr zu lange, in Ordnung?

Ich hätte ihn daran erinnern können, dass ich achtzehn war und schon ziemlich lange keinen mehr brauchte, der mir sagte, wann ich ins Bett muss. Aber ich fand es eher tröstlich als lästig, dass er noch mal nach mir sah. Aus seiner Sicht war es seine Aufgabe, auf mich aufzupassen, und das würde immer so bleiben.

Hab dich lieb, Dad, sagte ich.

Würde ich irgendwann auch mal nicht mehr darauf warten, dass ich ihn am Ende des Flurs schlafen höre? Ich beobachtete den schmächtigen Mond, wie er vor meinem Fenster langsam seine Bahn am Himmel zog. Irgendwann wurde es schliesslich still im Haus.

Draussen war die Nacht sternenlos. Wenn ich lange genug wach bleiben würde, könnte ich vielleicht noch die Polarlichter sehen. Ich musste an Jesses Handschrift in dem Buch von Kleinhaus denken. *Und wenn ich nichts anderes mehr mache, bevor ich sterbe: Ich werde die Polarlichter sehen.* Als ich das zum ersten Mal gelesen hatte, hatte ich gedacht, Tom Hatch hätte es geschrieben. Es hatte sich so angefühlt, als würden die Worte ihn für mich realer machen, dabei ist er nie real für mich gewesen.

Die Hunde hoben die Köpfe, als ich auf ihre Hütten zukam, und liessen sie wieder sinken, als für sie klar schien, dass ich keine Leckerli dabeihatte und auch nicht anhielt, um hallo zu sagen.

Ich klopfte an die Kate, dann schob ich die Tür auf.

Jesse wartete schon. Er lächelte, als er mich sah, stand von seinem Bett auf und schlang die Arme um mich. Ich tastete nach ihm, nach dem festverschlossenen Teil von ihm, an den er mich nie heranliess. Als er versuchte, sich von mir zu lösen, hielt ich ihn fest. Blieb, wo ich war, ihm ganz nah. Das wohlige Gefühl, ihn zu spüren, und das knisternde Feuer im Holzofen, der Geruch der Kate und das Licht, das über allem lag, alles so wie immer. Es wäre so leicht gewesen, einfach dazubleiben, all meine Fragen auszublenden, zu versuchen, Hatch und Helen zu vergessen. Nur dass das Geschenk, das ich von Helen bekommen hatte, das unmöglich machte.

Geht's dir gut? Sein Atem strich über meinen Hals.

Bestens, sagte ich und klappte mein Messer auf, dann ging es ganz schnell, ich wandte gerade genug Kraft auf, um durch seine Schichten von Kleidung zu schneiden und ihm kaum die Haut aufzuritzen.

Was –

Das Wort fiel aus seinem Mund, und er wich zurück, hielt seine Hand über dieselbe Stelle, auf die Hatch seine gepresst hatte, als er in unseren Hof gestolpert war. Auf der Suche nach Hilfe, wie ich inzwischen begriffen hatte. Nicht auf der Suche nach mir.

Jesse nahm die Hand weg und sah ungläubig auf das Blut, nur ein paar Tropfen.

Die Sache mit dem Trinken ist die, sagte ich, du kannst dir nicht aussuchen, was du dadurch erfährst. Du schnappst nur Fetzen von dem auf, was einem Menschen durch den Kopf geht, und du bekommst fast nie genau das, was du suchst. So ist es jedenfalls, wenn du nur einen Schluck nimmst.

Seine Gedanken ein Wirbelsturm, blieben nie bei einer Sache stehen, heulten wie der Wind in der Nacht, als ich Helen umgebracht hatte.

Ich durchquerte den Raum in aller Ruhe, ich hatte es nicht eilig. Ich stand zwischen ihm und der Tür. Und wie ich ihm vor dem Rennen veranschaulicht hatte, war ich stärker als er. Um einiges. Und das wusste auch er.

Wenn du genug trinkst, um ein Tier zu töten, fuhr ich fort, ist das eine ganz andere Sache. Von diesem letzten Schluck bekommst du alles. Ein ganzes Leben. Ich dachte, so viel hätte ich verstanden. Wie viele Tiere habe ich schon auf diese Weise getötet? Wie viele Leben in mir aufgenommen? Hunderte?

Er wich zurück, wollte weg von mir. Er überlegte, an mir vorbeizustürmen, fragte sich, ob er mir das Messer abjagen konnte. Ging ein Manöver nach dem anderen durch und verwarf jedes einzelne.

Woher hätte ich wissen sollen, dass es mit einem Menschen anders ist?, sagte ich.

Stille über der Landschaft in seinem Kopf, kurz und ohrenbetäubend.

Tom?, fragte er schliesslich. Aber du hast doch gesagt –

Ich hielt sein Hemd mit einer Hand fest, schlitzte es auf, von oben nach unten. Eine Schicht weniger zwischen uns.

Das hab ich, oder? Ich war mir sicher, Hatch würde zurückkommen. Ich habe mir Sorgen um dich gemacht. So sehr, dass du dir auch Sorgen gemacht hast, hm? Wieso eigentlich?

Ich zerschnitt das nächste Hemd. Sah Hatch in Jesses Gedanken, am Fenster der Kate, wie er ihn anflehte, ihn reinzulassen.

Ich dachte, ich beschütze dich, sagte ich. Ich dachte, ich beschütze alle. Und ehrlich gesagt dachte ich, ich habe keine Wahl. Dass ich in Schwierigkeiten stecken würde, wenn ich die Sache, die ich angefangen habe, nicht zu Ende bringe.

Zerfetzte sein Unterhemd, vom Hals bis zum Saum, legte die Haut darunter frei, den Verband, mit dem er seine Brust wegschnürte. In seinen Gedanken Hatch, wütend und mit hochrotem Kopf. *Du kannst nicht weg. Niemand wird dich so wollen wie ich.*

Aber dann stellt sich heraus, dass ich rein gar nichts zu Ende bringen muss, sagte ich und hielt das Messer so hoch, dass er den Namen auf der Klinge sehen konnte.

Jesses Verstand war gewandt, dieses Wort hatte ich von ihm, er dachte es, nicht über seine eigene Gewieftheit, sondern über Tom, der ebenfalls gewandt war, gut mit Werkzeug umgehen konnte, einfallsreich wurde, wenn er in der Klemme sass. Da war Zuneigung in Jesse. Überraschung über seine eigene Fähigkeit, Dinge zu reparieren. Ich konnte fühlen, wie die Lösung sich von selbst ergab, wie Jesse das erste Mal wegläuft. Weg von zu Hause, er stiehlt sich eines Nachts davon, hinterlässt keinen Zettel, weder für seine Eltern noch für Tom, der eine Woche später an dem Ort auftaucht, über den sie mal geredet hatten, wo sie doch zusammen hinwollten. Ein weiterer Streit, eine weitere Nacht auf der Flucht. Durch das ganze Land, bis nach Alaska, und dann, auf der Schwelle zu dem neuen Leben, das er ausfindig gemacht hat, nur noch halb verloren in dem Wald hinter dem Haus: der Moment, als er nach dem Messer greift. Hatch, der ihm nachläuft, und als er ihm schliesslich nah genug kommt, eine letzte Erinnerung an Jesses altes Leben, senkt sich das Messer in ihn hinein, so mühelos, als hätte es sich selbständig gemacht. Jesse, wie er runter auf seine Hand guckt, darin das Messer, und es tut ihm nicht leid. Das erlaubt er sich nicht. Er sieht Tom in die Augen. Presst zwischen den Zähnen hervor: *Geh einfach nach Hause.*

Jetzt allerdings erklärte er mir, dass er keine andere Wahl hatte.

Du hättest nicht auf ihn einstechen müssen, sagte ich. Du hättest einen anderen Weg finden können.

Du hast doch gesehen, was passiert ist, sagte er. Was Tom getan hat. Er war gefährlich.

Habe ich das?

Die Spitze des Messers drückte ein Grübchen in Jesses Haut, ich wandte gerade so viel Kraft auf, dass sie noch nicht seine Oberfläche einritzte. Ein rotes Aufleuchten, die Scheune, Hatchs Atem auf meiner Wange, auf Jesses Wange.

Habe ich das wirklich gesehen? Einzelne Teile, ja. Genug, um ein Puzzle zusammenzusetzen. Genug, um es falsch zusammenzusetzen.

Dann kam das Blut, aber ich brauchte es nicht. Ich sah Tom durch Jesse, spürte seine rauen Hände auf meinem Körper, seine Lippen auf meinen. Ich sah ihn an dem Tag, als sie sich, als wir uns zum ersten Mal begegnet sind, Toms hübsches Gesicht schon durch den Autounfall, der ihn zur Waise gemacht hatte, von Narben entstellt.

Ich will nur die Wahrheit, sagte ich und presste das Messer auf seine Haut.

Jesse zuckte zusammen. Du musst das nicht machen, sagte er. Ich erzähl dir alles, ich schwöre.

Du hast recht. Ich muss das nicht machen.

Ich leckte die Messerspitze ab.

Aber ich will.

Kleine Schnitte. Das hatte ich von all den Malen gelernt, die ich das Messer in meiner eigenen Haut versenkt hatte, all den Malen, die ich wochenlang ohne den Wald ausgekommen war. Kleine Schnitte, kleine Schlucke. Helen hatte mir das Tor zu ihm geöffnet, aber sein Blut war ergiebiger als seine Gedanken, kleine Explosionen seines

Lebens, Fetzen der Wahrheit, die aus ihm herausfloss, durch mich hindurchströmte. Er hatte Hatch blutend im Wald zurückgelassen. Nicht aus Reue war er zu ihm zurückgegangen, sondern aus Sorge, er hatte gehört, wie wir beide ineinandergerannt waren, und seine Sorge war zwiegespalten, ein Teil von ihm hatte Angst, dass Tom in Schwierigkeiten sein könnte. Ein noch grösserer Teil fürchtete, dass ihm zu schnell jemand zu Hilfe gekommen war. Er liess seinen Rucksack fallen und rannte in die Richtung, aus der er uns miteinander rangeln hörte.

Als er uns fand, warf er sich auf mich. Er stiess mich heftiger weg, als er wollte. Ich verlor das Bewusstsein, konnte nicht mehr hören, wie er noch einmal zu Tom sagte: *Bitte, geh.* Konnte nicht beobachten, wie er Tom dabei zusah, wie das Leben aus ihm heraussickerte. So dachte Jesse jedenfalls, und dann war er so aufgewühlt, dass er vergass, seinen Rucksack zu holen, bevor er wieder weiterrannte.

Jesse versuchte, mich wegzuschieben, aber er war jetzt geschwächt, er röchelte nach Luft, sein Puls stotterte.

Keine Sorge, sagte ich, als ich den nächsten Schnitt setzte. Wir sind fast fertig.

Ich hatte nie vor, ihn zu töten. Das ist die Wahrheit. Ich hatte nie vor, irgendjemanden zu töten.

Er setzte sich so schnell auf, dass ich das Messer fallen liess. Es schepperte zu Boden, und dann war er auf den Beinen, ein plötzlicher Schub an Kraft, er glaubte, es geht um sein Leben. Er griff nach dem Messer, dann hielt er es fest, und ich hielt ihn fest, und wir beide besudelt von seinem Blut, wir klebten aneinander und kreisten wie Tänzer durch den Raum, mein Rücken zur Tür, mein Rücken zur Pritsche, mein Rücken zur Wand, während ich mich um sein Handgelenk krallte und er mich an den Haaren zog. Die Kraft wich langsam aus ihm. Das warme Blut zwischen uns. Ich drehte ihn um, mein Rücken wieder zur Tür, dann sah ich, wie er die Augen aufriss, Überraschung und Angst durchzuckten ihn, und dann packte er mich an den Schultern, warf mich zur Seite und wich nur knapp der Axt aus, die die Luft zerschnitt und ihr Blatt in der Wand der Kate versenkte.

Und all die von Gewalt zersetzten Nächte woben sich ineinander, und meine Füsse waren seine Füsse, mein Herz seins, es hämmerte in seiner Brust, sein ganzes Ich nur noch ein einziger Drang, und als ich meinen Blick von Dad abwandte, der immer noch den Stiel der Axt in seinen Händen hielt, war Jesse schon verschwunden, längst wieder auf der Flucht.

22

Draussen wurde unser Atem zu Wolken, die so schnell verwehten, wie sie sich zusammengeballt hatten, und die Sterne durchbohrten den Himmel wie Löcher von einer Messerspitze, und wir standen da und atmeten. Sahen rüber zum Haus. Die Stille zwischen uns wie die Stille nach einer Lawine.

Ich löste mich als Erste aus meiner Starre. Ging zurück in die Kate und suchte den Boden ab, fand das Goodwin-Messer unter der Pritsche, wo ich es hingetreten hatte, nachdem ich Jesse das Handgelenk so fest zusammengedrückt hatte, dass er es fallen liess. Dann sammelte ich zusammen, was er brauchen würde, einen Pullover, seinen Mantel, seine Mütze. Die Stiefel. Er war barfuss in den Schnee gerannt, mit freiem Oberkörper.

Was machst du?

Dad, festgenagelt im Türrahmen. Wie ein aufgespiesster Käfer in einem Schaukasten.

Ich zog mein Hemd über den Kopf, die Vorderseite blutgetränkt. Tauschte es gegen eins von Jesses.

Ich wollte nicht – Dad fuhr sich mit der Hand über sein Gesicht. Ich dachte, er tut dir weh.

Ich weiss, sagte ich.

Er liess sich auf den Stuhl am Tisch fallen. Ein neuer Tag dämmerte in ihm heran, eine Wahrheit, die er immer geahnt hatte, so haarsträubend sie auch sein mochte, die er immer in seinen eigenen dunklen Ecken verborgen und nie ganz ans Licht gelassen hatte.

Das alles ist nicht dein Blut, sagte er. Es war keine Frage.

Aber er fragte: Was ist passiert?

Also erzählte ich ihm die Wahrheit.

All die Jahre hatte ich es geschafft, die Geheimnisse für mich zu behalten, die meine Mutter mir mitgegeben hatte. Ich hatte sie nur dem einen Menschen erzählt, von dem ich dachte, dass er versteht, was es heisst, im Verborgenen zu bleiben. Dem einen Menschen, von dem ich dachte, dass er mir am nächsten war.

Ich sass auf der Kante von Jesses Bett und redete. Ich fing mit dem an, was noch einigermassen leicht zu erklären war, wie ich Jesse irgendwann immer mehr mochte, bis aus Mögen etwas anderes wurde. Dann Jesses Geheimnis, eine Sache, die er und ich teilen konnten. Dann Hatch und was Jesse mich hatte glauben lassen, dass ich getan hätte, und was ich deswegen machen wollte. Ich folgte dem Pfad, den ich mir selbst angelegt hatte, erklärte Dad, warum ich wusste, was ich wusste, und warum ich mein ganzes Leben so versessen aufs Jagen gewesen war. Ich sah, wie meine Worte auf ihn einprasselten, wie jedes einzelne ihn traf wie eine Faust, aber ich redete weiter, die Zeit des Verbergens war vorbei. Hatch ist nie aufgetaucht, sagte ich, ich habe alle ganz umsonst aus dem Haus gejagt.

Einschliesslich Helen, sagte er.

Sie war da, in seinem Kopf. Er trug sie mit sich, wie er Mom mit sich trug. Und ich dachte an Mom, mit all ihren Geheimnissen, den Dingen, die sie mit sich genommen hatte, als sie vor all den Jahren auf den Highway gegangen war. Sie hatte mir nie direkt gesagt, dass ich vor Dad geheim halten musste, was ich tat. Aber sie hatte mir beigebracht, dass man manche Geheimnisse für sich behält, weil man die Menschen nicht verletzen will, die man liebt. Er ahnte es schon. Noch ein Gedanke, den er sich nicht vollständig eingestehen konnte. Ich hätte es aussprechen müssen.

Also liess ich diese letzte Mauer zwischen uns stehen. Auf dass sie niemals einstürzen würde.

Einschliesslich Helen, sagte ich.

Und heute Nacht, fragte er, was ist da passiert?

Das ist eine Sache zwischen Jesse und mir, sagte ich.

Das reicht mir nicht, sagte er, aber er drang nicht weiter in mich, als ich schwieg. Er sank auf dem Stuhl zusammen, hielt den Kopf zwischen den Händen und sah mich nicht an. Ich habe ihn gesehen, sagte er schliesslich.

Ich blinzelte. Jesse?

Er schüttelte den Kopf. Mr Hatch. Unten in Anchorage. Bei der Startzeremonie. Hab ihn in der Menge entdeckt. Ich habe mit ihm geredet, bevor ich auf die Piste musste. Habe mich nach ihm erkundigt. Er meinte, nachdem sie ihn zusammengeflickt hatten, ist er eine Weile rumgereist, er wollte noch so lange bleiben, um sich das Rennen anzusehen. Hat mir erzählt, dass er den nächsten Tag im Flieger sitzen würde. Dad legte das Gesicht in die Hände, seine Worte klangen dumpf. Er hat mir die Hand geschüttelt. Sich für meine Hilfe bedankt.

Es war schon komisch, wie ich nach Tagen, an denen ich alles gleichzeitig gefühlt hatte, in dem Moment überhaupt nichts mehr fühlen konnte. Alles an mir war taub. Ich schloss die Augen und sah Helen fallen. Wie ihre Augen sich mit Schnee füllten.

Ich muss los, sagte ich, dann räusperte ich mich. Jesse ist schon zu lange weg. Er erfriert da draussen, wenn ich ihm nicht hinterhergehe.

Dad stand auf. Ich mache das, sagte er. Er begriff nicht, dass es mir nicht darum gegangen war, die Sache mit Jesse zu beenden, sondern dass ich nur an die Wahrheit in ihm hatte rankommen wollen.

Nein, sagte ich. Die Suppe muss ich selber auslöffeln. Ausserdem bin ich besser im Spurenlesen. Es geht schneller, wenn ich ihn suche. Und irgendjemand muss hier sein, falls Scott aufwacht.

Ich konnte sehen, wie er sämtliche seiner Argumente durchging, warum ich diejenige sein sollte, die beim Haus blieb.

Dad, sagte ich, bevor er ansetzen konnte. Bitte.

Er wollte immer noch seine Einwände vorbringen. Er liess den Blick über die Kate schweifen, die Blutflecke auf dem Boden. Mich. Schliesslich stiess er einen tiefen Seufzer aus, und das nahm ich als seine Antwort.

Im Haus zog ich Jesses Rucksack aus dem Schrank und klaubte zusammen, was ich dachte, dass ich brauchen würde. Ich schob meine Haare unter meine Wollmütze und zog ein zweites Paar Socken an. Dann hängte ich mir den Rucksack um und ging durch den Flur. Blieb vor Scotts Zimmer stehen. Wie sich das Licht aus dem Flur über seinem Fussende ergoss. Je älter er wurde, desto fester schien er zu schlafen. Er schnarchte sogar leicht, als ich die Tür aufdrückte. Ich musste mir keine Sorgen machen, dass ich ihn wecken könnte, als ich durch sein Zimmer ging, mich über ihn beugte und ihn auf den Kopf küsste.

Draussen kniete Dad neben meiner Leithündin, er hatte Stella vorne eingespannt, und ich war froh darüber, denn ihr konnte ich vertrauen, dass sie sich nicht von irgendwelchen Geräuschen oder Bewegungen in den Bäumen links und rechts vom Trail ablenken lassen würde, und die anderen Hunde würden sich an ihr orientieren.

Ich schnallte den Bauchgurt meines Rucksacks zu und stieg auf die Kufen. Dad ging um den Schlitten herum und stellte sich neben mich. Für einen langen Augenblick sagte keiner von uns ein Wort.

Ich habe es nicht gewusst, sagte Dad.

Was nicht gewusst?

Er schluckte. Dass er kein Junge war.

War er aber doch, sagte ich. Wenn du ihn kennen würdest, dann wüsstest du das.

Er – er hätte es mir sagen können. Das hätte zwischen uns nichts geändert.

Meine Kehle war zugeschnürt. Er hat gedacht, dass er es geheim halten muss, sagte ich.

Dieses Gefühl wollte ich ihm nie geben, sagte Dad.

Die Hunde schnauften, sie wollten laufen. Sonst kein Geräusch zwischen uns.

Ich sollte jetzt los, sagte ich.

Er ging noch einmal um den Schlitten, kontrollierte die Geschirre der Hunde, rüttelte sogar kurz an meinem Rucksack.

Dad.

Na gut, sagte er. Sei schön vorsichtig. Vor allem auf dem See. Er ist ordentlich gefroren, aber an der Stelle beim Wasserfall, da ist das Eis nur dünn.

Meine Augen brannten, und ich blinzelte die Tränen weg, die sich ihren Weg nach draussen bahnen wollten. Nur eine kleine Tour auf dem Trail, sagte ich. Stimmt's?

Er trat nicht zur Seite und zog auch nicht den Schneeanker für mich. Er war so nah, ich hätte die Arme ausstrecken und ihn umarmen können. Er wusste mehr, als er sich eingestehen wollte, und hatte trotzdem noch Verständnis, glaube ich.

Stimmt, sagte er und trat zurück.

Ich wusste, an der Stelle würde er stehen bleiben, bis ich auf dem Trail war, bis er mich nicht mehr sehen konnte, und so lange hätte er seine Hand gehoben.

Das wird eine schnelle Tour, sagte ich, und er nickte. Morgen früh bin ich längst wieder da.

Das war das letzte Mal, dass ich ihn angelogen habe.

Nur eine dünne Mondsichel, die den Schnee erhellte, und die Zweige über uns reichten einander die Hände, Schatten hüllten uns ein, und nur meine Stirnlampe leuchtete uns den Weg, wir fuhren wie durch einen Tunnel, hinter uns schloss sich die Dunkelheit immer gleich wieder. Je weiter wir kamen, desto stiller wurde es. Ich spürte, wie Dad in mir verblasste, der letzte Mensch, den ich wirklich kennen würde.

Jesses Fussspuren führten den Trail entlang, dann verloren sie sich im Unterholz. Es war nicht undenkbar, dass er nur über Nacht wegblieb. Er war genauso einfallsreich wie Tom Hatch, er konnte zwei Stöcke aneinanderreiben, um ein Feuer zu machen, oder sich ein Loch graben, in dem er sich einrollen und bis zum Morgen warm bleiben würde. Es war nicht verrückt, sich vorzustellen, dass er bei Tagesanbruch zum Haus zurückkehren würde.

Aber ich kannte ihn. Für ihn gab es nur Weglaufen.

Als wir an den See kamen, nahm ich den Trail, der um die überfrorene Oberfläche herumführte, auch wenn uns das ausbremste. Ich hielt es nicht aus, noch einmal über das vereiste Wasser zu fahren. Es sollte eine Kaltfront kommen, so hatte ich es am Morgen im Radio gehört, es würde ein paar Tage scharfen Frost geben, und für danach hatten sie Niederschlag angesagt, nicht viel, aber genug, damit der Wald mit einer Schneeschicht bedeckt wäre. Ab da noch jede Menge Schnee bis Mai, bevor der Frühling käme und alles anfangen würde zu tauen. Das Eis auf dem See würde jeden Tag weniger werden, bis irgendwann nur noch kleine Schollen übrig wären, die schliesslich auch verschwinden würden, und dann eines Tages, wenn die Sonne Kraft hätte und das Wasser fast warm genug wäre, um darin zu schwimmen, würde Helen an die Oberfläche treiben. Dann würde sich Dads Leben noch einmal verändern. Noch ein Verlust, noch ein Ende. Ich wünschte mir, ich hätte ihm sagen können, dass es mir leidtat.

Ich fuhr mit dem Schlitten noch bis Fox Creek, wo Dad und ich erst vor ein paar Stunden gezeltet hatten. Machte alle fünf Hunde von der Zentralleine los, dann zog ich ihnen die Geschirre aus. Es war nicht sehr wahrscheinlich, dass sie an irgendeinem umgefallenen Baumstamm oder im Gebüsch hängenblieben, aber ich wollte das Risiko nicht eingehen. Ich verstaute die Geschirre in meinem Schlittensack, dann bedeckte ich den Schlitten mit ein paar Zweigen, um ihn vor dem Schnee zu schützen.

Ich kniete mich vor die Hunde und kraulte und streichelte und hätschelte jeden Einzelnen von ihnen. Stella leckte mir übers Gesicht. Wenn sie nicht voll und ganz auf den Trail konzentriert war, war sie ziemlich verschmust und furchtbar anhänglich. Als ich endlich aufstand, zu ihnen sagte: Na los, und die Hunde mit der Hand verscheuchte, war Stella die Einzige, die stehen blieb und auf mich wartete.

Na los jetzt, sagte ich zu ihr.

Sah ihr hinterher, wie sie den anderen Hunden nachrannte. Es dauerte nicht lange, bis die Nacht sie verschluckte.

Sie würden ohne Probleme den Weg nach Hause finden, am späten Vormittag oder vielleicht auch am Nachmittag wären sie da. Dad würde von der Spüle in der Küche hochgucken und sie kommen sehen, oder vielleicht würde er auch heute lange schlafen, erschöpft von der letzten Nacht. So oder so würde er entdecken, wie fünf seiner Hunde frei im Hof herumrannten, allesamt müde vom Laufen und bereit für eine Portion Futter. Ich hoffte, er würde ihnen erst noch etwas geben, bevor er sich auf die Suche nach mir machte. Vielleicht würde Scott ihm beim Füttern helfen, ihm das Füttern abnehmen, während Dad einen neuen Schlitten bereitmachte, ein frisches Gespann einschirrte und über den Trail heizte. Er würde meinen Schlitten natürlich noch am selben Tag finden. Ich hoffte, er würde dann verstehen. Wenn er mich nicht gleich finden würde, würde er weitersuchen, das wusste ich. So, wie er es schon früher getan hatte, er würde meinen Namen rufen, doch seine Stimme würde in dem frisch gefallenen Schnee verhallen, in dem endlosen Wald und über all den Meilen, die zwischen uns lagen.

Wenn Helens Leiche gefunden war, würde jemand kommen und Nachforschungen anstellen. Vielleicht würde dem Village Safety Officer wieder einfallen, wie widerwillig ich auf seine Fragen geantwortet hatte, und das würde den Funken von Verdacht neu entfachen, der in ihm aufgeglommen war, als er mich in Augenschein genommen hatte. Vielleicht würde er zurückkommen und nach mir fragen, und dann würde er erfahren, dass niemand wusste, wo ich war.

Oder vielleicht würde auch keiner kommen. Wenn der Officer hören würde, dass ich verschwunden war, vielleicht würde er verstehen, dass mein Dad schon genug durchgemacht hatte, dass man ihm nicht noch ein Rätsel aufbürden musste, das keine gute Auflösung hatte. Es war sogar möglich, dass er auf eine Version der Wahrheit kommen und beschliessen würde, dass ich diejenige war, die Helen getötet hatte, aber bis dahin wäre es zu spät. So oder so hoffte ich, er würde meinen Dad und meinen Bruder in Ruhe lassen. Dass er lernen würde, damit zu leben, die Wahrheit nie zu erfahren. Wenn ich ein letztes Mal mit dem Officer sprechen könnte, würde ich ihm genau das sagen: Meistens ist es besser, nicht alles zu wissen.

Im ersten Jahr wurde ich drahtig und zäh, was ich an zusätzlichem Fleisch auf den Rippen hatte, warf ich ab. Ich hatte genug zu essen, trank mich satt, aber ich war auf das angewiesen, was ich finden und jagen und fangen konnte, und manchmal gibt der Wald reichlich und manchmal auch nicht.

Meine Haare wurden lang und struppig, bis ich sie mit meinem Messer absäbelte, danach schienen sie ganz aufzuhören zu wachsen. Meine Nägel wie Krallen, bis sie mir abbrachen. Meine Haut wurde dicker. Meine Schuhe fielen auseinander, also schnürte ich mir die Sohlen um die Füsse, aber irgendwann machte ich mir die Mühe nicht mehr und lief den ganzen Winter und den darauf barfuss, und nach einer Weile konnte ich mich gar nicht mehr daran erinnern, wie es sich anfühlte, einen Belag zwischen der Erde und meinen Füssen zu haben.

Es war still in der Wildnis. In meinem Kopf kein Getöse von fremden Leben. Ganz selten stiess ich auf eine Erinnerung in mir, die nicht meine war, dann sah ich auf und entdeckte eine Wandrerin auf dem Trail oder einen Jäger, der sich im Gebüsch versteckte. Dann kletterte ich auf einen Baum, bis die Wandrerin weitergezogen war, umrundete den Jäger, fühlte für eine Weile ihre Begeisterung für die ursprüngliche Natur um sie herum oder seine Geduld und Wachsamkeit, bis der Abstand, den ich zu anderen Menschen hielt, ihre seltsamen Leben schwächer werden liess.

Ich baute mir Unterschlüpfe, schmolz Schnee und kletterte auf Bäume, um mich zu orientieren. Bei schlechtem Wetter verkroch ich mich in einer Höhle, rollte mich ein wie ein Bär im Winterschlaf. Hin und wieder hatte ich Glück und stiess auf eine öffentliche Hütte. Im Winter stehen die oft leer. Ich öffnete die Tür, liess meinen Rucksack fallen und sah mich um, erschlagen von den Stockbetten und Bänken und Tischen, an denen jemand wie ich mal gesessen hatte, um mit Gabeln aus Schüsseln oder von Tellern zu essen. Einmal fand ich ein Päckchen Spielkarten, das jemand dagelassen hatte, und ich breitete sie aus und verbrachte den Grossteil der Nacht damit, vor dem Feuer in die Gesichter auf den Karten zu starren. Ein anderes Mal war es eine Illustrierte, die jemand vergessen hatte. Ich blätterte stundenlang durch die Seiten, sah mir die Bilder und Texte an, bis ich mich irgendwann an einem Satz versuchte. Die Worte laut vorzulesen fühlte sich fremd an auf meiner Zunge. Ich erschreckte mich selber vor dem kratzigen, ungewohnten Klang meiner Stimme.

Am Ende von seinem Buch geht Kleinhaus wieder zurück nach Hause. Es endet so wie viele Bücher, jemand kehrt dahin zurück, wo alles angefangen hat, aber ist inzwischen verändert. Ich schätze, es macht keinen Sinn, eine Geschichte zu lesen, wo die Hauptfigur am Ende genauso wie am Anfang ist.

Aber kurz bevor das Tauwetter einsetzt, kurz bevor der Schnee weicher wird und die ganze Welt aus Wasser zu bestehen scheint, am letzten richtigen Wintertag, da klettert Kleinhaus auf einen Baum. Mit Händen und Füssen kraxelt er die Äste hoch, als plötzlich ein Elch die Stelle rammt, an der er eben noch gestanden hat. Der Elch ist abgemagert, man kann seine Rippen sehen, und sein Fell hängt an seinen Knochen runter wie ein zu grosser Mantel. Die Rinde der umstehenden Bäume ist abgefressen, jede einzelne Pflanze restlos runtergenagt. Futter ist rar. Der Elch ist nicht gut aufgelegt und wenig froh darüber, aufgeschreckt worden zu sein, deswegen senkt er den Kopf und geht auf ihn los.

Also hockt Kleinhaus in seinem Baum, während ein wütender Elch um den Stamm kreist, Kleinhaus hält sich auf einem Ast fest und sitzt es aus. Nach einer Weile sieht er von dem Elch hoch auf die Landschaft, die ihn umgibt. Endlos weit ausgewellt liegt sie da, Berge und Flüsse und Täler, und nur eine Handvoll davon hat er bisher erkundet. Und er denkt, man kann sein ganzes Leben dieses Land durchstreifen und wird es doch nie so kennen, wie dieser Elch es kennt. Oder der Bär, der ihn letzten Herbst fast umgebracht hätte. Zwischen ihm und dem Land gibt es eine Mauer, und die wird es immer geben, weil er ein Mensch ist und kein Bär oder Elch oder sonst ein Tier, das sein ganzes Leben in der Wildnis zubringt, seine Nahrung aus der Erde nimmt und Zuflucht in den Bäumen findet und Wasser aus Flüssen und Bächen trinkt. Und in dem Augenblick denkt er, dass er nie wieder nach Hause zurückkehren wird. Dass er noch den ganzen Winter hierbleibt, bis in den Frühling, das nächste Jahr hinein, und im Jahr darauf wird er die Wildnis gut genug kennen, um in ihr zu überleben, und wenn er nicht überlebt, dann wird er hier draussen sterben und verwesen, und dann wird er schliesslich Teil von diesem Land werden.

Aber natürlich hat der Elch irgendwann genug davon, die Rinde von dem Baum zu fressen, in dem Kleinhaus sitzt, und zieht weiter. Irgendwann wendet Kleinhaus den Blick von der unerforschten Landschaft ab und klettert von seinem Ast runter. Er bahnt sich seinen Weg durch das Gebüsch und den schwindenden Schnee, bis er wieder an den Trail kommt, der ihn schliesslich nach Hause führt.

Ich stelle sie mir vor, wie sie jetzt sein müssen. Scott ausgezogen, auf dem College, so wie Dad gesagt hat. Über den Sommer und für die Feiertage kommt er mit der Kamera um den Hals nach Hause. Um mit den Hunden zu helfen. Es sind jetzt weniger, die Rennen hat Dad aufgegeben, er spannt die Hunde nur noch ein, wenn es ihm zu sehr fehlt, auf einem Schlitten zu stehen. Seine Tage verbringt er damit, im Hof zu arbeiten, Holz zu hacken. Allein mit seinen Gedanken, ringsum kein Geräusch ausser dem Seufzen und Schnaufen der wenigen Hunde, die noch übrig sind, in ihren Hütten dösen, sich nach dem Trail sehnen.

Am Abend setzt er sich an einen Tisch, den jemand anderes für ihn gedeckt hat. Jemand, den er kennengelernt hat, so wie er Helen kennengelernt hat, der viel lacht, der offen und freundlich und stark und ehrlich ist. Nachts, wenn er aus einem Traum aufwacht, an den er sich kaum erinnern kann, dreht er sich in seinem Bett zu ihr um, schmiegt sich an ihren warmen Körper und schläft wieder ein.

Oder er geht nach draussen, um die eisige Luft der Nacht auf seinem Gesicht zu spüren. Er steht im Hof, die Hunde werden hellhörig, fragen sich, ob es was zu fressen gibt. Ein Schauer läuft ihm über den Rücken, aus dem Augenwinkel sieht er einen Schatten. Mit dem Blick sucht er die Bäume hinter dem Haus ab, den Einstieg zu dem verlassenen Trail. Ich erstarre, harre lautlos aus wie die windstille Nacht. Aus seinen Gedanken taucht ein Gesicht auf. Aber da ist nichts. Er geht zurück ins Haus. Der Schatten zwischen den Bäumen wartet noch einen Augenblick. Dann schlage ich mich auf den Trail und fange an zu rennen.

Dank

Das Tolle, wenn man zum ersten Mal ein Buch veröffentlicht, ist: Nachdem man jahrelang allein in einem Raum zugebracht, auf einen leuchtenden Bildschirm gestarrt und hauptsächlich mit sich selbst oder den eigenen Katzen geredet hat (die mit Lob und Kritik gleichermassen eher geizen), ist man plötzlich von einer Armee von Menschen umgeben, die alles daransetzen, dass dieses Buch in seiner bestmöglichen Form erscheint. Als Erste war da meine Agentin, Michelle Brower: Danke für deinen Rat, deine Anmerkungen, die Brainstorming-Sessions und vor allem dafür, dass du an dieses Buch geglaubt hast. Danke auch an alle anderen von Aevitas für die gute Zusammenarbeit.

Danke an meine Lektorin, Kate Nintzel, für die phantastische Zusammenarbeit. Und danke an das gesamte Team von William Morrow und HarperCollins.

Ich bin all denen unendlich dankbar, die schon frühe Fassungen dieses Romans gelesen, mir wichtige Hinweise gegeben und mich so davor bewahrt haben, unschöne Fehler zu begehen. Danke an Ian Gill, Sara Huff, John Irving, Glenn Lester, Jeff Martin, Craig Nova und Brooke Taylor. Der jahrelangen Arbeit mit John und seiner Frau, Janet Turnbull Irving, ist es zu verdanken, dass ich die Zeit und Gelegenheit hatte, dieses Buch in Angriff zu nehmen: Vielen Dank an euch beide für diese Erfahrung (und an Craig, der mir vorgeschlagen hatte, mich für diese Stelle zu bewerben, denn – wie er meinte –: »Du weisst doch, wie man im Schnee fährt«).

Ich habe mehrere Quellen konsultiert, um auch Feinheiten in diesem Buch möglichst genau wiederzugeben, u. a. *Iditarod Fact Book,* 2. Auflage, herausgegeben von Tricia Brown; *Out in the Great Alone* von Brian Phillips, ESPN/Grantland; die Website des Alaska Department of Fish and Game; *Winterdance** von Gary Paulsen; *Yukon Alone* von John Balzar; und die Blogs von Dew Claw Kennel und SP Kennel.

Ich hatte mein ganzes Leben viele Lehrer, die erkannten, dass ich gern schreibe, und mich darin bestärkten, weiterzumachen; andere haben mir den Weg gewiesen, während ich daran arbeitete, mich weiterzuentwickeln. Danke an Bernita McMichael, Greg Mason, Matt Fitzgerald, Lloyd Kropp, Jo-Ann Mapson, Michael Parker und Lee Zacharias. Und an Vesta Mennemeyer, die eine andere Art von Lehrerin war.

Danke an Paw für jeglichen Rat zur Jagd und zum Fallenstellen.

Und schliesslich danke ich meinen Eltern, Kit und Jim Bradbury, die mir immer alle Bücher kauften, die ich wollte, und mir mein erstes Textverarbeitungsprogramm schenkten; die es nie seltsam fanden, wenn sie mich durch meine geschlossene Zimmertür hörten, wie ich mir selbst vorlas (oder, falls doch, jedenfalls nie etwas gesagt haben); die meine zahlreichen Anrufe ertragen haben, wenn ich mal wieder mit einer Frage anfing wie: »Wie lange dauert es, bis man verblutet?« Danke, dass ihr mich immer unterstützt habt.

* Deutsch: *Iditarod. Das härteste Hundeschlittenrennen der Welt.* Aus dem Amerikanischen von Brigitte Jakobeit. Hamburg: Hoffmann und Campe 1998.